grafit

Chemnitzer Str. 31, D-44139 Dortmund
Internet: http://www.grafit.de
E-Mail: info@grafit.de

Umschlaggestaltung: Peter Bucker
Umschlagfoto: Image 100
Druck und Bindearbeiten: Clausen & Bosse, Leck
ISBN 3-89425-297-9
3. 4. 5. / 2007 2006 2005

Horst Eckert

617 Grad Celsius

Kriminalroman

grafit

Der Autor

Horst Eckert wurde 1959 in Weiden/Oberpfalz geboren. Aufgewachsen in Pressath, in der nordostbayerischen Provinz. Studium in Erlangen und Berlin (Diplompolitologe). Er lebt als Autor in Düsseldorf.

Von Horst Eckert sind nun acht Kriminalromane erschienen, für *Aufgeputscht* erhielt er von der ›Raymond-Chandler-Gesellschaft‹ den ›Marlowe‹ für den besten deutschsprachigen Kriminalroman des Jahres 1997. Zudem war *Aufgeputscht* für den ›Friedrich-Glauser-Preis‹, den höchstdotierten deutschen Krimipreis, nominiert. Nicht nur nominiert, sondern auch ausgezeichnet wurde Eckert 2001 mit dem ›Friedrich-Glauser-Preis‹ für *Die Zwillingsfalle.* Seine Bücher sind ins Tschechische und ins Französische übersetzt worden.

Weitere Informationen auf der Homepage des Autors unter: www.horsteckert.de.

Prolog

September 1976

Bernd Winkler hatte nicht mehr mit dem Anruf gerechnet.

Es war Samstagnachmittag, der Spätsommer war überraschend noch einmal zur Hochform aufgelaufen, die Schwalben surrten über den Gärten von Kaarst-Vorst und Winkler half seiner Vermieterin, den neu erworbenen Strandkorb auf die besonnte Hälfte der Rasenfläche zu schleppen. Die Witwe trug nichts als ihren schwarz-weiß gepunkteten Bikini – sie war gut in Form für eine Frau, die fast doppelt so alt war wie er. Aber der Strandkorb war Unfug. Sie besaß bereits eine Hollywoodschaukel und zwei Liegen nebst Sitzgarnitur aus Tropenholz.

Stolz nahm sie Platz und lächelte mit geschlossenen Augen in die Septembersonne.

Winkler sah auf die Uhr: Allmählich wurde es Zeit, sich auf den Weg zu machen. Die erste Spätschicht nach zwei freien Tagen. Der Job bei der Schutzpolizei hatte nie seinem Wunschtraum entsprochen, aber es war nun einmal das, was er gelernt hatte, nachdem seine erste Ausbildung zum Hauer im Bergbau an einer hartnäckigen Bronchitis gescheitert war.

Aus dem Kofferradio tönte ein Lied von George Harrison. Ein Sitar surrte, Tablas tockerten. Indische Klänge – Winkler musste an die Frau im roten Kleid denken, die gestern an der Tür geklingelt hatte. Sie war etwa fünfundzwanzig gewesen, Winklers Alter. Langes, in der Mitte gescheiteltes Haar. Um den Hals die typische Holzkette mit Medaillon. Auf der Straße ein VW-Bus mit laufendem Motor, am Steuer ein bärtiger Kerl.

Die Frau hatte Winkler einen Fotoabzug gegeben und einen Gruß von *Ma Yoga Shanta* ausgerichtet. Es hatte eine Sekunde gedauert, bis bei ihm der Groschen gefallen war: So nannte sich Gabi jetzt. Mit keiner anderen Frau war er so lange zusammen gewesen, immerhin fast zwei Jahre.

Ein Gruß aus einem früheren Leben – noch vor seiner Versetzung nach Düsseldorf war sie in eine Wohngemeinschaft in Süddeutschland gezogen, die sich *Ashram* nannte. *Weißt du, Bernd, ich muss endlich diese bürgerlichen Zwänge abschütteln und mein eigenes Selbst finden.*

Gestern: Die Unbekannte im roten Kleid strich Haarsträhnen aus dem Gesicht und klemmte sie hinters Ohr.

»Was soll das?«, fragte Winkler mit Blick auf das Foto – ein blinzelndes Baby in orangefarbener Windel.

»Seine Mutter lässt fragen, ob du uns ein bisschen Geld für ihn mitgeben könntest.«

»Gabi hat ein Kind?«

»Es ist dein Sohn. Swami Anand.«

Winkler war verwirrt. Von ihrer Schwangerschaft hatte er gewusst. Aber Gabi hatte abtreiben wollen. Von einem Swami Soundso hörte er nun zum ersten Mal.

Ihm wurde klar, dass die Unbekannte ihm nur ans Geld wollte. Alles Schwindel: das Foto, der Gruß.

»Verschwinde!«, knurrte Winkler. »Ich sollte dich festnehmen.« Er gab die Aufnahme zurück und knallte der Frau die Tür vor der Nase zu.

Um gleich darauf seine Haltung zu revidieren.

Er riss die Haustür wieder auf. Der VW-Bus fuhr gerade an. Winkler rannte auf die Straße und hob die Hand. Die Bremsen machten ein hässliches Geräusch, als die Rostlaube hielt.

Die Frau kurbelte das Fenster herunter. »Bin ich jetzt verhaftet?«

»Wie heißt du?«

»Ma Deva Sheela.«

»Scheiße, wo steckt Gabi?«

»In Poona. Wir besuchen sie. Wir fahren zum Bhagwan.«

»Gib mir das Foto!«

Die Frau händigte es ihm ein zweites Mal aus.

»Und das ist wirklich mein Sohn?«

»Du heißt doch Bernd Winkler, oder?«

Er kramte in seinem Portmonee. Vier Scheine, gerade mal

zweihundert D-Mark. Er gab sie der Rotgewandeten. »Mehr hab ich nicht. Sag Gabi, sie soll mir schreiben.«

Die Frau steckte die Banknoten in ihren Rucksack. Der Typ auf dem Fahrersitz legte den Gang ein. Der Bus rollte los.

»Und sie soll mir weitere Fotos schicken!«, rief Winkler hinterher.

Ma Deva Sheela winkte aus dem Fenster.

Das Geld war er los. Das Kind, falls es seins war, sowieso. Poona – was für ein Scheiß.

Wieder einmal hereingefallen, dachte Winkler. So kann das nicht weitergehen.

Im Haus klingelte das Telefon.

»Garantiert für Sie«, befand die Witwe, zu faul, um aufzustehen. Sie rief ihm hinterher: »Ich habe meinen Simmel auf der Kommode liegen lassen. Wären Sie so freundlich?«

Als Winkler den Flur erreichte, schellte der Apparat immer noch. Er hob den Hörer ab und meldete sich.

»Heute Abend um neun hat er einen Auftritt«, antwortete die Stimme am anderen Ende der Leitung. Ein hoher Singsang, den Winkler auf Anhieb erkannte. »Höchste Zeit, Winkler, dass Sie den Bastard aus dem Weg räumen! Sie wissen doch, wen ich meine?«

»Ist Ihre Schwester nicht alt genug, um selbst zu entscheiden, wem sie ihr Herz schenkt?«

»Tun Sie, was ich sage, und stellen Sie keine Fragen.«

»Wie kommen Sie darauf, dass ich mich für Ihren Privatkram einspannen lasse?«

»Wollen Sie Karriere machen oder Ihr Leben lang im mittleren Polizeidienst herumkrebsen? Damit wir uns richtig verstehen: Ich kann Karrieren auch verhindern.«

»Ich liebe klare Worte.«

»Gut. Und noch etwas, Winkler.«

»Ja?«

»Dieses Telefonat hat nie stattgefunden.«

Eine Weile stand Winkler unschlüssig da, den Hörer in der Hand, das Freizeichen im Ohr. Der Singsang des Anrufers klang in seinem Kopf nach, bedrohlich und verlockend zugleich. Karriere war zweifellos angesagt, wenn man eine Familie ernähren wollte. Einen kleinen Swami oder die Kinder, die er in Zukunft zeugen und ohne indische Spinnereien großziehen würde.

Als er seiner Vermieterin das Buch in den Garten brachte, hatte sie ihr Oberteil abgelegt. Sonnenöl ließ ihre behäbig daliegenden Brüste glänzen. Die Witwe schien zufrieden zu sein. Mit dem neuen Strandkorb, dem Wetter und einem Mieter, der ihr *Niemand ist eine Insel* nachschleppte und ihre Titten nicht ignorieren konnte.

In diesem Moment fasste Winkler einen Entschluss.

Jahrzehnte später würde er behaupten, der Anruf an diesem Septembertag habe die entscheidende Antriebsstufe seines Lebens gezündet. Doch solche Erklärungen sind zu simpel. Es bedarf auch einer gewissen Portion Verzweiflung, um Lebensläufe zu sprengen und Existenzen in die Luft zu jagen.

Teil I

Die Rückkehr

Morgen werden wir schneller rennen, unsere Arme noch weiter ausstrecken. Wie Boote gegen den Strom kämpfen wir uns voran, unablässig in die Vergangenheit zurückgeworfen.

F. Scott Fitzgerald, *Der große Gatsby*

1.

Mai 2005

Anna stemmte sich gegen den Gepäckwagen. Fast ihr doppeltes Gewicht, achtundneunzig Kilo Gepäck in zwei Blechkisten und einer Reisetasche – Ausrüstung, Privatkram und jede Menge Mitbringsel aus dem Land, in dem sie fast ein ganzes Jahr gearbeitet hatte.

Der Zollschalter war unbesetzt, in der Ankunftshalle ließ Anna ihren Blick schweifen. Sie hatte Lutz, ihrem Exfreund, auf Band gesprochen, dass er sie nicht abzuholen brauche.

Er war tatsächlich nicht gekommen. Stattdessen bildeten zwei Uniformierte das Empfangskomitee.

»Kollegin Winkler?«, fragte der Ältere, ein untersetzter Kerl mit zwei Silbersternen auf den Schultern.

Händeschütteln und die üblichen Fragen nach dem Flug. Der Oberkommissar stellte sich als Ralf Koslowski vor und nahm ihr den schweren Wagen ab. Sein jüngerer Partner hieß Bader und musterte Anna mit einem interessierten Lächeln, das sie unangebracht fand. Sie fühlte sich müde und ausgelaugt und war sich sicher, dass sie entsprechend aussah.

Seit dem frühen Morgen war sie unterwegs. Zuerst die schier endlose Autofahrt nach Sarajevo, dann ein verspäteter Flug – beim Umsteigen in München hatte sie die erste Anschlussmaschine verpasst. Anna war froh, endlich angekommen zu sein.

Der grüne Transit parkte am Ende der Taxischlange. Die Kollegen hievten die Kisten in den Transporter. Der Slibowitz klirrte in der Reisetasche. Koslowski kletterte auf den Fahrersitz und ließ den Motor an. Anna kurbelte das Seitenfenster herunter, als könne sie in der milden Abendluft etwas spüren, was sie willkommen hieß.

Der Jüngere beugte sich auf dem Rücksitz vor. »Wie war's dort unten?«

»Anstrengend.«

Sie wusste, dass ihre Einsilbigkeit unhöflich war, aber sie hatte keine Lust auf Smalltalk. Sie hatte den Auslandseinsatz drei Wochen vor dem regulären Ende abgebrochen und war heimgekehrt, ohne das Okay der Behörden abzuwarten. Vielleicht würde es Ärger geben.

»Würdest du wieder nach Bosnien gehen?«, versuchte es der Kollege noch einmal.

Anna hob nur die Schultern. Der Fahrtwind verwirbelte ihre Frisur. Sie fragte: »Habt ihr Zeit für einen kleinen Umweg?«

»Klar«, antwortete Koslowski.

Anna bat ihn, eine Schleife entlang des Rheins zu fahren. Theodor-Heuss-Brücke, das Oberkasseler Ufer – dann über die Kniebrücke auf die Innenstadt zu.

Das Panorama. Die Lichter der Altstadt, der Rheinturm, die schicken Gebäude am Hafen, die in der Dämmerung glänzten. Große, weite Welt, pflegte ihr Vater nicht ohne Ironie zu sagen.

Zu Hause – ein gutes Gefühl. Čapljina, das öde Kaff im Südwesten der *Federacija Bosne i Hercegovine*, war weit weg.

An der Brückenauffahrt blickte sie auf das zuversichtliche Lächeln ihres Onkels. Auch am anderen Ende standen riesige Plakate. Noch sechzehn Tage bis zur Landtagswahl.

Anna dachte an ihren Vater, Expolizist und Abgeordneter, der sich ebenfalls wieder um ein Mandat bewarb. Dann fielen ihr seine besten Freunde ein, Karin und Michael Lohse, und deren ermordeter Sohn.

Anna griff an die Innentasche ihrer Jacke, in der Karins Brief steckte. Sofort spürte sie wieder die Unruhe, die er in ihr ausgelöst hatte.

Wieder zu Hause – die Erinnerung an den Albtraum, der Anna zur Flucht nach Bosnien getrieben hatte, meldete sich zurück, stärker als zuvor.

Der Polizeitransporter überquerte zum dritten Mal den Fluss, tauchte in den Rheinalleetunnel und fädelte sich in den Strom der Autos ein, die auf der A 52 die Landeshauptstadt verließen, Richtung Kaarst-Holzbüttgen.

2.

Ihre Eltern hatten im Jahr ihrer Geburt an der Hasselstraße gebaut, in einer heute immer noch schicken Gegend am Südrand von Holzbüttgen. Der weiß gestrichene Flachdachbungalow duckte sich hinter Ziersträuchern und Lärchen, die im Lauf der Zeit in die Höhe geschossen waren. Mit der Putzfrau hatte Anna verabredet, dass der Schlüssel unter einer Tonscherbe im Blumenbeet neben der Doppelgarage liegen würde.

Die Scherbe entpuppte sich als halber Blumentopf, der Hausschlüssel hing gemeinsam mit zwei weiteren an einem roten Plastikanhänger, auf dem der SPD-Schriftzug prangte.

Als Anna den Eingang öffnete, stieg ihr sofort der Geruch ihrer Kindheit in die Nase. Sie drehte den Dimmer. Die Deckenlampe ließ das Blattgold am handgeschnitzten Rahmen des Ankleidespiegels glitzern. Auf der Kommode schimmerte die uralte Buddhafigur aus Alabaster – das Souvenir einer Asienreise ihrer Eltern. Durch das Panoramafenster des Wohnzimmers leuchtete die Sonne herein, die als großer Feuerball hinter den Nachbardörfern Vorst und Linning über den Feldern hing.

Die Kollegen stellten die Kisten auf dem Teppichläufer ab, quittierten das Ambiente mit einem Nicken und verabschiedeten sich rasch. Anna schloss die Tür hinter ihnen. Dann wurde ihr klar, wen sie außer ihrem Vater vermisste.

»Picasso!«, rief sie, doch es tat sich nichts.

In ihrem alten Jugendzimmer stellte Anna die Reisetasche ab. Die Einrichtung war fast unverändert geblieben, seit sie nach dem Abitur ausgezogen und nach Düsseldorf übergesiedelt war. Nur die *Bravo*-Poster, mit denen sie einst die Wände geschmückt hatte, waren durch gerahmte Drucke antiker Landkarten ersetzt worden.

Anna hatte alles aufgegeben, als sie nach Bosnien gegangen war. Freund, Wohnung, das eigene Auto. Die Rückkehr ins Heim ihrer Kindheit bedeutete zugleich einen Neustart.

Sie riss die Terrassentür auf, um den Duft des Gartens ins Haus wehen zu lassen. Ihr Vater nannte das ›Champagnerluft‹. Noch einmal rief sie nach Picasso, ihrem Zwergschnauzer, den sie in der Obhut ihres Vaters gelassen hatte.

Kein Gekläff antwortete, kein Hecheln eines herbeistürzenden Köters, der sie ansprang und gekrault werden wollte. Nur die Amseln lärmten in den Sträuchern – Anna erinnerte sich daran, dass ihre Mutter es immer als spießig empfunden hatte, in einem Neubauviertel außerhalb der Großstadt zu leben.

Die Blechkisten in der Diele störten. Doch Anna war müde und beschloss, das Auspacken auf morgen zu verschieben. Sie sah sich in der stillen Wohnung um.

Im Arbeitszimmer ihres Vaters hing ein vager Geruch nach Zigarren. Anna strich über das schwarze Leder des wuchtigen Bürosessels.

Neben dem Telefon eine uralte, etwas vergilbte Kinderzeichnung. Anna wunderte sich darüber, dass das Blatt dort lag. Dann überkam sie sentimentale Freude. Das Gekritzel zeigte eine Frau, einen Mann und einen Zwerg mit Knollennase. Die Köpfe viel zu groß für die Körper, die sie trugen. Am unteren Rand eine Signatur in ungelenk gemalten Großbuchstaben: *FÜR PAPA VON ANNA-LUNA*.

Sie hasste den Doppelnamen, der auch in ihrem Pass stand. Dabei hatte ihr Vater noch das Schlimmste verhütet. Wäre es nach ihrer Mutter gegangen, trüge sie vermutlich den unaussprechlichen Namen einer ägyptischen Göttin.

Annas Foto stand in einem silbernen Rahmen auf dem Schreibtisch. Im Garten aufgenommen, vor fast einem Jahrzehnt. Sie selbst fand die Nase zu breit, den Mund zu groß. Das brünette Haar hatte sie oft gefärbt, abschneiden und wieder wachsen lassen. Später hatte sie es aufgegeben, allzu große Mühe auf ihr Erscheinungsbild zu verwenden.

Auf der ledernen Schreibunterlage häuften sich Dankesschreiben gemeinnütziger Gesellschaften, die ihr Vater regelmäßig unterstützte, sowie Spendenquittungen von Vereinen, in denen er Mitglied oder Aufsichtsrat war. Die Leute liebten ihn für sein Engagement. Vielleicht nutzten sie seine Großzügigkeit auch nur aus.

Halb verdeckt eine aufgeschlagene Zeitung. Anna war überrascht: Von einer geplanten neuen Zeche im nördlichen Ruhrgebiet war da die Rede, die angeblich rentabel sein würde, weil die Preise für Kokskohle in die Höhe geklettert waren. Ein Foto zeigte fünf Männer in Schutzkleidung, Helme mit Lampen, Gewerkschaftstransparente. Parteikumpel vor Ort.

Anna überflog den Text:

Der SPD-Vorsitzende Franz Müntefering (links) hat die von der Deutschen Bergbau AG angestoßene Debatte über die Bedeutung der heimischen Kohle und den Bau einer neuen Zeche begrüßt. Er wollte sich beim Besuch einer Anlage im westfälischen Haltern aber noch nicht auf eine finanzielle Beteiligung des Staates festlegen.

Zwei Begleiter zählte die Zeitung mit Namen auf, den Chef des Kohlekonzerns und den Boss der Bergbaugewerkschaft. Annas Vater wurde nicht erwähnt.

Über dem Empire-Sekretär hing die Wand voller Familienfotos. Drei Jahrzehnte waren dokumentiert: ein junges Paar und ihr freches Balg. Freunde und Verwandte. Auf neueren Bildern fehlte die Mutter.

Anna nahm eine Aufnahme von der Wand, die aus den Siebzigerjahren stammte. Zwei groß gewachsene Burschen mit breiten Koteletten lümmelten sich auf einem Sofa. Der gut aussehende Kerl links war ihr Vater, damals noch Polizeibeamter im Schutzbereich eins.

Sie griff zum Telefon, tippte die Nummer der Reha-Klinik in die Tasten und ließ sich verbinden.

Während sie wartete, studierte sie das Bild noch einmal. Bernd Winkler wies stolz auf seine Schulterklappe: silberne Litze und dicker Stern, das damalige Zeichen für den Dienstrang des Polizeikommissars. Neben ihm posierte Michael Lohse, sein Partner in jenen Jahren.

Die Musik der Warteschleife erstarb, ein Klicken in der Leitung, dann endlich die Stimme ihres Vaters. Er klang frischer als in den letzten Tagen – vom Balkan aus hatte sie mit dem Handy Kontakt gehalten.

»Was macht dein Herz?«, fragte sie.

»Es ist völliger Unsinn, dass du wegen mir deinen Auslandseinsatz abbrichst!«

»Reg dich nicht auf. Wann kommst du nach Hause?«

»Sie wollen mich nur noch übers Wochenende hier behalten.«

»So schnell? Gibt es zu wenig Klinikbetten?«

»Seit der Operation habe ich nur noch ein mentales Problem, sagen die Ärzte. Sie zwingen mich aufs Fahrrad. Ich soll Sport treiben.«

»Wir könnten demnächst gemeinsam joggen.«

»Dazu werd ich keine Zeit haben. Es ist zu viel Arbeit liegen geblieben.«

»Du musst dich schonen, Papa!«

Er widersprach und zählte auf: Ausschüsse, Parteigremien, Auftritte vor der Wahl – als hänge alles an seiner Person. Dass die Genossen in der Landeshauptstadt ihn im letzten Jahr beinahe als OB-Kandidaten aufgestellt hatten, war Anna neu. Wenigstens das hatte er abgelehnt. Als ihr Vater seinen Kampf um höhere Steinkohlesubventionen erwähnte, wusste Anna, dass sie ihn nicht umstimmen konnte, zumindest nicht am Telefon. Bernd Winkler galt als graue Eminenz der parteiübergreifenden Kohlefraktion im Landtag.

Er sagte: »Sven Arnold arbeitet übrigens wieder für mich. Er wird mich fahren und auch sonst eine große Hilfe sein in der Schlussphase des Wahlkampfs.«

Der schöne Sven, dachte Anna. Sie fragte: »Wo steckt eigentlich Picasso?«

»Die Putzfrau sorgt für ihn. Ihre Töchter sind vernarrt in die freche Töle.«

»Ich auch«, erklärte Anna.

»Eifersüchtig? Morgen hast du deinen Hund wieder.«

Sie hängte das Foto zurück. »Ich hab mir gerade die alten

Bilder angeschaut. Du und Michael in den Siebzigern. Hattet ihr einen Partykeller in der Wache?«

»Sozialraum, so hieß das. Da war die Altstadtwache noch in der Mühlenstraße. Es hat sich viel geändert.«

Ja, dachte Anna. Früher machten sich die Eltern Sorgen um die Kinder. Jetzt war es umgekehrt.

Die Stimme am anderen Ende der Leitung riss sie aus den Gedanken. »Du fragst gar nicht nach deiner Mutter.«

»Und?«

»Johanna hat die Abstinenzentscheidung getroffen und sich in Therapie begeben.«

»Zum wievielten Mal?«

»Ihr Allgemeinzustand war wirklich kritisch und ich glaube, sie hat jetzt eingesehen, dass es so nicht weitergehen kann. Ich telefoniere fast täglich mit dem Chefarzt.«

»Warum lasst ihr sie nicht in Ruhe, wenn sie sich unbedingt totsaufen will?«

»Anna, du sprichst über deine Mutter!« Plötzlich knurrte er: »Warum musstest du dich eigentlich für diese verdammte EU-Geschichte melden?«

»Neugier«, antwortete sie, fast ebenso barsch wie vorhin im Auto.

Nachdem sie aufgelegt hatte, betrachtete sie die restlichen Aufnahmen. Vater war im Lauf der Jahre fülliger geworden, das Haar ergraut. Aber an der Kraft seiner Ausstrahlung hatte sich nichts geändert.

Ein Bild kam Anna neu vor: Braunkohletagebau, ein Grüppchen von Anzugträgern stapfte durch eine schlammige Grube. Ein riesiger Bagger im Hintergrund. Annas Vater hielt sich an der Seite seines Schwagers, des Ministerpräsidenten von Nordrhein-Westfalen, der ihn einst in die Politik gebracht hatte.

Sie erinnerte sich an den Kollegen, der auf der Fahrt hierher gefragt hatte: *Wie ist Uwe Strom eigentlich so als Privatmensch?*

Auf dem Foto wirkte der Landesvater verschmitzt und nachdenklich zugleich – vielleicht lag es auch nur am Sonnenlicht, das ihn die Augen zusammenkneifen ließ. Der Wind zauste sein Haar, die Krawatte wehte über die Schulter.

Sie kannte ihn kaum. Nach der Trennung ihrer Eltern waren Familientreffen selten geworden. Anna konnte nicht einmal sagen, worauf Stroms Wirkung auf die Leute beruhte – auch wenn seine Partei in den Umfragen an Boden verlor, galt der Ministerpräsident noch immer als beliebtester Politiker des Landes. Der Garant des bevorstehenden Wahlsiegs.

Vielleicht war es der verbindliche Ton, den ihr Onkel so gut beherrschte. Als liege ihm jeder einzelne Bürger am Herzen.

Aber sie hasste es, ständig auf Uwe Strom angesprochen zu werden. Als sei es ihre herausragendste Eigenschaft, die Nichte des Ministerpräsidenten zu sein.

3.

Der Abspann lief über die Mattscheibe. Anna schaltete den Fernseher aus. *Der Marathon Mann* von 1976 – der Film war ein Jahr älter als sie selbst. Eine verstörende Geschichte, so ungewohnt im Vergleich zu dem, was heute in den Kinos lief.

Alles kam ihr plötzlich fremd vor. Das Haus, die Stadt, das eigene Leben. Anna fürchtete, dass ihr Vater nach der Rückkehr aus der Klinik ein anderer sein würde, nicht mehr der Fels, der ihr Rückhalt gab, wann immer sie ihn brauchte.

Sie trank den Rest aus dem Rotweinglas und wählte die Nummer von Lutz, die sie noch immer auswendig kannte. Fast fünf Jahre war Anna mit ihm zusammen gewesen. Sie musste reden und es fiel ihr niemand sonst ein.

»Weißt du, wie spät es ist?«, fragte Lutz.

»Tut mir leid, wenn ich dich geweckt habe.«

»Seit wann bist du zurück?«

Im Hintergrund hörte Anna eine weibliche Stimme, die etwas fragte. »Stör ich?«, wollte Anna wissen.

»Komm uns doch mal besuchen«, antwortete er. »Am Wochenende oder so.«

Er hatte ›uns‹ gesagt.
»Es hat sich viel verändert«, fügte Lutz hinzu.
»Das stimmt.«
»Ich hab geheiratet.«
»Gratuliere.«

Anna zog die Wolldecke enger um die Schultern und schlenderte durch das verwaiste Haus. Als könne sie es auf diese Art in Besitz nehmen und das irritierende Gefühl überwinden, wieder Kind zu sein. Im Kaminzimmer fiel ihr Blick auf das Porträt, das Daniel Lohse gemalt hatte. Auf gleichsam überirdische Weise leuchtete Annas Gesicht von der Leinwand herab. Die Farben zart, die Konturen verwaschen – der typische Stil Daniels, der bereits einige Sammler auf sich aufmerksam gemacht hatte, obwohl er noch an der Akademie studiert hatte. Nur an den Rändern fiel auf, dass das Bild unvollendet war.

Sein letztes Werk.

Daniel, der Sohn von Karin und Michael Lohse, den Freunden ihres Vaters aus alten Zeiten. Anna musste an die Umstände denken, unter denen der Kunststudent aus dem Leben gerissen worden war, den sie schon als Baby gekannt hatte.

Zwei Jahre, drei Monate und ein paar Tage war es her.

Anna war damals zur Mordbereitschaft eingeteilt und deshalb als eine der ersten Beamtinnen am Tatort gewesen. Schon bei der ersten Inaugenscheinnahme hatte sie vermutet, dass Daniels Mörder extrem psychisch gestört sein musste, erfüllt von grenzenlosem Hass.

Dass das KK 11, dem Anna angehörte, den Täter schon nach wenigen Tagen gefasst und ihm noch vor Ablauf einer Woche ein Geständnis abgerungen hatte, war für sie eine große Genugtuung gewesen.

Bis dahin hatte sie den Job als Mordermittlerin mit der inneren Distanz versehen, die als Grundlage professionellen Arbeitens galt. Die Tat war ein ›Fall‹, der Tote ein ›Spurenträger‹ – den Wahnsinn dahinter hatte man nach Möglichkeit auszublenden, um das eigene Gleichgewicht zu bewahren.

Der Mord an Daniel hatte alles ins Wanken gebracht.

Mit einem Schaudern verließ Anna den Raum und drückte die nächste Klinke.

Das Gästezimmer, einst als zweites Kinderzimmer geplant. Es diente nun als Rumpelkammer, in der ihr Vater alles aufbewahrte, wovon er sich nicht trennen konnte. Bildbände, Bierkrüge, Schnapspullen mit seltsamen Etiketten – in einem Politikerleben häuften sich eine Menge nutzloser Geschenke an.

Hinter dem Schrank lagerten Bilderrahmen. Anna zog sie hervor. Es waren weitere Arbeiten von Daniel, Porträts junger Männer, hell und körperlos schwebend. Einer davon war Costa, Daniels bester Freund. Die anderen Gesichter konnte sie nicht zuordnen, obwohl sie während der Ermittlung zahlreiche Bekannte Daniels vernommen hatte.

Feinde hatte er angeblich keine gehabt. Nur Kumpel, Freunde, Liebhaber – zu viele davon zu haben, war Daniel offenbar zum Verhängnis geworden.

Ihr Vater hatte das Wunderkind gefördert – immerhin war es sein Patenkind gewesen. Ohne es zu dem Zeitpunkt wissen zu können, hatte er mit dem Erwerb dieser Werke sein Geld lukrativ angelegt. Nach Daniel Lohses spektakulärem Tod waren die Preise in die Höhe geklettert.

Mit einem Anflug von Ehrfurcht schob Anna die Bilder zurück an ihren Platz.

Sie kehrte in das Jugendzimmer zurück. Auf dem Bett lag ihre Jacke. Anna holte den Brief aus der Tasche, den Daniels Mutter ihr nach Bosnien geschickt hatte.

Der Umschlag war knittrig, die Marke halb abgefetzt. Die unvollständige Adresse war mehrfach ergänzt und überschrieben – Anmerkungen bosnischer Postämter auf einem siebenwöchigen Irrweg. So lange hatte der Brief gebraucht, um sich endlich im Büro der EU-Polizeimission von Čapljina einzufinden.

Anna strich das Schreiben auf ihrem Knie glatt. Wieder wunderte sie sich über Karins mädchenhafte Schrift. Schlaufen, die sich nach links neigten, exakt auf gleicher Höhe, obwohl das Blatt nicht liniert war. Vermutlich hatte Karin den Brief in

Holzbüttgen in den Kasten gesteckt – nur wenige hundert Meter von der Hasselstraße entfernt stand das Reihenhaus der Lohses.

Vor einer guten Woche war Karin Lohse bei einem Verkehrsunfall ums Leben gekommen – sie war auf der A 57 mit dem Zweitwagen der Familie ungebremst gegen einen Brückenpfeiler gerast. Letzten Samstag hatte Anna durch ihren Vater davon erfahren. Vielleicht Selbstmord, so seine Spekulation.

Zwei Tage später hatte Bernd Winkler den Herzanfall erlitten. Bei einem Arbeitsessen in einem Düsseldorfer Restaurant war er ohnmächtig geworden und mit dem Gesicht in die Vorspeise gekippt. Der Abgeordnete hatte Glück gehabt. Nur ein leichter Infarkt, der Notarzt war sofort zur Stelle gewesen. Vaters Sekretärin hatte Zuversicht verbreitet, als Anna sie am Handy ausfragte.

Am darauf folgenden Tag hatte sie den Brief erhalten. Beim Kaffeetrinken in der Polizeistation hatte der Leiter der EU-Mission, ein Kette rauchender Franzose mit Bauchansatz und schiefen Zähnen, fröhlich damit gewedelt. »A love letter for Anna-Luna!«

Karins Zeilen – der dritte Schock aus der Heimat innerhalb weniger Tage.

Sie schrieb, dass sie einen Bekannten Daniels getroffen habe, der überzeugt sei, dass die Polizei den Falschen als Mörder ihres Sohns ermittelt hätte.

Dabei war der Täter vor mehr als einem Jahr vom Landgericht Düsseldorf zu lebenslanger Haft verurteilt worden. Clemens Odenthal, ein arbeitsloser Modezeichner mit verkorkster Kindheit und langer Karriere als Psychiatriepatient, der sich für einen Künstler hielt und Daniel als eine Art Vorbild verehrt hatte.

Odenthal saß seit sechzehn Monaten als Patient der Psychiatrie in einer geschlossenen Station der Landesklinik Langenfeld – weggesperrt für immer, wie Anna inständig hoffte.

Karin teilte weiterhin mit, im Zeugenstand gelogen zu haben. Ihr Sohn habe von einem Kerl berichtet, der ihn bedroht habe.

Doch er habe keinen Namen genannt. Auf Drängen ihres Mannes habe sie Odenthal im Prozess belastet, weil sie und Michael von der Schuld des Modezeichners überzeugt gewesen waren.

Es spielt keine Rolle, überlegte Anna. Das Urteil beruhte nicht allein auf Karins Aussage. Es hatte eine Reihe von Indizien gegeben und ein Geständnis des Täters. Dass Odenthal es widerrufen hatte, war reine Verteidigungsstrategie gewesen.

Und schließlich hatte sein Mitbewohner das ursprüngliche Alibi vor Gericht zurückgenommen. Der Fall war damit klar.

Dennoch machte Anna der Brief zu schaffen, denn am Schluss schrieb Karin:

Daniels Bekannter nennt den Namen deines Onkels, den er wegen einer alten Geschichte hasst, die deine Mutter zum Teil bestätigt. Politische Gründe für den Mord an Daniel? Es klingt so abwegig!
Trotzdem nagen in mir Zweifel. Womöglich habe ich mit meiner Aussage einen Unschuldigen hinter Gitter gebracht und Daniels Mörder läuft noch frei herum. Der Gedanke macht mich fast verrückt …
Mit Michael kann ich nicht darüber reden. Auch Bernd will mich nicht anhören. Deshalb wende ich mich jetzt an dich.
Du warst immer eine gute Freundin für mich, fast wie eine Tochter. Du weißt mehr über Daniels Tod als wir alle und die Wahrheit geht dir über alles. Ruf mich bitte so bald wie möglich an!
Ich weiß weder ein noch aus und habe Angst, etwas ganz Dummes zu tun.
Karin

Anna steckte den Brief wieder ein. Sie hätte zu gern gewusst, wer dieser ominöse Bekannte war, den Daniels Mutter getroffen hatte. Natürlich waren seine Spekulationen aus der Luft gegriffen. Und was sollte das Geraune über ihren Onkel, den Ministerpräsidenten?

Aber Anna hatte Karin im Stich gelassen. Es hätte in ihrer

Macht gestanden, die arme Frau zu beruhigen. Sie war die Hilfe schuldig geblieben.

Anna füllte einen Becher mit Leitungswasser, spülte zwei *Noctumed* hinunter und kroch ins Bett. Es dauerte viel zu lange, bis das Schlafmittel wirkte. Die Gedanken rasten durch Annas Kopf. Karins Beerdigung hatte sie verpasst. Auch ihr Mann tat Anna leid. Innerhalb zweier Jahre hatte Michael seine gesamte Familie verloren.

Und wieder bohrten ihre Schuldgefühle: Vielleicht würde Daniels Mutter noch leben, wenn Anna sie aus Bosnien angerufen hätte.

Sie wünschte sich, ihr Vater wäre gesund und könnte ihr beistehen. Ein Fels zum Festhalten, ein Anker in der Welt.

Anna rollte sich zusammen. Die Tabletten taten endlich ihren Job und erstickten Zweifel und Grübeleien.

4.

November 2003

Mit gemischten Gefühlen betrat Anna, vom Parkplatz an der Neubrückstraße kommend, das Justizgebäude, stieg hinauf in den ersten Stock des L-Blocks und öffnete den Zuschauereingang des Schwurgerichtssaals so leise wie möglich.

Gestern hatte sie vor der großen Strafkammer des Landgerichts aussagen müssen. Sie hatte alle Fragen nach bestem Wissen beantwortet, dennoch schienen einige Kollegen aus der Mordkommission ihr die Schuld dafür zu geben, dass der Ausgang des Prozesses in seinen letzten Verhandlungstagen wieder fraglich war.

Sie setzte sich auf den nächsten freien Stuhl. Ein paar Rentner sandten Blicke, dann legte sich die Unruhe, die sie verursacht hatte. In der ersten Reihe erkannte sie Karin und Michael Lohse.

Annas Kollege Thilo Becker wurde gerade vernommen. Er saß am Zeugentisch, den Zuschauern den Rücken zukehrend.

Becker war fast zehn Jahre älter als sie, doch er wirkte jugendlich mit seinem störrischen blonden Lockenschopf. Er antwortete routiniert. Vielleicht geschickter als ich, dachte Anna. Er würde die Sache zweifellos wieder einrenken.

Sie blickte hinüber zu Clemens Odenthal, dem Mörder, der hinter seinem Anwalt auf der Anklagebank kauerte. Ein rotwangiger Typ mit Geheimratsecken. Das einzig Auffällige an ihm war die Brille mit den altmodisch großen Gläsern, die nicht zu dem Schöngeist passten, der zu sein er vorgab. Die Platzwunde an der Stirn, die er sich bei seiner Festnahme zugezogen hatte, war längst verheilt.

Ein Lächeln lag auf seinem Gesicht, während der Pflichtverteidiger sich zurücklehnte und ihm etwas zuraunte – Anna fragte sich, wem Odenthal zuhörte: dem Anwalt oder den Stimmen im eigenen Kopf, die ihn heimsuchten, wenn er seine Tabletten vergaß oder einfach absetzte.

Sie verstand nicht, warum sich Daniel mit diesem kranken Typen abgegeben hatte.

Den Anblick der Leiche würde sie nie vergessen können.

Schon nach wenigen Tagen war dem KK 11 der schwule Modezeichner aufgefallen, dessen Namen mehrere Zeugen genannt hatten. Und bereits beim ersten Besuch hatte sich Odenthal in Widersprüche verstrickt.

»Sie waren zu zweit, Herr Becker?«, wollte der Vorsitzende Richter wissen.

»Ja, Bruno Wegmann und ich.«

»Laut Aussage des Angeklagten waren vier Beamte beteiligt.«

»Er ist mehrfach befragt worden. Das hat sich über die gesamte Woche hingezogen. Insgesamt waren es mindestens fünf Beamte, die ihn einvernommen haben. Aber in dieser Nacht nur Wegmann und ich.«

»Was sagen Sie zu dem Vorwurf, dass die Aussage, mit der sich der Angeklagte belastet hat, unter Androhung oder Anwendung von Gewalt zu Stande gekommen ist?«

»Das ist nicht richtig.«

»Herr Odenthal hat uns erklärt, man habe ihm eine Tüte über

den Kopf gestülpt und ihn geschlagen. Sie hätten ihm angedroht, ihn umzubringen und es wie Selbstmord aussehen zu lassen.«

»Die Aufzeichnung der Vernehmung beweist, dass alles korrekt zuging.«

»Die Bänder sind offenbar unvollständig!«, rief Odenthals Verteidiger dazwischen.

Der Vorsitzende rügte den Anwalt und forderte Becker auf, mit seiner Schilderung des Ablaufs fortzufahren.

Anna ging durch den Kopf, wie erleichtert am nächsten Morgen jeder in der Mordkommission gewesen war. Odenthal hatte Details genannt, die nur der Täter kennen konnte. Seine Schuhspuren waren in Daniels Wohnung festgestellt worden und an Odenthals Kleidung hatte die Kriminaltechnik Blutpartikel entdeckt, die nachweislich vom Opfer stammten.

Becker erklärte: »Der Angeklagte hat in meinem Beisein das Protokoll Wort für Wort durchgelesen, bevor er es unterschrieb. Er hat es aus freien Stücken getan und in voller Kenntnis dessen, was es bedeutet. Der Widerruf ändert nichts an der Richtigkeit des Geständnisses.«

Der Richter bedankte sich, aber Anna glaubte ihm ansehen zu können, dass er Beckers Überzeugung nicht teilte.

Jetzt war Odenthals Verteidiger an der Reihe. Der Anwalt setzte seine Lesebrille auf, blätterte in den Unterlagen und neigte sich vor zum Saalmikrofon.

»Ihre Kollegin, Kriminaloberkommissarin Anna-Luna Winkler, hat uns gestern erklärt, dass das Spurenbild am Tatort und an den asservierten Kleidungsstücken meines Mandanten auch dadurch erklärlich ist, dass Herr Odenthal, wie er es hier dargelegt hat, Stunden nach der schrecklichen Tat die Wohnung des Opfers betrat, den Toten entdeckte und dabei anfasste. Stimmen Sie dem zu?«

Anna spürte, wie ihr das Blut in den Kopf schoss.

Der Kollege zögerte.

»Stimmen Sie Ihrer Kollegin zu oder nicht?«

Becker räusperte sich und senkte die Stimme: »Ja.«

»Etwas lauter bitte, damit das Gericht Sie versteht.«

»Wir sind nicht schwerhörig«, warf der Vorsitzende Richter ein. »Fahren Sie fort.«

Der Anwalt blätterte wieder. »Das Mordopfer war der Sohn eines Kollegen von Ihnen und ist zudem auf eine besonders brutale Weise getötet worden. Da liegt es vielleicht nahe, dass man einen starken Eifer entwickelt und sich bereits beim ersten Verdächtigen an die Vorstellung klammert: Der muss es gewesen sein. Dass man gewissermaßen blind wird anderen Möglichkeiten gegenüber.«

Becker wandte sich an den Richter. »Soll ich das als eine Frage auffassen?«

»Bitte.«

»Dann muss ich verneinen. Bis zum Zeitpunkt des Geständnisses galt für mich wie für jeden Beamten der Mordkommission die Unschuldsvermutung in Bezug auf Herrn Odenthal. Gerade weil es um den Sohn eines Polizeibeamten geht, haben wir mit besonderer Sorgfalt gearbeitet.«

Anna fand, dass sich der Blondschopf passabel aus der Affäre zog.

»Keine weiteren Fragen«, sagte der Anwalt und schien trotzdem zufrieden zu sein.

»Sie auch nicht?«, wollte der Vorsitzende von den Beisitzern und Schöffen wissen. »Nein? Dann geht es um 10.15 Uhr weiter mit der Vernehmung durch den Staatsanwalt.«

Auf dem Gerichtsflur traf Anna ihre Chefin. Kriminalhauptkommissarin Ela Bach zog sie bis hinter die Glastür ins Treppenhaus und fuhr sie an: »Stimmt es, dass du dich für einen Einsatz in Bosnien melden willst?«

»Warum nicht? Es wäre doch nur für ein Jahr.«

»Was willst du dort? Wieso hast du nicht mit mir geredet?«

»Ich bin zu dir gekommen. Erinnerst du dich nicht?«

»Wegen dem dummen Geschwätz?«

»Überall wird behauptet, ich würde meinen Posten im KK 11 irgendwelchen Anrufen meines Onkels verdanken. Das stinkt mir allmählich. In Bosnien wird das anders sein.«

»Sei nicht so dünnhäutig, Anna.«

»Danke. Das ist auch nur so ein Spruch, der mir nicht weiterhilft.«

»Du hast dich doch sonst nicht um das Geschwätz gekümmert. In Wirklichkeit ist es der Mord an dem Lohse-Jungen, stimmt's?«

»Ja, das auch. Vielleicht brauche ich ein wenig Abstand.«

»Unsinn. Da musst du durch. Die Welt ist nun mal ein gewalttätiges Pflaster. In Bosnien noch mehr als hier.«

»Aber dort geht es mich nichts an.«

»Was meinst du damit?«

»Vielleicht bin ich nicht so robust veranlagt wie du.«

»Soll ich dir ein Geheimnis verraten? Ich bin kein bisschen robuster als du, Anna. Es ist normal, dass dir ein Fall zu schaffen macht. So geht es jedem von uns. Und zwar immer wieder. Du darfst dir bloß nichts anmerken lassen. Abgesehen davon gefällt mir, wie du deine Arbeit machst.«

»Wirklich? Womöglich kommt Odenthal frei.«

»Da ist das letzte Wort noch nicht gesprochen. Und schlag dir Bosnien aus dem Kopf. Ich brauche dich, verstehst du?«

»Gibst du mir eine ehrliche Antwort?«

Bach sah Anna mit kaltem Blick in die Augen. »Okay.«

»Hat sich jemand eingemischt, damit ich den Job beim KK 11 bekam?«

»Die Staatskanzlei jedenfalls nicht.«

Anna spürte, dass sie rot anlief. »Und mein Vater?«

»Du weißt, dass er einen guten Draht zu Kriminalrat Engel hat. Und wenn du eine Tochter hättest, würdest du dich ebenfalls für sie stark machen.« Ela berührte Annas Arm. »Aber entscheidend war nicht der Anruf des Expolizisten Bernd Winkler, sondern dass ich dich in unserer Truppe haben wollte.«

Anna rang sich ein Lächeln ab.

Ihre Chefin blickte auf die Uhr, murmelte einen Abschiedsgruß und verschwand ins Treppenhaus. Ihre Schritte hallten nach, bis sich die Glastür schloss.

Anna kehrte zu den Rentnern zurück, die auf den harten Holzbänken palaverten oder in Zeitungen schmökerten, um die Pause zu überbrücken. Über ihnen hing ein riesiges Triptychon, das in christlicher Allegorie Sünder, Jüngstes Gericht und Hölle darstellte – wie fast immer auf solchen Darstellungen fand Anna die dritte Abteilung am interessantesten.

Am Ende des Gangs unterhielt sich Thilo Becker mit dem KK-11-Kollegen Bruno Wegmann, der ebenfalls die Verhandlung verfolgte. Anna gesellte sich zu ihnen.

»Hallo, Luna«, knurrte Becker. Er knetete das Ende seiner gestreiften Krawatte, die Anna nur an ihm sah, wenn er einen Gerichtstermin wahrnahm. »Das schöne Geständnis können wir in der Pfeife rauchen, nachdem unsere Tatortspezialistin ihre eigenen Indizien für fragwürdig erklärt hat.«

»Tut mir leid«, antwortete Anna.

»Du konntest nicht anders«, besänftigte Wegmann.

Anna tröstete das nicht. Becker fragte schnippisch: »Kann dein Onkel denn nicht mal mit dem Richter essen gehen?«

Schritte kamen näher, Anna hörte eine vertraute Stimme. Ihr Vater grüßte sie, gab Thilo und Bruno die Hand und fragte: »Wie isses?«

Anna zuckte mit den Schultern. »Unentschieden.«

»Weniger als das«, entgegnete ihr blonder Kollege.

Bernd Winkler versuchte zu beruhigen: »Heute ist auch noch Karin Lohse dran. Sie wird bestätigen, dass Daniel von Odenthal massiv bedroht worden ist.«

»In den Augen des Gerichts wird das nichts beweisen«, beharrte Becker. »Und wenn der Lehrer bei seinem Alibi für Odenthal bleibt, können wir endgültig einpacken.«

Dabei nickte der Blonde in Richtung eines ordentlich gescheitelten Mannes in blauer Jeans und beigefarbenem Pullover, der wie alle anderen auf die Fortsetzung der Verhandlung wartete. Anna fielen buschige Augenbrauen und eine blasse Narbe am Kinn auf.

Der Mann hieß Kurt Essig und war der Mitbewohner des Angeklagten sowie Zeuge im Prozess. Von ihm stammte das

Alibi. Gemeinsames Fernsehen zur Tatzeit – fantasieloser ging es nicht.

Plötzlich erinnerte sich Anna an eine Bemerkung, die Odenthal in einer der Vernehmungen über seinen Kumpel Essig gemacht hatte. Sie hatte sich die Bänder angehört, zum Teil sogar mehrfach.

Anna wurde klar, dass es einen Ausweg gab.

5.

Mai 2005

Als Anna erwachte, zeigte die Armbanduhr elf Uhr dreißig. Selten hatte sie in Bosnien so lange schlafen können. Sie setzte sich auf.

Im Kühlschrank lagen vergammelte Lebensmittel, die Verfallsdaten waren abgelaufen. Anna mistete aus. Schließlich bestand ihr Frühstück aus Knäckebrot und Erdbeermarmelade.

Danach versuchte sie, Michael Lohse anzurufen. Er wohnte in der Edelweißstraße nahe der Bahnlinie, die den Ortsteil Holzbüttgen vom Zentrum der Kleinstadt Kaarst trennte.

Das Freizeichen tutete. Wieder dachte Anna darüber nach, dass sie Michaels Frau im Stich gelassen hatte. Zumindest musste Karin das so empfunden haben. Anna hoffte auf ein Wort von Michael, das ihr die Schuldgefühle nehmen würde.

Doch er hob nicht ab.

Anna brachte den Müll zur Tonne und kaufte im Rewe-Supermarkt an der Königstraße ein. Die Frau hinter der Theke des Backshops erkannte sie. »Sind Sie nicht Bernd Winklers Tochter? Wohnen Sie jetzt wieder in Holzbüttgen?«

»Vorübergehend.«

Als Anna heimkehrte, drückte sie die Wahlwiederholung.

Michael war noch immer nicht zu erreichen.

Anna tippte die Privatnummer ihrer Chefin in die Tasten.

»Bach.«

»Ich bin's, Anna.«

»Willkommen zu Hause.«

»Danke. Ich wollte dich fragen, ob ich ein paar Tage Urlaub nehmen kann, bevor ich wieder …«

»Kommt gar nicht infrage. Du bist fest eingeplant. Regulärer Dienst plus Mordbereitschaft ab Montag.«

»Aber …«

»Das halbe Kommissariat ist krank, in Urlaub oder auf Fortbildung. Es passt perfekt, dass du vorzeitig zurückgekommen bist. Fürs Erste wirst du ohnehin nur Papierkram zu erledigen haben.«

»Du bist mir nicht mehr böse, weil ich abgehauen bin?«

»Wir verdrängen das, okay? Wo wohnst du jetzt?«

»Bei meinem Vater in Holzbüttgen. Weißt du zufällig eine Wohnung in Düsseldorf?«

»Nein, aber frag mal Ingo Ritter, den Kollegen aus der Kriminalwache.« Ela gab die Nummer des Beamten durch. Sie erklärte, dass Ritter im Nebenjob als Makler arbeite, und tat so, als müsse Anna ihn kennen.

»Früher hat er mit Aktien spekuliert«, sagte Bach. »Nach dem Börsencrash ist er auf Immobilien umgestiegen. Wenn du Glück hast, kann er dir einen Polizistenrabatt aushandeln.«

Anna fragte: »Sonst etwas Neues?«

»Unruhen im Irak, Flugzeugabsturz in Kolumbien, Schuldenlöcher im Staatshaushalt. Das Übliche. Die Wahlen stehen bevor, es hat sechzehn Grad Höchsttemperatur im Rheinland und wir schreiben den 7. Mai.«

»Ich meine, irgendetwas im Fall Odenthal?«

»Ganz Deutschland wünscht dem Kerl, dass er bis zum Ende seiner Tage nicht mehr auf die Menschheit losgelassen wird. Warum fragst du?«

»Nur so. Bis Montag dann.«

»Der Fall beschäftigt dich noch immer?«

Annas nächster Anruf galt Ritter, dem makelnden Kollegen. Die Kriminalwache war nachts und an den Wochenenden im

Einsatz, wenn die restliche Kripo Feierabend hatte. Vermutlich hatte sie den Kollegen mal an einem Tatort getroffen.

Seine Stimme ließ die Erinnerung konkreter werden: ein gut gelauntes Lächeln, gekrönt von einem buschigen Schnauzbart. Sonnenbräune wie frisch aus dem Skiurlaub. Der Typ von Mann, der an keiner Kollegin vorbeikam, ohne mit ihr zu flirten.

Ritter fragte: »Altbau in guter Lage mit Balkon oder Dachterrasse?«

»Richtig. Zwei bis drei Zimmer, aber nicht an einer Durchgangsstraße.«

»Klar, das wollen alle. Wie viel kannst du anlegen?«

Plötzlich fiel ihr ein, wo sie ihm zuletzt begegnet war. Am liebsten hätte sie wieder aufgelegt. »Achthundert«, erwiderte sie stattdessen.

Der Kollege ließ sich ihre Handynummer geben und versprach, sich zu melden.

Beim dritten Versuch erreichte sie endlich Michael Lohse.

»Herzliches Beileid«, sagte Anna.

»Ich dachte, du kommst erst im Juni zurück.«

»Mein Vater hatte einen Herzinfarkt.«

»Hab davon gehört.«

»Zum Glück ist es nicht so schlimm. Meld dich mal bei ihm, er wird sich freuen.« Sie nannte ihm die Nummer der Klinik. Dann ergänzte sie: »Papa meint, Karin hätte vermutlich Selbstmord begangen.«

Der Mann am anderen Ende der Leitung räusperte sich. Anna fiel ein, dass sie ihn nicht einmal in den Tagen nach dem Mord an seinem Sohn hatte heulen sehen – ein Macho alter Schule, zumindest gab er sich so. Lohse antwortete: »Es gab keine Bremsspur und keinerlei technischen Defekt. Und Karin hatte über zwei Promille Alkohol im Blut. Alles Weitere ist pure Spekulation.«

»Betrunken am Steuer? Das sieht ihr gar nicht ähnlich.«

»Der Mord an unserem Jungen hat uns alle verändert.«

Anna hatte diesen Satz so ähnlich schon in Karins Brief gelesen. Sie wünschte sich, dass es ein Unfall gewesen war – dann traf sie, Anna, keine Schuld. Sie sagte: »Karin hat mir geschrieben, dass sie sich mit einem Bekannten von Daniel getroffen hat. Hast du eine Ahnung, wer das ist?«

»Ein Bekannter von Daniel? Er hatte zu viele Bekannte.« Lohse wurde lauter. »Zu viele verdammte arschfickende Homo-Freunde!«

»Michael«, versuchte Anna, ihn zu bremsen.

Er stockte, dann sagte er: »Ich weiß, dass solche Typen bisweilen toll darin sind, Ballett zu tanzen oder Klamotten zu entwerfen. Neuerdings moderieren sie auch Shows im Fernsehen oder treten als Politiker auf. Niemand darf wegen seiner sexuellen Orientierung diskriminiert werden und keiner kann mir nachsagen, dass sich Kriminalhauptkommissar Lohse nicht daran halten würde. Aber heute habe ich dienstfrei und man wird in dieser Republik einen Perversen doch noch so nennen dürfen!«

»Hey, du beleidigst deinen toten Sohn.«

»Nein, Anna, nein! Daniel war nicht so. Er wurde verführt. Ich hätte mit ihm in den Puff gehen sollen, als er sechzehn war. Dann wäre alles nicht passiert. Oder meinst du, ich hätte meinem Sohn die Abartigkeit mit den Genen vererbt? Dann wäre ich ja selbst ein Homo. Ich bin's aber nicht.«

»Karin befürchtete, dass Odenthal womöglich gar nicht der Mörder ist.«

»Absurd!«

»Habt ihr tatsächlich nicht darüber geredet?«

»Wir waren beide fix und fertig. Ehrlich gesagt, herrschte Funkstille bei uns zu Hause. Karin hat mir vorgehalten, dass Daniel noch am Leben wäre, wenn ich ihn nicht aus dem Haus geworfen hätte.« Michael hustete, dann fing er sich wieder und fragte: »Die Vorstellung ist doch abwegig, Anna, oder? Ich bin doch nicht schuld an Daniels Tod!«

»Natürlich nicht.«

»Karin hat in der letzten Zeit sogar ihr Geschäft vernachlässigt. Sämtliche Anfragen hat sie abgewimmelt. Stattdessen setzte sie sich in ihren Polo und gondelte ziellos durch die Gegend. Zumindest hat sie das behauptet.«

Anna erkannte, dass Lohse ihr nicht helfen konnte. Und sie nicht ihm. Der Gedanke an den Brief ließ sie nicht los: *Ruf mich so bald wie möglich an. Ich habe Angst, etwas ganz Dummes zu tun.*

Michael murmelte leise: »Sag mir, Anna, gibt es überhaupt noch einen Gott? Gibt es Gerechtigkeit? Oder werden wir nur sinnlos herumgeschubst?«

Der Mann tat ihr leid. Odenthal hatte eine ganze Familie auf dem Gewissen.

Anna war froh, dass sie letztlich das entscheidende Indiz hatte beisteuern können, das zur Verurteilung des Mörders geführt hatte.

Wenigstens das war ihr gelungen.

6.

November 2003

Das Haus, das zu Essigs Adresse gehörte, entpuppte sich als gepflegter Altbau mit einer Fassade voller Simse und Stuckverzierungen. Anna tat, als studiere sie die Auslagen im Schaufenster eines Ladens im Nachbarhaus. Sie musste nicht lange warten.

Eine Frau im dunklen Kostüm trat aus der Tür. Sie machte einen gehetzten Eindruck und eilte auf die Kreuzung zu, wo ein Taxi stoppte, das sie offenbar bestellt hatte.

Bevor die Haustür ins Schloss fiel, eilte Anna darauf zu und schlüpfte ins Haus.

Die Wohnung, die Kurt Essig und Clemens Odenthal sich teilten, lag im Erdgeschoss. Obwohl Anna vermutete, dass Essig in diesem Moment noch im Gericht an der Mühlenstraße war, presste sie vorsichtshalber das Ohr an die Tür und lauschte.

Dann kramte sie das kleine Gerät aus der Tasche. Bruno Wegmann kannte sich mit Einbruchswerkzeug aus. Der Kollege hatte in seiner Jugend einem Verein angehört, einer Art Hacker-Gruppe, die sich aus dem Knacken von Schlössern einen

Sport gemacht hatte, bei dem es darauf ankam, keine Spuren zu verursachen. Wegmann gab gern damit an und hatte ihr einmal seine *Lock-Picking Tools* gezeigt, so genannte Spanner und Stifte, mit denen man die Federn im Inneren eines Türschlosses bewegen konnte. Anna hatte sich für die batteriebetriebene Ausgabe entschieden, als sie Wegmanns Schreibtisch nach einem brauchbaren Sesam-öffne-dich durchwühlt hatte.

Sie setzte das Teil an. Es brummte ohne erkennbare Wirkung. Anna stocherte und drückte, doch das *Klack*, mit dem das Schloss aufspringen sollte, blieb aus.

Ein Poltern auf der Holztreppe über ihr ließ sie innehalten – schwere Schritte, die nach unten trabten.

Anna verzog sich hinter die Kellertür und duckte sich in den Schatten.

Sie bemerkte die Mülltonnen und ihr kam der Gedanke, dass der Hausbewohner vielleicht gerade seinen Abfall herunterbrachte. Mit schnellen Schritten huschte sie hinaus auf den Hof.

Heftig atmend lehnte sie sich gegen die Hauswand. Bleib ruhig, sagte sich Anna, er hat dich nicht bemerkt. Sie blickte sich um. Fleckiger Rasen, ein Beet und ein Geräteschuppen. Ein Reifen hing vom Ast eines Baums als Schaukel für Kinder.

Rundherum vierstöckige Häuser – Anna stand wie auf dem Präsentierteller. Fieberhaft musterte sie die Umgebung. Ein offenes Fenster zu ihrer Rechten war der Ausweg. Sie steckte Wegmanns Werkzeug in die Tasche.

Anna stemmte sich hoch und kletterte in die Wohnung des Mörders, dabei hoffend, dass in diesem Moment niemand in den Hof schaute.

Sie landete in der Abstellkammer. Regale im Dämmerlicht, eine antik wirkende Nähmaschine, ein Karton voller Äpfel. Anna lauschte, dann betrat sie den Flur.

Der plötzliche Anblick einer hageren Gestalt jagte ihr einen Schrecken ein, doch es war nur ihr eigenes Spiegelbild, die Haare zerzaust, die Wangen gerötet.

Anna streifte Latexhandschuhe über, um keine weiteren Spuren zu hinterlassen. Dann suchte sie Kurt Essigs Zimmer auf.

Zum ersten Mal – bei der Hausdurchsuchung gegen Odenthal war den Mordermittlern der Zutritt verwehrt gewesen. Der richterliche Beschluss hatte Essigs Teil der Wohnung ausgenommen und wie ein Zerberus hatte der Lehrer über die Unverletztheit seiner Privaträume gewacht.

Anna drückte die Tür auf.

Ein hoher, heller Raum. Knarrendes Parkett, kein einziger Teppich. Ein Kristallleuchter hing von der Decke und warf seinen Schein auf ein Chaos, das Anna fast den Atem raubte. Kein Stuhl oder Tisch, der nicht von Zeitungen oder irgendwelchen Zetteln bedeckt war. Auf dem Fußboden stapelten sich Bücher und Zeitschriften. Das Bett war mit Kleidungsstücken übersät, ungebügelte Hemden hingen über der offenen Schranktür.

Ein Gegensatz zum Erscheinungsbild des Lehrers, dem exakten Scheitel und den polierten Schuhen. Ein Mensch, der nur die Fassade pflegte.

An der Wand allerlei gerahmte Schwarz-Weiß-Fotos. Ähnlich wie im Arbeitszimmer ihres Vaters, nur dass diese Bilder keine Familie zeigten. Landschaften in interessantem Licht, Tempelpyramiden und immer wieder exotische Kindergesichter.

Vermutlich selbst entwickelt – Odenthal hatte in seiner Vernehmung das Hobby seines Freundes erwähnt, Anlass für Streit unter Wohngenossen: *Stundenlang blockiert Kurt das Bad mit seinen Chemikalien.*

Die Kollegen hatten den Mörder nach seinem Verhältnis zu Essig befragt. Angeblich bekannte sich der Lehrer in seinem Kollegenkreis nicht offen zu seiner Neigung. Er lebte zurückgezogener, als es seinem Freund Odenthal lieb war.

Ein einziges Mal waren die Männer gemeinsam in Urlaub gefahren. Sri Lanka – Odenthal hatte Andeutungen über die so genannten *Beach Boys* gemacht, die sich in den Touristenorten der Küste anboten: *Wie die Schmeißfliegen. Hello-Kurti hier, Hello-Kurti da.*

Anna folgerte: ein Hobbyfotograf und kleine Jungs.

Sie nahm einen Stuhl zu Hilfe und hob Blechkisten vom Schrank, in denen sie Unmengen von Schwarz-Weiß-Abzügen fand. Sie wühlte sich durch das Material. Essig hatte die ganze Welt bereist.

Das süße Lächeln exotischer Kinder hatte es ihm offenbar angetan. Ebenso halb nackte Burschen, die er einzeln und in Gruppen hatte posieren lassen. Sie drängten sich vor Essigs Linse, als würden sie dadurch berühmt.

Nichts, was mit dem Gesetz kollidierte.

Im Schrank nur Kleidung und Schuhe, auch im Schreibtisch keine weiteren Fotos. In der Schublade des Nachtkästchens ein heilloses Durcheinander an Kugelschreibern, Nagelscheren und Tempo-Packungen. Zerdrückte Tuben mit Gleitgel, Kondomschachteln und Schwulenpornos – ebenfalls im legalen Rahmen.

Unter dem Bett alte Schuhe, ein Regenschirm und eine Kiste voller Briefe, für deren Lektüre Anna keine Zeit hatte.

Sie klopfte sich den Staub von den Ärmeln und blickte sich um. In diesem Zimmer gab es nur noch einen Ort, wo das versteckt sein konnte, was sie suchte.

Anna fegte die Klamotten vom Bett, zerrte Decke und Kissen herunter und stemmte die Matratze aus dem Kasten.

Bingo: ein Umschlag auf dem Lattenrost, abgegriffen und aus braunem Papier. Keine Beschriftung.

Anna schüttete den Inhalt aufs Parkett.

Noch einmal Bingo: bestes Material, gestochen scharf.

Oralverkehr mit exotischen Jungen. Sie waren eindeutig jünger als sechzehn. Einige von ihnen blickten dabei in die Kamera. Anna glaubte, ein Flehen in ihren Augen zu erkennen – vielleicht bildete sie sich das aber auch nur ein.

Doch sie stellte fest, dass die Fotos nicht das wert waren, was sie gehofft hatte. Der Kunde, den die Kinder bedienten, blieb unerkannt. Nur sein Schwanz war im Bild, ausgestreckte Beine und ein Bauch, der sich weiß im Blitzlicht wölbte. Keine besonderen Kennzeichen.

Anna wühlte. Sie wurde ungeduldig. Die Zeit lief ihr davon.

Noch mehr Kids aus Südamerika und Asien. Es wurde schmutziger: Analverkehr, ausgemergelte Leiber und weggetretene Gesichter – vielleicht standen die kleinen Stricher unter Drogen.

Anna spürte, wie ihr übel wurde und ihr Zorn auf den Freund des Mörders zunahm. Plötzlich, unverhofft: Bingo, Bingo, Bingo – die letzten Fotos zeigten Essig selbst.

Selbstauslöser, vermutete Anna und konnte ihr Glück kaum fassen. Der Lehrer glotzte unverwandt in die Kamera, sein kleines Opfer vor dem Bauch. Stolz darüber, einen *Beach Boy* ins Hotelzimmer gelockt zu haben. Anna triumphierte.

Kurt Essig, du hast einen Fehler gemacht.

In diesem Moment schwang die Tür auf und krachte gegen den Schrank.

Anna schreckte hoch, die Aufnahme fiel ihr aus der Hand.

Der Kerl stand ihr leibhaftig gegenüber. Seine Frisur war in Unordnung geraten, Strähnen hingen in die Stirn. Essig ballte die Fäuste und schrie: »WAS ZUM TEUFEL TUN SIE IN MEINER WOHNUNG?«

7.

Mai 2005

Auf dem Weg ins Bergische Land spürte Anna, wie schwer es war, sich die bevorstehende Begegnung mit ihrer Mutter vorzustellen. Sie war neun Jahre alt gewesen, als Johanna Winkler, geborene Strom, auszog und wieder ihren alten Job bei einer Kölner Plattenfirma antrat.

Anna hatte sich dafür entschieden, in Holzbüttgen zu bleiben. Nein, korrigierte sie sich, eigentlich hatte ihre Mutter sie gar nicht gefragt.

Anna dachte an Karins Brief: *Daniels Bekannter hasst deinen Onkel wegen einer alten Geschichte, die deine Mutter zum Teil bestätigt.*

Sie zappte durch die Sender, die das Autoradio empfing, und blieb beim Deutschlandfunk hängen. Eine Wissenschaftssendung über eine Mondfinsternis, die für die Nacht auf kommenden Samstag vorhergesagt wurde. Der Mond werde dabei nicht komplett verdunkelt, sondern kupferrot glimmen, da die Erdatmosphäre das Licht breche und langwellige Strahlung in den Kernschatten werfe.

Der Sprecher erzählte von allerlei Mythen, die sich um den ›verblutenden Mond‹ rankten. Ein Himmelsdrache verspeise den Trabanten. Die Finsternis als Vorbotin der Apokalypse. Die alten Kreter machten Lärm, um die bösen Geister zu vertreiben, mesopotamische Könige erlegten sich Buße auf. Bereits im vierten Jahrhundert vor Christus hatte man aufgrund der runden Form des Erdschattens erkannt, dass die Erde eine Kugel sein müsse. Aristarch von Samos schloss aus seinen Beobachtungen sogar, dass die Erde um die Sonne kreise – fast zwei Jahrtausende vor Kepler.

Im Dreieck Düsseldorf-Süd bog Anna ab auf die A 59 in Richtung Leverkusen. Die Strecke war wenig befahren. Der BMW ihres Vaters beschleunigte mühelos auf zweihundert. Nach dem nächsten Autobahnkreuz geriet Anna in einen Stau. Sie drängelte sich auf die linke Spur, doch das taten auch andere und es ging nicht schneller voran als zuvor.

Der Empfang wurde schlechter, Anna schaltete das Radio aus. Ihre Gedanken kehrten zu ihrer Mutter zurück.

Johanna Winkler, die sich nicht gern Mama nennen ließ, sondern lieber Jo. Die ihre große, hagere Figur in wallende Gewänder hüllte. Anna hatte stets das lange Haar ihrer Mutter bewundert.

An ein Bild ihrer Kindheit erinnerte sie sich deutlich: Jo, die auf dem Fußboden hockend über einer Landkarte brütete und mit einem Zirkel nachmaß, in welchem Umkreis alles zerstört wäre, wenn eine Atombombe Düsseldorf träfe. Schockiert lernte Klein-Anna, dass Holzbüttgen nicht verschont bleiben würde. Jo ängstigte sie: Der US-Präsident bereite den Krieg gegen die Sowjetunion vor.

Andauernd hatte in jenen Jahren die Welt am Abgrund gestanden. Nach dem Reaktorunglück in Tschernobyl hatte Anna tagelang das Haus hüten müssen – laut ihrer Mutter hatte in jedem Regentropfen der Strahlentod gelauert.

Ihr Vater war damals noch Polizist gewesen, aber ehrenamtlich stark engagiert für die SPD und für die Bergarbeitergewerkschaft, der er seit seiner Jugend angehörte. Den Abend vor fast zwanzig Jahren, als der Streit ihrer Eltern eskalierte, hatte Anna noch deutlich vor Augen. Die Fernsehnachrichten hatten Bilder einer großen Demonstration im Hunsrück gezeigt – hunderttausend Raketengegner in einem Kaff namens Hasselbach.

Papa brachte sie nach der *Tagesschau* ins Bett, doch Klein-Anna hielt es im Dunkeln nicht aus und schlich zurück ins Wohnzimmer, wo sie sich hinter einem Sessel verbarg.

Es lief ein Film über einen toten Musiker. Bunte, hektische Konzertbilder flimmerten auf der Mattscheibe. Dazwischen Interviews, die Anna langweilig fand.

Irgendwann bekam Jo diese unangenehme Stimme, die Anna manchmal hörte, wenn sie schon im Bett lag. Nur diesmal lauter als sonst.

Anna musste niesen, weil ihr kalt wurde. Papa entdeckte sie und brachte sie ein zweites Mal ins Bett.

»Was hat Mama eigentlich?«, wollte sie wissen.

»Du weißt, sie hat immer etwas«, antwortete er.

Zwei Wochen später war Jo nach Köln gezogen, obwohl diese Stadt doch genauso von einer Atomrakete hätte getroffen werden können.

Anna verließ die Autobahn und kurvte durch hügelige Landschaft. Ein Schild: *Waldklinik Rotenstein – Therapiezentrum*.

Das Gebäude stammte aus den Sechzigerjahren, schien aber frisch renoviert zu sein und lag idyllisch im Grünen. Der Mann am Empfang nannte Anna die Nummer des Zimmers.

Der Flur im ersten Stock war hell und freundlich, das Linoleum sauber. Gerahmte Drucke alter Meister an den Wänden. Ein frischer Blumenstrauß auf dem Tresen, der den Zugang zum Personalraum abschirmte.

Anna fand die Tür zum Zimmer ihrer Mutter. Sie zögerte einen Moment, dann klopfte sie.

Keine Antwort.

Sie trat ein. Ein kurzer Flur, von dem ein Badezimmer abzweigte. Anna gelangte in ein geräumiges Einzelzimmer mit einer Loggia, von der ein herrlicher Fernblick über das Tal nach Süden ging. Die Glastür war gekippt, Frühlingsluft drang herein.

Eher eine Hotelsuite als ein Krankenhauszimmer: Außer dem Bett gab es zwei Sessel, Couchtisch, Musikanlage sowie einen Fernseher mit DVD-Player. Zudem hatte Johanna Winkler ein paar persönliche Dinge aus ihrer Wohnung mitgebracht: eine Sammlung von Büchern und Musik-CDs auf dem Sideboard, das alte, signierte Poster von *Osiris Trance* an der Wand.

Der Sänger Edgar Schwab mit seinem karierten Piratentuch.

Anna griff nach der DVD-Hülle auf dem Fernsehgerät und las: *Festival Express* – es war die Dokumentation einer Konzertreise verschiedener Bands quer durch Kanada mit dem Zug, Sommer 1970. Auf dem Cover Janis Joplin mit der obligatorischen Whiskeyflasche.

Es passte zu Jo, fand Anna.

Sie wollte kehrtmachen, um irgendwo draußen nach ihr zu suchen, als sie ein kurzes Schnaufen vernahm. Das Bett war nicht leer.

Es dauerte einen Moment, bis sie das ausgemergelte Gesicht erkannte, das in den Kissen versunken war.

»Hallo«, sagte sie, doch ihre Mutter rührte sich nicht.

Erschrocken lief Anna hinaus. Die Worte ihres Vaters: *Ihr Allgemeinzustand war wirklich kritisch.* Eine Frau lief vorbei, das Namensschild am Sweatshirt wies sie als Krankenschwester aus. Anna sprach sie an: »Was ist mit meiner Mutter los?«

»Frau Winkler, Zimmer zwölf?«

»Ja.«

Die Schwester eilte ins Zimmer. Auch ein Arzt hetzte herbei. Annas Mutter erhielt eine Spritze in den Arm, erst beim dritten Versuch traf der Arzt die Vene.

Währenddessen erklärte er Anna, dass Johanna Winkler am Samstag einen Rückfall erlitten habe, nachdem die Entgiftung dank des Einsatzes von *Distraneurin* recht problemlos verlaufen sei. Verstärkt würden die akuten Vergiftungssymptome durch chronische Schäden, die der jahrzehntelange Alkoholmissbrauch hervorgerufen habe. Der Magen-Darm-Trakt der Patientin sei entzündet, die Leber vergrößert, die Nerven angegriffen. Irgendwann verstand Anna nur noch ›Kontrollverlust‹ und ›Kollaps‹.

»Rückfall, wie kann das sein?«, fragte sie. »Kommt man in dieser Klinik an Alkohol?«

»Natürlich nicht, aber wir schließen unsere Patienten nicht ein. Einen Therapieerfolg kann Ihre Mutter nur bei Akzeptanz der Krankheit und freiwilligem Entschluss zur Abstinenz erzielen.«

»Was werden Sie jetzt tun?«

Er tätschelte Jos Hand. »In wenigen Tagen wird Frau Winkler wieder am Therapieangebot teilnehmen können, vor allem an der Motivationsrunde mit den anderen Patienten. Wir werden versuchen, ihr Selbstwertgefühl aufzubauen, ihr den Glauben an die eigene Kraft wiederzugeben. Ein Rückfall ist keine Katastrophe, wenn die Gründe aufgearbeitet werden und sich die Patientin erneut für die Abstinenz entscheidet.«

Anna zeigte ihm die DVD-Hülle mit dem Bild von Janis Joplin. »Mutters Idole haben alle getrunken oder gefixt. Warum lassen Sie zu, dass sie solche Filme sieht?«

»Ein Rückfall erfolgt nicht aufgrund eines äußerlichen Reizes, sondern der Grund liegt tief in der Seele der Patientin. Sucht kann nie geheilt, sondern nur zum Stillstand gebracht werden. Wir können niemanden auf Dauer kontrollieren. Irgendwann soll Ihre Mutter wieder zu Hause leben und den alltäglichen Reizen widerstehen können. Machen Sie sich keine Sorgen. Sie ist nicht ganz unten, sondern nur ein paar Stufen auf der mühsam erklommenen Treppe zurückgerutscht. Die Möglichkeit zur Abstinenz besteht weiterhin.«

Anna nickte, aber sie glaubte ihm kein Wort.

Ihre Mutter meldete sich mit rauer Stimme: »Karin?«

»Nein, ich bin Anna, deine Tochter.«

»Anna-Luna.«

Arzt und Schwester verabschiedeten sich. Anna setzte sich

auf den Bettrand. Jo richtete sich mühsam auf, Anna half und stopfte ihr die Kissen in den Rücken. Ihre Mutter war federleicht und sah weit älter aus als vierundfünfzig. Das einstmals lange Haar war kurz geschnitten und am Ansatz grau.

Jo zwinkerte und fragte: »Hast du mir was mitgebracht?«

»Was denn?«

Sie machte eine Trinkbewegung.

»Spinnst du?«

»Nur ein Scherz.«

»Dein Humor ist wirklich umwerfend.«

»Ich bekomme selten Besuch. Bernd kam nur am Anfang. Einmal war Uwe da, es passte offenbar zwischen seine Wahlkampftermine. Das Essen ist gut in der Klinik, nur fehlt mir der Appetit. Das liegt an diesen Kapseln. Und ich hasse die Gruppentherapie.«

»Warum, Mama?«

»Sag Jo. Du hast früher immer Jo zu mir gesagt. Weißt du noch?«

»Die Motivationsrunde ist wichtig für dich, sagt der Arzt.«

»Du bist da so ausgeliefert. Ich hab keine Lust, über alles zu reden. Wer nicht mitmacht, wird von den anderen auseinander genommen. Dafür bin ich noch zu schwach.«

»Magst du mir die alte Geschichte erzählen, über die du dich neulich mit Karin unterhalten hast?«

»Welche Geschichte meinst du?«

»Wann war Karin bei dir?«

»Jetzt weiß ich, was du meinst. Edgar Schwab.«

Jo schob ihre Beine aus dem Bett und stakste auf das Sideboard zu. Als Anna sie stützen wollte, wehrte sie ab. Jos Füße tasteten sich voran, als spürten sie es erst mit Verzögerung, wenn sie den Boden berührten.

Sie fummelte eine CD aus der Hülle und sagte: »Deine Lieblingsband ist *Nirvana*, stimmt's?«

»Mama, damals war ich vierzehn.«

»Jo.«

»Okay, Jo.«

»In deinem Alter stand ich auf das hier.«

Ihre Mutter bearbeitete erfolglos die Fernbedienung des CD-Players. Anna griff ein und setzte das Gerät in Gang.

Ein synthetischer Sound, hypnotisch treibender Rhythmus, ganz ohne Schlagzeug oder Gitarren. Wie eine frühe Form von Techno, nur viel melodischer. Dass es *Osiris Trance* auch auf CD gab, nicht nur auf schwarzem Vinyl, war Anna neu.

Eine traurige Stimme sang.

Wenn wir im Dunkeln schweben
Du kannst mir so viel geben
Schwarze Flammen greifen nach mir
Ich brenne – vor Gier nach dir.

In deinem Angesicht
Explodiert pures Licht
Schwarze Flammen lodern hoch
Ich vergehe – und du erkennst mich doch.

Als das Stück zu Ende war, sagte Jo: »Bernd hat Edgar Schwab damals Drogen untergeschoben und ihn im Prozess als Dealer hingestellt.«

»Warum sollte er das getan haben?«

»Politiker sind so.«

»Papa ist anders.«

»Stimmt. Wir haben uns während der Razzia sogar einen Joint geteilt. Schwarzer Afghane. Dabei haben wir uns kennen gelernt, aber diese Geschichte hast du schon hundertfach gehört.«

»Tausendfach.«

»Auch bei Edgars Beerdigung ist das Zeug geraucht worden. Die Fans haben alle Gräber im Umkreis zertrampelt, so groß war der Andrang. Ja, Bernd hat Unrecht getan und Edgar hat das nicht verkraftet und sich deshalb das Leben genommen. Manchmal frage ich mich, was aus Edgar noch geworden wäre, wenn es diese Razzia nicht gegeben hätte.«

Anna war es müde, ihrer Mutter zu widersprechen. Es gab

nichts als die verleumderische Aussage irgendeines Zeitgenossen des Musikers. Niemand außer Jo hatte das Gerücht, dass ihr Vater Schwab reingeritten hätte, jemals ernst genommen.

Johanna Winkler fuhr fort: »Aber du hast Recht, es ist eine alte Geschichte, die keinen mehr kümmert. Und Bernd sorgt sich um mich, obwohl er es nicht müsste. Rat mal, wer mir den Aufenthalt in diesem Luxusschuppen bezahlt?«

»Karin ist tot«, sagte Anna.

»Ich weiß.«

»Warum hast du mich dann für Karin gehalten, vorhin, als du aufgewacht bist?«

»Was redest du da?«

Wieder zog es Anna vor, nicht weiter darauf einzugehen. Vielleicht war es ihrer Mutter peinlich.

Jo setzte sich auf die Bettkante und erklärte: »Ich weiß es, weil mich ihr Mann gestern Nachmittag angerufen hat. Ein Verkehrsunfall, sagte Michael. Danach bin ich ausgebüxt und hab mir im Dorf einen Drink genehmigt. Nette Leute dort, aber sie saufen grauenhaften Schnaps.«

»Erzähl mir von deinem letzten Treffen mit Karin. Hat sie über den Mord an Daniel gesprochen?«

»Daniel. Ich hätte gern das Bild, das er von dir gemalt hat.«

»Erinnerst du dich nicht mehr? Hat Karin vielleicht Onkel Uwe erwähnt?«

»Ich bin müde, Anna-Luna. Mein Gott, ich bin so durcheinander. Bald werden sie mich wieder in diese blöde Gesprächstherapie schicken. Ich habe Angst davor.« Jo angelte ein Buch vom Sideboard. »Hermann Hesse, *Steppenwolf.* Ich komme kaum noch zum Lesen. Nimm es mit!«

Anna lehnte ab.

Daraufhin zog ihre Mutter eine Schublade auf und schenkte ihr einen Karton voller Schatullen und Papierkram. Angeblich befand sich edles Briefpapier aus Amalfi darunter und ein Füller mit goldener Feder.

»Kommst du wieder?«, fragte die alte Frau, die erst vierundfünfzig war.

Anna umarmte sie.

Sie heulte fast den ganzen Rückweg über, daran denkend, dass alles ganz anders hätte kommen können ohne den verdammten Streit ihrer Eltern um eine stinknormale Razzia vor fast dreißig Jahren.

Polizeibeamte wurden häufig mit falschen Vorwürfen terrorisiert. Kriminelle versuchten, den Spieß umzudrehen, und Anwälte halfen ihnen dabei. Und die Medien liebten diese Verschwörungstheorien.

Jo war allzu bereitwillig auf die Verleumdungen hereingefallen. Eheleute sagten sich gern schlimme Dinge nach, wenn ihre Beziehung in die Brüche ging.

Ein Bernd Winkler begeht keine Straftaten, dachte Anna.

Im Unterschied zu ihr selbst.

8.

November 2003

Der Kerl kam näher. Er schwitzte und die Narbe am Kinn war gerötet. Anna zog die P6 aus dem Holster. Sie trug die Dienstwaffe nur selten, aber heute kam es darauf an, Eindruck zu machen.

Sie richtete den Lauf auf Kurt Essig, bückte sich rasch nach dem Foto, das ihr entglitten war, und hielt es dem Kinderficker entgegen. »Ich hoffe, Sie haben ihn wenigstens gut bezahlt.«

Essig schob die Haarsträhnen zurecht. Anna erkannte, dass er ein Toupet trug. Der Kerl brummte: »Er hat mich beklaut, die kleine Sau.«

»Freut mich, das zu hören.«

Odenthals Mitbewohner kaute auf seiner Unterlippe. Dann fragte er: »Was wollen Sie?«

»Der Junge ist höchstens zwölf oder dreizehn.«

»Asiaten wirken jünger, als sie sind.«

»Mal sehen, wie das der Richter beurteilt.«

Essig wurde laut: »Und wie rechtfertigen Sie den Einbruch in meine Privaträume? Ohne Durchsuchungsbeschluss! Wie wird der Richter das sehen? Zeigen Sie mich an und Sie sind die längste Zeit Polizeibeamtin gewesen.« Die Idee schien ihm zu gefallen – Essig rieb sich die Hände. »Eine klassische Pattsituation, so nennt man das wohl.«

»Odenthal war in der Nacht zum 31. Januar nicht in dieser Wohnung. Geben Sie das endlich zu! Gemeinsames Fernsehen ist die dümmste Ausrede, die ich kenne.«

»Wenn es aber so war?«

»Ihr Freund ist ein gefährlicher Psychotiker.«

»Seit ich ihn kenne, hat er die Krankheit im Griff.«

»Sie hätten sein Opfer sehen sollen. Sie wissen genau, dass wir Blut an Odenthals Schuhen und an seiner Jacke gefunden haben, hier, im Zimmer nebenan. Lohses Mutter hat bestätigt, dass Daniel Angst vor Ihrem Mitbewohner hatte. Gestehen Sie endlich, dass Ihr Gerede vom gemeinsamen Fernsehabend eine billige Gefälligkeitslüge ist.«

»Kommt nicht infrage.«

»Einer wie Odenthal ist im Stande, es wieder zu tun.«

»Geben Sie mir das Foto, junge Frau.« Essig streckte die Hand aus. »Ich schlage Ihnen einen fairen Handel vor. Sie vergessen meine Affäre mit diesem kleinen Bastard und ich verzichte auf eine Anzeige wegen Hausfriedensbruch und versuchter Nötigung zum Meineid.«

»Sie sind Lehrer?«

»Ja, wieso?«

»Was wird Ihr Schulleiter dazu sagen, wenn er dieses Foto zu Gesicht bekommt?« Sie hielt es hoch, außerhalb der Reichweite ihres Gegenübers.

Der Kerl lächelte nicht mehr. Er kratzte sich die Narbe.

Anna fügte hinzu: »Und der Elternbeirat. Der Förderverein Ihrer Schule. Lauter ehrwürdige Leute, denen das Wohl ihrer Kinder über alles geht, nicht wahr? Wie werden sie reagieren, wenn sie das Bild sehen? Das Schönste ist: Ich brauche Sie gar nicht anzuzeigen. Ich kann die Kopien anonym verschicken.

Und selbst wenn es mich den Job kosten würde: Die Sache wäre es mir wert.«

Essig verschränkte die Arme und nagte erneut an der Unterlippe. Das schiefe Haarteil wirkte grotesk. Die Lippe begann zu bluten.

Leise fragte er: »Was verlangen Sie von mir?«

Bingo. Anna ballte die Faust. Sie hatte im letzten Moment das Steuer herumgerissen, um dem Recht zur Durchsetzung zu verhelfen. Es war das Mindeste, was sie für den toten Daniel Lohse und seine Eltern hatte tun können.

Ihre unkonventionelle Methode – niemand würde je davon erfahren.

9.

Mai 2005

Koslowski und sein Partner Bader hatten eine Pause eingelegt. Nachtschicht der B-Tour, nur das Zeitungsrascheln durchbrach die Stille in der Hauptwache der Polizeiinspektion eins.

Bader blätterte in der *Morgenpost* – druckfrisch vor ein paar Stunden vom Kiosk geholt. Koslowski nippte vom Kaffee und schnappte sich den Reiseteil. Annoncen schicker Wellness-Hotels, die ihn an die unbezahlbaren Urlaubswünsche seiner Frau erinnerten.

Sein jüngerer Kollege brütete über dem Leitartikel, fuhr sich über die Bartstoppeln und bewegte stumm die Lippen. Schließlich sagte er: »Die Deutschen sind mal wieder Europameister.«

»In was?«

»Reformangst.«

»Bei diesen Reformen kein Wunder.«

»Trotzdem wird Strom wieder die Wahl gewinnen, oder was glaubst du?«

Wachdienstführer Zander kam von der Toilette und schüttelte sich die Hände trocken. Er raunzte: »Habt ihr schon die Mitarbeiterbefragung ausgefüllt? Ich krieg einen Anschiss, wenn ich die Zettel nicht komplett bis Freitag abgegeben habe.«

Koslowski zog den Fragebogen unter der Zeitung hervor. Er las die erste Frage und staunte, was die Bürokraten im Innenministerium mal wieder ausgebrütet hatten.

Die Aussagen sind positiv oder negativ formuliert. Die Antwortskala reicht in sechs Stufen von vollkommener Zustimmung bis zu vollkommener Ablehnung. Antworten Sie spontan und kreuzen Sie nur ein Kästchen an.
1.: Das gegenseitige Vertrauen, dass wir offen über alles, auch über ganz persönliche Dinge, reden können, ist bei uns groß.

Das Telefon schrillte. Zander ging ran.

Bader raschelte erneut mit der Zeitung und erklärte: »Hier steht, dass die Unternehmer mehr Leute einstellen würden, sobald die Arbeiter länger am Band stehen und auf ihr Weihnachtsgeld verzichten. Ich kapier den Zusammenhang nicht. Der Unternehmer macht vielleicht höheren Profit, aber er braucht doch dann weniger Leute statt mehr, oder bin ich blöd?«

Koslowski kreuzte an: *stimmt völlig.* Sie redeten über jeden Scheiß. Ganz offen.

Zander knallte den Hörer hin und rief: »Hört mal her, Mädels!«

Ende der Ruhe, der nächste Einsatz: Nachbarn hatten sich über Lärm aus einer Wohnung in der Klosterstraße beschwert, angeblich eine Schlägerei unter Russlanddeutschen.

Koslowski und sein Partner schlenderten hinaus zu ihrem grün-silbernen Passat. Sie beschlossen, zunächst den Wagen voll zu tanken. Die Nadel stand fast auf Anschlag und für die eigene Gesundheit war es besser, wenn sich die Raufbolde erst gegenseitig fertig machten.

Die Vertragstankstelle lag außerhalb des Reviers an der Fischerstraße im Stadtteil Derendorf. Während die Zapfsäule brummte, fragte Bader: »Automatenkaffee?«

»Danke.«

»Danke ja oder danke nein?«

Aus dem Funk krächzte die Stimme des Wachdienstführers: »Düssel 11-34 für 11-01.«

»Was gibt's?«, fragte Koslowski.

»Der Nachbar hat noch einmal wegen der Ruhestörung angerufen. Wo bleibt ihr?«

»Sind so gut wie da.«

In diesem Moment erblickte Koslowski den Feuerschein. Sekundenlang leuchtete der Himmel über den Häuserreihen im Südosten.

Auf sein Erlöschen folgte ein dumpfer Knall. Höchstens zwei Kilometer entfernt, schätzte Koslowski.

»Scheiße!«, rief Bader. »War das Bin Laden oder was?«

»Laber nicht, steig ein!«

Sie rasten los, passierten das Thyssen-Hochhaus und wählten die linke Abzweigung der Rampe, die über die Fußgängerzone hinweg auf den Hauptbahnhof zu führte. Außer ihnen war niemand unterwegs, trotzdem schaltete Bader Martinshorn und Blaulicht ein.

»Nächste links«, dirigierte Koslowski.

Der Passat bog mit quietschenden Reifen in die Oststraße.

»Und jetzt?«, fragte Bader und ging vom Gas.

Die Antwort kam per Funk. »Hier Düssel 11-01, in der Schützenstraße muss irgendwas passiert sein. In der Leitstelle stehen die Telefone nicht still. 11-34, vergesst die Ruhestörung und seht mal nach!«

»Verstanden«, bestätigte Koslowski.

Sie rasten einem Taxi entgegen, das beim Ausweichen über den Bordstein krachte. Als sie die Schützenstraße erreichten, rumpelten die Reifen schon nach wenigen Metern über Hindernisse. Bader stoppte.

Koslowski stieg aus und musste sofort husten. Staubschwaden hüllten ihn ein. Schreie schallten aus den Häusern ringsum. Aus den Fensteröffnungen wehten Gardinen – sämtliche Scheiben im Umkreis zerstört. Leute irrten umher, die meisten im Schlafanzug oder in Unterwäsche.

Martinshornlärm aus allen Richtungen. Weitere Streifenwagen, Berufsfeuerwehr. Koslowski stolperte über Dachziegel, Backsteine, Reste von Jalousien. Er presste ein Taschentuch vor die Nase. Der Dreck ließ die Augen tränen. Glassplitter knirschten unter seinen Sohlen. Die Anwohner bestürmten ihn, aufgelöst und panisch.

Dann lichtete sich die Staubwolke und er sah den Albtraum in seinem ganzen Ausmaß. Dort, wo ein Teil der Straße völlig im Dunkeln lag, nur noch vom zunehmenden Mond beschienen.

10.

Das Handy schrillte und der Vibrationsalarm ließ den Tisch dröhnen, auf dem es lag. Anna brauchte einen Moment, um sich zu orientieren. Nein, sie lag nicht in ihrer möblierten Bude in Čapljina.

Montagmorgen. Ihr erster Tag im Dienst.

Sie stieg schwankend aus dem Bett und fand ihr Gleichgewicht. Wie auf einer dicken Watteschicht stakste sie zum Mobiltelefon hinüber und drückte die grüne Taste, doch das Klingeln hatte bereits aufgehört. Anna erinnerte sich daran, dass Ela Bach sie zur Mordbereitschaft eingeteilt hatte.

Womöglich hatte die Leitstelle sie zu erreichen versucht – ein Tötungsdelikt als Willkommensgruß.

Anna riss das Fenster auf. Sie hatte höchstens fünf Stunden gepennt und war noch völlig benommen. Picasso folgte ihr in die Küche. Sie trank einen Schluck Leitungswasser und füllte den Napf des Zwergschnauzers, der sofort seinen weißen Bart hineintauchte und schlabberte, als gebe es in den nächsten Tagen nichts mehr.

Sie hörte die Mailbox ab. Nicht die Leitstelle, sondern ihre Chefin hatte eine Bitte um Rückruf hinterlassen.

Im Arzneischrank des Vaters fand Anna Aspirin. Während es sich sprudelnd im Zahnputzbecher auflöste, wählte sie Elas Privatnummer.

»Bach«, meldete sich die KK-11-Leiterin. Aus dem Hintergrund tönten Geräusche, als laufe ein Fernseher.

»Ich soll dich zurückrufen.«

»Ja, in der Düsseldorfer Innenstadt ist ein Wohnhaus in die Luft geflogen! Schützenstraße 18, Nähe Wehrhahn. Ursache unbekannt. Über die Zahl der Opfer gibt's im Moment noch keine Angaben.«

»Ein ganzes Haus?«

»Angeblich unbewohnt. Aber eben wurde ein Penner ausgebuddelt, der im Dachgeschoss kampiert hatte. Er liegt jetzt in der Uniklinik und es heißt, dass er wahrscheinlich durchkommt.«

»Mein Gott, ich bin noch gar nicht richtig da.«

»Die Kollegen haben im Moment keine weiteren Verschütteten, aber mir wäre es lieber ...«

Anna vernahm, wie Ela an einer Zigarette zog. Sie sagte: »Bin schon unterwegs. Wer leitet die Ermittlungen?«

»Danke, Anna. Erst einmal ist das KK 14 zuständig und ich weiß nicht, ob die schon ein Team vor Ort haben. Sobald es einen Toten gibt, möchte ich, dass du den Fall in die Hand nimmst. Die Explosion wird in den nächsten Tagen die Schlagzeilen bestimmen, davon können wir ausgehen. Das ARD-Morgenmagazin sendet bereits live von der Unglücksstelle. Kein schlechter Empfang für unsere Bosnien-Rückkehrerin, nicht wahr?«

Anna legte auf und zog sich rasch an. Eigentlich kam ihr die Arbeit gelegen. Sie würde auf andere Gedanken kommen, sich nicht mehr über Karin und Daniel den Kopf zerbrechen können. Der Papierkram, den sie sich für heute vorgenommen hatte, konnte warten.

Sie ließ die Terrassentür einen Spalt weit geöffnet, damit der Hund in den Garten konnte. Auf dem Küchentisch fand sie den Autoschlüssel ihres Vaters. Von der Garderobe angelte sie ihre Lederjacke.

Während sie im großen BMW den Rhein überquerte, machten die Sechs-Uhr-Nachrichten mit dem Unglück in Düsseldorfs Stadtzentrum auf. Als Zeitpunkt der Explosion nannte der Radiosprecher 3.16 Uhr. Das Haus sei eigentlich unbewohnt gewesen, weil es saniert werden sollte. Nur ein Verletzter, vermutlich ein Obdachloser – der Sender bestätigte, was Anna bereits wusste.

Inzwischen war ihre Benommenheit gewichen. Nicht einmal Sehstörungen, unter denen sie sonst manchmal nach dem Aufwachen litt. Alles im grünen Bereich.

Nach einer knappen halben Stunde Fahrt erreichte Anna über die Oststraße den Wehrhahn. Kurz vor der S-Bahn-Überführung zweigte rechts die Schützenstraße ab. Ein uniformierter Kollege wollte Anna nicht durchlassen. Sie zeigte ihren Dienstausweis und er winkte sie auf den Parkplatz einer Schule.

Dort schloss sie das Auto ab und bahnte sich einen Weg durch die Schaulustigen und Medienvertreter bis ans Flatterband, das den Rest der Straße abriegelte. Bereitschaftspolizisten sicherten – wieder musste Anna mit dem grünen Kärtchen wedeln, um durchgelassen zu werden.

Feiner, grauer Staub bedeckte den Asphalt. Sämtliche Autos, die hier parkten, waren beschädigt und wurden abgeschleppt, um Platz für Räumfahrzeuge zu schaffen. Drei Lkw und ein Radlader standen bereit.

Als sie die Unglücksstelle erreichte, musste Anna sofort an den Balkan denken: alte Verwüstungen aus dem Bürgerkrieg, neue Schäden durch den Terror rivalisierender Schmugglerbanden.

Aber das hier war Deutschland.

Anna wurde klar, warum ihre Chefin schneller als üblich von dem Unglück erfahren hatte: Ela wohnte in Pempelfort, dem benachbarten Stadtteil. Die Explosion musste man kilometerweit gehört haben.

Die Schützenstraße 18 wirkte wie eine Zahnlücke in der geschlossenen Häuserzeile – provisorisch errichtete Scheinwerfermasten beleuchteten einen Trümmerberg aus Steinen, Balken und Betonteilen. Aus der Mitte des Schutthaufens ragten Teile des Treppenhauses und einer Mittelwand, drei Stockwerke hoch wie ein mahnender Finger. Dielen hingen daran, fast ein kompletter Fußboden, der jederzeit abzustürzen drohte.

Ziegel, Fensterrahmen und hölzerne Zargen waren bis an die gegenüberliegende Fassade geschleudert worden, die Außenmauern gleichsam auf die Straße geklappt. Eine Lawine von Mauerteilen, aus der eine geknickte Straßenlaterne hervorlugte.

Einen Brandherd konnte Anna auf den ersten Blick nicht ausmachen. Kein Rauch. Aber es roch irgendwie faulig.

Gas.

Es wimmelte bereits von Helfern: Feuerwehr, Technisches Hilfswerk und Rotes Kreuz. Hundeführer mit ihren Suchhunden – die Tiere hechelten und zerrten an den Leinen. Arbeiter der Stadtwerke rissen links und rechts die Straße auf.

Unter den wenigen Leuten, die weder Blaumann noch Uniform trugen, entdeckte Anna den Kollegen Michael Lohse. Ein Lichtblick im Chaos, dachte sie und gab ihm die Hand.

Er ist grau geworden, stellte Anna fest. Seine Wangen waren eingefallen, die Augen gerötet – dass er so miserabel aussah, lag nicht nur daran, dass man ihn so früh aus dem Schlaf geklingelt hatte. Er roch nach Schnaps.

»Schön, dass wir zusammenarbeiten«, antwortete Anna und versuchte, sich nicht anmerken zu lassen, was sie wirklich empfand.

Der frühere Partner ihres Vaters zeigte ein unsicheres Lächeln. »Willkommen zurück in Düsseldorf!«

Teil II

Im Trümmerfeld

Als sie das Ziel aus den Augen verloren, verdoppelten sie ihre Anstrengungen.

Mark Twain, *Die Abenteuer des Tom Sawyer*

11.

September 1976

Im Capri war es unerträglich heiß. Erst nach langem Orgeln sprang der Motor an. Bernd Winkler setzte in Gedanken eine neue Karre auf seine Wunschliste.

Er steuerte den Nachbarort Holzbüttgen an, um Michael Lohse abzuholen, mit dem er eine Fahrgemeinschaft bildete, um Benzin zu sparen. Lohses Reihenhaus an der Edelsteinstraße war noch unverputzt. Die Hypothekenzinsen schnürten ihn und seine Frau ein, wie Winkler wusste. Er stellte sein Auto vor dem kastenförmigen Volvo-Kombi des Kollegen ab und ließ den Motor laufen, während er klingelte.

Karin öffnete. Sie trug Gummihandschuhe, eine schmutzige Schürze, die Haare hochgesteckt. Gartenarbeit.

»Michael ist noch im Bad«, sagte sie und zog Winkler in den Flur, wo sie sich gegen ihn drängte. Ihr Kuss schmeckte nach Kaffee.

Als sie von ihm abließ, flüsterte sie: »Es kann so nicht weitergehen.«

»Wieso?«

»Wir müssen es ihm sagen.«

In der Küche lief das Radio. Die vier Schweden sangen *Fernando.* Winkler fand, dass Michael und seine Frau sehr gut zusammenpassten. Er selbst hatte von fester Beziehung und Zusammenleben erst einmal genug.

Er antwortete: »Wir sollten nichts überstürzen.«

Sie blickte ihn mit großen Augen an, als sei er ein Außerirdischer und gerade vom Himmel gefallen.

Im Badezimmer beendete Michaels Elektrorasierer sein Brummen. Der Kollege kam aus dem Bad gestürmt und angelte seine Jeansjacke von der Garderobe. Er roch nach billigem Rasierwasser. Ein paar Stoppeln unter dem Kinn hatte er übersehen. Seine

Frau reichte ihm die lederne Aktentasche mit den belegten Broten. Michael Lohse drückte ihr einen Kuss auf die Wange.

Aufgekratzt sagte er zu Winkler: »Stell dir vor, Karin hat beim Pflanzenkaufen die Gattin von so 'nem Thyssenmanager kennen gelernt und soll jetzt für viel Geld deren Garten in Meerbusch gestalten.«

Karin schlug die Augen nieder.

Winkler fegte sich Erdkrümel vom Hemd und machte, dass er rauskam.

Das gelbe Schild am Ende der Autobahn verhieß *Landeshauptstadt Düsseldorf.* Kurz darauf rollten sie über die Rheinkniebrücke. Vor ihnen blitzten zahllose Autoscheiben in der Sonne. Winkler ließ die Linke aus dem Fenster baumeln und genoss das Gefühl, in die Großstadt einzutauchen.

Er war in Datteln aufgewachsen, im nördlichen Ruhrgebiet, wo der Schnee grau vom Himmel fiel und die Kühe auf den Feldern umkippten, wenn der Wind den Mief aus den Fabrikschloten herantrug. Dagegen war Düsseldorf die große, weite Welt. Selbst heute noch, da er längst auch die hässlichen Seiten der Stadt kannte.

Auf der Herzogstraße stand die Ampel auf Rot, der Capri kam hinter einem dicken Commodore zum Stehen. Abgasdunst und überall Wahlplakate, die meisten mit Schnurrbärten oder Zahnlücken verziert. Der eine Helmut warb für ein *Modell Deutschland,* dem anderen hatten die Werber eine neue Brille verpasst, die freundlicher wirken sollte als das bisherige Gestell.

Winkler fiel sein Vater ein, für den nie eine andere Partei als die SPD infrage gekommen war. Und das ohne jeden Hintergedanken an eine Karriere.

Lohse bot ihm eine Lux Filter an. Beim Feuergeben sagte Lohse: »Zurzeit läuft im Kino ein Film, in dem sich Gerard Depardieu den Pimmel abschneidet. Kannst du dir das vorstellen?«

Winkler paffte und dachte daran, dass Schauspieler und Politiker etwas gemeinsam hatten: Sie verstellten sich und schlugen Schaum. Konnte man sich auf solche Menschen verlassen?

Lohse blies Kringel. »Karin meint, der Film entmystifiziert die Männlichkeit. Was auch immer das heißen soll.«

Die Ampel sprang auf Grün. Winkler trat aufs Gas und der Capri gehorchte mit einem rasselnden Geräusch. Autos mit Kennzeichen aus der Umgebung verstopften die Straßen. Die Ferien waren vorbei und die Leute zog es zum Schaufensterbummel in die Stadt der glänzenden Fassaden.

Winkler antwortete: »Hauptsache, Karin kommt nicht auf die Idee, deine Männlichkeit zu entmystifizieren.«

Michael lachte, dann sagte er: »Sie beschwert sich, weil wir uns keinen Urlaub leisten können. Und mit dem Kinderkriegen will sie noch warten.«

Winkler musste an seine Ex denken.

»Aber vom Hausbau wollte Karin zunächst auch nichts wissen«, fuhr Lohse fort. »Ich hab mir schon einen Namen überlegt für den Stammhalter. Wenn's ein Junge wird, heißt er Daniel.«

Winkler bemerkte: »Gabi lebt jetzt in Indien. Angeblich hat sie einen kleinen Sohn, dessen Vater ich sein soll. Sie nennt ihn Swami irgendwas.«

»Scheiße. Tut mir leid, dass ich mit dem Thema angefangen habe.«

»Die Leute dort tragen Halsketten mit dem Konterfei ihres Gurus. Sie streben das Nirwana an, was so viel heißt wie Nichts. Das bedeutet für Gabi Selbstverwirklichung. Kannst du dir das vorstellen?«

Lohse schüttelte den Kopf.

Winkler hätte gern gewusst, ob die Frau in Rot ihm gestern die Wahrheit erzählt hatte. Er stellte sich sein Baby in den Fängen der Sekte vor: verwahrlost und krank.

Lohse räusperte sich. »Aber nur weil du mal Pech hattest, muss es dir beim nächsten Mal nicht wieder so gehen. Nimm mich und Karin zum Beispiel. Nicht immer der Himmel auf Erden, aber es funktioniert. Du solltest dir wirklich wieder ein Mädel zulegen, Bernd.«

Winkler hupte einen Simca mit Mettmanner Nummernschild zur Seite und drückte eine Kassette ins Autoradio, um auf andere

Gedanken zu kommen. Der Synthesizerklang war gewöhnungsbedürftig, aber originell. Ein deutscher Text, nicht vergleichbar mit dem Schlager-Schrott, den man sonst zu hören bekam.

Wenn wir im Dunkeln schweben
Du kannst mir so viel geben
Schwarze Flammen greifen nach mir
Ich brenne – vor Gier nach dir.

Winkler wusste, dass Lohse *Osiris Trance* nicht leiden konnte, und erwartete Protest. Aber der Kollege warf nur die Kippe aus dem Fenster und bemerkte: »Ich soll dir übrigens ausrichten, dass du zum Friseur gehen sollst.«

»Von wem?«

»Rate mal.«

»Baumann? Scheiß drauf!«

Der Kollege runzelte die Stirn. »Und ich dachte, du wärst scharf auf eine Beförderung.«

12.

Mai 2005

Michael Lohse machte Anna mit Norbert Immel, seinem Partner im KK 14, bekannt. Beide trugen feste Stiefel, Schutzhelme und Arbeitshandschuhe. Zu dritt versuchten sie, sich einen Überblick zu verschaffen. Sie redeten mit Schutzpolizisten und Kollegen der Kriminalwache sowie den Einsatzleitern von Berufsfeuerwehr und Freiwilliger Feuerwehr, die den vermeintlichen Obdachlosen geborgen hatten.

Die Nachbarhäuser waren wegen akuter Einsturzgefahr evakuiert worden. Sofort war auch die Suche nach Verschütteten gestartet worden, obwohl noch Erdgas aus einer zerborstenen Leitung strömte und an einigen Stellen des Schuttkegels ein explosionsfähiges Gemisch gemessen werden konnte.

Die Suchhunde hatten an den Resten der Außenwand zur Hofseite angeschlagen. Erst nach einer Stunde hatten die Helfer die Trümmer weit genug abgetragen, um den Verletzten aus einem Hohlraum zwischen Dachbalken bergen zu können. Ein junger Ausländer im schwarzen Jogginganzug, der in gebrochenem Deutsch einfache Fragen beantworten konnte. Er hatte Glück gehabt. Vor einer Viertelstunde war er in die Uniklinik gebracht worden.

Unterdessen waren Teile der Giebel links und rechts der Lücke herabgebröckelt und die weitere Suche war deshalb unterbrochen worden. Fieberhaft arbeiteten Feuerwehr und THW daran, die Außenwände der Nachbarhäuser abzustützen. Risse klafften und mit Rüstholz und Baukränen drückten die Helfer gegen die einsturzgefährdeten Mauern.

»Wie kommt es, dass immer noch Gas ausströmt?«, fragte Anna.

Ein Feuerwehrmann erklärte: »Die Stadtwerke arbeiten mit Niederdruckleitungen. Im gesamten System gibt es keine Absperrschieber. Man muss erst die Versorgungsleitung links und rechts des Hauses freilegen und kappen.«

Anna wandte sich an die beiden Brandermittler und machte eine Geste in Richtung des Trümmerbergs. »Habt ihr schon eine Idee, was die Ursache war?«

»Keine Ahnung«, antwortete Lohse. »Vielleicht die Laterne vor dem Haus oder die Zuleitung. Manchmal genügen Straßenarbeiten, um ein Rohr aus der Verschraubung zu reißen.«

Kollege Immel mischte sich ein: »Nach einem Sprengstoffanschlag sieht es jedenfalls nicht aus. Dann wären die Bruchstücke kleiner und in größerem Umkreis verteilt.«

Michael Lohse führte zitternd einen Glimmstängel zum Mund. »Wer weiß, ob wir's jemals ganz aufklären können.« Er kramte in seinen Taschen nach einem Feuerzeug.

Anna bemerkte: »He, willst du, dass noch einmal alles in die Luft fliegt?«

»Sorry.«

Die Zigarette zerbrach, als er sie zurück in die Schachtel

stopfte. Lohse deutete ein Lächeln an. »Bin leider noch nicht dazu gekommen, deinen Vater anzurufen.«

»Heute kommt er aus der Reha-Klinik nach Hause. Wenn das hier hinter uns liegt, sollten wir drei uns mal einen gemütlichen Abend machen.«

»Ja. Wir drei. Alles, was von unseren Familien noch übrig ist.«

Der Versuch, Michael aufzumuntern, war fehlgeschlagen, erkannte Anna.

Am Unglücksort konnte sie nichts weiter tun. Deshalb sagte sie: »Wenn ihr nichts dagegen habt, hör ich mich etwas um.«

Ein paar Häuser weiter befand sich der Parkplatz eines Supermarkts, auf dem das Rote Kreuz die evakuierten Nachbarn mit Tee und Brötchen versorgte. Helfer errichteten Zelte, ein Kran stellte Toilettenhäuschen ab. Mitarbeiter des Sozialamts verteilten Zettel mit Rufnummern und versprachen Notunterkünfte für alle, die nicht bei Freunden oder Verwandten unterkommen konnten.

Anna schnappte sich einen Becher Tee und befragte die Anwohner. Gerüchte gingen um: An dem eingestürzten Haus sei bereits seit Monaten ohne sichtbare Fortschritte herumgewerkelt worden. Die Arbeiter sprächen kaum ein Wort Deutsch. Die angebliche Ursache des Unglücks: der Anschlag einer Schwarzarbeitermafia oder Versicherungsbetrug des Hausbesitzers.

Ein Alter in Pyjama und Filzpantoffeln beschuldigte die Globalisierung und die USA. Sein Keifen hallte durch die Straße. Nachbarn versuchten, ihn zu beruhigen. Sie erklärten Anna, dass der Mann die Luftangriffe im Zweiten Weltkrieg miterlebt hatte.

Ein kleiner Junge zupfte Anna am Ärmel.

»Frau Küppers, Frau Küppers!«, rief er aufgeregt.

»Was ist mit ihr?«

»Sie hat einen Mann gesehen!«

Anna folgte dem Kleinen in ein Zelt, in dem eine rothaarige Frau im Trenchcoat auf einem Feldbett lag. Der Junge stupste sie an.

Die Frau schreckte auf. Ihr ungeschminktes Gesicht wirkte bleich unter der Neonröhre.

»Frau Küppers?«, fragte Anna und wies sich aus. »Sie haben etwas beobachtet?«

»Ja, haben Sie eine Zigarette?«

»Ich rauche nicht.«

Die Rothaarige zog das Revers ihres Mantels zusammen, als friere sie. »So gegen drei«, sagte sie. »Im Radio liefen gerade Nachrichten. Ich konnte nicht schlafen und ging zum Rauchen ans Fenster. Da sehe ich diesen Mann. Er guckte in ein Auto, das vor dem Nachbarhaus parkte.«

»Was für ein Auto?«

»An den Typ kann ich mich nicht erinnern. Zuerst dachte ich, der Mann will den Wagen klauen. Doch dann ging er in das Haus.«

»In die Nummer 18?«

Die Frau nickte.

»Wenige Minuten vor der Explosion?«

»Ja. Ich hatte mich gerade wieder hingelegt, als es krachte. Eine Tür ist in mein Zimmer geflogen. Mein Gott, vor Schreck hab ich ins Bett gepinkelt.«

»Es ist vorbei«, sagte Anna.

Frau Küppers schüttelte den Kopf. »Ich will hier nicht länger wohnen.«

»Können Sie den Mann beschreiben?«

»Jung und ganz in Schwarz gekleidet. Das Gesicht habe ich nicht gesehen.«

Anna bedankte sich.

Die Frau hustete und bemerkte, als sei es wichtig: »Das Licht war an.«

»Bitte?«

»Das Licht an dem Auto. Er hätte es besser klauen sollen. Jetzt liegt der Wagen wahrscheinlich unter den Trümmern und ist kaputt.«

13.

September 1976

In der Wache las Michael Lohse aus der *Morgenpost* vor: »Katja Ebstein und Mary Roos sind geschieden, Dorthe und Gitte haben ihre Männer verlassen, Dunja Rajter und Daliah Lavi reichen die Scheidung ein.«

Jemand rief dazwischen: »Waren die mit Polizisten zusammen?«

Lohse fuhr fort. »Hört euch das an: *Frauen suchen nach mehr Liebe und kriegen immer weniger davon.*«

»Sollten sich mal bei uns auf der Wache melden«, antwortete Wachdienstführer Baumann und schmatzte einen Kuss in die Luft.

Winkler schnappte sich den Lokalteil. Der Anrufer von vorhin: *Heute Abend um neun hat er einen Auftritt.*

Nirgendwo eine Zeile darüber.

Baumann näherte sich und verströmte Schweißgeruch. Er bohrte seine Finger in Winklers Nacken: »Zwei Zentimeter über dem Kragen.«

»Jeder läuft so rum.«

»Nicht bei uns. Die Schutzpolizei steht für Anstand und Ordnung.«

»Lohse und ich tragen Zivil. Soll man uns an der Frisur erkennen?«

»Wenn du dir nicht gleich morgen früh die Haare stutzen lässt, bist du die längste Zeit Zivilstreife gefahren!«

Winkler verkniff sich die Antwort, die ihm auf der Zunge lag. Als sich sein Chef verzogen hatte, griff er nach dem Telefon und ließ die Wählscheibe rattern. Er kannte einen pfiffigen Abiturienten namens Alex Vogel, der als Reporter für das Boulevardblatt *Blitz* jobbte. Der Junge war sofort dran.

Winkler sagte: »Heute Abend soll *Osiris Trance* ein Konzert geben, aber es steht nichts davon in der Zeitung.«

»Der Auftritt ist nicht öffentlich.«

»Was soll das heißen?«

»Die Plattenfirma schmeißt eine Party für handverlesene Presseleute, um die neue Scheibe vorzustellen. Da kommen auch Sie nicht so einfach rein.«

»Das lass mal meine Sorge sein.«

Vogel nannte eine Adresse in Reisholz, im Süden der Stadt. Sie verabredeten sich für zwanzig Uhr. Der Nachwuchsreporter fragte: »Seit wann stehen Sie auf Elektro-Pop?«

14.

Mai 2005

Die Morgendämmerung tauchte das Viertel in einen fahlen Schein. Anna fiel ein Türblatt auf, das im Haus gegenüber der Unglücksstelle halb aus einem Fenster hing – die Explosion hatte es tatsächlich quer über die Straße in die Wohnung der Zeugin Küppers geschleudert.

Irgendwo flötete ein Buchfink. Noch immer trübte Staub die Sicht und nahm allem die Farbe. Eine gespenstische Szenerie, fand Anna.

Die Gasleitung war inzwischen abgeriegelt. Ein Radlader begann, die Schutthalde abzutragen. Dieselqualm machte sich breit. Der erste Lkw dröhnte voll beladen davon. Die Helfer legten Förderbänder an den Trümmerberg.

Anna gesellte sich zu Michael Lohse. »Wir müssen den Ort beschlagnahmen, die Gaslaterne und den gesamten Schutt«, sagte sie. »Jede Baggerschaufel muss begleitet werden, hier und an den Mulden, in die das Zeug gekippt wird. Jedes Teil ist eine potenzielle Spur.«

»Das ist mir klar, Anna, und ich hab das schon veranlasst. Kollege Immel fotografiert wie ein Wilder. Gleich trifft der Sachverständige ein. Und die Laster bringen sämtlichen Schutt auf den städtischen Bauhof. Nichts geht verloren.«

Sein Tonfall klang aufgebracht und Anna rief sich ins Bewusstsein, dass sie hier nicht die erste Geige spielte. Sie beteuerte: »Natürlich trägt der Fall die Tagebuchnummer, die das KK 14 ihm gibt, Michael.«

Anna hörte zu, als Lohse mit einem Techniker der Stadtwerke über die mögliche Ursache diskutierte. Entschieden bestritt der Angestellte die Vermutung, dass aus den Rohren unter der Straße Erdgas ins Haus geströmt sei. Gemäß seinem Plan verfügte das Gebäude nicht einmal über Gasanschluss. Die Versorgungsleitung endete blind im Keller. Auf Wunsch des Besitzers sei Ende der Achtziger die Hausinstallation demontiert und die Anschlussleitung mit einem Stopfen verschraubt worden.

Der Stadtwerkemann mutmaßte, dass jemand die tote Leitung angezapft habe, um Gas zu stehlen, und es dabei zur Entzündung gekommen sei. Anna hielt das für unwahrscheinlich, da niemand das Haus bewohnt hatte.

Ein Feuerwehrmann rief sämtliche Helfer zur Besprechung in eine nahe gelegene Grundschule. Anna machte sich mit Lohse und Immel auf den Weg.

Die Turnhalle der Schule war zum Lagezentrum umfunktioniert worden. Gemeinsam mit den Einsatzleitern der Feuerwehren und des Technischen Hilfswerks vereinbarten sie dort die nächsten Maßnahmen. Bereitstellungsflächen für das Räumgerät, damit sich die Fahrzeuge nicht gegenseitig behinderten. Platz für weitere Zelte. Die Hundestaffel wurde bis auf zwei Tiere und ihre Führer nach Hause geschickt. Notfallseelsorger sollten sich um die Anwohner kümmern.

Eine längere Diskussion galt den Garagen im Hinterhof des Unglücksorts. Man einigte sich darauf, zwei davon kurzerhand abzureißen, um die Radlader über die Gerresheimer Straße auch an die Rückseite des Geländes schaffen zu können.

Es zeichnete sich ab, dass die Schuttmengen den städtischen Bauhof überfordern würden. Anna regte an, auf der Mülldeponie Hubbelrath ein gesondertes Areal zur Lagerung einzurichten, damit mögliche Spuren nicht verloren gingen.

Als sie zum Unglücksort zurückkehrte, musste sie zum dritten Mal den Ausweis vorzeigen. Feuerwehrleute murrten über die Ermittler in Zivil. Anna vernahm, wie sich uniformierte Polizeikollegen hinter ihrem Rücken Anspielungen zuraunten.

Nichte. Ministerpräsident. Steile Karriere.

Es kotzte sie an.

Seit kein Gas mehr nachströmte, lief die Arbeit auf Hochtouren. Mehr als hundert Helfer trugen den Schutt per Hand ab – Schicht für Schicht. Die Förderbänder ratterten. Auf der Straße rangierten die Bagger und Lastwagen. Ein Teil der Feuerwehrleute wurde abgelöst. Bereitschaftspolizei rückte an und übernahm die Absperrung. Die Werksfeuerwehr der Chemiefabrik Henkel lieferte Staubmasken. Auch Anna streifte sich eine über.

Das Auto, von dem Frau Küppers gesprochen hatte, fand sich nicht unter den Trümmern.

Immel vom KK 14 sprach Anna an: »Ich möchte dir Jonas Freyer vorstellen. Selbstständiger Gutachter und Sachverständiger für Brand- und Explosionsursachenermittlung. Wir arbeiten oft mit ihm zusammen. Es gibt keinen, der besser ist.«

Sie gab Freyer die Hand. Ein freundlicher Mittdreißiger mit dichtem, fast schwarzem Haar und dem Körperbau eines Ausdauersportlers. An seinem Hals baumelten Digitalkamera und Diktiergerät. »Ich habe gehört, dass Sie in Bosnien waren«, sagte Freyer. »Sie müssen mir bei Gelegenheit davon erzählen.«

»Vielleicht sollte ich ein Buch darüber schreiben«, antwortete Anna genervt.

Immel mischte sich ein: »Jonas hat bereits einige Hypothesen, was die Ursache anbelangt.«

»Ich kann ja ebenfalls ein Buch schreiben«, bemerkte der Sachverständige mit einem Augenzwinkern.

Witzbold, dachte Anna verärgert. Sie sagte: »Schießen Sie los, Herr Freyer.«

»Im eigentlichen Sinn war das eine Verpuffung. Sie ging vermutlich vom Keller oder Erdgeschoss aus und entstand durch ein kritisches Gemisch von brennbarem Gas und Luftsauerstoff. Die Zündgeschwindigkeit ist geringer als bei Sprengstoff, aber sie genügt, um Wände einzudrücken und die Decken anzuheben.«

»Okay. Und konkret?«

»An dem Gebäude fanden Bauarbeiten statt. Möglicherweise wurde Acetylen benutzt, um Stahlteile zu schweißen. Vielleicht auch Propan für die Bitumenbahnen auf den Gaubendächern oder für einen Katalytofen, wo sich die Arbeiter einen Frühstücksraum eingerichtet haben. Beim Wechseln der Gasflaschen kann ein Dichtungsring falsch eingesetzt worden sein. Flüssiggas ist schwerer als Luft und kann bis in den Keller absinken. Ein Wackelkontakt reicht dann aus. Irgendein Funke. Ein Kühlschrank, der sich einschaltet, oder ein Ladegerät. Bei Bauarbeiten wird jede Menge Scheiß angeschlossen. Die Verpuffung hebt die Kellerdecke und das Haus stürzt ein.«

Anna blickte sich um. Immel nickte ihr zu, beeindruckt vom Sachverstand des Gutachters.

Sie sagte: »Also halten wir Ausschau nach Gasflaschen.«

Freyer strich sich über die Oberlippe. »Und nach Elektrogeräten jeder Art, die vielleicht die Zündquelle waren. Aber auch nach verbrannten Klamotten, verschmorten Kanistern.«

»Gibt's Flüssiggas in Kanistern?«

»Nein, aber wenn ich vorsätzlich ein Haus zerlegen möchte, erfüllt ein Brandbeschleuniger unter Umständen den gleichen Zweck. Verdunstetes Benzin mischt sich mit Luft, überschreitet die Zündgrenze, ein Funke – wuff. Teppichhändler und Gastronomen arbeiten gern mit dieser Methode, wenn ihnen die Pleite droht.«

»Wir haben einen Benzindetektor angefordert«, warf Immel ein. »In den letzten Monaten gab's eine regelrechte Welle solcher Brandstiftungen.«

Anna fragte: »Und Erdgas?«

»Ganz abwegig ist auch diese Idee nicht. Fakt ist, dass es ein Leck gab. Da stellt sich die Frage nach dem Huhn und dem Ei. Vielleicht sind Trümmer derart auf die Leitung gestürzt, dass sie brach. Vielleicht hat aber auch das Erdgas das Unglück verursacht. Wenn es entweicht, sucht es sich seinen Weg durch die

Leitungsschächte und kann im Keller austreten. Es ist um dreißig Prozent leichter als Luft, steigt also nach oben und füllt das Gebäude vom Dach bis zurück in den Keller, wo weiteres Gas nachströmt. Die Zündgrenzen, in denen das Mischungsverhältnis brisant wird, liegen bei 4,8 und 16,3 Prozent. Das ist zwar ein enger Bereich, aber irgendwo wird diese Konzentration immer erreicht. Und wie gesagt: ein kleiner Funke – Showtime.« Freyer strahlte.

Anna fielen Geschichten ein von Feuerwehrleuten, die aus Spaß am Löschen Brände legten. Sie bemerkte: »Offenbar gefällt Ihnen die Arbeit.«

»Ihnen Ihre nicht?«

»Das heißt also, wir wissen im Prinzip nichts über die Ursache.«

Freyer wirkte völlig unverdrossen. Er wies auf den Tatort. »Sie haben hier bei einem viereinhalbgeschossigen Wohnhaus von zehn Metern Breite geschätzte fünf- bis sechshundert Tonnen Schutt. Irgendwo darunter verbirgt sich die Antwort auf unser Rätsel.«

Anna kletterte zu einem der Förderbänder, um gemeinsam mit Lohse nach den erwähnten Gasflaschen oder Elektrogeräten Ausschau zu halten. Mehr konnte sie im Moment nicht tun. Vielleicht sollte ich besser ins Präsidium fahren, dachte sie.

Ein Pressehubschrauber kreiste dicht über dem Tatort und plötzlich begann der Schutt zu rieseln. Ein Hohlraum gab nach, unmittelbar neben Anna sackten Trümmer ein. Ein THW-Helfer rutschte und verletzte sich am Knöchel. Lohse alarmierte per Handy den Flughafen und veranlasste, den Luftraum über der Einsatzstelle zu sperren.

»Und du bleibst besser drüben auf der Straße«, sagte er zu Anna.

Im gleichen Moment krachte ein Teil des stehen gebliebenen Treppenhauses zusammen.

Wieder wurden die Räumarbeiten unterbrochen. Die Helfer beratschlagten, wo weitere Stützbalken nötig waren.

Anna zögerte, auf sichere Distanz zu gehen. Ein Stück Stoff

schimmerte zwischen den Ziegelbruchstücken. Sie bückte sich danach und zerrte daran, doch das Ding klemmte fest.

Sie winkte einen Hundeführer herbei. Das Tier schnupperte und schlug an. Feuerwehrleute räumten die Mauerteile beiseite. Das Ende eines Schlafsacks wurde sichtbar.

Dann eine Hand, schwielig und grau.

Fieberhaft wühlten die Männer weiter und legten den Verschütteten frei. Anna untersuchte ihn: Er war kalt, seine Finger bereits starr. Kein Herzschlag feststellbar.

Der Mann im Schlafsack war tot.

Drei Meter weiter bellte der Spürhund erneut die Trümmer an. Ohne zu scharren – kein gutes Zeichen. Anna ahnte, dass es ein langer Tag werden würde. Das Haus als unbewohnt einzustufen, war offenbar voreilig gewesen.

Jetzt war es ihr Fall.

15.

September 1976

Als die Schicht offiziell begann und Wachdienstführer Baumann den Lagebericht der letzten vierundzwanzig Stunden vortrug, erregte ein Punkt die Aufmerksamkeit Winklers: die Fixerszene am Jan-Wellem-Denkmal im Herzen der Altstadt. In der Vorwoche hatte sich ein Süchtiger zu Tode gespritzt.

Heute waren die Kollegen der Frühschicht aktiv geworden – drei Festnahmen, fünfzig Gramm sichergestellt.

Wenn wir im Dunkeln schweben …

Winkler legte das Schulterholster an und zog seine Jacke darüber. Dann bot er dem Wachdienstführer an, die Rauschgiftszene endgültig aufzumischen. Er polterte gegen Hippies und Sozialschmarotzer, bis Baumann zustimmte und überzeugt war, dass die Idee von ihm stammte.

Vor der Sandkiste am Hinterausgang der Wache entnahm Winkler der Walter PPK das Magazin, zielte in die Kiste, zog trocken ab, schob das Magazin wieder in die handliche Waffe, repetierte durch und entspannte. Eine Patrone lag nun im Lauf.

Der hohe Singsang am Telefon vor gut einer Stunde: *Höchste Zeit, dass Sie den Bastard endlich aus dem Weg räumen.*

Eine Weile streiften Bernd Winkler und Michael Lohse erfolglos durch die Altstadt, bis sie begriffen, dass sich die Szene verzogen hatte. Daraufhin versuchten sie es im Hofgarten.

Jenseits des Ententeichs erspähte Winkler einen Kerl im violetten Cordanzug, der Leute ansprach, die abgerissen genug wirkten, um als Fixer durchzugehen. Er machte Lohse darauf aufmerksam.

»Sieht aus wie ein warmer Bruder«, kommentierte der Partner.

»Ach komm, nicht schon wieder.«

»Wenn ich mir vorstelle, dass mich so einer anfasst, kommt mir das Kotzen.«

Eine Frau mit strähnigem Haar ließ sich von dem Cordanzug belabern und folgte ihm zu einer Parkbank. Ein pummeliges Mädchen machte ihnen Platz und schlenderte davon.

Sonst geschah nichts.

»Fehlanzeige«, sagte Lohse.

Winkler hob die Hand. Vielleicht warteten der Dealer und seine Kundin auch nur auf etwas. Winklers Blick folgte dem Mädchen – höchstens dreizehn Jahre alt. Es verließ den Pfad und schlug sich ins Gebüsch. Bald tauchte das Gör wieder auf und kehrte zur Parkbank zurück.

Winkler nickte. Sie stürmten los. Der Kerl im Cordanzug konnte türmen, aber die beiden anderen schalteten zu spät. Lohse fesselte sie mit Handschellen an die Bank.

»Was haben wir denn da?«, triumphierte Winkler.

Ein Hundertmarkschein und ein Briefchen mit weißem Pulver lagen auf der Erde. Das pummelige Kind und die Kundin verzogen keine Miene. Als hätten sie damit nichts zu tun.

Winkler bat Lohse, auf die beiden aufzupassen, und suchte den Weg, den die Kleine gegangen war. Er strich über das Gelände und kämpfte sich durch Büsche, bis er an die Grube der

U-Bahn-Baustelle gelangte. Zu weit – so lange war das Mädchen nicht weg gewesen.

Er trat den Rückweg an und sperrte die Augen auf. Schließlich bemerkte er einen Haufen Reisig unter einem dornigen Strauch. Vorsichtig griff er zwischen die dürren Zweige.

Weitere Briefchen. Acht Stück – etwa vierzig Gramm.

Als er damit an die Bank trat, brach das Mädchen in Tränen aus. Es wimmerte, kaum vernehmbar: »Bitte sagen Sie meinen Alten nichts!«

Zurück in der Wache spannte Winkler ein Formular in die *Olympia* und hackte in die Tasten. Lohse hing unterdessen am Radio und lauschte der Konferenzschaltung in die Fußballstadien. Die Fortuna verlor ausgerechnet gegen Köln und belegte nach vier Spieltagen den letzten Tabellenplatz.

Pünktlich zum Schlusspfiff war Winkler fertig. Er zog das Formblatt aus der Schreibmaschine.

»Auf geht's!«

»Wir sollten erst Baumann verständigen«, widersprach Lohse.

»Du weißt genau, dass wir ihn jetzt nicht stören können.« Jeden Samstag ließ sich der Wachdienstführer bei einer Freundin in Bilk absetzen.

Die Adresse, die ihnen die kleine Dealerin genannt hatte, befand sich im Stadtteil Oberkassel auf der anderen Rheinseite – eigentlich nicht mehr ihr Revier.

Zehn Minuten Fahrt mit dem zivil lackierten Streifenwagen, einem klapprigen hellblauen Käfer.

Unruhig kramte Lohse eine neue Zigarette aus der Packung, steckte sie an und inhalierte tief.

»Angst, dass die Fortuna am Ende der Saison absteigt?«, fragte Winkler.

»Das ist es nicht.«

»Was dann?«

»Wir sind keine Drogenfahnder. Findest du nicht, dass wir diesen Dealerring dem zuständigen Kommissariat überlassen sollten?«

16.

Mai 2005

Müde schloss Anna die Haustür auf. Picasso empfing sie mit einem Freudentanz. Sie kraulte ihm den Nacken, legte den Autoschlüssel auf den Küchentisch und musste gähnen.

Bis zum Abend waren fünf weitere Leichen aus den Trümmern gezogen worden sowie ein schwerverletzter Mann, der beim Transport in die Klinik gestorben war. Gemeinsam mit Beamten aus anderen Kommissariaten hatte das KK 11 eine zwölfköpfige Ermittlungskommission gebildet. Sie hatten den Hausbesitzer vernommen, einen Bauunternehmer namens Frank Gehring. Angeblich handelte es sich bei den sieben Verschütteten um ukrainische Arbeiter, die Gehring illegal auf seinen Baustellen beschäftigt und im ersten Stock der Schützenstraße 18 untergebracht hatte. So viel gab er zu. Mit der Gasexplosion wollte er nichts zu tun haben. Natürlich nicht.

Anna holte frisches Futter aus dem Kühlschrank, doch Picassos Napf war noch halb voll. Dann nahm sie den typischen Geruch wahr, der verriet, dass sich ihr Vater im Haus aufhielt.

Sie fand ihn im Arbeitszimmer, wo er eine Havanna qualmte und in den Zeitungen der vergangenen Tage blätterte. Die aufgekrempelten Ärmel brachten gebräunte Haut zur Geltung, die schwere Uhr am Handgelenk saß locker. In seiner Leinenhose und dem bis zur Brust aufgeknöpften Hemd wirkte er wie ein Urlauber, nicht wie ein Patient.

»Hallo, Prinzessin«, grüßte er.

»Du hast abgenommen«, antwortete sie.

»Ja, ich hab viel nachzuholen.«

»Geh es langsam an.«

»Um ehrlich zu sein, ich horche den ganzen Tag in mich hinein. Du kannst dir nicht vorstellen, wie sich ein Infarkt anfühlt. Als würde dich etwas von innen heraus zerstören. Für die

Ärzte war es nur ein Routinefall. Sie haben einen Stent in die verstopfte Ader gepflanzt und mich schon am übernächsten Tag aufs Trimm-dich-Rad gesetzt. Natürlich haben sie Recht damit, dass ich nicht einrosten darf. Ich brauche die Arbeit und die Arbeit braucht mich.«

Sie umarmte ihn und versuchte, sich an das Gefühl zu erinnern, als er ihr noch keine Sorgen bereitet hatte. »Sei vorsichtig«, sagte sie.

»Du bist auch dünner geworden«, stellte Winkler fest.

Anna warf einen Blick auf die Artikel, die er aussortiert hatte. Es ging um sein Hauptanliegen, die heimische Steinkohle und das Wohl der Menschen im Ruhrgebiet. Die geplante neue Zeche: Die Deutsche Bergbau AG verlangte öffentliche Förderung. Nicht als Subvention, sondern als Anschubfinanzierung. Anna fragte sich, worin der Unterschied lag.

Winkler schob die Zeitungen beiseite und fragte: »Hast du dich schon ein wenig eingelebt?«

»Lutz hat geheiratet.«

»Warum musstest du mit dem Jungen Schluss machen? Er war in Ordnung und aus gutem Haus. Ich kenne seinen Vater recht gut. Du hast einen Fehler begangen.«

Sie reagierte nicht darauf, sondern ging in die Küche und bereitete ein kleines Abendessen. Diätwurst, Vollkornbrot und Kräutertee – Dinge, die ihrem Vater gut tun sollten: cholesterinfrei, kalorienarm, reich an Ballaststoffen.

Picasso lief herbei und stellte sich bettelnd auf die Hinterpfoten.

Winkler packte seine Medikamente aus. »Aspirin, Betablocker, ACE-Hemmer. Das Zeug muss ich vermutlich für den Rest meines Lebens schlucken.«

Beim Essen berichtete Anna von ihrem Besuch in der Suchtklinik. Vom Rückfall ihrer Mutter und wie hinfällig sie gewirkt hatte.

Danach kamen sie auf die Explosion in der Schützenstraße zu sprechen – ihr Vater hatte bereits mit seinem alten Freund Lohse telefoniert.

»Ich war schockiert, als ich Michael sah«, sagte Anna.

»Weißt du, auch wenn die Ehe nach Daniels Tod hoffnungslos den Bach runterging, ist Karin doch immer Michaels große Liebe gewesen. Bis zuletzt.«

»Er bräuchte eine Kur. Am besten eine Therapie.«

»Sag ihm das und er springt dir ins Gesicht. In seinen Augen sind Kuren nur etwas für Weicheier.«

Picasso winselte. Winkler warf ihm ein Stück Wurstbrot hin.

»Ich fürchte, du hast den Köter hoffnungslos verwöhnt«, sagte Anna.

»Du siehst übrigens auch urlaubsbedürftig aus.«

»Urlaub? Das geht jetzt nicht.«

»Da bist du offenbar ganz wie Michael.«

»Karin hat mir vor ihrem Tod geschrieben. Sie machte sich Sorgen, dass Odenthal vielleicht unschuldig sei. Dass er nur wegen ihrer Aussage weggesperrt worden ist. Ich fange auch an, mir darüber Gedanken zu machen.«

»Unsinn! Ihr hattet immerhin sein Geständnis und zuletzt hat sein Mitbewohner zugegeben, dass Odenthals Alibi auf einer Gefälligkeitsaussage beruhte. Was willst du mehr?«

Anna kraulte Picasso, der sich gegen ihr Bein drängte. »Ich wusste nicht, dass Karin im Prozess gelogen hat, als sie Odenthal belastete.«

»Was heißt ›gelogen‹?«

»Daniel hat sich zwar bedroht gefühlt, aber er hat seiner Mutter keinen konkreten Namen genannt.«

Winkler deutete eine wegwerfende Handbewegung an – für ihn war die Geschichte abgeschlossen. Anna wäre froh gewesen, wenn sie es sich ebenso einfach hätte machen können.

»Erzähl mir von Bosnien, Prinzessin.«

»Ein anderes Mal. Ich bin müde.«

Anna begann, das Geschirr in die Spülmaschine zu räumen.

Plötzlich schlug ihr Vater mit der Hand auf den Tisch und brummte: »Ich habe nie verstanden, warum du zur Polizei gegangen bist. Du könntest jetzt in London sitzen und mit Aktienfonds jonglieren. Du würdest das Zehnfache verdienen. Weißt du noch, diese Stelle bei der WestLB, die ich dir besorgt hatte? Wer damals als Trainee begonnen hat, ist heute auf dem besten Weg ins Topmanagement.«

»Papa, das haben wir alles oft genug diskutiert.«

»Aber ich seh dir doch an, dass du nicht glücklich bist.«

»Misch dich nicht in meine Angelegenheiten!«

Im nächsten Augenblick tat ihr der Ton leid, den sie angeschlagen hatte. Sie drückte ihm einen Kuss auf die Wange. Der alte Herr meinte es gut. Er war ihr Vater.

Und er hatte gerade erst einen Herzinfarkt überstanden.

17.

September 1976

Bernd Winkler pochte gegen die Wohnungstür. Sein Partner zog die Waffe und schnaufte deutlich hörbar, als wolle er dadurch seine Missbilligung ausdrücken.

Ein Mittvierziger mit Aknenarben und John-Lennon-Brille öffnete.

Winkler fragte: »Gregor Feist?«

»Und wer will das wissen?«

»Polizei.«

Mit erhobenem Dienstausweis schob sich Winkler an dem Mann vorbei und fand in dem einzigen Zimmer des Apartments ein Mädchen, das auf dem Flokati kauernd LP-Alben durchwühlte. Es sah aus wie die Schwester der Kleinen im Hofgarten. Winkler packte ihre Hände und zog sie hoch. Keine Einstichstellen an den Armen. Noch nicht.

»Ab nach Hause«, befahl er.

Das Mädchen rannte hinaus und stolperte die Treppe hinunter.

Winkler bat Lohse, sich in Küche und Bad umzusehen. Dann drückte er Gregor Feist auf einen Stuhl, zog das eben verfasste Protokoll aus der Jackentasche und strich es auf dem Tisch glatt. »Hier unterschreiben!«

Der Kerl mit der runden Nickelbrille blinzelte ihn an.

Von nebenan kam ein Poltern. Lohse nahm die Küche auseinander.

Feist las und stellte fest: »Das ist doch alles erstunken und erlogen.«

Lohse wechselte ins Badezimmer. Der Radau nahm zu.

Winkler drohte: »Eigentlich hast du es verdient, im Knast zu verschimmeln.«

Der Kerl schluckte. Sein Adamsapfel hüpfte. »Soll das ein Geständnis sein?«

»Nein, du bist lediglich Zeuge.«

»Gegen Edgar Schwab, den Popstar?«

»Gratuliere zur Beherrschung des Alphabets.«

»Scheiße.«

Schwere Schritte im Korridor. Lohse erschien mit einem dicken Packen in der Hand – Briefchen wie die im Park, aber vielleicht hundert Stück und fest in Folie gewickelt. Ein ganzes Pfund, schätzte Winkler.

»Die Verstecke sind immer die gleichen«, bellte sein Partner. »Bernd, das ist ein dicker Fisch!«

Feist rückte die Nickelbrille zurecht, ergriff den Kugelschreiber und kritzelte sein Autogramm.

»Schlauer Bursche«, lobte Winkler, steckte das Protokoll ein und klemmte das Rauschgiftbündel unter den Riemen seines Schulterholsters. Dann nahm er seinen Partner beim Arm und schob ihn aus der Wohnung.

»Was war das jetzt?«, fragte Lohse, als sie draußen den Käfer ansteuerten.

Keine fünfzig Meter entfernt stand eine Telefonzelle.

»Steig schon mal ein«, erwiderte Winkler.

In der Zelle hatte sich die Hitze des Tages gehalten. Winkler spürte, wie ihm der Schweiß den Rücken hinunterrann. Er fand zwei Groschen und wählte Lohses Privatnummer. Karin ging nach dem zweiten Klingeln ran.

Winkler schielte zum Dienstkäfer hinüber. »Wegen heute Mittag …«

Sie fiel ihm ins Wort: »›Nichts überstürzen‹ – was soll das heißen?«

»Michael ist immerhin mein Partner.«

»Wann hast du *das* denn bemerkt?«

»Mensch, Karin, so funktioniert das nicht. Ich bin nicht für die Ehe gemacht.«

»Und ich nicht fürs Versteckspiel.«

»Wie du willst. Dann ist eben Schluss mit uns beiden.«

Er hängte ein.

Die Weiber mochten ihn und trotzdem hatte er nur Pech. Die eine ließ ihn sitzen und entführte das gemeinsame Baby nach Indien, die andere wollte mehr, als er ihr geben konnte.

Die letzten zwei Zehnpfennigmünzen. Winkler wählte die Nummer des Mannes, der Karrieren fördern und Karrieren beenden konnte. Der Singsang meldete sich.

»Es könnte klappen«, meldete Winkler.

»Freut mich, dass Sie sich richtig entschieden haben. Wie gehen Sie vor?«

»Kaufen Sie sich morgen den *Blitz*, dann wissen Sie Bescheid.«

»Wie gesagt, wir haben nie miteinander telefoniert.«

»Eine Frage habe ich aber noch. Welche Rückendeckung kann ich erwarten, wenn etwas schief läuft?«

»Sorgen Sie lieber dafür, dass alles klappt!«

»Hören Sie …«, begann Winkler, dann begriff er, dass der andere aufgelegt hatte.

Er stieg zu Lohse in den Käfer und startete den Motor.

»Wohin jetzt?«, fragte sein Partner.

»Reisholz, Industriegebiet.«

»Sagst du mir endlich, was diese Aktion soll? Läufst du Amok oder weißt du, was du tust?«

Winkler jagte den Käfer über die Kniebrücke, zurück auf die andere Seite des Flusses, und überlegte sich, was er dem Kollegen antworten sollte.

18.

Mai 2005

Anna unternahm mit ihrem Hund einen Spaziergang. Vor dem Haus begegnete sie einem Rentner mit Cordmütze, der einen Golden Retriever ausführte. Vorsichtshalber grüßte sie den Mann, der vielleicht ein Nachbar ihres Vaters war. Picasso zitterte, doch der Retriever nahm von ihm keine Notiz.

Von der Hasselstraße zweigte nach Südwesten ein Weg ab, der quer durch die Felder auf die Dörfer Driesch und Vorst zu führte. Anna ließ Picasso von der Leine, der sofort losgaloppierte. Ab und zu ein Gebüsch, an dem der kleine Schnauzer schnupperte und seine Duftmarke setzte.

Die Sonne ging ohne großen Feuerzauber hinter einer Wolkenbank unter, das Licht würde noch eine knappe Stunde halten. Annas Gedanken wanderten durch Zeiten und Länder. Sie versuchte, nicht über Daniels Tod und Karins Brief nachzugrübeln. Dafür holten sie die Erinnerungen an den Einsatz in Bosnien ein.

Čapljina an der Neretva hatte sich als trostloses Kaff entpuppt, in dem abends um sechs die Bürgersteige hochgeklappt wurden. Sie dachte an den verregneten Tag, als sie die Nachricht vom Herzanfall ihres Vaters erhalten hatte. Eine Razzia gegen angebliche Schmuggler im verminten Tal der Neretva war erfolglos gewesen. Vermutlich war die Bande gewarnt worden oder der Tippgeber hatte den Beamten einen bösen Streich gespielt. Die Stimmung unter den Kollegen war entsprechend mies gewesen, nur der örtliche Polizeichef hatte aufgeatmet – sein Vorgänger war von der Mafia ermordet worden und er selbst verspürte wenig Lust, den Gangstern auf die Füße zu steigen.

Der Chef der lokalen Polizei war zwar nicht korrupt, aber vorsichtshalber untätig. Trotzdem gab es immer wieder Anschläge. Anna hatte es sich zur Gewohnheit gemacht, vor jedem Losfahren nachzusehen, ob jemand eine Handgranate unter den Dienstwagen gehängt hatte – *booby trap*, so nannte man die üblichen Sprengfallen, bei denen der Sicherungsstift irgendwo festgebunden wurde, damit er sich beim Losfahren aus der Granate löste.

Anna atmete tief durch. Das alles war vorbei.

Wie berechenbar war dagegen das Leben in Deutschland. Wenn in Düsseldorf ein Haus zusammenbrach, lag es vermutlich an einer defekten Gasflasche. Schlimm genug, dass Menschen dabei starben.

Am Wasserwerk bog Anna ab, um wieder nach Holzbüttgen zu gelangen. Der letzte Rest des Tageslichts erlosch gerade am westlichen Himmel und ein gelbliches Glimmen wurde im Osten sichtbar, wo Düsseldorf lag. Picasso war bereits in Richtung Vorst weitergelaufen. Ungläubig wandte er den Kopf, dann wetzte er wie ein Kugelblitz zurück.

Kurz vor den ersten Häusern blieb der Zwergschnauzer plötzlich stehen. Zwei Mädchen kamen entgegen, eine von ihnen führte einen großen Köter, der nach Rottweiler aussah und kräftig an der Leine zog. »Der tut nichts«, sagte eins der Mädchen.

Picasso wich zurück und glaubte offenbar nicht daran. Anna nahm ihn auf den Arm. »Weichei«, zischte sie in sein Ohr.

Sie zappte durch das Fernsehprogramm. Das Explosionsunglück in Düsseldorf war den *Tagesthemen* eine dreißigsekündige Erwähnung im Nachrichtenteil wert: Bilder des Trümmerbergs, Feuerwehrleute und zugedeckte Leichen.

Anna dachte an die Kollegen, die zur Stunde noch mit der Auswertung des Materials beschäftigt waren, das bei der Durchsuchung der Wohn- und Geschäftsräume des Hausbesitzers beschlagnahmt worden war. Bauunternehmer Gehring hatte sich bestürzt gezeigt. Schwer zu sagen, was ihm mehr zu schaffen machte: der Tod seiner Schwarzarbeiter oder die Ermittlungen wegen seiner Geschäftspraktiken.

Sie zog sich in ihr Zimmer zurück. Auf dem Stuhl türmten sich die Klamotten. Anna beschloss aufzuräumen. Dabei fiel ihr der Karton in die Hände, den Jo ihr gestern mitgegeben hatte.

Das Päckchen mit Briefpapier, das obenauf lag, stammte tatsächlich aus einer Manufaktur in Amalfi. Dicke Bögen voller Einschlüsse zartbunter Blütenblätter – viel zu edel, um sie zu benutzen. Darunter ein Etui. Anna zog einen Montblanc-Füller hervor und wusste, dass sie auch ihn nie in Gebrauch nehmen würde, denn sie neigte dazu, ihr Schreibgerät zu verlegen.

Drei alte Hefte lagen auf dem Grund der Schachtel.

Anna schlug eins davon auf. Reisenotizen ihrer Mutter, offenbar eine Art Tagebuch. Die Eintragungen begannen in einer Zeit, als sich die Eltern noch gar nicht gekannt hatten. Jo hatte mit Freunden eine Reise im VW-Bus quer durch Asien unternommen. Anna blätterte und überlegte, dass es heutzutage unmöglich wäre, die gleiche Route abzufahren.

Penibel hatte ihre Mutter die Kosten für *Guest Houses* im Iran notiert und Wanzenstiche nach einer Nacht in Kabul aufgezählt. Ein LSD-Trip in Goa war vermerkt, von dem Jo speiübel geworden war.

Anna verstaute die Hefte im Nachtkästchen und schluckte zwei Schlaftabletten.

Die letzten in der Schachtel.

Mitten in der Nacht schreckte Anna aus dem Schlaf. Wieder war das Klingeln ihres Handys der Grund. Ein Beamter der Leitstelle.

»Stimmt es, dass du Mordbereitschaft hast?«, wollte der Kollege wissen.

Mit Mühe stellten sich Annas Augen scharf: Die Leuchtziffern am Radiowecker zeigten 4.26 Uhr. Draußen herrschte schwarze Nacht. Anna hatte nichts als kratzige Wollknäuel im Schädel. Alles schwankte – das *Noctumed* hatte seine Wirkung längst noch nicht eingestellt.

Sie hätte das Mittel vielleicht nicht nehmen dürfen.

»Was gibt's?«, fragte Anna den Kollegen. Erschrocken stellte sie fest, wie schleppend ihre Stimme klang. Sie hoffte, dass es dem Mann in der Leitstelle nicht auffiel.

»Die Explosionsstelle Schützenstraße«, antwortete er. »Bei den Räumarbeiten ist eine weitere tote Person entdeckt worden.«

Anna streifte die verstaubten Jeans von gestern über und packte ihre Wanderstiefel in eine Tüte, um für das Klettern in den Trümmern gerüstet zu sein. Ohne Frühstück fuhr sie los.

Die Ruhe, mit der die dicke Limousine ihres Vaters über die Autobahn rollte, tat Anna gut. Sie versuchte, sich auf den Fall zu konzentrieren, und rekapitulierte ihr Wissen über Gase und Zündgeschwindigkeiten, über die Geschäftspraktiken des Hausbesitzers und die persönliche Habe der Todesopfer, die bislang aus dem Schutt gebuddelt worden war.

Den achten Schwarzarbeiter hatte der Bauunternehmer verschwiegen.

19.

September 1976

Es war dunkel geworden. Holpriges Pflaster, das vor einer Brachfläche endete, tief im Süden der Stadt. Vor den Scheinwerfern tauchten Stapel alter Reifen auf, Gestrüpp und rostige Ölfässer. Ende der Straße.

Bernd Winkler begann zu glauben, der junge Reporter habe sich geirrt. Dann entdeckte er beim Wenden eine Abzweigung, die zu einem Altbau führte, der in zweiter Reihe hinter flachen Lagerhallen aufragte. Im Licht einer einsamen Laterne wirkte das Gebäude wie ein besetztes Haus: gesprayte Figuren auf dem Putz, ein Transparent hing unter den Fenstern – *Schwarze Flammen II*.

Die Stoßdämpfer des Käfers quietschten, als er durch die Schlaglöcher schaukelte. Das Abblendlicht streifte teure Karossen, die in großer Zahl vor der Bruchbude parkten. Mercedes-Limousinen und schnittige Sportwagen: Lotus, Triumph, sogar ein Lamborghini Countach, den Michael Lohse im Vorbeifahren staunend kommentierte.

Aus dem Schatten neben dem Eingang trat der Nachwuchsreporter. Er trug einen Parka und war schwer behängt mit zwei Fotoapparaten. Musik drang aus geöffneten Fenstern: Gitarren, Getrommel, ein dröhnender Bass. Winkler legte seinem Partner das Heroinpaket auf den Schoß und trug ihm auf, in ein paar Minuten nachzukommen.

»Mir ist nicht wohl bei der Sache«, antwortete der Kollege. Winkler gab ihm zur Aufmunterung einen Klaps auf die Schulter.

Mit Alex Vogel im Schlepptau stieg er die Treppe hoch. Im ersten Stock zwei Türen. Er pochte gegen die, aus der die Musik wummerte. Eine Frau öffnete, musterte die Neuankömmlinge und ordnete ihre Lockenpracht. »Habt ihr was zum Rauchen dabei?«

Der junge Reporter zückte seine Einladung, doch wider Erwarten kümmerte sich keiner darum. Winkler trat ein und achtete darauf, dass die Tür nicht ins Schloss fiel.

Er schob sich durch die Menschenmenge, dem Lärm entgegen. Kellner boten Sekt und Häppchen an. Die Wände waren mit Plakaten tapeziert – immer wieder fiel Winklers Blick auf das Konterfei Edgar Schwabs, hager mit entrücktem Blick, ein Tuch nach Piratenart um den Kopf geschlungen. Damit kaschiere der Bandleader seine abstehenden Ohren, hieß es in der Presse. Winkler war gespannt darauf, dem Musiker gegenüberzutreten, den er bisher nur aus den Medien kannte.

Langhaarige beiderlei Geschlechts tummelten sich – Winkler versuchte, die Leute nach ihrer Kleidung zu klassifizieren: Plattenbosse, Medienleute und Studenten mit Armbinden, auf denen *Ordner* stand – total stoned und kichernd.

Ein Typ mit dicker Zigarre wippte auf den Zehen und dozierte vor einer Goldenen Schallplatte hinter Glas. Journalisten und Fotografen umringten ihn.

Winkler landete in einem Saal, der zum Teil mit Kissen ausgelegt war. Etwa fünfzig Leute lungerten herum und sahen einem halb nackten Kerl zu, der auf der Bühne zu Synthesizer-

Klängen Bongo-Trommeln bearbeitete. Winkler wehrte ab, als man ihm einen Joint aufdrängen wollte.

Ganz offensichtlich war der Trommler das Vorprogramm. Winkler glaubte, eine nervöse Gespanntheit des Publikums zu spüren. Er wurde sich bewusst, dass Edgar Schwab und seine Band eine wirklich große Nummer waren. Womöglich zu groß – noch konnte er die Aktion abblasen.

Eine Frau fiel ihm auf, etwa in seinem Alter, die am Fuß der Bühne Kerzen anzündete. Ein einfaches Gewand aus grün gemustertem Batikstoff umhüllte sie. Als sie sich aufrichtete, erkannte er, wie schlank und hoch gewachsen sie war. Ihr braunes Haar reichte bis auf den Hintern.

Es war Johanna, die Schwester des Staatssekretärs Uwe Strom, den er vor einigen Wochen bei einem Empfang in der Wuppertaler Stadthalle kennen gelernt hatte. Winkler war dazu verdonnert gewesen, den Personenschützer eines Ministers zu spielen – als könne ein Schutzpolizist die Baader-Meinhof-Bande aufhalten. Johanna hatte ihren Bruder begleitet. Ihr selbstbewusstes Auftreten zwischen all den Wirtschaftskapitänen und Landesfürsten hatte Winkler beeindruckt. Man munkelte von Hippie-Eskapaden der Frau, ausgeflippten Reisen um die Welt.

Winkler sprach sie an: »Wo finde ich Edgar Schwab?«

»Er meditiert. Du kannst ihn jetzt nicht stören.«

»Es ist wichtig.«

Irritiert blickte sie auf. Eine kleine, steile Falte wuchs zwischen ihren Brauen. »Edgar gibt vor dem Auftritt keine Interviews. Er ist ein sehr sensibler Künstler und wir sollten das Karma des Abends respektieren.«

Winkler wandte sich zum Gehen.

Die Frau ergänzte: »Ich kann dir für später einen Termin besorgen. Vielleicht sogar ein Einzelgespräch.«

Er nickte und verließ den Raum. Im Flur traf er Vogel und Lohse, der gerade seine Latexhandschuhe abstreifte.

»Und?«, fragte Winkler.

»Im Bad«, antwortete der Partner. »Ein Stockwerk höher, wo die Privaträume liegen.«

20.

Mai 2005

Anna stellte den BMW auf dem Schulparkplatz ab. Gleich neben ihr parkte ein uralter Kombi mit Neusser Kennzeichen, kantig und moosgrün – der Schwedenpanzer, den Michael Lohse fuhr. Anna griff nach ihrer Tasche und schloss das Auto ihres Vaters ab.

Zwei voll beladene Lkw rumpelten ihr entgegen, ein Generator brummte. Sofort schmeckte sie Staub auf der Zunge. Wieder kamen ihr zerbombte Häuser in Bosnien in den Sinn, Bilder von Erdbeben, der elfte September in New York. Für einen Moment wurde ihr schwindelig.

Sie schloss kurz die Augen und rief sich die Worte des Kollegen aus der Leitstelle in Erinnerung: *Explosionsstelle, Räumarbeiten, weitere tote Person.*

Mit festem Schritt ging Anna auf das Trümmergrundstück zu.

Es war stärker ausgeleuchtet als gestern. Batterien von Scheinwerfern hingen an hohen Gestellen. Der Schuttberg war deutlich geschrumpft. Dutzende gelb behelmter Männer des Technischen Hilfswerks trugen die Mauerteile ab und ließen sie auf die Förderbänder poltern.

Am Rand hatte sich eine Gruppe von Leuten versammelt, darunter Lohse, der Anna herbeiwinkte. Er und sein Partner Norbert Immel waren vom KK 14 abgeordnet worden, um die Ermittlungskommission Schützenstraße zu unterstützen.

Anna sah, dass die Kellerdecke bereits zum Teil freigelegt worden war. Eine Betonfläche, die in metergroße Bruchstücke zerplatzt war.

Michael Lohse kniete sich vor dem breitesten Riss hin und leuchtete mit der Taschenlampe in einen Hohlraum. Er räusperte sich und fragte: »Siehst du die Turnschuhe?«

Da unten lag ein Mensch.

Der Lichtfleck zitterte, Lohse konnte die Lampe nicht ruhig halten. Ihm geht es weit schlechter als mir, dachte Anna. Womöglich hatte er seit gestern durchgearbeitet.

Er sagte: »Die Hunde haben die Leiche gewittert und angeschlagen.«

»Bist du sicher, dass die Person tot ist?«

Lohses Partner Immel wies auf eine Stange, die über ein Kabel mit einem Monitor verbunden war. »Eine Endoskopiekamera der Berufsfeuerwehr Dortmund«, erklärte er. »Damit sind wir bis an den Kerl rangekommen. Sieht ziemlich übel aus. Der Kopf hat einiges abgekriegt. Das Ding verfügt auch über ein Mikro. Kein Mucks vernehmbar. Keine Atemgeräusche, kein Herzschlag.«

Weder der Bereitschaftsdienst der Kriminaltechnik noch die Rechtsmedizin waren bislang verständigt worden. Anna holte es nach.

»Hallo, Frau Winkler«, grüßte sie eine dritte Männerstimme, viel zu fröhlich für Uhrzeit und Anlass, wie Anna fand.

Sie erkannte Jonas Freyer, den Sachverständigen, und fragte: »Haben wir endlich genauere Erkenntnisse über die Ursache der Explosion?«

»Benzin war es nicht. Wir haben uns von den Stadtwerken die Pläne geben lassen und arbeiten uns zum Anschluss der Erdgasleitung vor. Wo der Tote liegt, ist übrigens auch das Explosionszentrum. Sozusagen unser *Ground Zero.*«

»Wie kommen Sie darauf?«

»Sie können sehr schön das alte Gewölbe aus den ersten Jahren des zwanzigsten Jahrhunderts erkennen. Eine Kappendecke, die man irgendwann mit Beton verstärkt hat. Der Druck hat sie angehoben und zerlegt. Zugleich wurden alle Mauern da unten nach außen gedrückt. Sehen Sie's?«

Anna missfiel die Mischung aus Entdeckerstolz und Belehrungseifer.

Freyer fuhr fort: »Also wurde hier das Gasgemisch gezündet und zur Explosion gebracht.«

»Zur Verpuffung«, erwiderte Anna.

Freyer ließ weiße Zahnreihen blitzen. »Hey! Gut aufgepasst.«

Anna bat die Helfer, die schweren Betonteile per Hand wegzuheben, um keine Beschädigung der Leiche zu riskieren.

Ein uniformierter Kollege brachte Kaffee und belegte Brötchen. Anna empfahl Lohse, für ein paar Stunden zu pausieren. Doch der alte Haudegen wollte nichts davon wissen – als habe er Angst, das KK 11 würde ihn ganz aus den Ermittlungen drängen.

Anna behielt den Schutt im Auge, der weggeschafft wurde. Mauerwerk, Teile von Holztreppen, Gebälk und Eisenträger. Zerbrochene Rohre und Türzargen. Kein Schlafsack, keine Kleidung oder Privatgegenstände – dieser Teil des Hauses war tatsächlich unbewohnt gewesen. Bislang deutete nichts auf mögliche Zündquellen hin.

Nach einer halben Stunde war der Verschüttete freigelegt. Männlich, Bauchlage, die Beine ausgestreckt. Anna ärgerte sich darüber, dass die Kriminaltechniker noch immer nicht eingetroffen waren. Sie schoss einige Fotos, auch Freyer knipste den Bereich.

Der Tote trug cremefarbene Stoffschuhe, keine Socken, braune Cordjeans, alles völlig eingestaubt. Sein Oberkörper war mit einem einfachen weißen Polohemd bekleidet. Blutflecken auf dem Baumwollstoff. Der weitgehend haarlose Schädel wies die schwersten Verletzungen auf.

Die Helfer standen im Kreis und gafften. Freyer forderte sie auf, dort weiterzugraben, wo nach den Plänen der Erdgasanschluss lag – einen Meter über dem Kellerboden und ebenso weit von der südlichen Ecke des Raums entfernt.

Anna kletterte hinunter und fasste die Leiche an. Die Starre war vollständig ausgeprägt. Der Tod musste also vor etwa zwölf bis sechsunddreißig Stunden eingetreten sein – der Befund passte zum Zeitpunkt der Explosion. Die Taschen der Hose waren leer, weder Ausweis noch Portmonee. Anna drehte den Unbekannten auf die Seite, um sein Gesicht zu sehen.

Sie korrigierte sich: das, was einmal das Gesicht gewesen war. Die Identifizierung des Mannes würde schwierig werden.

»Wir haben des Rätsels Lösung!«, rief Freyer.

Anna stieg zu ihm hinüber. Ein verwittertes Rohr ragte aus der Mauer. Am Ende ein Außengewinde, an dem Hanfreste klebten. »Der Stopfen fehlt«, stellte der Sachverständige fest. »Abgeschraubt.«

»Kam hier das Gas raus?«

Freyer nickte.

Anna schlussfolgerte: »Also Fremdeinwirkung. Herbeiführen einer Explosion mit achtfacher Todesfolge.«

Michael Lohse deutete auf den Toten mit der Glatze. »Vielleicht war er's?«

»Wir müssen den Stopfen und das Werkzeug finden, so etwas wie eine Rohrzange oder einen Schraubenschlüssel mit langem Hebel«, warf Freyer ein und strich mehrfach mit Daumen und Zeigefinger über die Oberlippe.

Anna fragte: »Hatten Sie mal einen Schnurrbart?«

Für einen Moment war Freyer sprachlos. »Woher ...?«

Lohse rief mit brüchiger Stimme nach ihnen. Der Kollege stand auf der gegenüberliegenden Grundmauer und zerrte Teile der Kellerdecke zur Seite. Anna und Freyer kletterten zu ihm. Eine Stahltür ragte aus den Trümmern.

Anerkennend sagte Freyer: »Gutes Auge.« Er wies Anna auf braunes Klebeband hin, das an den Kanten klebte. »Das deutet auf Suizid hin.«

»Wirklich?«

»Dreißig Prozent Gasanteil in der Atemluft reichen aus, um zu ersticken. Das ist schnell erreicht, wenn der Raum hermetisch abgedichtet ist.«

»Sie meinen, der Glatzkopf hat die Türritzen verklebt und die Leitung aufgemacht, um sich umzubringen?«

»Sieht so aus.«

Auch Michael Lohse nickte.

Anna kramte ihr Handy aus der Jackentasche und rief ihre Chefin an. Bachs Anrufbeantworter schaltete sich ein, im nächsten Moment war die Kriminalhauptkommissarin jedoch am Apparat.

Anna meldete: »Der achte Tote. Er liegt in dem Raum, von dem die Explosion ausging. Der Gasanschluss ist geöffnet worden. Eindeutig kein Unfall.«

Bach klang, als unterdrücke sie ein Gähnen. Sie fragte: »Kriminaltechnik?«

»Ist verständigt.«

»Und wer ist dieser Achte? Noch ein illegaler Ukrainer?«

»Sieht nicht wie ein Bauarbeiter aus. Einen Ausweis hat er nicht bei sich. Das Gesicht ist ziemlich in Mitleidenschaft gezogen worden. Wird nicht einfach werden, ihn zu identifizieren. Eventuell ein Selbstmörder. Die Tür war abgeklebt.«

»Von innen?«

»Ja.«

»Kommst du zurecht?«

Anna warf einen Seitenblick auf Lohse, der mithörte, was sie ins Handy sprach. »Klar«, sagte sie.

Der Rechtsmediziner traf ein. Er stieg zu dem Toten hinunter und tat seinen Job. Als er der Leiche die Kleidung vom Leib schnitt und sie auf den Rücken drehte, griff Anna erneut zur Kamera.

Unter der Körperbehaarung schimmerten Totenflecken. Der Arzt presste gegen Brust und Schultern. Die violette Färbung verging kaum, was etwa auf den gleichen Todeszeitraum hinwies, den Anna bereits festgestellt hatte.

Ihr Mobiltelefon klingelte. Sie rechnete mit einem Kollegen der Spurensicherung, der die Straße nicht fand, aber es war Ritter, der Beamte der Kriminalwache, der nebenbei Wohnungen vermakelte.

»Hab ich dich geweckt?«, fragte Ritter.

»Nein.« Anna stellte fest, dass die Sonne bereits aufgegangen war, ohne dass sie es im Scheinwerferlicht wahrgenommen hatte. Der Kontrast des Trümmerareals zum Blau des Himmels wirkte surreal.

Die Stimme im Handy fragte: »Zwei bis drei Zimmer Altbau mit Balkon in guter Lage, maximal tausend Euro im Monat?«

»Achthundert, keinen Cent mehr.«

»Du wirst Kompromisse machen müssen.«

»Man sagt, es gibt Vermieter, die mit dem Preis runtergehen, wenn sie einen Polizeibeamten als Mieter kriegen.«

»Bist du bereit, auf Kinder aufzupassen oder Hausaufgabenbetreuung zu machen?«

»Meine Güte, nein.«

»Weißt du, mit dem Polizistenrabatt ist das heutzutage so eine Sache.«

Anna vermutete, dass es Ritter nur um seine Provision ging. Ein Makler wie alle anderen auch. Sie fragte: »Warum rufst du an, wenn du nichts hast?«

»Es gibt etwas in Derendorf, Gneisenaustraße. Zauberhafte Dachterrasse und die U-Bahn fast vor der Tür.«

Sie vereinbarten einen Besichtigungstermin für den Abend.

Zuletzt sagte Ritter: »Ich glaub, wir kennen uns. Bei mir fällt nur nicht der Groschen, woher.«

Anna ging nicht darauf ein. Sie erinnerte sich zu gut.

Der Rechtsmediziner war fertig und kletterte ächzend aus der Grube.

»Und?«, fragte Anna.

»Massive Einwirkung von stumpfer Gewalt gegen Rumpf und Schädel, wie nicht anders zu erwarten, wenn über einem das Haus einstürzt.«

»Ist das die Todesursache oder erstickte er am Gas?«

»Das wird die Obduktion ergeben. Falls sich das überhaupt noch feststellen lässt.«

Die Bestatter bargen den Toten aus dem Kellerloch, legten ihn auf die Rollbahre und schoben ihn zu ihrem Transporter. Anna sicherte die Kleidung für das Labor. Der Mediziner stopfte seinen Kittel in den Koffer und klopfte sich Staub von der Hose. Anna bat ihn, die Obduktion der neuen Leiche vorzuziehen. Die illegalen Bauarbeiter konnten warten.

Dann wandte sie sich an Freyer, den Experten. Ein vages Gefühl beschäftigte sie – die Details erschienen ihr nicht ganz stimmig.

Anna sagte: »Wenn er zum Zeitpunkt der Explosion noch nicht tot war, müsste viel mehr Blut zu sehen sein.«

»Das kann ich nicht beurteilen.«

»Er kann aber auch nicht erstickt sein, bevor das Haus in die Luft flog.«

»Warum?«

»Wenn ich mich an Ihren gestrigen Vortrag richtig erinnere, liegt die Zündgrenze bei Erdgas deutlich niedriger als die Konzentration, die zum Ersticken führt. Also müsste es gekracht haben, bevor der Mann an Sauerstoffmangel starb.«

»Nicht unbedingt. Die Konzentration war außerhalb des abgedichteten Raums viel geringer. Stellen wir uns einen Kühlschrank irgendwo im Keller vor, dessen Thermostatschalter sich alle zehn oder zwanzig Minuten mit Funkenentwicklung einschaltet.«

»Aber sagten Sie nicht, dass dieser Raum hier *Ground Zero* sei? Aufgrund der Art und Weise, wie Wände und Decke an dieser Stelle zerstört sind?«

»Sie haben Recht. Bleibt die Möglichkeit, dass in Kopfhöhe bereits eine hohe Konzentration erreicht war. Erdgas steigt nach oben. Die Zündquelle kann aber in Bodennähe gelegen haben. Er wird ohnmächtig, kippt um und kurz darauf fliegt alles in die Luft.«

»Welche Temperatur ist eigentlich nötig, um Erdgas zu zünden?«

»Bei dem Gemisch, das die Düsseldorfer Stadtwerke verwenden, sind es 617 Grad Celsius.«

»Ganz schön heiß.«

»Eine Kerzenflamme oder ein normaler Funke können locker auf das Doppelte kommen. Man unterschätzt das oft.«

»Okay, noch eine Frage: Wenn die Kammer mit Tape abgedichtet war und sich das Gas nur in einem Raum befand, reichte dann überhaupt der Druck der Verpuffung aus, um das gesamte Gebäude zusammenbrechen zu lassen?«

»Offenbar. Ein Statiker kann das mal durchrechnen.«

Anna nickte, aber ihre Zweifel waren nicht gewichen.

Die Helfer von THW und Feuerwehr gruben weiter. Viele Trümmer gab es in diesem Bereich nicht mehr. Ein Gerät in der Größe eines Kühlschranks war nirgends zu erspähen. Anna sorgte dafür, dass keiner ohne Handschuhe arbeitete, und packte mit an. Alles, woran Blut oder Gewebeteile hafteten, wurde fotografiert und getrennt abgelegt.

Endlich trafen die Kriminaltechniker ein und streiften sich ihre Overalls über. Anna erklärte ihnen die Lage.

Als der Schutt nur noch wenige Zentimeter hoch auf dem Kellerboden lag, bemerkte Anna ein Schimmern zwischen den Ziegelbruchstücken. Ein Techniker wühlte ein Metallteil hervor. Freyer identifizierte es als einen passenden Rohrstopfen. Kurze Zeit später fand er eine Rohrzange – wahrscheinlich das Werkzeug, mit dem die Leitung geöffnet worden war.

Dass beides noch hier lag, passte zu der Theorie, dass der Mann mit der Glatze die fatale Manipulation selbst ausgeführt hatte.

Nach einer weiteren Viertelstunde war der Raum vollständig freigelegt. Freyer präsentierte zwei Teelichter. Die Dochte waren schwarz. Im erstarrten Wachs waren Staub und Mörtelkrümel eingebacken.

»Der Dreck kam in die Lichter, als das Wachs flüssig war«, stellte der Sachverständige fest. »Also brannten sie zum Zeitpunkt des Unglücks. Vermutlich unsere Zündquelle. Romantisch, nicht wahr?«

»Ich dachte, der Kerl wollte sich ersticken?«

»Offenbar fuhr er zweigleisig und wandte beide Methoden zugleich an: Ersticken und Explosion. Er wollte sichergehen, dass es klappte. So etwas ist nicht ungewöhnlich.«

Anna blickte zu Michael Lohse hinüber. Der Kollege nickte und hob müde die Schultern – er schien der Theorie des Gutachters zuzustimmen.

Sie fragte Michael, ob er mit ihr beim nächsten Bäcker frühstücken wolle. Doch der Kollege zog es vor, nach Hause zu fahren.

Als sie kurz darauf ebenfalls aufbrechen wollte, bemerkte sie Jonas Freyer, der noch immer im Trümmerberg stand und auf den Rand der Grube starrte.

»Was ist?«, fragte sie.

»Die Stahltür. Fällt dir etwas auf?«

Ja, dass Sie mich duzen, dachte Anna.

Dann wurde ihr klar, was er meinte. Das Türblatt war unversehrt bis auf ein paar Scharten an der Oberkante. Die Türangeln hingen noch in den Resten des Mauerwerks.

Freyer wischte sich Dreck von den Händen. »Ich hab dir schon die ganze Zeit angesehen, dass du mit der Selbstmordthese nicht zufrieden bist.«

»Die Tür war nicht geschlossen, als es krachte, stimmt's?«

»Richtig. Sonst wäre sie aufgewölbt und aus den Angeln gefetzt oder mit der gesamten Türzarge rausgeflogen.«

»Wenn der Glatzkopf trotzdem tot war, bevor das Haus einstürzte, dann hat ihn jemand hier abgelegt und mithilfe des Klebebands den Suizid vorgetäuscht.«

Der Gutachter sagte: »Quod est demonstrandum.«

»Klugscheißer.«

»Danke.«

Sie fragte: »Gehst du mit mir frühstücken?«

Freyer nahm den Vorschlag freudig an.

21.

»War sicher nicht einfach als Frau in Bosnien«, bemerkte Jonas, während er die Krümel seines Croissants mit der Gabel zu einem Haufen zusammenschob.

»Ich war zwar die einzige Polizistin im gesamten Bezirk, aber mit den einheimischen Kollegen bin ich gut klargekommen«, antwortete Anna. »Nur mit dem Chef unserer internationalen Einheit nicht. Ein Kerl aus Lyon. Offenbar ist es bei der französischen Gendarmerie üblich, dass Frauen nur den Kaffee kochen.«

»Und das Verbrechen? Sicher geht es dort unten etwas rauer zu als hier.«

»Klar, aber lass uns über die Schützenstraße reden. Wie oft gibt es das, dass an einem Erdgasanschluss manipuliert wird?«

»Ständig. Immer wieder fliegen ganze Häuser in die Luft, weil ein Idiot Gas klauen will oder ein Selbstmörder den Hahn aufdreht.« Der Sachverständige schaufelte die Krümel in den Mund. Sein Teller war nun blitzblank. Er stach mit der Gabel in die Luft und erklärte: »Manche tun es, um Leute zu töten. Erst letzten Monat schraubte ein Metzgermeister in Euskirchen den Stopfen im Keller eines Mietshauses ab, weil er sich von einem Arzt, der dort praktizierte, falsch behandelt fühlte. Jemand hat das Gas rechtzeitig gerochen, sonst hätte es womöglich noch mehr Tote gegeben als hier.«

»Und ein Anschlag, um einen Mord zu vertuschen?«

»Da gibt es einen schönen Fall bei Chesterton. Liest du Krimis?«

»Nein.«

Sein Handy gab Laut, er entschuldigte sich bei Anna und nahm das Gespräch an. Sie bemerkte, dass der Kaffee, in dem sie rühren wollte, schon ausgetrunken war. Ein Blick auf die Uhr – höchste Zeit, zur Obduktion zu fahren.

Freyer schrieb Notizen auf eine Papierserviette, dann beendete er sein Telefonat. »Ich muss nach Flingern. Schon wieder eine Explosion.«

»Noch ein Haus eingestürzt?«

»Klang nicht nach dieser Größenordnung. Das KK 14 ist gerade erst verständigt worden und noch nicht vor Ort. Ich geb dir Bescheid, wenn es etwas mit der Schützenstraße zu tun haben sollte.«

Der Gutachter bestand darauf, die Rechnung zu übernehmen, aber Anna legte einen Fünf-Euro-Schein neben den Teller.

»Was ist mit diesem Chesterton?«, wollte sie wissen.

»Er hat den berühmten Pater Brown erfunden. In einer seiner Kurzgeschichten geht es um einen korrupten Offizier, der einen unliebsamen Zeugen ermordet und eine völlig aussichtslose Schlacht anzettelt, nur damit die Leiche unter den vielen Gefallenen nicht auffällt.«

»Wie im wirklichen Leben.«

»Warum nicht?«

»Und der Detektiv schließt messerscharf auf die richtige Lösung, weil er kraft seiner überragenden Intelligenz die Indizien richtig deutet, an denen sich die restliche Welt die Zähne ausbeißt.«

»Also liest du doch Krimis.«

»Nein. So lösen wir unsere Fälle. Kraft unserer überragenden Intelligenz.«

»Klugscheißerin«, gab Jonas zurück und zwinkerte. »Weißt du, dass du die attraktivste Beamtin bist, die mir je an einem Tatort begegnet ist?«

»So kurz nach einem Leichenfund bin ich nicht besonders empfänglich für solche Komplimente.«

»Und die professionelle Distanz?«

»Bei einem Fall vor zwei Jahren verloren gegangen. Ich such noch danach.«

»Viel Erfolg dabei, *Anna-Luna.*«

Sie fragte ihn nicht, woher er das hatte. Es machte ihr nichts aus.

22.

September 1976

Bernd Winkler fand eine Wendeltreppe, stürmte hoch und stieß Türen auf. Eine Küche mit weiteren Partygästen. Dann eine Rumpelkammer, in der sich ein Anzugträger um eine Frau kümmerte, die gerade auf den Teppich kotzte. Schließlich das Bad.

Leer. Kein Popstar. Weiter.

»Es ist Wahnsinn«, murmelte Lohse. »Für wen zum Teufel tun wir das?«

Winkler setzte die Suche fort, die letzten Klinken drückend, bis er in ein Schlafzimmer gelangte, das ganz in Weiß gehalten war.

Ein Spiegel über dem Bett. Kleidungsstücke auf dem Boden.

Zwei Leute zwischen den Laken. Zuerst fiel Winkler nur das berühmte Piratentuch auf. Dann verschlug ihm der Anblick den Atem.

Edgar Schwab poppte einen kleinen, blassen Typen, dessen Körperbehaarung Winkler an einen Affen denken ließ. Zwei Homos. Sie keuchten und japsten und bemerkten gar nicht, dass sie nicht mehr allein waren.

Winkler schob den Zeitungsburschen vor, der nicht zögerte: *Klick, klick, klick* – die Kerle schreckten auf und zogen sich hastig die Hosen hoch. Der sensible Star des deutschen Elektro-Pop stolperte aus dem Bett und suchte Deckung. Sein behaarter Freund protestierte lautstark.

»Maul halten, Arschficker!«, gab Lohse zur Antwort. Er schubste den Kleinen zur Seite und dröhnte: »Fass mich bloß nicht an!«

Winkler öffnete das Pistolenholster für den Fall, dass der Plattenstar Widerstand leistete. *Höchste Zeit, dass Sie den Bastard aus dem Weg räumen.* Dann zerrte er Schwab aus seinem Versteck hervor und legte ihm Handschellen an.

Dazu knipste Alex Vogel wie verrückt. *Klick, klick, klick.*

Winkler zeigte seinen Dienstausweis und erklärte: »Edgar Schwab, Sie werden beschuldigt, mit Rauschgift zu handeln. Sicher haben Sie nichts dagegen, wenn wir uns mal umsehen.«

Der Freund des Musikers empörte sich: »Habt ihr Faschisten verpennt, dass es inzwischen einen Rechtsstaat gibt? Noch nie etwas von Privatsphäre gehört?«

Schwab starrte zu Boden und zitterte. Das Piratentuch war verrutscht. Tatsächlich: Der Kerl hatte Segelohren.

Winkler stiefelte nach nebenan und zog Latexhandschuhe über. Da er nicht wusste, wo genau sein Partner den Stoff versteckt hatte, wirkte die Suche echt. Im Spülkasten wurde er fündig. Er hätte es sich denken können – Drogenbriefchen in wasserdichter Verpackung.

Der Popstar schnappte nach Luft und hielt sich mit gefesselten Händen am Duschvorhang fest. Das Sensibelchen drohte, ohnmächtig zu werden. *Schwarze Flammen greifen nach mir –*

vielleicht stand er tatsächlich unter Drogen und hatte ein schlechtes Gewissen.

Mit einem Seitenblick auf Lohse bestätigte Winkler: »Die Verstecke sind immer die gleichen.«

Nachdem er Verstärkung angefordert hatte, suchte er die Schwester des Staatssekretärs, um sie wegzubringen, bevor die Kollegen alles auf den Kopf stellen würden.

Sie hockte im Saal auf dem Bühnenrand und drehte sich eine Haschtüte.

Winkler gab Feuer. »Du heißt Johanna, stimmt's?«

»Sag Jo zu mir.«

»Zu Edgars Auftritt wird's leider nicht mehr kommen, Jo.«

»Wie meinst du das?«

»Gleich wimmelt es hier von Polizei.«

»Was?« Johanna stand auf und blickte aus dem Fenster. Von draußen ertönte Martinshornlärm. Das erste Einsatzfahrzeug. Die Hauptwache in Garath war nicht weit.

»Terroristen?«, fragte sie. »Bombenalarm?«

»Keine Sorge.« Er leerte sein Glas, nahm ihre Hand und wollte die Politikerschwester zur Treppe führen.

Sie sträubte sich.

»Komm mit, Jo«, beharrte er. »Ist besser so, vertrau mir.«

Draußen bezogen sie Posten hinter einem nagelneuen Porsche Turbo, der auf der gegenüberliegenden Straßenseite abgestellt war. Im gleichen Moment stoppten drei weiße Passat und ein VW-Bulli vor der Haustür. Blaulichter blitzten, mit vorgehaltenen Maschinenpistolen stürmten die uniformierten Kollegen das Haus. Die große Show.

Die Unerschrockenheit, mit der Jo weiter an ihrem Joint zog, imponierte ihm. Um sie zu beeindrucken, nahm er auch ein paar Züge.

»Das Karma des Abends ist vermutlich dahin«, sagte Winkler.

»Bist du auch ein Bulle?«

»Wir haben Edgar Schwab mit einem Pfund Heroin erwischt.«

Ein weißer Käfer hielt mit quietschenden Bremsen, Winklers Chef stieg aus. Ein junger Hörfunkmann streckte ihm sein Mikro entgegen. Baumann schlug es zur Seite – der Wachdienstführer vermutete Moskau hinter jedem, der sich nicht den Nacken ausrasierte.

Endlich erschien Lohse im Blitzlichtgewitter und brachte den Festgenommenen heraus. Schwab torkelte im Klammergriff. Der Plattenstar ließ den Kopf hängen. Genau vor der Linse von Alex Vogel stieg er in den Bulli.

Der Nachwuchsreporter des *Blitz* schoss den Musiker mustergültig ab. Die Türen knallten, der Transporter brauste davon.

»Ich kann's nicht glauben«, murmelte Johanna.

Winkler fragte sich, ob sein Auftraggeber zufrieden sein würde. Er dachte an den bevorstehenden Prozess. Wenn etwas schief ging, würde er es allein ausbaden müssen.

Uwe Strom, Staatssekretär und Nachwuchshoffnung der SPD: *Dieses Telefonat hat nie stattgefunden.*

Winkler raunte Stroms Schwester zu: »Weißt du was, Jo? An einem Einzelgespräch bin ich nach wie vor interessiert.«

Sie lächelte und inhalierte Dope.

Er fasste einen Plan, wie er sich die Gunst Uwe Stroms dauerhaft sichern könnte. Er hatte Chancen bei dieser Frau. Die Geliebte des Popstars war Johanna jedenfalls nie und nimmer.

Politik – da steigst du nicht durch.

23.

Mai 2005

Im rechtsmedizinischen Institut der Heinrich-Heine-Universität hatte sich die übliche Gemeinde eingefunden, um dem zuletzt entdeckten Toten die Ehre als Spurenträger zu erweisen. Während der Assistent die wenigen Haare vom Kopf schabte, diskutierten die Umstehenden die Gründe, warum sich die Fortuna nach dem Aufstieg in die Regionalliga so schwer tat. Thilo

Becker begrüßte Anna mit einem stummen Nicken, der Staatsanwalt gab ihr die Hand und deutete eine Verbeugung an – vielleicht meinte er, der Nichte des Ministerpräsidenten besonders höflich begegnen zu müssen.

Von der Decke hing ein Diktiergerät. Der Rechtsmediziner begann, die äußerlich sichtbaren Verletzungen aufzuzählen. Dichter, ergrauter Flaum bedeckte fast den gesamten Körper des Toten. Auf das Bein war mit dickem Filzstift eine Kennziffer geschrieben. Die Fingerkuppen waren schwarz eingefärbt. Anna ließ sich vom Assistenten die Karte mit den Abdrücken geben und bedankte sich.

Sie fragte Becker: »Bleibst du noch eine Weile?«

Schnippisch erwiderte er: »Mir macht das nichts aus, Luna.«

Anna wedelte mit der Karte. »Dann kümmere ich mich um die Fingerprints. Wenn wir Glück haben, ist unser Kunde in der AFIS-Datei gelistet.«

Der Arzt hatte die Kopfhaut eingeschnitten und zog die Schwarte vom Schädel. Das Geräusch erinnerte Anna an einen Klettverschluss. Als der Rechtsmediziner das vibrierende Blatt der Elektrosäge ansetzte, machte sie, dass sie hinauskam. Das Kreischen des Knochens verfolgte sie bis vor die Tür.

Sie ließ den BMW vor der Baracke der Rechtsmedizin stehen und ging zu Fuß hinüber in den Teil des Klinikgeländes, in dem die Lebenden verarztet wurden. Es war noch immer ein freundlicher Tag, nur ein paar Schäfchenwolken am Himmel, die Frühlingssonne wärmte.

Das Hauptgebäude war ein zehnstöckiger Betonriegel mit allerlei Anbauten. Anna fragte sich durch und erfuhr, dass der junge Mann, der als Erster aus dem eingestürzten Haus geborgen worden war, auf der neurochirurgischen Intensivstation lag.

Dort teilte ihr eine Krankenschwester den Befund mit: mehrere Knochenbrüche und eine Schädelverletzung, die zur Einblutung geführt und auf das Gehirn gedrückt hatte. Der Patient war noch rechtzeitig operiert worden, bleibende Schäden schlossen die Ärzte aus.

»Sie sollten einen Blick auf seine Habe werfen«, sagte die Pflegekraft. Ihr Kittel ließ ihre Oberarme unbedeckt. Sie waren mit Drachenmotiven tätowiert.

»Ich dachte, er hatte nichts bei sich.«

»Doch.«

Die Schwester schloss einen Schrank auf und holte eine Tüte hervor. Anna ließ sich Einweghandschuhe geben, bevor sie den Inhalt studierte. Es waren drei Pässe und ein Bündel Bargeld, geschätzte fünftausend Euro.

Die Ausweise stammten aus Bulgarien, Weißrussland und der Republik Moldau. Keiner von ihnen war für einen Mann ausgestellt. Die Geburtsdaten lagen in den späten Siebzigern, Frauen in Annas Alter.

»Was hatte er an, als er eingeliefert wurde?«

Die Schwester zeigte auf einen schwarzen Trainingsanzug von Adidas, staubig und blutbefleckt. Anna packte ihn in die Tüte, um ihn ebenfalls sicherzustellen. Sie erinnerte sich an die Aussage der Nachbarin: Kurz vor der Explosion hatte ein schwarz gekleideter junger Mann in ein Auto gelugt und anschließend das Haus Nummer 18 betreten.

»Hat er etwas gesagt?«, fragte sie.

»Nur dass er Jadranko heißt und einundzwanzig Jahre alt ist. Er ist erst seit kurzem einigermaßen ansprechbar. Ich bitte Sie, ihn nicht zu überfordern. Ein oder zwei Minuten höchstens. Es fällt ihm noch schwer, sich zu konzentrieren.«

Anna betrat das Zimmer, das ihr die Krankenschwester zeigte. Das zweite Bett war unbelegt, worüber Anna froh war – kein Neugieriger, der lauschte und sich womöglich an die Presse wandte.

Der Junge lag mit verbundenem Kopf und eingegipstem Bein unter einer dünnen Bettdecke. Seine Wangen waren gerötet. Anna zog ihre Lederjacke aus und rückte den Besucherstuhl ans Bett.

»Guten Morgen, Jadranko. Ein schöner Name. Wo kommst du her?«

Die Antwort kam etwas schleppend. »M-Mostar.«

»Du wurdest aus einem Haus gerettet, das eingestürzt ist. Erinnerst du dich?«

»Wer sind Sie?«

Der Junge war vielleicht langsam, aber er schien hellwach zu sein. Anna antwortete: »Ich heiße Anna Winkler und untersuche das Unglück, bei dem du verletzt wurdest.«

»Po-Polizei?«

»Ja. Was hast du in dem Haus gemacht?«

Jadranko deutete ein Kopfschütteln an.

Anna wollte nicht an eine Gedächtnislücke glauben. Sie beschloss, ein wenig Smalltalk zu machen, damit er auftaute. »Ich kenne Mostar. Ich habe ein Jahr lang in der Nähe gelebt. Die Brücke ist wunderschön, seit sie wieder aufgebaut ist.«

»Stari Most.«

»Ich habe die jungen Männer gesehen, die von dort in die Neretva springen. Es ist ziemlich hoch. Sie veranstalten Wettbewerbe.«

»Bin auch Springer.«

»Warst du bei der Einweihung dabei?«

»Nein. Seit K-Krieg in Deutschland. Schon zwölf Jahre. Bin gesprungen als K-K-K…«

»Als Kind? Du musst sehr mutig sein.«

»Mit Kopf voraus.«

Genug Geplänkel, dachte Anna. »Was sind das für Pässe, die du vorletzte Nacht bei dir hattest?«

Der Junge schwieg.

»Was hast du in diesem Haus gemacht?«

Keine Antwort.

»Die Gasleitung war aufgeschraubt. Hast du das getan?«

Jadranko schloss die Augen.

»Was war das für ein Auto vor dem Haus? Die Scheinwerfer brannten. Ich weiß, dass du dich für das Auto interessiert hast.«

Der Junge drehte das Gesicht zur Wand.

Anna hob die Stimme: »Hör zu, Jadranko, wenn du nicht möchtest, dass du vom Krankenhaus direkt ins Gefängnis kommst, solltest du meine Fragen beantworten. Weißt du, woran ich bei diesen Pässen denke? Das riecht verdammt nach Frauenhandel. Wenn du nicht kooperierst, gebe ich die Sache dem zuständigen Kommissariat für Organisierte Kriminalität. Und die gehen damit an die Presse. Mal sehen, was sich dann tut.«

»K-k-keine P-Presse!«

»Was hast du in dem Haus gemacht?«

Wieder schwieg Jadranko.

Anna griff nach ihrer Jacke und stand auf. »Ich gebe dir bis morgen Zeit.«

Im Personalraum fand sie die Schwester mit den Drachentattoos und bat sie, keinen Besuch zu Jadranko vorzulassen und der Polizei alle Versuche einer Kontaktaufnahme zu melden. Die Frau nahm ihre Visitenkarte zwar entgegen, doch Anna erkannte, dass sie wenig Lust hatte, sich als Hilfspolizistin einspannen zu lassen.

24.

Zwei Stunden später saß Anna im Geschäftszimmer des Kommissariats und nippte von dem Kaffee, den Nora, die Angestellte, frisch gebrüht hatte. Die Sitzung der Mordkommission im großen Konferenzraum im vierten Stock war für zwölf Uhr anberaumt. Anna hatte noch ein paar Minuten Luft und blätterte die Zeitungen durch.

Die *Morgenpost:* MINDESTENS SIEBEN TOTE BEI EXPLOSION IN DÜSSELDORF!

Der *Blitz:* ANSCHLAG IM ZENTRUM DER LANDESHAUPTSTADT!

Anna überflog die Artikel – sie beinhalteten nichts, was sie nicht schon wusste. Ein Foto zeigte ein Bügeleisen, dessen Kabel sich in einem Baum verfangen hatte. Es musste einem der ukrainischen Arbeiter gehört haben.

Nora sagte: »Bevor ich's vergesse: Kannst du bitte den Fragebogen bis Freitag ausfüllen? Es geht um eine allgemeine Bewertung der Arbeitsbedingungen.«

Anna nahm die Blätter entgegen, warf einen Blick darauf und antwortete: »Wie soll ich das beurteilen? Ich war zwölf Monate lang weg.«

»Du weißt, wie es vorher war. Es hat sich nichts geändert.«

Ela Bach trat aus ihrem Büro, einen dünnen Ordner unter ihrem Arm. Sie fragte: »Was macht die Wohnungssuche?«

Anna hatte den Besichtigungstermin schon völlig vergessen. Sie nahm sich vor, ihn aus Zeitmangel abzusagen, und antwortete: »Ritter hat mich zurückgerufen. Mal sehen, ob er das Richtige für mich findet.«

Gemeinsam machten sie sich auf den Weg nach oben. Auf der Treppe erzählte Bach: »Mit seinen Nebenjobs verdient Ritter mehr, als er an Gehalt bezieht. Ein pfiffiger Bursche.«

»Offenbar hat er viel Zeit.«

Ela lachte. »Oder er muss Alimente für zu viele Kinder bezahlen.«

Abgestandene Luft im Konferenzraum, Anna riss ein paar Fenster auf. Nach und nach trafen die Kollegen ein, darunter auch Michael Lohse, der es offenbar nicht lange zu Hause ausgehalten hatte. Immel vom KK 14 fehlte und auch Jonas Freyer ließ sich nicht blicken – vielleicht waren die beiden mit dem neuen Brandfall beschäftigt. Zuletzt betraten Blondschopf Becker und der Staatsanwalt den Saal, gerade zurück von der Obduktion.

Ela Bach eröffnete die Sitzung: »Thilo, was sagt die Rechtsmedizin?«

Becker antwortete: »Es wird schwierig werden festzustellen, woran der Mann gestorben ist. Auf den ersten Blick ist kein Staub in der Lunge zu erkennen, was dafür sprechen könnte, dass er schon vor der Explosion tot war. Es wird noch überprüft, ob er Erdgas eingeatmet hat. Vielleicht gelingt es, den Riechstoff THT in der Lunge nachzuweisen. Letztlich muss die feingewebliche Untersuchung abgewartet werden. Das Problem ist, dass die Gewalt durch herabstürzendes Gemäuer so massiv war, dass sie laut unserem Professor auch nach Eintritt des Todes noch dazu führen konnte, dass Blut ins Gewebe eindrang. Zum Beispiel hat er Einblutungen in die Kopfschwarte gefunden. Trotzdem kann das Herz schon vorher stillgestanden haben. Der Onkel Doktor will sich erst sämtliche Wundränder unter dem Mikroskop anschauen. Vorher legt er sich nicht fest. Und das wird rund drei Tage dauern.«

Die KK-11-Chefin spielte mit einer nicht angezündeten Zigarette. Sie bedankte sich bei Thilo und sagte: »Kollegin Winkler war in den frühen Morgenstunden dabei, als die achte Leiche geborgen wurde. Sie kommt gerade von der Kriminaltechnik und hat ein paar interessante Neuigkeiten mitgebracht.«

Anna schilderte das Spurenbild am Tatort Schützenstraße. Die Runde lauschte gespannt. Becker blickte sie skeptisch an. Wegmann wippte in seinem Stuhl. Michael Lohse spielte mit seinem Kugelschreiber und drohte, jeden Moment einzunicken. Der Staatsanwalt kritzelte Notizen.

Anna verteilte Ausdrucke ihrer Fotoaufnahmen von Tatort, Leiche und Beweismitteln. Dabei erklärte sie: »Die Teelichter waren offenbar die Zündquellen. Sie brannten zum Zeitpunkt der Explosion. Zunächst hielten wir trotzdem einen Suizid für möglich, denn die Tür des Kellerraums war mit Klebeband abgedichtet. Aber genau diese Tür widerspricht der Selbstmordthese.«

»Inwiefern?«, wollte der Staatsanwalt wissen.

»Sie stand offen, als das Haus in die Luft flog, und bot der Druckwelle keinen Widerstand. Sonst wäre sie nämlich verbogen und herausgefetzt worden. Andere Türen wurden bis ins Nachbarhaus geschleudert. Das Klebeband kann also nur dem Zweck gedient haben, einen Selbstmord vorzutäuschen.«

»Das heißt, wir müssen Mord in Betracht ziehen«, konstatierte KK-11-Chefin Bach trocken.

Becker fragte: »Warum sollte sich der Täter die Mühe mit dem Klebeband geben und dann beim Abhauen vergessen, die Tür hinter sich zu schließen?«

Anna hatte darüber bereits nachgedacht. »Er war offensichtlich in Panik. Sobald der Stopfen abgeschraubt ist, strömt das Gas mit lautem Rauschen aus der Öffnung. Der Täter wusste vermutlich nicht, wie viel Zeit er hat, bis sich das Gas entzündet.

Oder er fühlte sich gestört, vielleicht von dem Kerl, den wir verletzt in den Trümmern des Dachgeschosses gefunden haben.«

»Gibt es Fingerspuren?«, fragte der Staatsanwalt.

»Auf den Teelichtern und auf dem Stopfen der Gaszuleitung gar keine. Abgewischt, würde ich sagen, oder er trug Handschuhe. Auf der Rohrzange befinden sich die Spuren des Toten, aber sie wirken gestellt.« Anna verdeutlichte mit Gesten, was sie beschrieb. Seit ihrem Besuch im daktyloskopischen Labor war sie sich ihrer Theorie sicher. »Die Spuren liegen fein säuberlich auf beiden Schenkeln des Zangengriffs. Als hätte jemand die Finger dort abgerollt. Die linke Hand auf dem einen Schenkel, die rechte auf dem anderen. Aber kein Mensch packt eine Zange auf diese Art, wenn er etwas lösen möchte. Man umfasst beide zwei Schenkel zugleich und presst sie beim Drehen zusammen, um Druck auszuüben.«

Der Staatsanwalt nickte zustimmend.

Anna fasste zusammen: »Jemand hat den Toten in den Keller geschafft und die Türkanten beklebt, um uns in die Irre zu führen. Dann hat er die Teelichter angezündet, den Stopfen der Gaszuleitung abgedreht und schließlich die Finger des Toten gegen die Rohrzange gedrückt. Laut unserem Sachverständigen kann etwa vier bis fünf Minuten später das Haus in die Luft fliegen. Aus irgendeinem Grund war unser Täter nervös und vergaß beim Weglaufen, die Tür zu schließen.«

»Gute Arbeit«, lobte Bach. Michael Lohse rieb sich den Hinterkopf. Als er Annas Blick bemerkte, zeigte er ihr den erhobenen Daumen.

Zuletzt berichtete Anna über ihren Besuch bei Jadranko, dem Verletzten, der aus Bosnien-Herzegowina stammte. Für sie kam er als Täter nicht in Betracht – es war unwahrscheinlich, dass jemand so dämlich war, die Explosion im Inneren des Hauses abzuwarten.

Alle Spekulationen liefen auf Gehring, den Hausbesitzer, zu.

Es wurde beschlossen, das Umfeld des Bauunternehmers zu durchleuchten. Geschäftspartner, privater Umgang. Der Staatsanwalt erklärte, er wolle das Abhören sämtlicher Telefone Gehrings beantragen. Vorerst sollten die Ermittlungen behutsam durchgeführt werden, um den Bauunternehmer nicht zur Flucht zu provozieren. Für einen Haftbefehl reichten die Verdachtsmomente noch nicht aus.

Zudem ordnete Ela Bach die Überwachung von Jadrankos Krankenzimmer an. Der junge Bosnier sollte nicht aus der Uniklinik türmen können.

Gegen Viertel vor eins löste sich die Runde auf. Vor dem Paternoster wartete Becker auf Anna und sagte: »Dein Vortrag hat mir gut gefallen, Luna.«

Sie glaubte ihm kein Wort. Thilo Becker war nicht der Typ, der einen Kollegen lobte. Schon gar nicht eine Frau, die jünger war als er.

Tatsächlich wandte sich der Blonde an Wegmann und äffte Annas Gestik von vorhin nach: »Die linke Hand auf dem einen Schenkel, die rechte auf dem anderen.«

Wegmann kicherte.

Becker zwinkerte Anna zu: »Wir müssen das Thema unbedingt vertiefen.«

Die beiden Kollegen stiegen feixend in die Holzkabine, die sie ratternd nach unten trug.

Die Kommissariatsleiterin winkte Anna zu sich. Ela hatte ihr Handy am Ohr und beendete gerade ein Telefonat. Lohse wartete neben ihr auf der Treppe.

»Was gibt's?«, fragte Anna.

»Die AFIS-Abfrage wegen des unbekannten Toten«, sagte die Chefin. »Positiv.«

Anna war elektrisiert – der Mann war also in der Fingerabdruckdatei aller Straftäter registriert, die das Bundeskriminalamt führte. Schneller als erhofft stand die Identität des achten Opfers fest.

Bach fragte: »Kümmerst du dich darum?«

Michael Lohse mischte sich ein: »Kann ich dabei helfen?«

Anna musterte ihn. Keine Alkoholfahne, kein Zittern mehr. »Klar«, sagte sie – lieber arbeitete sie mit dem alten Kumpel ihres Vaters zusammen als mit Typen wie Becker.

Sie besorgte sich aus der Kriminaltechnischen Untersuchungsstelle das Ergebnis der Abfrage.

Der Mann hieß Peter Uhlig, geboren am 27. Januar 1949, wohnhaft in Düsseldorf. Der Datenausdruck enthielt eine Kriminalaktennummer – aktenführende Behörde war das Düsseldorfer Präsidium. Gefolgt von Lohse eilte Anna zur Aktenhaltung im dritten Stockwerk und ließ sich den Vorgang aushändigen.

Er stammte aus dem Jahr 1996. Der Staatsschutz hatte gegen Uhlig ermittelt. Der Mann war Videokünstler und besaß einen Lehrauftrag an der Akademie. Aufgrund eines Hinweises waren Uhligs Atelier und seine Wohnung durchsucht worden. Die Kollegen hatten seinen Computer beschlagnahmt und auf der Festplatte jede Menge schräger Propaganda gefunden. Dazu Stapel von Flugblättern einer Gruppe, die sich *Soziale Volksaktion* nannte und vom Verfassungsschutz als rechtsextrem und gewaltbereit eingestuft wurde.

Anna hätte nicht vermutet, dass ausgerechnet Künstler und Akademieprofessoren für Nazischeiß empfänglich waren.

Das Kultusministerium hatte Uhlig eine Zeit lang von der Lehrtätigkeit suspendiert. Der Videofilmer war erkennungsdienstlich behandelt worden – daher seine Daten in der Sammlung des Bundeskriminalamts. Zu einem Prozess war es jedoch nicht gekommen, denn Uhlig war ansonsten nicht aufgefallen.

Anna stutzte, als sie las, von wem der Hinweis gekommen war. *Bernd Winkler, Mitglied des Landtags und ehemaliger Polizist.*

Teil III

Der Schwur

Don't stop, thinking about tomorrow,
Don't stop, it'll soon be here,
It will be, better than before,
Yesterday's gone, yesterday's gone.

Fleetwood Mac, *Don't stop*

25.

Anna Winkler jagte den BMW über die Bilker Allee ostwärts. Graue Wolken hatten sich während der letzten Stunden aufgetürmt und drohten mit einem Regenschauer.

»Schickes Auto«, bemerkte Lohse, der neben ihr saß und das Navigationssystem befingerte. Anna vermutete, dass sein uralter Volvo so etwas nicht besaß.

»Gehört meinem Vater.«

»Bernd verdient nicht schlecht als Abgeordneter, oder?«

Anna wich einem Lieferwagen aus, der in zweiter Reihe parkte. Ein entgegenkommender Kleinwagen hupte – Anna ignorierte ihn.

»Wusstest du von Peter Uhlig?«, fragte sie.

»Woher?«

»Ich meine, hat mein Vater jemals diesen Namen erwähnt?«

»Mir gegenüber nicht.«

»Ein Nazi-Sympathisant und so genannter Videokünstler. Das gibt dem Fall eine völlig neue Richtung. Oder glaubst du, er hat etwas mit den Geschäften des Hausbesitzers Gehring zu tun?«

Sie bog in die Kruppstraße ein. Uhligs Wohnsitz befand sich im Gewerbegebiet des Stadtteils Flingern-Süd. Lohse hatte es aufgegeben, das Navigationsgerät des BMW verstehen zu wollen. Er hielt den Stadtplan auf den Knien und dirigierte.

An ehemaligen Fabrikgebäuden suchten sie nach der Hausnummer. Schließlich wurden sie fündig und stellten das Auto ab. Über dem Eingang das Schild einer Großhandelsfirma, die sich auf Feinkost aus Italien spezialisiert hatte. Lohse wollte eintreten, doch Anna bemerkte einen Gabelstapler, der in einer Hofeinfahrt verschwand.

Sie sagte: »Wetten, dass sich Uhligs Bude im Hinterhaus befindet?«

Die Einfahrt mündete in einen asphaltierten Hof. Auf der Rückseite ein zweistöckiges Flachdachgebäude.

Davor parkten Streifenwagen. Uniformierte vor der Tür. Rot-weißes Absperrband flatterte im auffrischenden Wind. Wir sind nicht die Ersten, stellte Anna fest.

Im Erdgeschoss fehlten die Fensterscheiben. Glassplitter bedeckten den Asphalt. Ruß zog sich in breiten Streifen über den leeren Fensteröffnungen nach oben. Anna fiel der Anruf ein, den Jonas Freyer beim Frühstück erhalten hatte: *Ich muss nach Flingern. Schon wieder eine Explosion.*

Sie betrat die zerstörten Räume. Es stank nach verschmortem Plastik. Anna vernahm die Stimme des Sachverständigen und folgte dem Klang. Bruchstücke einer dünnen Zwischenwand bedeckten den Boden.

Die Explosion musste im dahinter liegenden Raum stattgefunden haben – so viel konnte sich Anna inzwischen zusammenreimen. Sie stieg über die Gipsbrocken und gelangte in einen Raum voller technischer Geräte: Monitore, Rekorder, Computer. Regale voller Kassettenhüllen. Das Meiste angebrannt, verkohlt und geschmolzen. Mörtelputz war abgeplatzt, Wände und Decke verrußt. Mittendrin stand Jonas und sprach seinen Befund in ein Diktiergerät.

Als er Anna bemerkte, drückte er die Stopptaste. »Observierst du mich oder kommst du nicht mehr von mir los?«

»Ich möchte dir nur ein wenig zuhören. Ich fühl mich so jung dabei.«

»Wirklich?«

»Ja, wie damals in der Fachhochschule. Wir hatten einen Dozenten, der fast so viele Fremdwörter benutzte wie du.«

»Bin ich so schrecklich? Also, im Unterschied zur Schützenstraße wurde hier ein Brandbeschleuniger verwendet, vermutlich Benzin. Wir haben den verschmorten Rest eines Plastikkanisters und eine geschmolzene Ausgusstülle sichergestellt. Benzin verdunstet sehr leicht. Die Explosionsgrenze liegt bei nur einem halben Volumenprozent Benzindampf in der Umgebungsluft. Die Fensterscheiben, teilweise auch die Rahmen, wurden herausgeschleudert. Dadurch strömte reichlich Sauerstoff herein und der Nachbrand ist entsprechend verheerend gewesen. Zufrieden?«

»Wunderbar. Ich hab's sogar kapiert.«

»Das freut mich. Kollege Immel hat übrigens herausgefunden, dass dies das Studio eines Videokünstlers ist, der im Stockwerk darüber wohnt. Aber da macht keiner auf. Vermutlich ist er verreist.«

»Nein, er ist nicht in Urlaub.«

»Sondern?«

»Peter Uhlig ist tot, vermutlich ermordet.«

»Sag bloß – der Typ im Keller der Schützenstraße?«

»Erraten.«

»Also haben die beiden Anschläge etwas miteinander zu tun.«

»Quod erat demonstrandum. Wie hältst du's in dem Gestank nur aus?«

»Halb so wild. So richtig giftig sind nur die Rußpartikel. Übrigens haben auch hier Teelichter die Verpuffung bewirkt. Der Täter hat sie angezündet, den Kanister geöffnet, einen Großteil davon vor den Regalen verschüttet und danach hatte er schätzungsweise drei bis fünf Minuten Zeit, um sich aus dem Staub zu machen.«

»Wann geschah es?«

»Während wir beim Frühstück saßen.«

»Fein, Jonas. Damit hast du ein Alibi.«

Vor dem Studio rieb Anna ihre Sohlen auf der Fußmatte ab. Michael Lohse tat es ihr nach.

»Er ist gut, nicht wahr?«, fragte er.

»Der Sachverständige? Wollen wir's hoffen.«

Sie stiegen die Treppe hoch. In der Wohnungstür im ersten Stock war eine Milchglasscheibe eingelassen. Auch hier hatte sich Ruß niedergeschlagen.

Anna drückte die Klingel. Ein zweites Schloss im Türblatt bediente vermutlich einen Querriegel. Jetzt hätte sie gern Bruno Wegmann mit seinen *Lock-Picking Tools* an ihrer Seite gehabt.

Sie zog die Scheckkarte aus ihrem Portmonee und stocherte auf Klinkenhöhe in der Ritze. Wenn nicht abgeschlossen war, brauchte sie weder Wegmann noch den Schlüsseldienst.

Mit einem Klacken gab das Schloss nach.

Anna und Michael legten Schutzkleidung an, um keinen Dreck aus dem Erdgeschoss oder sonstige Spuren zu hinterlassen: Overall, Überschuhe, Plastikkappe, Latexhandschuhe.

Der KK-14-Kollege hielt Anna die Tür auf – ganz der Gentleman.

Das Loft war riesig, Säulen stützten die rund vier Meter hohe Decke. Rechts gingen Türen ab, weiter hinten befand sich eine offene Küchenecke. Die Fensterfront zur Linken war überschattet von Bäumen. Anna drückte den Lichtschalter.

Neonröhren flammten auf. Sämtliche Möbel strahlten in sterilem Weiß. Nicht unbedingt die typische Künstlerbude. Die Dielen waren ebenfalls weiß lackiert und mit wenigen bunten Teppichen belegt. Ein Paravent trennte den rückwärtigen Teil des Wohnraums ab. Regale voller Bücher und Videokassetten, ordentlich einsortiert bis unter die Decke.

Anna fiel auf, dass Lohse auf ein Gemälde neben dem Eingang starrte.

Es zeigte einen körperlos schwebenden Kopf. Helle Farben, die Konturen verschwammen mit dem Hintergrund. Ein junges Männergesicht, um die Haare wand sich ein gepunktetes Piratentuch – sofort erinnerte es Anna an das Poster im Klinikzimmer ihrer Mutter.

Edgar Schwab.

Sie nahm das Bild vom Haken. Auf der Rückseite war die Leinwand beschriftet: *Für Peter zum Geburtstag 2002, D. L.*

»Daniel«, sagte Anna und hängte das Bild zurück. »Sie kannten sich offenbar.«

»Vielleicht von der Akademie. Ich hätte nicht gedacht, dass mein Junge mit einem rechtsradikalen Kunstprofessor in Kontakt stand.« Michael Lohse atmete tief durch. »Aber ich glaube, es gibt eine Menge Dinge, die ich über Daniel nicht wusste.«

Die Augen des Kollegen schimmerten. Anna berührte seinen Arm und sagte: »Warum hast du nach Karins Unfall keine Kur beantragt?«

»Das ändert auch nichts.«

»Du brauchst Erholung, sonst gehst du vor die Hunde.«

»Na und? Die Menschheit würde nichts vermissen.«

»Hör auf, so zu reden, Michael!«

Sie fuhr fort, die Wohnung zu inspizieren. Der Paravent bestand aus einem vierteiligen Holzrahmen, der mit weißem, halb transparentem Stoff bespannt war. Dahinter eine Sitzlandschaft aus violetten, roten und orangefarbenen Kissen, über der auf einem Podest das Bett aufragte.

Anna bestieg die Leiter. Zerwühltes Bettzeug. Spuren einer Gewaltanwendung konnte Anna nicht ausmachen.

Sie kletterte wieder hinunter. Ein Fernseher mit üblichem Videorekorder und DVD-Gerät. Daneben ein niedriger Glastisch mit teuren Bildbänden im Großformat. Darunter ein abgegriffenes Buch, das Anna ins Auge stach. Auf dem Titel große, abgerundete Lettern im Stil der Siebziger: *Osiris Trance.*

Anna schlug es auf und blätterte durch Fotos von Studiosessions und Bühnenshows. Am Mikro der Typ mit dem Piratentuch. Die Credits auf der letzten Seite wiesen Peter Uhlig als den Fotografen aus und offenbar hatte er auch die Auftritte der Band choreographiert.

Anna besah sich die Kassettenhüllen in den Regalen. Rasch durchschaute sie Uhligs Ordnung. Es gab Spielfilme, Mitschnitte von Fernsehberichten, Dokumentationen von Ausstellungen, Selbstgedrehtes. Streng chronologisch aufgereiht.

Nichts, was von einer rechtsgerichteten Einstellung zeugte.

Dafür stieß sie immer wieder auf den Namen Edgar Schwab. Eine VHS-Kassette trug das blaue Logo des WDR. *Schwarze Flammen greifen nach mir – Leben und Tod eines Musikgenies.*

Wieder musste Anna an die Fernsehsendung vor fast zwanzig Jahren denken, die zum Streit ihrer Eltern geführt hatte. Wie Jo hatte offenbar auch Uhlig nicht nur für den Popstar gearbeitet, sondern ihn darüber hinaus verehrt.

Anna tütete das Videoband ein, um es mitzunehmen.

Das Telefon war ein schnurloses Gerät der Firma Siemens. Anna drückte die Wahlwiederholungstaste und notierte die Nummern, die das grüne Display anzeigte. Vier davon waren ohne Vorwahl, also lokal. Eine begann mit zwei Nullen – eine Auslandsverbindung. In der sechsten Ziffernfolge erkannte Anna nach der 01071 eines Billiganbieters die 040-Vorwahl von Hamburg.

Sie legte den Apparat zurück und drückte die Klinken auf der rechten Seite des Eingangsbereichs: Gäste-WC, Badezimmer, Abstellkammer. Die vierte Tür führte auf einen kleinen Balkon.

Der Blick ging über Brachgelände bis zum Kraftwerk. Der Wind trug fernes Hundegebell herüber. Einzelne Tropfen fielen aus den Wolken.

Anna schloss die Balkontür. Sie hörte ein Rascheln und fand Lohse hinter dem Paravent. Er fuhr herum und hielt eine in Leder gebundene Kladde hoch. »Guck mal, sein Adressbuch. Vielleicht hilft das weiter.«

Sie packte es ebenfalls in die Tüte für Beweismittel.

In diesem Moment fielen ihr winzige Flecken an einem Fenster auf. Sie hoben sich kaum merklich vom Dreckfilm ab, der von unten hochgestiegen war und sich auf die Außenseite gelegt hatte. Behutsam kratzte Anna an den Sprenkeln.

Es sah aus wie getrocknetes Blut.

Sie ging in die Hocke und untersuchte die Dielen. Weitere feine Spritzer. Daneben war der Boden völlig sauber, ein Rechteck ohne Staub und Schuhspuren. Hier musste ein Teppich gelegen haben – vermutlich war er vom Täter entfernt worden.

Anna machte Michael darauf aufmerksam, dann zückte sie ihr Handy und verständigte die Kriminaltechniker.

Auf dem Hof fing Jonas Freyer sie ab und überreichte ihr ein Taschenbuch. »Hier, das hatte ich dir versprochen.«

Der schmale Band war zerlesen, als habe ihn der Gutachter während eines Strandurlaubs in der Mangel gehabt. Anna las den Titel: *Gilbert K. Chesterton, Father Browns Einfalt.*

Sie bedankte sich und lief weiter zum BMW ihres Vaters. Vor dem Wagen ertappte sie sich dabei, dass sie in die Hocke gehen wollte, um die Unterseite nach einer *booby trap* abzusuchen. Nein – sie war in Deutschland, nicht in Bosnien-Herzegowina.

26.

Während sie das Gewerbeviertel verließen, prasselte der Regen los. Ein Wolkenbruch, begleitet von kurzem Donnergrollen.

Michael Lohse fragte: »Meinst du, es war derselbe Täter, in der Schützenstraße und in Uhligs Atelier?«

»Die Handschrift ist identisch«, sagte Anna. »Der zweite Anschlag galt offenbar Uhligs Arbeit.«

An einer roten Ampel kramte sie ihr Handy hervor und versuchte, ihren Vater zu erreichen. Im Landtagsbüro hob niemand ab und unter seiner Mobilfunknummer meldete sich nur die Mailbox.

Während sie weiterfuhr, rief Anna ihren Hausarzt an. Sie bat die Sprechstundenhilfe um ein Rezept für eine Zwanzigerpackung *Noctumed*. Die Praxis lag unweit des Präsidiums.

»Hast du Schlafschwierigkeiten?«, fragte Michael.

»Ab und zu.«

Eine Viertelstunde später setzte sie den Kollegen vor dem Präsidium am Jürgensplatz ab. Der Schauer hatte sich abgeschwächt. Blaue Lücken taten sich am Himmel auf, weiße Wolkentürme leuchteten.

Beim Aussteigen sagte Michael: »Champagnerluft.« Verträumt blickte er zu Anna herüber. »Das Wort stammt von Karin. Eine Frischluftfanatikerin.« Er schüttelte den Kopf. »Es tut mir so leid, dass ich ihr keine Hilfe sein konnte.«

Ich war es auch nicht, dachte Anna, als Lohse die Stufen zum Eingang des Präsidiums emporschritt.

Sie wendete und fuhr die Schlaufe zur Bilker Allee, wo sie in zweiter Reihe vor einem gelblich geklinkerten Haus parkte. Der Aufzug brachte Anna zur Arztpraxis im dritten Stock. Dort empfing sie die Helferin, eine nette Rothaarige mit Brilli im Nasenflügel.

»Mein Rezept, bitte«, sagte Anna. »*Noctumed.* Ich habe angerufen.«

Die Rothaarige schüttelte den Kopf. »Der Doktor möchte mit Ihnen sprechen.«

»Keine Zeit. Echt nicht.«

»Er besteht aber darauf.«

Wenigstens musste Anna nicht warten. Sie klopfte und Dr. Hashemie, ein Iraner mit leiser Stimme und traurigen Augen, bat sie ins Zimmer und gab ihr die Hand. »Wie war's in Bosnien?«

»Ich komme zu Ihnen, weil ich manchmal schlecht einschlafe.«

»Seit wann nehmen Sie *Noctumed?*«

»Seit ein paar Wochen.«

»Wie oft?«

»Nur gelegentlich«, sagte Anna und war überzeugt, dass sie mit der Lüge durchkam.

»Sie wissen, dass sämtliche Medikamente aus der Familie der Benzodiazepine abhängig machen können? Innerhalb von zwei Wochen tritt eine Gewöhnung ein, die Wirkung nimmt ab und der Patient erhöht die Dosis. Wie viele Tabletten nehmen Sie vor dem Einschlafen?«

»Eine.«

»Wirklich nur eine?«

»Manchmal zwei, je nachdem.«

»Sind Sie tagsüber manchmal schläfrig? Leiden Sie an Bewegungsstörungen, Muskelkrämpfen oder Sehbeschwerden? Doppelbilder, verschwommenes Sehen?«

»Nein.«

»Depressionen?«

Anna schüttelte den Kopf.

»Oder ein leichtes Zittern, wenn Sie das Mittel nicht nehmen? Schwitzen oder Unruhezustände?«

»Auch nicht.«

Hashemie blickte sie lange an, dann griff er zum Rezeptblock. »Sie sind eine intelligente Frau und wissen, was Sie tun. Aber Sie dürfen das Mittel wirklich nur im Notfall nehmen.«

Anna bedankte sich. Die Apotheke lag nur drei Häuser weiter. Der Laden hatte das Zeug vorrätig – die kommenden Nächte waren gerettet.

27.

Januar 2003

Der Kunstverein hatte fünf junge Künstler aus dem Rheinland zur Ausstellung eingeladen, darunter Daniel Lohse – sein erster großer Auftritt.

Zurück zur Malerei, Positionen und Perspektiven, so lautete der Titel. Obwohl die junge Frau des Ministerpräsidenten im Vorstand des Kunstvereins saß, hatte Uwe Strom noch nie zuvor eine Ansprache auf einer Vernissage gehalten. Anna fand, dass er nach dieser Rede auch als Kunstprofessor hätte durchgehen können.

»Wer hat Onkel Uwe das aufgeschrieben?«, fragte sie ihren Vater. Der lachte nur.

»Warum hast du deinen Freund nicht mitgebracht?«, wollte Karin Lohse wissen, die ein langes Kleid mit spitzengesäumtem Ausschnitt trug und trotz ihres Alters beneidenswert gut darin aussah, wie Anna fand.

»Lutz ist in Hamburg«, antwortete sie. »Verwandtschaftsbesuch.« Irgendeine goldene Hochzeit. Fette Torten, langweilige Videos früherer Feiern und hochnäsiger hanseatischer Kaufmannsadel. Anna graute beim Gedanken daran. Lutz war sauer, dass sie ihn nicht begleitete – die Hamburger Verwandtschaft erwartete, dass er ihnen seine Freundin vorstellte.

»Wie lange seid ihr jetzt zusammen?«, fragte Karin.

»Vier Jahre. Und jetzt willst du sicher wissen, wann wir heiraten?«

Karin lachte und schüttelte ihre braunen Locken. »Tut das erst, wenn ihr euch wirklich sicher seid.«

Anna musste daran denken, wie sie Lutz kennen gelernt hatte. Eigentlich war sie scharf auf Sven Arnold gewesen, der halbtags in Vaters Landtagsbüro arbeitete. Sven hatte sie eines Sonntags zur Probe seiner Band mitgenommen – laute Gitarrenmusik nach dem Vorbild von *Oasis,* die damals sehr populär gewesen waren. Die Jungs träumten davon, berühmt zu werden. Zu Annas Enttäuschung hatte Sven sie jedoch wie Luft behandelt. Jede Viertelnote seiner Songs schien ihm wichtiger zu sein.

Lutz, der damals noch studierte, hatte den Bass gespielt. Während der Probe war es zum Bruch gekommen – Sven hatte Lutz vorgeworfen, nicht mit dem nötigen Ehrgeiz zu üben. Anna fuhr mit Lutz vorzeitig nach Hause und aus dem gemeinsamen Frusterlebnis hatte sich eine Freundschaft entwickelt.

Nun fragte sich Anna, ob ihre Leidenschaft erst in letzter Zeit erloschen war oder das Feuer von Beginn an nicht heftig genug gelodert hatte. Vielleicht war ein verkorkster Nachmittag im Proberaum kein gutes Omen für eine Liebesbeziehung.

Sie schnappte sich ein Glas Prosecco vom Büfett und schlenderte hinüber zu Daniel.

Der Junge trug einen cremefarbenen Anzug, darunter ein knallrotes T-Shirt. Er war gerade zweiundzwanzig geworden und bemühte sich, abgeklärt zu wirken. Doch Anna konnte er nichts vormachen. Jede Woche änderte Daniel Frisur und Haarfarbe, als stecke er noch in der Pubertät.

Sie lobte: »Deine Bilder sind die schönsten. Mit Abstand.«

»Vielleicht kapieren es jetzt auch die Kritiker.«

»Sicher. Verdient hast du's.«

»Stell dir vor, dein Onkel will, dass ich ihn porträtiere.«

»Das muss dein Galerist der Presse erzählen. Die Leute werden Schlange stehen, um sich ebenfalls von dir malen zu lassen.«

»Eigentlich habe ich meinen Köpfe-Zyklus abgeschlossen. Ich male neuerdings Blumen. Das Lebewesen als Ornament. Die bunte Oberfläche als Lebenszweck, verstehst du?«

»Passt zu Düsseldorf.«

Annas Vater brachte Prosecco-Nachschub. »Kommt ihr nachher mit zum Essen? Uwe und Friederike laden ein.« Er wandte sich an Daniel. »Der Ministerpräsident lässt fragen, ob du mit uns kommst. Ein Vorstandsmitglied der WestLB wird auch dabei sein. Wäre doch gelacht, wenn wir der Bank nicht ein paar deiner neuen Blütenbilder schmackhaft machen könnten.«

Daniel tat ungerührt, als spiele kommerzieller Erfolg keine Rolle, doch Anna wusste, dass der Junge im Geist bereits seine Honorarforderung formulierte.

»Und du, Anna?«, fragte ihr Vater.

»Nein, danke.«

»Sie mag die WestLB nicht«, erklärte Winkler dem jungen Künstler. »Banken sind der Kommissarin nicht spannend genug. Wusstet ihr übrigens, dass Friederike schon wieder schwanger ist?«

Anna schüttelte den Kopf. Das dritte Kind in acht Jahren. Man brauchte dafür eine Menge Vertrauen in die Zukunft, aber vermutlich war das eine Bedingung, um das Amt des Ministerpräsidenten ausüben zu können.

Auch Lutz sprach in letzter Zeit von einem Baby.

Als sie Sven Arnold entdeckte, spürte sie sofort wieder das Prickeln, das der Mitarbeiter ihres Vaters schon vor vier Jahren in ihr ausgelöst hatte. Der groß gewachsene Kerl mochte um die dreißig sein. Er trug einen dunklen Leinenanzug, sein Haar hing weit über den Kragen. An beiden Ohren blitzten silberne Ringe.

Anna wusste, dass Sven am späten Abend noch einen Auftritt mit seiner Band haben würde, in einem Tanzschuppen im Stadtteil Flingern. Es war lange her, dass sie zuletzt ein Konzert besucht hatte, aber in diesem Moment fand sie, dass ihr ein wenig laute Gitarrenmusik gut tun könnte. Dann fiel ihr ein, dass Lutz es nie erfahren dürfte, wenn sie hinginge.

Sie sprach Sven an: »Seit wann interessierst du dich für Malerei?«

»Hallo, Kommissarin«, antwortete der gut aussehende Kerl und wischte sich eine Haarsträhne aus der Stirn. »Meinst du wirklich, es geht um Kunst, wenn Politiker eine Ausstellung besuchen? Dein Vater will mit Strom über einen Job für mich reden. Staatskanzlei oder so. Bernd meint, ich soll endlich Karriere machen, statt für ihn nur den Fahrer und Büroboten zu spielen.«

»Klingt doch nicht übel.«

Sven neigte seinen Kopf und flüsterte in ihr Ohr: »Ich glaube, der Ministerpräsident mag meine Nase nicht.«

»Oder deine Piercings. Wer sonst in der Staatskanzlei trägt solche Ringe in den Ohren?«

Sven deutete ein Lächeln an. Dann sagte er: »Klar, dein Lutz hätte sicher bessere Chancen. Aber vermutlich kann mir Strom gar nicht so viel bieten, dass ich dafür die Musik an den Nagel hängen würde.«

Das Konzert erwähnte er nicht. Seit Jahren benahm er sich so, als sei die Tochter des Chefs für ihn tabu.

Anna schlenderte weiter und schnappte sich Lachshäppchen von einem Teller. Die Leute um sie herum interessierten sich mehr für Tratsch als für Malerei. Jeder hatte sich in Schale geworfen, stellte Anna fest. Sie selbst trug einen schwarzen Hosenanzug, für den sie nur selten eine Gelegenheit fand.

Ihr fiel auf, wie sehr Daniel umschwärmt wurde. Sie fragte sich, welcher der Herren die sexuelle Orientierung des jungen Künstlers teilte. Dann bemerkte sie ein Grüppchen, das sich ans andere Ende des Raums zurückgezogen hatte. Ihr Vater redete auf seinen Schwager ein. Sven stand fast teilnahmslos daneben. Uwe Strom verschränkte die Arme, als wolle er die Vorschläge des Abgeordneten abwehren. Dabei würdigte er Sven keines Blicks. Ein Einstellungsgespräch sieht anders aus, fand Anna.

Sie tauschte ihr Glas erneut gegen ein volles. Karin sprach sie an: »Leider habe ich meinen Mann nicht dazu bewegen können, zur Eröffnung zu kommen. Daniel hätte sich so gefreut. Er hängt trotz allem sehr an seinem Vater.«

»Sicher wird sich Michael die Arbeiten noch ansehen«, mutmaßte Anna. »Insgeheim ist er genauso stolz auf euren Sohn wie du.«

»Er könnte Daniel wenigstens finanziell unterstützen. Jetzt im Winter verdiene ich kaum etwas. Gartendesign ist ein Saisongeschäft. Hast du gesehen, wie der Junge hausen muss?«

»Bald kann er von seiner Malerei leben. Daniel ist tüchtig und hat Talent. Diese Ausstellung ist der Durchbruch, du wirst es sehen.«

Die ersten Gäste verließen den Kunstverein und Anna bemerkte, dass ihr der Alkohol allmählich zu Kopf stieg. Sie passte Sven ab, als er ebenfalls aufbrechen wollte.

»Und?«, fragte sie.

»Was meinst du?«

»Der Karriereschub.«

»Die Band ist mir wichtiger.« Sven hielt inne. »Übrigens: *Silverhammer* hat heute noch einen Auftritt. Lust mitzukommen?«

»Ich dachte schon, du würdest niemals fragen«, antwortete Anna und hakte sich bei ihm ein. »Dein Auto oder meins?«

28.

Mai 2005

Die Räume der Kriminaltechnischen Untersuchungsstelle im zweiten Stock waren wie ausgestorben, sämtliche Beamte draußen an den Tatorten. Sie knipste das Deckenlicht an – vor dem Fenster zogen wieder schwarze Wolken auf und ließen es vorzeitig dämmern.

Anna wollte nicht auf die Techniker warten. Sie streifte ein Paar Latexhandschuhe über und versuchte, sich an ihren letzten Lehrgang in Spurenkunde zu erinnern. Sie angelte das Adressbuch Uhligs aus der Beweismitteltüte und stäubte den glatten Ledereinband ein. Mit Folie übertrug sie die Abdrücke, die sie fand, auf weiße Karten: sieben teils verwischte Prints verschiedener Größe und Form.

Sie markierte die Minutien – Verzweigungen und lose Enden der Papillarleisten sowie Inseln zwischen den Linien – und verglich sie mit den Markierungen auf der Karte mit den Abdrücken, die man dem Toten genommen hatte. Bald wusste sie, dass es ausschließlich Uhligs Finger waren, die ihre Spuren auf dem Einband hinterlassen hatten.

Anna schlug das Buch auf. Liniertes Papier, Eintragungen in verschiedenen Farben und ohne erkennbare Ordnung innerhalb der Buchstabensegmente. Einige waren ausgebessert, manche sogar mehrfach. Das Verzeichnis war offenbar über Jahre geführt worden und enthielt mindestens zweihundert Telefonnummern – reichlich Arbeit für die Mordkommission.

Frank Gehring, dem das explodierte Haus in der Schützenstraße gehörte, stand nicht darin.

Unter D fand sie Daniel Lohses Namen und das Todesdatum in roter Farbe: *31. Januar 2003.* Die Nummer daneben gehörte zu dem Telefonanschluss in der Hinterhofbude im Stadtteil Unterbilk, wo der junge Maler ermordet worden war.

Anna stellte fest, dass einige Seiten fehlten – herausgefetzt. In den Abteilungen für K und L hingen nur noch schmale Reste.

Sie konnte nicht glauben, dass Uhlig selbst die Blätter entfernt hatte. Wenn es der Mörder gewesen war, hatte er Handschuhe getragen.

Anna brachte das Adressbuch ins Geschäftszimmer und trug Nora auf, es zu kopieren. Die Tür zum Büro der Kommissariatsleiterin war nur angelehnt. Anna klopfte und trat ein, um der Chefin zu berichten.

Ela Bach hatte sich inzwischen mit Sitte und Organisierter Kriminalität ausgetauscht: keine Erkenntnisse über die drei Frauen, deren Pässe der junge Bosnier mit sich geführt hatte. Aber die Kollegen der OK-Dienststelle interessierten sich brennend für Jadranko. Anna solle sich vor dem nächsten Besuch in der Uniklinik mit dem KK 24 in Verbindung setzen.

Immer wieder unterbrach das Telefon die Besprechung: Staatsanwaltschaft, Presse, Vorgesetzte aus der Teppichbodenetage des Präsidiums.

Einen Satz der Adressbuchkopien gab Anna in der Kriminalaktenhaltung ab. Sie bat die Angestellte, per Computer bundesweit abzuklären, ob polizeiliche Erkenntnisse über Uhligs Kontaktpersonen vorlagen – die erste Stufe der Überprüfung.

In ihrem Büro versuchte Anna erneut, ihren Vater zu erreichen, und hatte endlich Erfolg. Unter der Nummer des Landtagsbüros meldete sich die vertraute Stimme.

Bevor Anna nach Uhlig fragen konnte, bellte ihr Vater bereits los: »Picasso hat ins Wohnzimmer gepinkelt. Die Putzfrau rief gerade an und beschwerte sich.«

»Sie muss die Terrassentür auflassen.«

»Eine Einladung für jeden Einbrecher«, gab Winkler zu bedenken.

»Bald habe ich eine neue Wohnung.«

»Schade. Dann ist der alte Mann wieder einsam.«

»Du bist nicht alt.« Anna wechselte das Thema: »Sagt dir der Name Peter Uhlig etwas?«

»Da müsste ich mal überlegen.«

»Du hast ihm den Staatsschutz auf den Hals gehetzt. Neun Jahre ist das her.«

»Jetzt weiß ich, wen du meinst. Ich habe damals gegen Ausländerfeindlichkeit gearbeitet und zahlreiche Initiativen unterstützt. In dem Jahr waren zehn Asylbewerber bei einem Brandanschlag in Lübeck ermordet worden. Nach dem Anschluss der Ex-DDR hat es immer wieder solche Anschläge gegeben. Nicht nur im Osten.«

Anna schätzte ihren Vater als eher konservativen Sozialdemokraten ein. Aber die ausländischen Mitbürger lagen ihm fast so sehr am Herzen wie die Kumpel im Ruhrpott. Kleine Leute eben.

Er ereiferte sich: »Heute sagt Altkanzler Schmidt, es sei ein Fehler gewesen, Gastarbeiter ins Land zu lassen. Die Neonazis dachten schon damals so und haben allein in den Neunzigern bundesweit fast einhundert Menschen ermordet.«

»Reg dich nicht so auf«, sagte Anna.

»Darüber soll ich mich nicht aufregen? Die CDU beklagt im Wahlkampf die mangelnde Integrationsbereitschaft der Ausländer. Ja, was wollen die Oberpatrioten denn? Dass der Imam vor jeder Predigt das Deutschlandlied abspielt? Dass die Moslems den Schweinefleischkonsum ankurbeln? Mit dieser Stimmungsmache wird doch nur die nächste Runde der Ausländerfeindlichkeit eingeläutet!«

»Du übertreibst, Papa. Denk an dein Herz.«

»Was willst du wissen?«

»Uhlig. 1996.«

»Damals hörte ich von den obskuren Verbindungen dieses Kunstprofessors. Und die Kollegen vom Staatsschutz haben entsprechende Funde gemacht. Ich weiß nicht, wie die Sache ausging, aber Leute wie Uhlig sollten ihre Propaganda nicht als staatlich bezahlte Professoren verbreiten dürfen. Auch nicht an einer Kunstakademie. Das ist meine Meinung und ich bin gewählt worden, um sie zu vertreten.«

»Wir haben Uhligs Leiche in den Trümmern der Schützenstraße 18 gefunden. In seiner Wohnung gibt es jede Menge Erinnerungsstücke an Edgar Schwab. Das ist der Musiker, der sich das Leben genommen hat, nachdem du ihn festgenommen hattest.«

»Ach, wirklich? Deine Mutter würde jetzt vermutlich behaupten, ich sei auch an Uhligs Tod schuld. Ist es das, was du andeuten willst?«

»Nein, ich glaub, du hast mich missverstanden.«

Er seufzte und sagte: »Lass uns heute Abend in Ruhe darüber reden, Anna.«

Es waren noch zwanzig Minuten bis zur Schlussbesprechung um halb fünf, die noch längst nicht den Arbeitstag beenden würde, sondern dazu diente, in der Kommission einen einheitlichen Wissenstand herzustellen und die nächsten Aufgaben zu verteilen.

Eigentlich hatte Anna keine Zeit zu verplempern, trotzdem gab sie ihrer Neugier nach und klickte in ihrem Computer auf das Symbol des Einwohnermeldeamts. Ein Fenster öffnete sich, in dem sie sich mit Namen und Passwort einloggte. Dann war sie drin, die Suchmaske erschien.

Sie hackte in die Tastatur: *J-o-n-a-s F-r-e-y-e-r.*

Der Bildschirm zeigte die zugehörigen Daten: *Am Zollhaus 17, 40625 Düsseldorf, geboren am 21.05.1971.*

Die Adresse gehörte zum Stadtteil Gerresheim im Osten der Stadt. Das Alter passte.

Zurück zur Suchmaske. Anna gab die Adresse ein und las das Resultat.

Sechs Personen. Vier davon trugen den Nachnamen Zwerschke. Außer Freyer war noch eine Frau gleichen Namens in dem Haus gemeldet. Laut Geburtsdatum war sie jenseits der siebzig.

Offenbar war der Brandsachverständige unverheiratet und teilte seine Wohnung nicht mit einer Freundin – hundertprozentige Gewissheit konnte Anna allerdings nicht haben.

Es klopfte an der Tür – Nora reichte ein Fax der Telekom herein. Die Liste der Namen und Adressen, die zu den Nummern gehörten, die Uhlig zuletzt angerufen hatte. Ein Ladengeschäft namens Dorau an der Königsallee, eine Autowerkstatt in Flingern, die Kunstakademie und schließlich ein gewisser Franz Dorau, wohnhaft in Düsseldorf-Oberkassel auf der anderen Rheinseite. Die Hamburger Nummer gehörte der Redaktion eines Kunstmagazins, die Auslandsvorwahl war die der Republik Südafrika.

Anna nahm die Kopien des Adressbuchs zur Hand, das Kollege Lohse im Loft des Videokünstlers gefunden hatte.

Dorau war unter F wie Franz gelistet. Zwei Nummern: Die eine stimmte mit der Oberkasseler Privatnummer im Telekom-Fax überein, die zweite mit der des Ladens an der Kö. Anna fiel ein, woher sie den Namen Dorau kannte – beim Schaufensterbummel kam sie gelegentlich an der Boutique für Herrenmode vorbei.

Auf der Suche nach Namen, die ihr etwas sagten, blätterte Anna weiter. Unter B fand sie: *Blitz, Alex Vogel.*

Unter V stand die gleiche Telefonnummer: *Vogel, Blitz.*

Der Chefredakteur des Boulevardblatts – Anna fand es erstaunlich, dass der Zeitungsmann gleich doppelt mit der Durchwahlnummer seines Redaktionsbüros vermerkt war. Für seine Berichterstattung über die schönen Künste war der *Blitz* nicht gerade berühmt.

Unter S gab es eine Nummer der *Staatskanzlei.* Aber kein Eintrag *Strom,* auch der Name *Winkler* tauchte im Adressbuch nicht auf.

Sämtliche Kontaktpersonen würde die Mordkommission überprüfen müssen. Am liebsten hätte Anna schon jetzt damit begonnen, eine nach der anderen anzurufen, doch sie musste erst abwarten, ob die Angestellte der Kriminalaktenhaltung etwas in den Dateien fand. Im zweiten Schritt würde abzuklären sein, in welchem Verhältnis die jeweilige Person zum Ermordeten gestanden hatte. Erst danach war ein Anruf oder Besuch ratsam.

Ein Blick auf die Armbanduhr: noch vier Minuten bis zur Konferenz. Anna entschied, in der Akademie anzurufen.

Eine gelangweilt klingende Frauenstimme meldete sich. Anna stellte sich vor und sagte: »Es geht um Peter Uhlig.«

»Professor Uhlig ist nicht da. Wir vermissen ihn schon den zweiten Tag. Sie sind von der Kripo, sagten Sie? Mein Gott, er hat doch nichts ausgefressen, oder?«

»Nein, er ist tot.«

»Um Himmels willen!«

»Wissen Sie, ob er Angehörige hat?«

»Nein, tut mir leid.«

»Eine Freundin, eine geschiedene Frau?«

»Das sicher nicht. Ich meine, er ist, er war ...«

»Homosexuell?«

»Man erzählt zumindest, er hätte einen Freund. Jemand aus der Modebranche. Ein Boutiquenbesitzer oder so.«

Dorau, überlegte Anna. »Woran hat Herr Uhlig zuletzt gearbeitet?«

»Das weiß ich leider nicht genau. Nur dass es eine Ausstellung im Kunstpalast geben soll. Vielleicht kann ihnen Timo Ziegler weiterhelfen.«

»Wer ist das?«

»Ein Student in Professor Uhligs Meisterklasse, der ihm oft beim Aufbau seiner Arbeiten assistiert.«

Die Angestellte kramte nach Zieglers Adresse und Telefonnummer und gab sie durch.

Anna bedankte sich. Sie rief die Nummer an, doch Ziegler meldete sich nicht.

Sie hatte noch zwei Minuten, deshalb wählte sie die Handynummer von Ritter, dem Kollegen und Teilzeitmakler. Er ging sofort ran. Es klang, als sei er gerade im Auto unterwegs.

»Ich muss den Termin leider absagen«, erklärte Anna. »Die Schützenstraße, verstehst du? Keine Ahnung, wann ich heute rauskomme.«

»Macht nichts«, antwortete Ritter. »Dein Vater will die Wohnung kaufen.«

»Mein Vater?«

»Ungesehen. Er sagt, er vertraut einem Gewerkschaftskollegen. Und er meint, wenn du nicht einziehen willst, ist es wenigstens eine gute Geldanlage. Und da hat er Recht. Klasse Bude, wirklich. Natürlich hätte ich die Besichtigung lieber mit dir gemacht. Der Schampus war schon kalt gestellt. Ich finde, dass man eine Wohnung in angenehmer Atmosphäre erleben sollte. Wenn du verstehst, was ich meine.«

Sie legte auf. Ihr Vater versuchte mal wieder, sich in ihre Angelegenheiten einzumischen. Wie war er nur auf Ritter gekommen?

Als Anna ihre Unterlagen einsammelte, um zur Sitzung zu gehen, fiel ihr Freyers Taschenbuch in die Hände.

Ein gelber Klebezettel zwischen den Blättern. Anna schlug die Stelle auf. Es war der Anfang einer Kurzgeschichte mit dem Titel: *Das Zeichen des zerbrochenen Säbels.*

Mit Textmarker waren Dialogsätze angestrichen:

»Wo verbirgt ein Weiser einen Kiesel?«
Und der große Mann antwortete mit leiser Stimme: »Am Strand.«
Der kleine Mann nickte und sagte nach kurzem Schweigen: »Wo verbirgt der Weise ein Blatt?«
Und der andere antwortete: »Im Wald.«

29.

Januar 2003

Es schien ihr der heißeste Ort zu sein, an dem sie je gewesen war. Die Jacke ihres Hosenanzugs hatte sie sich um die Hüfte gebunden. Ihre Bluse war schweißnass und mit Bier besudelt – ihr Nebenmann hatte sie angerempelt, als sie gerade trinken wollte. Trotzdem hatte sie großen Spaß.

Die Band rockte und das Publikum ging mit. Offenbar besaß *Silverhammer* eine regelrechte Fangemeinde. Die Leute standen dicht gedrängt und grölten den Refrain. Ein Typ klopfte Anna auf die Schulter und hielt ihr einen vollen Becher hin – Ersatz für das verschüttete Bier. Er zwinkerte und schickte sich an, ihr etwas ins Ohr zu brüllen, doch sie wandte sich wieder der Bühne zu. Kein Bedarf nach einem Flirt. Sie schaute Sven zu, das genügte.

Mit einer dritten Zugabe und einem ausgedehnten Gitarrensolo verabschiedete sich die Band. So hatte Anna den Mitarbeiter ihres Vaters noch nie erlebt: regelrecht aufgeputscht von seiner eigenen Musik und der guten Laune, die sie im Saal auslöste. Den Anzug hatte er mit Lederhose und T-Shirt vertauscht. Seine Ohrringe blitzten im Rampenlicht, er war der Größte auf der Bühne. Haarsträhnen klebten quer auf der verschwitzten Stirn und wirkten wie die Kriegsbemalung eines stolzen Indianerhäuptlings.

Am Ende des virtuosen Gitarrenlaufs warf er das Instrument in die Luft, Rückkopplungen erzeugten den Eindruck, es spiele von selbst weiter, beim Auffangen jaulte es auf, Sven lachte und die Band setzte wieder ein. Der gesamte Saal sang mit. Ein Glücksgefühl erfasste Anna und hielt an, als der Song verklungen war, das Licht anging und die Musiker von der Bühne verschwanden.

Sie bemerkte, dass sie angetrunken war. Sven würde sie nach

Hause fahren müssen. Sie erinnerte sich wieder, wie verschossen sie mit zweiundzwanzig in den Kerl gewesen war, und fragte sich, wie er reagieren würde, wenn sie ihn auf einen Kaffee in ihre Wohnung einlud.

Die Konzertbesucher drängten zum Ausgang. Anna suchte die Garderobe. Zuerst verlief sie sich in Richtung Keller, dann fand sie die Musiker in einem fensterlosen Kabuff voller aufeinander gestapelter Stühle. Es war eng und muffig. Anna bemerkte, dass sie nicht die Einzige war, die Groupie spielte.

Sven reichte ihr ein weiteres Bier. Wortreich lobte sie den Auftritt. Er strahlte, während er die Gitarrensaiten abwischte und das Instrument im Koffer verstaute. Ihr fiel auf, wie zärtlich er es mit seinen kräftigen Händen behandelte.

Sie plauderten, während er sich den Oberkörper mit einem Handtuch trocknete und ein frisches T-Shirt überstreifte. Es saß knapp und brachte seine Muskeln zur Geltung.

Anna nahm wahr, dass sich die anderen bereits verzogen hatten. Sie war allein mit Sven.

»Trainierst du im Fitness-Studio?«, fragte sie und strich über seine Brust.

Er entgegnete: »Stell dir vor, dieser Maler hat mich angemacht. Daniel. Der Typ ist ein Homo, oder?«

»Nimm's einfach als Kompliment.«

»Ist ein komisches Gefühl, wenn so einer zu flirten beginnt.«

»Hey, die Luft ist rein.«

»Wie meinst du das?«

»Kein Schwuler weit und breit, der dich belästigt. Nur ich«, sagte Anna, packte ihn am Gürtel und zog ihn auf Tuchfühlung. »Und das ist hoffentlich keine Belästigung für dich.«

Sie küssten sich. Dann sah er zu, was ihre Finger mit ihm machten. Er blieb passiv, aber sein schwerer Atem animierte Anna, immer weiterzugehen, obwohl die Tür nicht abgeschlossen war. Sie wunderte sich über ihre eigene Verwegenheit, als sie mit der freien Hand ihre eigene Hose öffnete und samt Slip nach unten gleiten ließ. Sie dirigierte Sven zu sich heran.

Plötzlich keuchte er und sein Schwanz pulsierte.

»Tut mir leid«, stieß er hervor und beeilte sich, die Hose zu schließen.

»Kann vorkommen«, antwortete Anna und blickte sich nach etwas um, womit sie sich die Finger abwischen konnte.

Während sie sich nach Svens Handtuch bückte, polterte es hinter ihr – Stühle kippten um und der Gitarrenkoffer krachte gegen den Türrahmen.

Der Musiker türmte.

»Sven!«

Schritte trappelten und entfernten sich. Anna brachte ihre Kleidung in Ordnung und nahm die Verfolgung auf. Sie verstand nicht, warum der Kerl davonlief.

Wieder verirrte sie sich in den Katakomben des Saalgebäudes. Der Flur endete vor einer vergitterten Kellerluke. Sie lauschte. Draußen rauschten Autos vorbei. Hier drinnen war es still. Keine Schritte mehr zu hören.

Irgendwo musste es zum Treppenhaus gehen. Anna öffnete eine schwere Stahltür und spürte einen kühlen Luftzug. Hinter ihr fiel die Tür ins Schloss. Es war stockdunkel. Ringsherum Regale. Eiskaltes Metall.

Anna erkannte, dass sie in den Kühlraum der Gaststätte geraten war. Sie redete sich ein, dass sie ein großes Mädchen sei, das sich nicht fürchten müsse. Sie tastete nach der Tür.

Nichts als glatter Stahl. Scharfe Kanten ringsum. Kein Griff.

»Sven!«, brüllte Anna und trommelte gegen die Tür. »Hilfe!«

Ihr Herz pochte. Der Atem ging rasend schnell. Sie taumelte und berührte etwas Schweres, weich und klebrig, das nachgab und zurückschwang.

»Hilfe!« Mit aller Kraft schlug Anna gegen die Tür.

Niemand kann mich hören, schoss es ihr durch den Kopf. Morgen ist Sonntag. Wie lange kann ein Mensch diese Kälte überleben?

Plötzlich wurde die Stahltür aufgerissen und zugleich sprangen die Lampen an.

Eine Kellnerin stand in der Tür. »Warum machen Sie so einen Radau? Wie sind Sie überhaupt hier reingekommen?«

Neben Anna baumelte ein mächtiger Schinken, noch immer hin- und herpendelnd.

Sie umarmte die Frau und schämte sich für ihre Angst. Gut, dass niemand sonst den Vorfall mitbekommen hatte. Nicht Sven und auch kein Kollege. Vor allem Lutz durfte nichts über den Abend erfahren.

30.

Mai 2005

Eine Sturmbö knallte neuen Regen gegen die Fenster – unmöglich, sie zu öffnen. Die Luft im Konferenzraum wurde zunehmend stickig. Ela Bach leitete die Sitzung. Die Mitglieder der Mordkommission bewiesen Sitzfleisch und tauschten ihre Erkenntnisse bis ins letzte Detail aus. Anna wusste, dass es so sein musste, aber der Schlafmangel der letzten Nächte machte sie gereizt und ungeduldig.

Sie vermisste Jonas Freyer, den Sachverständigen. Auch Michael Lohse fehlte, offenbar hatte er vor seiner Müdigkeit kapituliert. Verstohlen blätterte Anna in Freyers zerschlissenem Taschenbuch mit den Chesterton-Geschichten und stieß auf die Fortsetzung des Dialogs über die besten Verstecke von Kieseln und Blättern, auf Seite 239, hervorgehoben mit grünem Marker.

»Aber was tut er, wenn da kein Wald ist?«
»Gut, gut«, schrie Flambeau gereizt, »was also tut er?«
»Er lässt einen Wald wachsen, um es darin zu verbergen.«

Anna bemühte sich, der Diskussion im Saal zu folgen. Die Identifizierung der sieben Ukrainer war abgeschlossen, aber die Ermittlung ihrer Angehörigen schritt nur langsam voran. Neben den Illegalen hatten auch reguläre Handwerker an der Sanierung des Hauses mitgearbeitet. Die Befragung dieser Arbeiter hatte keine Anhaltspunkte ergeben. Mehr als fünfzig Anwohner hatten die Kollegen aufgesucht. Kein Zeuge hatte das Auto mit den eingeschalteten Scheinwerfern bestätigt, von dem Frau Küppers aus dem Nachbarhaus am Morgen nach der Explosion berichtet hatte.

Im Kellergang des Unglückshauses war eine Blutspur entdeckt worden, verwischt und angetrocknet – sie deutete darauf hin, dass die Leiche des Videokünstlers vielleicht dort entlanggeschleift worden war.

Dazu passten die Blutspritzer im Loft. Möglicherweise hatte an diesemOrt der Mord an Uhlig stattgefunden. Noch lag das Untersuchungsergebnis nicht vor, die DNA-Analyse der Spuren benötigte rund vierundzwanzig Stunden.

Frank Gehring, der Hausbesitzer und Bauunternehmer, war in Annas Augen entweder unschuldig oder besonders gerissen. In den bislang abgehörten Telefonaten bedauerte er das Schicksal seiner Schwarzarbeiter und klang dabei glaubwürdig. Zudem äußerte er die Furcht, die Versicherungssumme decke den wirtschaftlichen Schaden nicht ab. Wenn das tatsächlich so war, schied die Bereicherungsabsicht als Tatmotiv aus. Seit Jahren schon balancierte Gehring am Rand der Pleite, doch weder war er vorbestraft noch schien er nach bisheriger Kenntnis Kontakte zur Unterwelt zu besitzen.

Am Nachmittag hatten ihn die Kollegen erneut befragt, vor allem nach Peter Uhlig, dem Opfer Nummer acht. Der Videokünstler war ihm offenbar kein Begriff. Anna erwähnte, dass Gehrings Name nicht im Adressbuch des Toten stand.

Eine kurze Pause entstand und sie bemerkte den Blick Ela Bachs, der auf ihr ruhte. Anna interpretierte ihn als Aufforderung und wiederholte ihre Vermutung vom Vormittag: »Die Explosion des Hauses an der Schützenstraße wurde zu dem Zweck herbeigeführt, den Mord an Peter Uhlig zu vertuschen. Deshalb glaube ich, dass Gehring eine Sackgasse ist und wir uns verstärkt um das Umfeld des Kunstprofessors kümmern sollten.«

»Einen vierstöckigen Altbau in die Luft zu sprengen, ist ziemlich viel Aufwand, um eine Leiche zu entsorgen, findet ihr nicht?«, bemäkelte Becker und raufte sich nervös den störrischen Blondschopf.

»Vielleicht gibt es unterschiedliche Motive und Täter«, assistierte ihm Wegmann. »Gehring zündelte mit dem Gas und ein anderer brachte Uhlig um.«

Anna dachte an Chesterton.

Und wenn ein Mann eine Leiche zu verbergen hat, dann schafft er ein Feld von Leichen, sie darin zu verbergen.

Die Kommissariatsleiterin fragte: »Was wissen wir über den Brand in Uhligs Studio?«

Immel vom KK 14 berichtete: »Laut unserem Sachverständigen gab es zunächst eine Verpuffung von verdunstetem Benzin. Wir konnten drei dieser kleinen Blechdinger finden, die Wachs beinhaltet haben, also handelsübliche Teelichter, wie sie offenbar auch in der Schützenstraße verwendet wurden. Stärker als der Druck der Verpuffung hat sich in diesem Fall der Nachbrand ausgewirkt. Es gab reichlich brennbares Material und wegen der herausgeflogenen Fenster ausreichend Sauerstoff.«

»Weiß man, wann der Anschlag geschah?«

»Gegen acht Uhr meldeten mehrere Anrufer aus der Nachbarschaft einen Knall und starke Rauchentwicklung. Weil der Brandbeschleuniger weitflächig verschüttet war, kann es nur wenige Minuten gedauert haben, bis sich das Benzin-Luft-Gemisch entzündet hat. Also hat der Täter das Studio etwa zwischen 7.50 und 7.55 Uhr verlassen. Wie lange er sich dort aufhielt, ist allerdings nicht festzustellen. Es gibt Einbruchspuren am Eingang, demnach hatte er keinen Schlüssel. Gesehen hat ihn niemand. Am Morgen herrscht reger Lieferverkehr in dieser Gegend. Da achtet keiner auf ein weiteres Auto, das auf den Hof fährt.«

Bach folgerte: »Der Täter ist also zurückgekehrt. Vielleicht wollte er Spuren beseitigen, die auf ihn hindeuten könnten.«

Die Videokassetten, schoss es Anna durch den Kopf. Uhligs aktuelle Arbeit.

Thilo Becker warf ein: »Wenn es sich um ein und denselben Täter handelt, dann hätte er mit dem Anschlag in Flingern seine

Anstrengungen vollends zunichte gemacht, die Schützenstraße als Suizid hinzustellen.«

Anna nickte. »Unser Mann ist nervös geworden und hat einige Fehler gemacht. Aber sein Vorgehen ist insgesamt nicht dumm. Auf das Klebeband an der Kellertür wären wir um ein Haar hereingefallen. Es gibt kaum Spuren. Der Mörder kennt sich mit Gasexplosionen aus und weiß, wie man Fingerabdrücke manipuliert.«

»Ja«, sagte Becker. »Wir erinnern uns an deine Schenkel, Luna.«

Keiner lachte. Anna spürte, dass die meisten Kollegen ihre Meinung teilten.

31.

Weil Lohse bereits Feierabend gemacht hatte, ließ Anna sich von Bruno Wegmann begleiten. Sie nahmen eins der zivilen Einsatzfahrzeuge, die bei der Fahrwache für die Mordkommission reserviert waren. Bruno fuhr. Die Scheibenwischer taten ihr Bestes.

Anna kontrollierte im Schminkspiegel der Sonnenblende ihr Aussehen – immerhin ging es zur Königsallee. Sie sah so müde aus, wie sie sich fühlte, und klappte das Ding sofort wieder hoch.

»Was hat Thilo Becker gegen mich?«, fragte sie.

»Kaum bist du zurück aus Bosnien, behandelt dich die Chefin als ihren Liebling. Thilo dachte, er sei auf diese Rolle abonniert.«

»Ich soll Bachs Liebling sein? Das wüsste ich aber.«

»Thilo kommt eben in das Alter, in dem man Panik kriegt, wenn man eigentlich Karriere machen möchte und merkt, dass die Leiter nicht weiter nach oben reicht.«

»Stimmt es, dass unsere Chefin mal etwas mit ihm hatte?«

»Die einen halten sie für lesbisch, die anderen sagen ihr ein Verhältnis mit allen möglichen Kollegen nach. Ich hab da meine eigene Theorie.«

»Und die wäre?«

»Die Tante ist im Grunde asozial«, antwortete Bruno. »Zu Freundschaften nicht fähig. Irgendwann lässt sie jeden ihrer Lieblinge fallen. Du wirst es erleben.«

Am Ende des Jürgensplatzes nutzten sie die Durchfahrt, die der Polizei vorbehalten war. Wegmann beschleunigte in Richtung Innenstadt und fragte: »Dieser Dorau, zu dem wir fahren, ist das auch ein Warmer?«

»Wenn du etwas gegen Homosexuelle hast, dann lass es dir lieber nicht anmerken.«

Wegmann grinste sie an. »Von mir aus könnten alle Typen schwul sein. Die Frauen würden bei mir Schlange stehen.«

Anna verkniff sich eine Reaktion. Der Schauer ließ nach. Die Sonne platzte wieder durch die Wolken und der Asphalt dampfte. Irgendwo musste es einen Regenbogen geben, doch Anna erspähte nichts als Häuser und Baukräne.

Wegmann stellte den Passat am Ende eines für Taxis reservierten Streifens ab. Anna legte die Kelle mit der roten Stoppleuchte in die Windschutzscheibe, um kein Knöllchen zu riskieren.

Sie fragte: »Stimmt es, dass im letzten Jahr der zweihundertste Kö-Geburtstag gefeiert wurde?«

»Ja, mit Modenschau und Feuerwerk. Naomi Campbell war auch da.«

»Aber drei Jahre zuvor gab es doch den einhundertfünfzigsten Geburtstag, wenn ich mich richtig erinnere. Mit Feuerwerk und Open-Air-Fressmeile.«

Bruno lachte: »Hallo, das ist Düsseldorf. Hauptsache, wir finden einen Anlass für einen verkaufsoffenen Sonntag, oder?«

Die Passanten klappten ihre Schirme zu. Nur von den Platanen fielen noch vereinzelte Tropfen. Ein Geiger postierte sich hinter seinem Zylinder und begann, etwas Klassisches zu fiedeln.

»Hausnummer achtzig«, sagte Anna.

Bevor sie die Boutique betraten, begutachtete Wegmann die Auslagen im Fenster. Anna lugte ihm über die Schulter.

Eine antike Kommode, auf der Hemden und Kaschmirpullis lagen. Eine Schublade stand auf, gefüllt mit unzähligen Golfbällen. Davor eine weitgehend nackte Schaufensterpuppe, nur lässig drapiert ein orangefarbenes Sakko mit Seidenschal. Hübsche indische Muster. Anna fragte sich, ob die Ausbeulung im Schritt der Puppe normal war. In der Hand hielt sie einen Golfschläger, zu ihren Füßen lagen weitere Bälle. Anna erspähte Preisschilder: Das Sakko kostete achthundert Euro, fast halb so viel der Schal.

»Selbst wenn ich Geld drucken könnte, würd ich so was nicht anziehen«, sagte Bruno.

Glöckchengeklingel beim Eintreten. Ein weitläufiger Laden, gedämpfte Musik vom Band – Anna erkannte die Stimme von George Michael. Im Hintergrund gaben sich zwei Verkäufer geschäftig, Kundschaft war keine da.

Ein kleiner gepflegter Herr im Anzug kam ihnen entgegen. Es war Franz Dorau. Anna schätzte ihn auf knapp sechzig Jahre. Seinen Hals zierte ein Tuch im gleichen Design wie der Schal im Fenster.

Sie wies sich aus und stellte ihren Kollegen vor.

»Was kann ich für Sie tun?«

»Kennen Sie Peter Uhlig, den Kunstprofessor?«

Dorau riss die Augen auf und fingerte am Halstuch. »Ja, wieso? Ist etwas mit ihm?«

»Herr Uhlig wurde ermordet.«

Der Ladeninhaber erstarrte. Seine Wangen zitterten. Anna wusste, dass es unmöglich war, eine Todesbotschaft auf schonende Weise beizubringen. Der Tod war immer brutal, Worte änderten nichts daran.

Anna sagte: »Sie waren befreundet, wie ich hörte.«

»Irgendwie hab ich so etwas beinahe befürchtet«, antwortete der Geschäftsinhaber. Er hob den Kopf und blickte Wegmann entschlossen ins Gesicht.

»Warum?«, fragte Anna.

Dorau sprach zu ihrem Kollegen: »Natürlich nicht, dass er ermordet worden ist. Aber dass ihm etwas zugestoßen sein könnte. Seit vorgestern habe ich Peter nicht mehr erreicht. In der Akademie war er auch nicht. Dabei hatte er jede Menge zu tun. Übermorgen wird im Museum Kunstpalast eine Retrospektive seiner Arbeiten aus drei Jahrzehnten eröffnet. Ich hatte schon überlegt, die Krankenhäuser der Stadt anzurufen. Ermordet, unglaublich! Wer hat es denn getan?«

»Das wissen wir noch nicht«, sagte Wegmann.

»Gestern wollte er mit der Vorbereitung der Ausstellung fertig sein und wir hatten vor, das gemeinsam zu feiern. Es hat noch nie zuvor eine Einzelschau mit Peters Arbeiten in dieser Stadt gegeben. Der Prophet im eigenen Lande, verstehen Sie? Immer wieder habe ich versucht, ihn zu erreichen. Schrecklich. Wann ist es passiert?«

»In der Nacht auf gestern. Wo waren Sie da?«

Dorau hob die Augenbrauen. »Zu Hause. Sie verdächtigen doch nicht mich, oder?« Er schritt zum Kassentisch und griff nach einer Champagnerflasche, die dort im Kühler stand. »Darf ich Ihnen etwas anbieten? Oder Ihrer Assistentin?«

Anna lehnte ab und bat Wegmann, die Personalien der beiden Verkäufer aufzunehmen, die vor dem Regal mit reduzierten Einzelteilen Pullover falteten und dabei lange Ohren machten. Auf diese Art begriff der Klamottenhändler vielleicht, dass sie nicht Wegmanns kleine Kofferträgerin war.

Während der Kollege ihrer Aufforderung nachkam, wiederholte Anna: »Sie waren mit Peter Uhlig befreundet?«

»Ja.«

»Lebensgefährten?«

»Das kann man so sagen.«

»Seit wann?«

»Im August werden es fünfzehn Jahre.« Dorau goss sich ein Glas ein und trank es auf einen Zug leer.

Anna sagte: »Jetzt kommt die Frage nach den Feinden.«

»Klar. Aber Peter hat ... Er hatte keine Feinde. Er war ein feiner Mensch. Ging nicht viel aus. Kümmerte sich um seine Kunst.«

»Wissen Sie, was ihn mit dem Musiker und Komponisten Edgar Schwab verband?«

»Die beiden waren sehr eng befreundet. Den Selbstmord

Schwabs vor rund drei Jahrzehnten hatte Peter bis heute nicht verwunden. Er war der festen Überzeugung, Polizisten hätten damals seinem Freund falsche Indizien untergeschoben. Ein Trauma, das er nie richtig verarbeiten konnte, verstehen Sie?«

Plötzlich erkannte Anna die Verbindung. Karins Brief: *Die alte Geschichte, die deine Mutter zum Teil bestätigt.* Womöglich war der Kunstprofessor der Kerl gewesen, der Karin so beunruhigt hatte – *Daniels Bekannter lässt nicht locker.*

Peter Uhlig, die Razzia gegen Schwab, ihr eigener Vater – ein Kribbeln stieg in Anna auf.

Falsche Indizien, bis heute nicht verwunden.

Sie fragte: »Sagt Ihnen der Name Karin Lohse etwas?«

»Ist sie verwandt mit dem Kunststudenten, der vor zwei Jahren ermordet wurde?«

»Die Mutter.«

»Ich bin ihr nie begegnet. Daniel kannten wir allerdings recht gut. Peter schätzte sein Talent. Eine Zeit lang ging der junge Mann bei uns ein und aus.«

»Hat Uhlig erwähnt, dass er Daniels Mutter vor einigen Wochen getroffen hat?«

»Nein.«

»Vor neun Jahren wurden bei Uhlig extremistische Schriften gefunden. Was wissen Sie darüber?«

»Eine rätselhafte Geschichte. Peter und die Neonazis – ein völlig absurder Vorwurf. Jemand muss ihn denunziert haben.«

»Hat er die Propaganda vielleicht für künstlerische Zwecke gesammelt?«

»Nein. Er hatte damit überhaupt nichts zu tun. Peter war überzeugt davon, dass jemand bei ihm eingebrochen war und das belastende Material deponiert hatte, um ihm zu schaden. Er fühlte sich seitdem verfolgt.«

Anna blickte sich um. Ihr Kollege war noch immer mit den jungen Anzugträgern beschäftigt. Sie fragte Dorau: »Von wem? Nannte Ihr Freund irgendwelche Namen?«

»Nein, nein, nicht dass ich wüsste.«

Bruno kam zurückgeschlendert. Der Boutiquebesitzer schenkte sich nach und wiederholte sein Angebot. Auch Wegmann lehnte den Schampus ab.

Dorau fuhr fort: »Die Vergangenheit hat ihn nie losgelassen. Sie müssen wissen, dass Peter und dieser Musiker …«

»Edgar Schwab.«

»Ja. Er hat den Tod dieses Mannes sogar ins Zentrum einiger seiner Werke gestellt. Auch der Mord an Daniel Lohse machte ihm sehr zu schaffen. Ich weiß, dass der Täter ein seelisch Verwirrter war, der Daniel um seine künstlerischen Fähigkeiten beneidete. Ich habe den Prozess in der Zeitung verfolgt. Aber Peter verschloss manchmal die Augen vor der Realität. Für ihn war Daniel das Opfer der gleichen Machenschaften, denen Edgar Schwab damals zum Opfer gefallen war. Manchmal war Peter maßlos in seinem Hass.«

»Hass auf wen?«, fragte Wegmann.

Anna hoffte, dass Dorau nicht den Namen ihres Vaters nennen würde.

Der Boutiquebesitzer druckste herum: »Sie bringen meine Aussage zu Protokoll?«

»Natürlich.«

Dorau schenkte sich wieder nach. Er umklammerte das Glas, als wollte er es zerdrücken.

Bruno insistierte: »Hören Sie, es geht um Mord. Sie konstruieren da Zusammenhänge, die Sie uns erklären sollten.«

»Peter hat sie konstruiert. Nichts als Gerüchte. Hirngespinste, Paranoia.«

»Von wem fühlte sich Ihr Freund bedroht?«

Der Geschäftsmann leerte das Glas und kleckerte auf sein Jackett.

»Reden Sie schon«, forderte ihn nun auch Anna auf.

Doraus Adamsapfel tanzte über dem teuren Halstuch. Seine Hand fuhr zum Kopf und rieb die rechte Wange.

»Unser Ministerpräsident.«

»Bitte?«

»Uwe Strom, der Ministerpräsident von Nordrhein-Westfalen.«

Jetzt war sich Anna sicher, dass es Peter Uhlig gewesen war, der Karin den Floh ins Ohr gesetzt hatte. *Politische Gründe. Daniels Bekannter nennt den Namen deines Onkels.*

Wegmann fragte: »Und warum?«

»Eben, das ist es ja«, sagte Dorau. »Ich bitte Sie. Es ist absurd. Sie müssen wissen, dass Uwe Strom seit Jahr und Tag mein Kunde ist. Ein wirklicher Gentleman mit Stil und vorzüglichem Geschmack. Peter hat ihn nie persönlich kennen gelernt. Er wusste nicht, was er sagte. Deshalb ist das wirklich nichts für Ihr Protokoll.«

32.

»Ich traue Politikern ja prinzipiell einiges zu«, erklärte Bruno auf der Rückfahrt. Vor der Graf-Adolf-Straße stauten sich die Autos, eine Kette roter Lichter flammte auf und spiegelte sich auf der nassen Straße.

»Barschel, Möllemann – weiß man, ob das wirklich Selbstmorde waren?« Wegmann warf Anna einen raschen Blick zu. »Dieser ehemalige Staatssekretär Pfahls. Der Panzerverkauf an die Saudis in den Neunzigern. Leuna, Minol und ELF Aquitaine. Riesensummen sind geflossen, um die Regierung zu kaufen. Selbst ein Bundeskanzler hat Millionen eingesackt. Kohl hat nie gestanden, wer seine Spender waren. Aber wann wird schon gegen die Mächtigen ermittelt?«

»Hör endlich auf mit den albernen Verschwörungstheorien. Das hat nichts mit unserem Fall zu tun.«

Der Kollege deutete mit dem Finger auf sie. »Uwe Strom hat in diesem Bundesland überall seine Leute. Sogar im KK 11 der Düsseldorfer Polizei.«

»Bruno!«

»Komm, war doch nur ein Scherz.«

»Ich lach mich tot.«

Die Ampel sprang auf Grün, die Schlange setzte sich zögerlich in Bewegung.

Anna fragte: »Was hältst du von diesem Dorau?«

Bruno betätigte den Blinker und sagte: »Seine Geschäfte gehen schlecht, behaupten die beiden Verkäufer. Sie sind die letzten, die er noch nicht entlassen hat. Früher waren sie mal zu fünft. Seit Jahren schrumpfen die Umsätze im Einzelhandel. Dorau hat keinen Konzern im Rücken wie Prada oder Armani. Und die Mieten an der Kö gehören zu den höchsten der Republik. Hatte Uhlig vielleicht eine Lebensversicherung zugunsten seines Lebensgefährten? Wer profitiert vom Tod des Videokünstlers?«

»Handbuch für Mordermittlungen, Regel Nummer eins.«

»Es wäre ein Motiv.«

»Klar. Vorausgesetzt, es gibt für Dorau tatsächlich etwas zu erben.«

»Eine andere Sache finde ich allerdings bedenkenswert.«

Anna musterte Bruno ohne Lust, ihn zu fragen, was er meinte. Der Exboxer spielte sich mal wieder auf.

Schließlich tat sie es doch. »Welche Sache?«

Der Kollege bog in die Neusser Straße. Zur Linken glitt das Innenministerium vorbei, ein Komplex aus Glas und Aluminium, einige Fenster noch erleuchtet. Bruno antwortete: »Dorau hat Daniel Lohse erwähnt, wie ich mitbekommen habe. Heißt das, dass sich Uhlig und der junge Maler kannten?«

»Ja, recht gut sogar. Daniel hat ein Bild für ihn gemalt und ihm zum Geburtstag geschenkt. Es hängt in Uhligs Loft.«

Bruno gab Gas. Auf der rechten Seite erhaschte Anna einen Blick auf das Landtagsgebäude mit seinen runden Sitzungssälen.

Gleich darauf näherten sie sich dem Polizeipräsidium – der festungsartige Backsteinbau aus den späten Zwanzigerjahren des letzten Jahrhunderts wirkte von außen düster und abweisend.

Anna zog das Funkgerät aus dem Handschuhfach und meldete sich bei den Kollegen der Hauptwache Südwest, die im Präsidium untergebracht war. Das Tor zum Innenhof schwang auf.

Bruno ließ den Passat über das Pflaster rollen und sagte: »Mich würde interessieren, ob Uhlig weitere Bekannte hatte, die uns mehr über seinen Verfolgungswahn erzählen können.«

»Ein Psychopath namens Odenthal hat Daniel abgeschlachtet. Nicht mein Onkel.«

»Klar, wir haben ja Odenthals Geständnis.«

Etwas in Brunos Tonfall gefiel ihr nicht. Anna fragte: »Was willst du damit sagen?«

Der Kollege fand eine Parklücke und schaltete den Motor ab.

Anna hasste es, jeden Satz einzeln von Wegmann zu erbetteln. Sie bohrte nach: »Was ist mit dem Geständnis?«

»In der Nacht, als wir ihn zum dritten oder vierten Mal vernahmen. Thilo machte auf dem Feldbett in seinem Büro ein Päuschen und ich hörte mir die Bänder an, um zu überlegen, wie wir Odenthal vielleicht doch noch packen konnten. Weißt du, wer da aufkreuzte?«

»Wer?«

»Schwörst du, dass du mit niemandem darüber redest? Schon gar nicht mit unserer Chefin?«

Anna versprach es und spürte, wie das Ziehen in ihrem Magen stärker wurde.

Wegmann hielt mit beiden Händen das Lenkrad umklammert und starrte auf die Wand vor der Kühlerhaube. »Es waren zwei Hauptkommissare, die gar nicht zur Mordkommission gehörten. Michael Lohse und dein Daddy, Bernd Winkler. Sie kamen, um mich für eine Weile abzulösen.«

»Was redest du da? Mein Vater ist kein aktiver Polizist mehr. Er sitzt im Landtag.«

»Eben. Die rechte Hand von Uwe Strom, dem Ministerpräsidenten, nicht wahr?«

»Warum hast du das zugelassen?«

»Jetzt denke ich auch anders darüber, aber damals fand ich ...«

»Willst du damit sagen, dass mein Vater Odenthal zum Geständnis genötigt hat?«

»Anna, ich hab nicht nachgefragt, was im Zimmer vor sich gegangen ist. Thilo dachte, ich hätte Odenthal zu dem Geständnis bewegt. Ich ließ ihn in dem Glauben. Wir waren hundemüde und einfach nur erleichtert.«

Sie schluckte an dem Kloß, der plötzlich in ihrem Hals steckte. »Es war spät in der Nacht, die Nerven lagen blank und das Geständnis des Psychopathen bestätigte nur, was ohnehin jeder vermutete.«

»Du sagst es, Luna.«

»Bruno, du spinnst.«

33.

Januar 2003

Anna hatte sich verspätet. Der Marktplatz war voller Demonstranten, vielleicht sechs- oder siebentausend, schätzte sie. Auf der Bühne vor dem Rathauseingang spielte ein Musiker orientalisch klingende Melodien auf einem Synthesizer. Anna bahnte sich ihren Weg durch die Menge. Viele Leute hielten selbst gemachte Transparente hoch oder hatten sich Pappschilder um den Hals gehängt: *Krieg ist doof* oder *Kein Blut für Öl.*

Sie hatte sich mit Karin Lohse vor dem Reiterstandbild des Kurfürsten Johann Wilhelm verabredet, den die Düsseldorfer Jan Wellem nannten. Die riesige Bronzefigur, laut Sockelinschrift ein Geschenk der dankbaren Bürger, hatte der eitle Barockregent in Wirklichkeit selbst in Auftrag gegeben und zur Finanzierung die Steuern erhöht. Anna erreichte den Zaun, der das Denkmal schützte, und hielt Ausschau.

Es war frostig kalt. Die Leute waren in Daunenjacken gehüllt, Anoraks, Wollmützen, Fäustlinge. Anna fand Karin an einem Verkaufsstand, der Anstecker und Aufkleber feilbot: Friedenstauben, Peace-Zeichen, Sprüche gegen den US-Präsidenten.

»Fast wie früher in den Achtzigern«, sagte Karin. »Erinnerst du dich, Anna? Jo hat dich den ganzen Weg durch Bonn geschleift. Damals warst du sechs oder sieben.«

»Meine verrückte Mutter. Ich glaub, ich hab's verdrängt. Jo hat es geschafft, dass ich einen Großteil meiner Kindheit in Angst vor dem Weltuntergang verbracht habe.«

»Weißt du, wie es ihr geht?«

»Gut, hoffe ich. Manchmal schafft sie es monatelang, trocken zu bleiben. Mein Vater kümmert sich um sie. Vielleicht nimmt sie gerade in Köln an einer Demo teil. Wo steckt eigentlich Daniel? Wollte er nicht mitkommen?«

»Er glaubt nicht an Demos und Lichterketten.«

»Meinen Vater konnte ich auch nicht dazu bewegen.«

»Der ist wie Michael. Alte Schule. Demonstranten sind ihnen suspekt, selbst wenn sie ihre Ziele teilen. Die beiden wirst du nicht mehr ändern.«

»Wo habt ihr euch eigentlich kennen gelernt, Michael und du?«

Karin lachte. »Auf einer Party beim Reise-nach-Jerusalem-Spielen. Ich gebe dir einen guten Rat, Anna. Heirate niemals einen Kerl, der dir den Stuhl unterm Hintern wegzieht!«

Sie hörten eine Weile den schrägen Klängen zu. Der Musiker sei ein blinder Iraki, erklärte Karin. Angeblich hatte er sein Augenlicht verloren, weil in seiner Heimat wegen des jahrelangen Boykotts die Medikamente fehlten.

Anna erkundigte sich nach Karins Job – Gartendesign.

»Nächste Woche soll ich nach Mallorca fliegen«, antwortete Daniels Mutter. »Ein Düsseldorfer Immobilienkrösus will das Gelände seiner Finca auf japanisch umgestalten, inklusive Zen-Garten, Tempel und Glockenturm.«

»Klingt nach ’nem guten Honorar.«

»Ja, damit kann ich Daniel eventuell eine Weile durchfüttern.«

»Wie geht’s dem großen Künstler?«

»Er hat sich einen Hund zugelegt, den er Picasso nennt und Pinsel apportieren lässt. Sein Galerist hat tatsächlich die ersten Bilder verkauft. Die Ausstellung im Kunstverein hat Daniel großen Auftrieb gegeben. Und dich zu malen macht ihm großen Spaß.«

»Er porträtiert mich?«

Karin schlug eine Hand vor den Mund. »Hätte ich das nicht sagen dürfen? Dein Vater hat es in Auftrag gegeben und Daniel ein paar Fotos überlassen. Jetzt habe ich vermutlich Bernds Geburtstagsüberraschung verdorben.«

»Nicht so schlimm. Ich werde so tun, als hätte ich nichts gewusst.«

»Und was macht deine Arbeit? Bernd sagt, du bist jetzt für Mordfälle zuständig.«

»Es ist hochinteressant und die Leute auf der Dienststelle sind eine prima Truppe.« Das war ihre Standardantwort auf die Frage, die sie in den letzten Monaten häufig gestellt bekam. Anna hatte keine Lust, sich über Hohlköpfe zu beklagen, die nur Bürotratsch im Kopf hatten und sie um ihren vermeintlichen Draht zum Ministerpräsidenten beneideten. Und die gab es natürlich auch im KK 11.

Der blinde Iraki wurde von der Bühne geführt. Eine Künstlerin redete, dann ein Pfarrer. Sie gaben sich optimistisch und appellierten an die Bundesregierung, den drohenden Krieg zu verhindern. Immerhin sei sie zu diesem Zweck wiedergewählt worden. Ab heute hatte Deutschland für ein halbes Jahr den Vorsitz im UN-Sicherheitsrat und Gelegenheit, die Staatengemeinschaft zu überzeugen.

Anna begann zu frieren.

Es dämmerte, als sich der Zug in Richtung Königsallee in Bewegung setzte. Anna dachte an Sven Arnold, dem sie nach dem missglückten Versuch, ihn zu verführen, zweimal auf die Mailbox gesprochen hatte. Sie hatte ihm auch die Ankündigung der Friedensdemo gemailt. Laut ihrem Vater hatte er jedoch den Job im Landtagsbüro aufgegeben, um mit seiner Band auf Tournee zu gehen. Seit ein paar Tagen war er bereits unterwegs.

»Warum ist dein Freund nicht hier?«, fragte Karin.

»Lutz? Der weiß vor Arbeit nicht, wo ihm der Kopf steht.«

»Auch am Samstag?«

»In diesen Zeiten schaut keiner auf die Uhr oder auf den Kalender. Die Klienten machen Druck, anderswo gibt es sogar Entlassungen. Lutz ackert, als würde ihm die Kanzlei gehören. Dabei hat er noch nie eine Gehaltserhöhung bekommen.«

»Das nennt man freie Wirtschaft.«

»Bei mir oder bei deinem Mann wird die Wochenarbeitszeit erhöht ohne jeden Lohnausgleich. Wenigstens kann uns der

Staat nicht auf die Straße setzen. Aber manchmal bin ich mir auch da nicht mehr ganz sicher.«

Sie erreichten die Bankenseite der Königsallee und entzündeten die mitgebrachten Windlichter. Zugleich ertönten die Glocken sämtlicher Kirchen der Innenstadt. So weit Anna blicken konnte, leuchteten Kerzen auf beiden Seiten des Wassergrabens, der die Kö teilte.

Anna wusste, dass ihr Protest keinen Kriegstreiber dieser Welt beeindrucken würde. Trotzdem fühlte sie sich gut in diesem Moment – Teil einer Gemeinschaft, die sich einig war.

Als sich die Lichterkette auflöste, wollte Karin noch einen Kaffee trinken gehen. Anna schlug die *Marktwirtschaft* am Carlsplatz vor, denn in der Nähe hatte sie ihr Auto geparkt.

Grüppchen von Demonstrationsteilnehmern zogen mit ihnen durch die Straßen. Keiner hatte sein Licht ausgemacht, einige sangen alte Demo-Lieder: *Das weiche Wasser bricht den Stein.*

Annas Handy klingelte.

Karin hielt ihr Windlicht, während Anna den dicken Handschuh auszog und das Telefon aus der Tasche ihrer Felljacke wühlte.

»Winkler.«

»Ritter, Kriminalwache. Stimmt es, dass du Mordbereitschaft hast?« Der Kollege schnaufte, als habe er einen Tausendmeterlauf hinter sich.

»Was liegt an?«, erwiderte Anna, ihren Schritt beschleunigend.

Karin hielt mit. Die beiden Lichter erloschen im Windzug.

Ritters Stimme klang gepresst. »Kannst du den Anblick von Blut vertragen, Winkler? Ich meine: eine Menge Blut.«

Dann gab er eine Adresse durch, die Anna bekannt vorkam.

Sie steckte das Telefon weg.

»Dienstlich?«, fragte Karin.

»Ja, tut mir leid. Aus dem Kaffee wird nichts.« In diesem Moment wurde ihr klar, wer in der Straße wohnte, die der Kollege genannt hatte. Sie versuchte, sich nichts anmerken zu lassen.

Karin lächelte. »Dann eben ein andermal.«

Anna ließ sie stehen und begann zu laufen.

»Dein Windlicht!«, rief Daniels Mutter hinterher.

Anna rannte weiter und rempelte sich den Weg frei. Die kalte Luft fuhr wie Messerstiche in ihre Lungen. Vor der Maxkirche traf ein weiteres sanftes Lied ihre Ohren: *We shall overcome* – ein Hohn, dachte Anna.

Es gab keinen Frieden, niemals und nirgendwo.

Mit steif gefrorenen Fingern schloss sie ihr Auto auf.

Lass es nicht Daniel sein, flehte Anna auf der Fahrt nach Unterbilk.

34.

Mai 2005

Als Anna die Hasselstraße erreichte, ging ihr noch immer Bruno Wegmanns Enthüllung durch den Kopf: *Michael Lohse und dein Daddy, Bernd Winkler. Sie kamen, um mich für eine Weile abzulösen*. Der weiße Bungalow tauchte auf und Anna drückte die Fernbedienung.

Das Tor zur Doppelgarage schwang hoch und im Scheinwerferlicht erkannte Anna einen knallblauen, fabrikneuen Golf. Sie setzte den BMW auf den freien Platz daneben und ging ins Haus, wo Picasso bereits schwanzwedelnd wartete.

In der Küche briet ihr Vater Lammkoteletts. Es roch nach Knoblauch und Kräutern. In zwei Gläsern schimmerte Rotwein.

»Hast du einen Gast?«, fragte Anna.

»Wie kommst du darauf?«

»Das Auto in der Garage.«

»Es ist deins. Es geht nicht, dass du ständig den BMW benutzt.«

Anna fehlten die Worte.

Ihr Vater fragte: »Gefällt es dir nicht? Dein vorheriges hatte die gleiche Farbe.«

»Ich weiß nicht, ob ich mir einen Neuwagen leisten kann.«

»Es ist ein Geschenk. Ich freu mich, dass du endlich wieder zurück bist.«

»Und was ist mit der Wohnung in Derendorf?«

»Ela Bach sagte mir, sie habe dir Ritter empfohlen, und der Kollege meinte, das Apartment sei genau das, was du dir vorstellst.«

»Das kann ich nicht annehmen.«

»Unsinn.« Er legte die Fleischgabel beiseite, ergriff ihre Hand und tätschelte sie. Seine Augen glänzten im Licht der Deckenstrahler. »Wer weiß, wie lange es meine alte Pumpe noch macht. Du bist meine einzige Tochter und ich gebe lieber mit warmer Hand als mit kalter. Und jetzt setz dich.«

Er holte Kartoffelgratin aus dem Ofen und tischte Salat auf.

Mit Heißhunger machte sich Anna über das Essen her. Picasso äugte zu ihr hoch und hob bettelnd eine Pfote. »Nichts da«, sagte sie. »Dein Fressen liegt im Napf.«

Bernd Winkler hob sein Glas. »Ein zwanzig Jahre alter Chateau Belgrave.«

Sie tat es ihm gleich und schnupperte das Bukett. »Gibt es etwas zu feiern?«

»Die Steinkohlesubvention ist seit heute beschlossene Sache. Dreieinhalb Milliarden Euro Landesmittel bis 2012. Selbst wenn wir die Wahlen verlieren sollten, können die anderen das nicht mehr revidieren. Jetzt fehlt nur noch die Anschubfinanzierung für die neue Zeche durch den Bund.«

»So viel Geld für eine Branche, die es auf Dauer nicht mehr geben wird?«

»Du redest schon wie die Opposition. Denk an die Menschen im Ruhrgebiet!«

»Klar, es sind deine Wähler.«

»Das ganze Land profitiert davon, wenn wir über eine eigenständige Energieversorgung verfügen. Koks-Kohle ist knapp geworden auf dem Weltmarkt. Wenn die Preise noch weiter steigen, wirst du mir Recht geben. Komm, Anna. Trinken wir auf unser Wohl und den Erfolg.«

Sie stießen an. Anna nahm nur einen kleinen Schluck und

behielt ihn lange im Mund. Ein hervorragender Tropfen aus der Sammlung ihres Vaters.

Er sagte: »Hab ich dir erzählt, dass Sven Arnold wieder für mich arbeitet? Er ist gerade jetzt eine große Entlastung.«

»Hat es mit seiner Musikerkarriere nicht geklappt?«

»Ich glaube, die Band hat sich zerstritten. Ist auch besser so. Das Musikgeschäft geht schlechter denn je und die Zeiten sind nicht so, dass man ein solides Jobangebot ausschlagen sollte. Sven weiß, dass ich ihm über kurz oder lang etwas vermitteln kann.«

Die kleinen Koteletts waren zart und saftig. Anna versprach, sich so bald wie möglich für das Essen zu revanchieren, und rätselte, mit welchem Gericht sie sich am wenigsten blamieren würde.

Mit einer Umarmung verabschiedete sie sich. Hundemüde nach zwei viel zu kurzen Nächten. Den Spaziergang mit Picasso ließ sie heute aus.

Als sie im Bett lag, grübelte sie darüber nach, warum sie ihren Vater nicht über Uhlig ausgefragt hatte – und auch nicht über die Nacht, in der er anstelle der zuständigen Beamten den mordverdächtigen Odenthal vernommen hatte.

Sie mochte es einfach nicht glauben. Eine ungeheuerliche Geschichte.

Anna wälzte sich von der einen Seite auf die andere. In ihrer Tasche lag das bewährte Schlafmittel. Die Warnung des Arztes: *Sie sind eine intelligente Frau und wissen, was Sie tun. Aber Sie dürfen es nur im Notfall nehmen.*

Sie zog die Schublade des Nachtkästchens auf und kramte nach dem zweiten Band der Tagebücher ihrer Mutter.

Die Hoffnung, etwas über die Razzia zu erfahren, die zum Selbstmord Edgar Schwabs geführt hatte, wurde enttäuscht. Die Notizen begannen erst Mitte Januar 1977. Die Eltern waren gerade von den Flitterwochen zurückgekehrt, die sie in Mexiko verbracht hatten. Der Winter erschien ihnen nach dem Tropenurlaub umso kälter und die Wohnung, die sie an der Brehmstraße im Düsseldorfer Zooviertel gemietet hatten, war längst nicht komplett eingerichtet. Johanna Winkler listete Neuanschaffungen auf. Die Möbelgarnitur, den Farbfernseher. Alle Preise in Mark und Pfennig.

Bernd trat in die SPD ein und reaktivierte seine Kontakte zur Bergarbeitergewerkschaft. Uwe, sein Schwager, wechselte vom Amt des Staatssekretärs in einen Parteijob: Landesgeschäftsführer – in Annas Augen klang das nach Abstieg, aber auf seinem Weg an die Spitze hatte es offenbar geholfen.

Die beiden waren unterwegs, Johanna langweilte sich an den Abenden. Ebenso eintönig fand Anna zunächst die Aufzeichnungen – ein perfektes Schlafmittel, so hoffte sie.

Doch plötzlich änderte sich der Tonfall und Anna konnte das Heft nicht mehr aus der Hand legen.

26. Januar 1977
Er betrügt mich. Keine zwei Wochen nach unseren Flitterwochen muss ich mich fragen, ob es richtig war, diesen Mann zu heiraten.
Mir war unwohl, kam vorzeitig aus Köln zurück. Am Bahnhof einen Strauß Astern fürs Wohnzimmer gekauft. Als ich in der Brehmstraße aus der Straßenbahn stieg, verließ K. gerade das Haus. Sie hatte es eilig und bemerkte mich nicht.
Die Gläser in der Spüle stammten nicht vom Frühstück. Das Bett war auf B.s Art gemacht. Dass er die Blumen lobte, gibt mir Gewissheit. Sonst hat er nie einen Blick für so etwas. Er betrügt mich mit der Frau seines besten Freundes und er tut es in unserer Wohnung!

27. Januar 1977
Habe mich krankgemeldet. Observiere den ganzen Tag das Haus. Am Vormittag kommt ein Mann von der Parkettfirma. Offenbar will B. mich damit überraschen. Dabei tut es der Teppichboden noch. Folge B. mit dem Taxi, doch er fährt nur ins SPD-Haus.
Habe mir beim Observieren eine Grippe eingefangen.

28. Januar 1977
In der Firma verbreitet Edgars Lover Gerüchte. Er hat das Video abgeliefert, das wir im TV lancieren, sobald die posthume LP von Osiris *in die Läden kommt.*
Die Scheibe wird ein Megahit, der alles übertreffen wird. Hofft unser Chef.
U. erzählt allen Leuten, Edgar habe nie Heroin genommen, die Polizei habe es ihm untergeschoben. U. verkraftet den Tod unseres Stars nicht. Der Arme ist völlig durch den Wind. Kann es nachvollziehen.
Der Chef sagt, ich soll zu Hause bleiben und meine Erkältung auskurieren.
Morgen ist M. wegen eines Lehrgangs in Neuss. Bin mir sicher, dass B. und K. das ausnutzen werden. Bringe ich den Mut auf, die beiden zur Rede zu stellen?

29. Januar 1977
Was findet B. nur an dieser Schnepfe? Sie erzählt so viel von Emanzipation, dabei ist sie nichts als ein Hausweibchen mit Gartentick. Kein Bewusstsein, kein Geist.
Mit Uwe kann ich nicht darüber reden. Ma und Pa waren von Anfang an gegen B. Wenn ich zugebe, dass sie Recht hatten, werden sie mich niemals ernst nehmen.
Drei Stunden Observation in Holzbüttgen. Wie erniedrigend das alles ist!
Mein Fieber dämpfe ich mit einer Mischung aus Jim Beam und Paracetamol.

2. Februar 1977
Erstmals wieder im Büro. U.s Video ist umstritten. Der Chef steht zu der Entscheidung, aber sollte es Ärger geben, setzt der Konzern ihn gnadenlos ab.
Weiß nicht, was ich von U.s Vorwürfen wegen der Razzia halten soll.
Im Moment traue ich B. alles zu.

3. Februar 1977
Sechs Wochen ist es her, dass ich die Pille abgesetzt habe. Spiele mit dem Gedanken, sie heimlich wieder zu nehmen.

5. Februar 1977
Ich habe mit M. geschlafen. Es war so einfach, ihn zu verführen.
Habe es nicht übers Herz gebracht, ihm zu verraten, dass seine Frau ihn betrügt.
M. ist zwar alles andere als attraktiv, aber trotzdem bin ich überrascht. Es war so anders, sehr intensiv. Meine Wut auf B. ist tatsächlich geringer geworden.
Habe M. erklärt, dass es keine Wiederholung geben wird. Der Einfaltspinsel hat nicht einmal nachgefragt.

9. Februar 1977
Heute kam das Parkett. Habe Überraschung vorgetäuscht. B.s Sorglosigkeit in finanziellen Dingen ist unglaublich. Sagt, er hätte gespart.

10. Februar 1977
Im TV eine Reportage über Bhagwan, der großen Zulauf hat. Die Menschen suchen Sinn in einer Welt, in der nur das Materielle zählt. Was ist daran schlimm?
Mit B. zu diskutieren, ist völlig zwecklos. Weil seine erste große Liebe bei den Bhagwans lebt, steckt er voller Ressentiments.

12. Februar 1977
Wenn ich mit B. schlafe, stelle ich mir neuerdings ganz verrückte Dinge vor.

15. Februar 1977
Habe blaugemacht. Zu viel Jim Beam, zu wenig Schlaf. Im Kino Network *angeschaut. Das TV als Grund allen Übels. Typisch amerikanisch, aber unterhaltsam.*

17. Februar 1977
Uhligs Video in ARD (Plattenküche) *und* ZDF *(Thoelke). Verkaufszahlen marschieren nach oben. Unser Chef fester im Sattel denn je. Die Backfische sind verrückt nach Edgar. Sie kapieren Uhligs Anspielungen auf Homosexualität nicht. Das Thema ist anscheinend dermaßen tabu, dass keiner es für denkbar hält.*

18. Februar 1977
B. hat den neuen Dual-Plattenspieler gekauft. Habe Edgars LP aufgelegt. B. gefällt die Scheibe.
Wir tanzten auch zur neuen von Fleetwood Mac.
Kann mir nicht vorstellen, dass U.s Vorwürfe zutreffen.

19. Februar 1977
U. nervt. Kenne dieses Gehabe aus meinem Bekanntenkreis. Es ist schick, möglichst links zu sein und Vorurteile gegen die ›Bullen‹ zu äußern. Als sei Baader-Meinhof nicht viel schlimmer.

23. Februar 1977
Die Regel ist überfällig.

24. Februar 1977
B. ist mit Uwe in die Schweiz gefahren, um Parteispenden anzulegen. Glaube jetzt, dass B. mich wirklich liebt, eben auf seine Art.
Edgar nicht mehr unter den Top 10. Stuhl des Chefs wackelt nun doch. Rumours *ist der Hit und jeder fragt, warum wir nicht so etwas wie die Fleetwoods unter Vertrag haben.*
Absolut konventionell, aber ein Ohrwurm. Don't stop, thinking about tomorrow, yesterday's gone. *Klingt verlockend.*

26. Februar 1977
Regel noch immer überfällig.

28. Februar 1977
Der Test ist positiv ausgefallen.
B. ganz aus dem Häuschen. Möchte es Osiris *nennen und frage mich, ob M. der Vater ist.*

1. März 1977
Falls es nicht von B. ist: Wird er es merken? Wie wird er reagieren?
Wage nicht, daran zu denken.

2. März 1977
Muss ständig daran denken. Don't stop, thinking about tomorrow – *der Hit ist ein böser Scherz.*
B. hat den ganzen Jim Beam in den Ausguss geschüttet. Behauptet, ich gefährde das Baby.

8. März 1977
B. schlägt vor, ein Haus außerhalb der Stadt zu bauen. Das Kind brauche einen Garten. Dabei haben wir gar nicht das Geld für ein Haus, selbst wenn meine Eltern etwas beisteuern würden.

17. März 1977
In Stammheim wurde illegal abgehört. Jahrelang hat die Polizei die Gespräche der RAF-Häftlinge mit ihren Verteidigern aufgezeichnet, obwohl das Grundgesetz es verbietet. Wie im Fall Traube. Saulus (Atommanager) wird zum Paulus (AKW-Gegner) und der Innenminister stempelt ihn zum Terroristen.
Der Staat ist unersättlich in seiner Kontrollgier. Noch sieben Jahre bis 1984. Orwell ruft.

18. März 1977
B. sagt, dass er über Parteiverbindungen günstig an Grundstück und Kredit komme. Wer sagt, Beamte seien langweilig, kennt B. nicht.

Nächste Woche will er mich in die Schweiz mitnehmen. Drei Tage Urlaub auf Kosten der Partei. Uwe meint, das ginge in Ordnung.
Die Alpenluft wird uns gut tun.

28. März 1977
Die Harmonie, die wir in der Schweiz getankt haben, hat nicht lange gehalten. Laut B. wird in Holzbüttgen ein neues Baugebiet ausgewiesen. Ausgerechnet in dem Kaff, wo K. und M. wohnen.
B. hat mir wegen der Trinkerei eine Szene gemacht. Lief mir bis aufs Klo hinterher, um mich zu kontrollieren.
Ich will nicht fort aus der Stadt.

29. März 1977
Hasse die Vorstellung, dass B. der Vater ist. Fürchte mich davor, dass M. es wäre. Abtreibung wäre eine Lösung, aber B. würde mich womöglich umbringen.

Anna konnte nicht mehr weiterlesen. Sie schleuderte das Heft durch den Raum. Blätter flatterten, der Umschlag klatschte gegen eine Wand.

Es war kurz nach Mitternacht und ihr schwirrte der Kopf. Die Lektüre hatte so viel aufgerührt.

Anna warf zwei *Noctumed* ein. Dann las sie auf der Packung, dass die Wirkstoffdosis pro Tablette nur ein Milligramm betrug – Hashemie hatte sie reingelegt und nur die Hälfte verschrieben von dem, was sie aus Bosnien gewöhnt war.

Sie schluckte drei weitere Pillen hinterher. Für die nächste Packung würde sie einen anderen Arzt aufsuchen.

Eine Weile nahm Mutters Tagebuch noch ihre Gedanken in Beschlag.

Ich traue B. alles zu.

Dann tat das Schlafmittel endlich seine Wirkung.

35.

Januar 2003

Der Kollege aus der Kriminalwache stieg vor ihr die Betontreppe hoch. Es war tatsächlich das Hinterhaus an der Neusser Straße, ein ehemaliges Druckereigebäude, in dem Daniel die Dachetage als Wohnung und Studio gemietet hatte. Eine armselige Behausung, kaum beheizbar, aber billig. Der junge Maler hatte Anna im letzten Jahr zur Einweihungsparty eingeladen. Sie erinnerte sich, wie stolz er auf die Bude gewesen war.

Oben angekommen, streifte auch Anna die Schutzkleidung aus weißem Plastik über.

Ritter drückte die Tür auf und ließ Anna den Vortritt. Dabei knabberte er an den Spitzen seines Schnurrbarts und vermied es, ihr in die Augen zu blicken.

Der Raum wirkte wie eine Höhle. Daniel hatte es schick gefunden, an manchen Stellen den Putz von den Ziegelwänden zu schlagen. Die wenigen Möbel waren zum Teil selbst gezimmert. Drei großformatige Arbeiten lehnten an der Wand – Annas erster Blick fiel auf Blüten von überwältigender Farbigkeit.

Über ihrem Kopf spannten sich Stahlträger, auf denen der offene Dachstuhl ruhte. An einem von ihnen hing ein rot glühender Heizstrahler. Trotzdem waren es hier kaum mehr als sechzehn Grad.

»Weiter hinten«, sagte Ritter.

Anna umrundete die Badewanne, vor der sich ein Duschvorhang spannte.

Der Anblick traf sie wie ein Aufprall gegen eine Mauer aus vollem Lauf.

Ein menschlicher Körper baumelte an den Füßen aufgehängt vom hintersten Querbalken. Er wirkte klein und dürr und sah aus wie rohes Fleisch, als hätte man ihm die Haut abgezogen. Fliegen umkreisten ihn.

An der Kehle klaffte ein tiefer Schnitt. Der Kopf war dunkel angelaufen – was nicht aus der Halswunde getropft war, hatte sich in den Adern gestaut.

Anna begann zu zittern, als sie Daniels Gesichtszüge erkannte.

Als er ein Kleinkind gewesen war, hatte sie mit ihm wie mit einer Puppe gespielt. Sie war oft sein Babysitter gewesen und er war für sie wie der kleine Bruder, den sie sich immer gewünscht hatte.

Unter ihm eine Blechdose voller Blut – übergelaufen. In der Pfütze zappelten Fliegen. Die Lache hatte sich bis zur Staffelei ausgedehnt, die unter dem Dachfenster stand.

Anna nahm den Geruch war. Schwach, aber dennoch kaum erträglich. Die typische Note, die sich in der Kleidung festsetzte und die man nicht mehr losbekam. Der Verwesungsgeruch, der bis in die entlegensten Windungen des Gehirns kroch – bis ans Ende ihrer Tage würde sie wissen, dass er den Tod bedeutete.

Sie spürte den dringenden Impuls, eins der großen Fenster zu öffnen, aber die Raumtemperatur durfte nicht verändert werden, bevor der Rechtsmediziner den Todeszeitraum bestimmt hatte.

Der Täter hatte Daniel mit einer Plastikleine aufgeknüpft. Die Schlinge schnitt tief in die Fußgelenke. Die gelbe Schnur war über den Stahlträger geführt und um ein Wasserrohr gewickelt, das unter einem Waschbecken voller Pinsel aus der Giebelwand trat.

Ein fetter, blau glänzender Brummer landete auf dem bräunlichen angetrockneten Film, der den Toten bedeckte, und hatte Mühe, wieder loszukommen. Als er die Leiche weiter umkreiste, fiel Annas Blick auf Daniels Genitalien.

Verstümmelt. Fetzen von Haut und Fleisch. Tiefe Wunden voller weißlicher Maden, die sich krümmten und ins Fleisch bohrten. Anna kämpfte gegen die Übelkeit, die in ihr aufzusteigen drohte.

»Du bist ja ganz blass«, konstatierte Ritter. »Noch nicht lange dabei?«

»Arschloch.«

In diesem Moment wurde ihr klar, dass sie nicht dazu in der Lage sein würde, Karin und Michael Lohse zu benachrichtigen.

Sie blickte sich um. Ein einzelnes Sektglas und eine leere Flasche auf dem Tisch. Das Bett ungemacht, Bücherstapel ringsum, einige davon umgekippt. Eine Glasscherbe neben einem Bettpfosten.

Dann bemerkte Anna die Abdrücke von Sohlen. Jemand war in das Blut getappt und hatte Spuren hinterlassen, die sich in Richtung Tür verloren.

Ritter deutete auf die Leiche, wo sich die dicke Fliege erneut niedergelassen hatte. Sie flatterte unter lautem Gesumme und kam nicht von der Stelle. »Der Täter hat die Haut mit Blut beschmiert«, konstatierte Ritter.

»Wie krank muss so ein Typ sein?«

»Vielleicht sieht er sich ebenfalls als Künstler.«

Plötzlich nahm Anna ein Kratzen hinter der Tür wahr, die zur Toilette führte.

Auch ihr Kollege hatte es bemerkt. Er zog die Waffe, stellte die Füße in Schulterbreite auseinander, beugte die Knie und umklammerte den Pistolengriff mit beiden Händen.

»Hast du dort noch nicht nachgesehen?«, flüsterte Anna.

Ritter schüttelte den Kopf. Jetzt war auch er blass geworden.

Anna schlich zur Ziegelmauer und näherte sich der Tür von der Seite. Sie streckte die Hand aus und griff nach der Klinke, bemüht, dem Kollegen das Schussfeld nicht zu verdecken. Hoffentlich war Ritter in Übung.

Der K-Wachen-Mann nickte.

Sie riss die Tür auf.

Ein kleiner Köter schoss aus dem Toilettenverschlag. Ein Putzeimer kippte um, eine Rolle Klopapier folgte dem Hund, sich dabei abwickelnd. Das Tier baute sich vor Anna auf und kläffte. Schwarz mit weißen Pfoten und struppigem Bart, nicht viel höher als dreißig Zentimeter.

Anna streckte lockend ihre Hand aus. Sie wusste, dass sie nicht besonders einladend wirkte im weißen Plastikoverall, mit Überziehern an den Schuhen, Kopfhaube und Handschuhen.

Der Hund kam näher, dann wich er ruckartig zurück, wirbelte herum und raste quer durch die Blutlache. Er beschrieb einen Bogen um den Toten und bellte ihn an.

»Verdammt!«, rief Anna. »Er macht uns die Spuren kaputt!«

Ritter zielte noch immer auf das Tier.

Anna fiel der Name ein, den Karin erwähnt hatte. »Picasso!«

Der Hund trottete näher, blutige Pfotenabdrucke hinterlassend. Schließlich schnupperte er an Annas ausgestreckter Hand und ließ sich auf den Arm nehmen.

Ritter verstaute die P6 wieder im Holster. »Was jetzt?«

Anna fragte: »Wo steckt dein Partner?«

»Befragt den Typen aus dem Café im Vorderhaus, der den Toten entdeckt hat.«

Schwere Schritte näherten sich auf der Treppe. Zwei Uniformierte erschienen in der Tür, die Ritter angefordert hatte, damit sie den Tatort sicherten.

Anna entschied: »Dann sollten wir uns auch mal umhören. Vielleicht gibt es Nachbarn, die Besuch gesehen oder Streit gehört haben. Ein fremdes Auto, das im Hof parkte. Irgendetwas in dieser Art.«

»Wann, schätzt du, ist es passiert?«

»Letzte Nacht, vielleicht auch gestern.« Sie wandte sich zum Gehen.

Auf dem Weg nach draußen machte Ritter sie auf die Staffelei aufmerksam. »Sieht dir verdammt ähnlich«, sagte er.

Eine gerahmte Leinwand lehnte in der Halterung. Ein Porträt, fast vollendet. Anna erkannte sofort, nach welchem Foto Daniel es gemalt hatte. Der kleine Hund in ihrem Arm winselte und sie wusste, dass sie es keine Sekunde länger in diesem Raum aushielt.

Sie rannte die Treppe hinunter und schloss das Vieh in ihrem Auto ein, das im Hof stand. Picasso kratzte am Fenster und hielt den Kopf schief.

Anna konnte sich nicht mehr zügeln. Sich die Wut von der Seele heulend, schwor sie, alles dafür zu tun, um den Mörder des jungen Malers der Strafe zuzuführen, die er verdiente.

36.

Mai 2005

Zehn Minuten nach sechs riss sie der Radiowecker aus dem Schlaf. Zuerst glaubte Anna an einen Traum. Ausgerechnet *Fleetwood Mac* krächzte aus dem kleinen Lautsprecher.

Ihr Vater stand schon wieder am Küchenherd. Eier mit Schinkenspeck. Anna öffnete die Terrassentür, um den Dunst abziehen zu lassen. Sie musste sich festhalten, denn ihr war schwindlig – sie hatte das Schlafmittel am Vorabend zu hoch dosiert.

Picasso wetzte auf den Rasen hinaus, Tauben jagend, die er nie erwischte. Der Himmel gab zögernd sein Licht ab, ringsum in den Gärten herrschte reges Gezwitscher.

Vater trat neben sie und atmete tief ein. »Champagnerluft!«

»Das hast du von Karin, stimmt's?«

»Was?«

»Das Wort. Champagnerluft.«

»Wie kommst du darauf?«

»Mama hat mir ihr Tagebuch gegeben. Sie schreibt, dass du mit Karin ein Verhältnis hattest. Ist das wahr?«

»Johanna hat Tagebuch geführt?«

»Weiß Michael von der Affäre?«

Ihr Vater schüttelte den Kopf und Anna war nicht klar, ob es eine Antwort sein sollte oder ein Kommentar darauf, dass seine Frau ihr Leben in Auszügen aufgezeichnet hatte.

Anna ging ins Haus und griff nach der Zeitung, die auf dem Küchentisch lag. Die *Morgenpost* titelte: NACH EXPLOSION ZAHL DER TOTEN AUF ACHT GESTIEGEN. WER ÖFFNETE DAS GASVENTIL?

Die Buchstaben verschwammen, das Blatt in ihrer Hand zitterte. Sie legte es rasch zurück.

Ihr Vater stellte die zwei Portionen Spiegelei auf den Tisch und goss Kaffee ein.

»Wieso bist du schon so früh auf den Beinen?«, wollte Anna wissen.

»Wahlkampf. Termine im Wahlkreis.«

»Überanstreng dich nicht.«

»Hör auf, Anna. Du hast selbst gesagt, ich bin kein alter Mann.«

»Allein die weite Strecke im Berufsverkehr.«

»Sven wird mich fahren.«

»Warum muss dein Wahlkreis im Ruhrgebiet liegen und nicht hier im Kreis Neuss oder in Düsseldorf?«

»Ich stamme von dort. Du weißt, dass die Leute so etwas schätzen. Wetten, dass ich bei den Erststimmen keine Einbußen davontragen werde?«

»Es ist ja nur, weil du einen Infarkt hattest. Du solltest das Warnsignal beherzigen.«

»Ich will jetzt nichts mehr davon hören.«

Eine Weile spachtelte der Abgeordnete still sein Frühstück. Dann sagte er: »Michael hatte keine Ahnung. Und ich möchte, dass das so bleibt. Die Geschichte mit Karin war nur eine ...« Er suchte nach dem richtigen Wort.

Anna fragte: »Was hattet ihr bei Odenthals Vernehmung zu suchen, Michael und du?«

»Warum misstraust du mir plötzlich?«

»Hast du Odenthal zum Geständnis genötigt?«

»Du wirst allmählich wie deine Mutter.«

Er aß weiter. Anna stand auf. Wieder musste sie sich festhalten. Nur ein Rest von *Noctumed* in ihren Adern – nichts weiter.

»Was ist los?«, fragte er. »Keinen Appetit?«

»Sag, was habt ihr mit Odenthal gemacht?«

»Nichts.«

»Ich weiß nicht mehr, was ich dir glauben kann.«

»Hör zu, Anna, ich hab's für Michael getan. Er hat gelitten wie ein Hund. Er hielt es nicht aus, dass der Mörder seines Sohnes die ganze Zeit leugnete. Michael brauchte Gewissheit, verstehst du?«

»Und dann habt ihr den Verdächtigen so lange bearbeitet, bis er alles zugab, was ihr hören wolltet.«

»Wir haben keine Gewalt angewandt, wenn du das meinst.«

Anna musste sich setzen.

Karins Aussage war falsch gewesen, das Geständnis ebenfalls. Damit stand und fiel das Urteil mit dem Alibi. Odenthals Mitbewohner hatte es widerrufen – nachdem sie, Anna, den pädophilen Lehrer bearbeitet hatte, bis er zugab, was sie hören wollte.

Ihr war, als würde sie in einen Abgrund fallen.

Der Motor des Golf schnurrte. In ihrem Kopf klang das Lied nach, mit dem sie aufgewacht war: *Yesterday's gone, yesterday's gone.*

Als sie auf dem Weg zur Autobahn an einer Ampel im Gewerbegebiet stoppen musste, sah Anna die Lichter zuerst verschwommen, dann doppelt. Sie klatschte sich mit beiden Händen ins Gesicht. Es ging vorbei.

Der Wagen, die Wohnung – die Großzügigkeit ihres Vaters verwirrte Anna. So recht konnte sie sich nicht darüber freuen.

An der Gabelung am Ende der A 52 ging sie vom Gas. *Landeshauptstadt Düsseldorf.* Vor der Auffahrt zur Kniebrücke schlug ihr Handy Alarm. Anna kramte es aus der Tasche und meldete sich.

Die Stimme eines Mannes im mittleren Alter fragte: »Eifrig bei der Arbeit?«

»Wen interessiert das?«

»Mein Name ist Alex Vogel. Es tut gut zu wissen, dass meine Steuern sinnvoll angelegt sind, zumindest bei der Polizei.«

Anna hatte Mühe, sich auf den Verkehr zu konzentrieren. Vogel war Chefredakteur des *Blitz*. Kein anderes Blatt wurde so schrill, wenn es um Verbrechen ging. Keine andere Zeitung hatte solchen Einfluss auf die Leser. Und Alex Vogel stand zweifach in Uhligs ledergebundenem Adressbuch.

»Woher haben Sie meine Nummer?«, fragte Anna.

»Ihre Chefin hat sie mir gegeben.«

»Was wollen Sie?«

»Ein interessanter Fall, den Sie da bearbeiten. Lauter prominente Namen sind darin verwickelt. Peter Uhlig, Daniel Lohse,

Uwe Strom. Kunst und Politik, eine aparte Mischung. Und irgendwo mauschelt da auch ein gewisser Bernd Winkler mit, vermute ich mal.«

Anna war sprachlos.

Der Blattmacher fuhr fort: »Wie wär's, wenn wir uns treffen und ein paar Informationen abklopfen, sozusagen zur gegenseitigen Befriedigung unserer professionellen Neugier.«

»Ich kann Ihnen auch nicht mehr sagen als die Kollegen der Pressestelle«, entgegnete Anna und drückte den Aus-Knopf, bevor sie dem Zeitungsfritzen etwas verriet.

Sie wusste, dass sie in Teufels Küche geraten würde.

37.

Im Präsidium suchte Anna als Erstes den Konferenzraum im vierten Stock auf. Er war verwaist, auf den Tischen die Überreste der letzten Sitzung: Listen mit den Namen der Mitglieder der Mordkommission, kopierte Adressbucheinträge Uhligs.

Am Flipchart hing noch der Papierbogen mit Ela Bachs Handschrift: *Peter Uhlig, Blutspuren in der Wohnung, Brandanschlag Studio 7.40–7.55 Uhr.*

Anna schob das Video aus Uhligs Loft in den Rekorder und schaltete den Monitor an. Sie vergewisserte sich, dass niemand die Treppe hochkam, und schloss die Tür. Dann betrachtete sie die Aufzeichnung der WDR-Sendung von 1986.

Schwarze Flammen – Leben und Tod eines Musikgenies.

Ein Film von Rebecca Carstensen.

Anna notierte den Namen und griff nach der Fernbedienung. Die ersten fünf Minuten bestanden aus einem Konzertmitschnitt, den sie im schnellen Vorlauf flimmern ließ. Anna hatte nicht die Zeit für eine Dreiviertelstunde Fernsehfilm. Bilder aus Schwabs Kindheit, schwarz-weiße Super-8-Schnipsel aus den Sechzigerjahren, ein Interview mit den Eltern, mit einem Lehrer. Edgar sei schon als Kind sehr pfiffig gewesen. Technisch begabt und höchst musikalisch.

Weiter.

Ein Gig in einer TV-Show, *Osiris Trance* war geboren. Eine ganze Mädchengeneration schien auf Edgar Schwab abzufahren. Ein sensibel wirkender Typ, eher still, aber trotzdem charismatisch, sobald er auf der Bühne stand. Auslandsauftritte, private Fotos, dann wieder ein Mitschnitt von dem letzten Konzert der Band in der Münchner Olympiahalle.

Anna schaltete auf normales Tempo um: O-Töne von Zeitgenossen über Schwabs morbide Ader. Texte voller Todessehnsucht. Phasen wochenlanger Depression, ausgerechnet zur Zeit der Höchstplatzierung in der Hitparade. Gerede über Drogenmissbrauch nahezu aller Bandmitglieder. Dann der erste Auftritt von Uhlig.

Ein kleiner, blasser Kerl Mitte dreißig, Halbglatze. Der V-Ausschnitt des T-Shirts ließ dichten Brustpelz hervorlugen. Peter Uhlig sagte: »Damals nahm jeder Drogen. Die Plattenfirmen fütterten ihre Stars damit. Aber nie habe ich Edgar mit Heroin gesehen. Nie. Ich wüsste es, wenn er sich etwas gespritzt hätte.«

Annas Handy schrillte. Das Display zeigte eine Durchwahlnummer des Präsidiums. Sie schaltete den Film stumm.

Es war Bruno Wegmann: »Mensch, Anna, wo bleibst du? Wir wollten zum Museum Kunstpalast. Die Uhlig-Ausstellung.«

»Gib mir noch zehn Minuten«, antwortete Anna.

Ton wieder an. Der Film kam zum Höhepunkt. Die Razzia.

Eine rasche Folge abgefilmter Fotos und Schlagzeilen aus Boulevardpresse, Klatschmagazinen, Musikblättern und seriösen Zeitungen: Schwab in Handschellen, Schwab in Großaufnahme beim Einsteigen in den Polizeibulli. Der Prozess. Fans vor dem Gerichtsgebäude. Das Urteil, Schwab fassungslos. Die Bandmitglieder mit Anhang vor dem Knast demonstrierend, ratlos.

Die Meldung des Selbstmords.

Und erneut O-Töne von Zeitzeugen und Familienmitgliedern. Schwabs Mutter gab dem Umfeld die Schuld. Das Milieu, die Gesellschaft. Ein Musikkritiker stellte Schwab in eine Reihe mit Jimi Hendrix und Jim Morrison.

Schließlich wieder Uhlig.

Anna drückte auf Pause und kontrollierte das Treppenhaus. Wenn Schwabs damaliger Lover den Namen ihres Vaters nennen würde, sollte es keiner hören.

Die Luft war rein.

Anna ließ das Band weiterlaufen. Uhlig stand vor Schwabs Grab. Er trug einen schwarzen Anzug, der seine Schultern breit wirken ließ.

»Edgar hat nie Heroin besessen. Polizisten haben ihm das Rauschgift untergeschoben. Edgar sollte aus dem Weg geräumt werden. Man hat sein Leben zerstört. Ja, man hat ihn gewissermaßen ermordet.«

»Haben Sie Beweise dafür?«, fragte die Stimme der Reporterin aus dem Off.

»Nein, noch nicht, aber ich weiß, dass es so war, und irgendwann werde ich Beweise präsentieren können.«

Ein harter Schnitt auf die Bühnenshow des Münchner Konzerts von 1976 – Edgar Schwab auf dem Höhepunkt seiner Popularität und kurz vor seinem Absturz. Nebel waberte zwischen den Musikern, zuckende Lichter, pyrotechnischer Zauber und ein goldenes Ufo, das unter der Hallendecke schwebte.

Schwab stand darin, halb nackt und den Kopf mit einem weißen Tuch umwickelt wie ein Kamikaze-Flieger. Seine Stimme schraubte sich hoch, fast ein Kreischen:

Schwarze Flammen greifen nach mir
Ich brenne – vor Gier nach dir.

Die Kamera ging in die Totale. Schlusssätze aus dem Off. Die Autorin salbaderte von Mythen und Legenden, die sich stets um zu jung gestorbene Stars rankten. Schwab und seine Band hätten Musikgeschichte geschrieben.

Der Abspann nannte noch einmal den Namen der Reporterin. Anna zog ein Telefon zu sich heran. Die Auskunft gab ihr die Nummer der WDR-Zentrale in Köln. Nach langem Klingeln meldete sich ein Pförtner und verband sie mit der Personalabteilung. Anna sagte ihren Spruch auf und wurde erneut mit der Warteschleife verbunden. Die Melodie der Sendung mit der Maus.

Das Handy schlug an. Anna hielt es an ihr freies Ohr.

Bruno Wegmann sagte: »Ich hab schon mal einen Wagen besorgt und warte unten im Hof.«

»Danke. Eine Minute.«

Am anderen Ohr tönte eine Männerstimme aus dem Hörer. »Honorare und Lizenzen.«

»Ich wollte die Personalabteilung.«

»Wegen Rebecca Carstensen?«

»Ja.«

In breitem Kölner Dialekt erklärte der Angestellte, dass er zuständig sei, weil Frau Carstensen in den Unterlagen als freie Mitarbeiterin geführt werde. Seit mehr als vier Jahren habe sie allerdings nichts mehr produziert, ihre Telefonnummer und Postanschrift könnten veraltet sein. Der Mann gab sie durch.

Anna bedankte sich. Dann wählte sie die Nummer der Reporterin.

Vom Band des Anrufbeantworters kam die Stimme, die Anna von der Dokumentation über Schwab kannte. Sie erzählte von einer Reise und nannte für dringende Fälle eine Mobilfunknummer.

38.

Der Kunstpalast war Teil eines lang gestreckten Komplexes, der in den Zwanzigern des letzten Jahrhunderts nördlich des Stadtzentrums für eine Messe errichtet worden war. Im Baustil glich er dem Präsidium, ein abweisendes Gemäuer, das man für Naziarchitektur halten konnte.

Das Museum war geschlossen. Ein Transparent über dem Eingang warb für die Ausstellung, die morgen starten sollte: *Einsichten, Standpunkte – Retrospektive Peter Uhlig.*

Anna musste mit der Verwaltung telefonieren, bis ein älterer

Typ im Jeansanzug erschien und die Glastür von innen aufschloss.

Sie fragte ihn nach Timo Ziegler, dem Studenten, der nach Auskunft der Akademie als Uhligs Assistent gearbeitet hatte. Der Typ wies zum Durchgang seitlich der Kasse und brummelte: »Der Videomann? Hier im Erdgeschoss.«

Mit Wegmann im Schlepptau betrat Anna den ersten Saal. Zweimal waren hier alte Fernseher in Holzverkleidung zu einer Treppe gestapelt. Links rauschte ein endloser Wasserfall, rechts stieg eine nackte Frau Stufe für Stufe hinab, um danach auf dem obersten Bildschirm wieder aufzutauchen.

Der anschließende Raum war abgedunkelt und schwarz ausgekleidet. Auf Kugeln, die in unterschiedlichen Höhen von der Decke hingen, wurden von irgendwoher Bilder von Augäpfeln projiziert. Anna bemerkte, dass sie ab und zu zwinkerten. Es wirkte gespenstisch: *Big brother is watching you.*

»Herr Ziegler?«, rief sie.

»Ja!«, kam die Antwort von nebenan.

Die beiden Kripoleute schritten durch einen Vorhang in einen blendend weißen Raum. Ein junger Kerl stand auf einer Leiter und hantierte an einem Projektor. Sein rasierter Schädel glänzte. Er trug eine weite Hose in grün-braunem Tarnmuster und ein T-Shirt mit der Aufschrift *Lifeguard.*

Anna und Wegmann zeigten ihre Dienstausweise und stellten sich vor.

»Timo Ziegler?«, fragte Anna dann.

Der Kahlrasierte antwortete mit einem Nicken, das in ein Kopfschütteln überging. »Unfassbar. Ich hab's heute Morgen im Radio gehört. Am Wochenende haben wir noch gemeinsam am Aufbau gearbeitet. Er wollte das Material für diesen Raum noch ein wenig bearbeiten und auf Datenträger überspielen. Jetzt ist es vernichtet. Und Peter ist tot.«

»Was war das für Material?«

»Sicher weiß ich es nicht. Aber ich nehme an, es war eine Überarbeitung von dem, was ich jetzt hier verwende. Der Titel lautet: *Zeugen der Anklage.* Wollen Sie es sehen?«

»Bitte.«

Ziegler schraubte die Abdeckung fest, kletterte von der Leiter und verschwand in einem Nebenraum.

Das Deckenlicht wurde schwächer. Zwei weiße Rechtecke leuchteten an gegenüberliegenden Wänden auf. Links erschien Daniel, nackt auf einem Stuhl ohne Lehne. Nach einer Weile schlug er die Augen auf und sagte: »Du hast mich erobert. Du hast mich zerstört.«

An der rechten Wand zeichneten sich die Konturen einer Frau ab. Es war Karin, nackt wie ihr Sohn, den sie zu fixieren schien. Sie wiederholte die gleichen Sätze. Dann sprachen sie fast gleichzeitig – Karin bildete das Echo ihres Sohns. Dabei bemerkte Anna, dass Daniels Worte nicht ganz lippensynchron kamen. Es war auch nicht seine Stimme.

Nach einer Schwarzblende von einigen Sekunden erschienen in rascher Folge Bilder, die Edgar Schwab zeigten und Anna an den Film erinnerten, den sie erst vor einer halben Stunde betrachtet hatte.

Dann wieder Daniel und seine Mutter. Beide lagen dem Betrachter abgewandt. Auf die Rücken wurde Schrift projiziert: *Bekenne dich.*

Wegmann raunte: »Ist das nicht die Mutter von Daniel Lohse?«

Mein Vater hat sie erobert, dachte Anna. Er hat sich nie dazu bekannt.

Die Show begann von vorn. Karin und ihr Sohn auf ihren Hockern sitzend. Eine neue Strophe: »Du hast mich penetriert. Du hast mich vernichtet.«

»Nicht synchron«, bemerkte Wegmann und deutete auf Daniel.

Ziegler kehrte zurück und erklärte: »So geht es in zahlreichen Abwandlungen fast eine Stunde lang weiter. Diese Spannung, diese Intensität! Zweifellos der Höhepunkt im Werk Peter Uhligs. Dazwischen werden Gedichte rezitiert, in denen es um das gesamte Spannungsfeld von Liebe und Tod geht. Shakespeare, Beaudelaire, Edgar Schwab. Sie wissen, wer Schwab war?«

»Der Chef von *Osiris Trance,* die Mitte der Siebzigerjahre

sehr erfolgreich waren«, antwortete Anna. »Uns ist aufgefallen, dass Daniel Lohse nicht selbst spricht. Er wurde synchronisiert.«

»Ja, das ist Peters Stimme.«

»Ursprünglich sagte Daniel etwas anderes. Uhlig hat ihm neue Sätze in den Mund gelegt.«

»Mag sein. Bei den Aufnahmen war ich nicht dabei. Ich kenne nur diese Fassung. Die Frau kam etwa vor zwei oder drei Monaten ins Spiel. Eine brillante Idee, diese Verdopplung, finden Sie nicht? Interaktion als Illusion.«

»Es ist Daniels Mutter.«

»Faszinierend.«

»Dem Mörder hat es offenbar gar nicht gefallen.«

»Weiß man schon, wer es war?«

»Erzählen Sie uns von Peter Uhlig.«

»Er war einer der Pioniere der Videokunst, wenn auch nie so bekannt wie Vostell, Bruce Nauman oder Nam June Paik. In den Anfangsjahren ging es um das Aufbrechen der vertrauten Grenzen der Kunst im Zusammenhang mit der Popkultur. Readymades aus Zitaten der Massenunterhaltung und Warenwelt. Später kam die Entlarvung der medialen Instrumente von Täuschung und Manipulation hinzu. Spiel und politische Aussage – Peter hat sich immer zwischen beiden Polen bewegt. Heute hat es Videokunst zugegebenermaßen schwer. Die Leute sind gesättigt. Überall flimmert es. Kein Ort mehr ohne Bildschirme und Kameras. Trotzdem wird man noch in Jahrzehnten von Peter Uhlig reden.«

Vor allem morgen, wenn sein Name in den Zeitungen steht, dachte Anna. Die Schaulustigen werden in Massen zur Eröffnung strömen. Sie fragte: »Und wie war er als Mensch?«

»Zurückgezogen, still. Was nicht heißt, dass er nicht auch mal einen Wutanfall bekommen konnte.«

»Bei welchen Gelegenheiten?«

»Wenn die Technik versagt hat. Wenn ein Kunststudent esoterische Sprüche klopfte, das mochte er überhaupt nicht. Und er schimpfte gern auf die Politik.«

»War er rechtsradikal eingestellt?«

»Im Gegenteil. Ich weiß, dass es da mal Gerüchte gab, aber da war nichts dran.«

Wegmann deutete auf die Projektionen an der Wand. »Hat er mit ihr geschlafen oder nur mit ihm?«

»Sie fragen vielleicht Sachen! Wie gesagt, ich war bei den Aufnahmen nicht dabei. Aber ich denke, weder noch. Peter hatte einen festen Freund.«

Anna fragte: »Wissen Sie, worauf sich der Titel bezieht?«

»Zeugen der Anklage? Klingt fast wie ein Hollywoodfilm. Aber im Ernst. Ich fand den Titel auf einem Zettel, der den Datenträgern beilag. Ich bin leider nicht mehr dazu gekommen, mit Peter darüber zu sprechen.«

Als sie ins Freie traten, blätterte Anna durch den Speicher ihres Handys und wählte noch einmal die Nummer der Museumsverwaltung.

Anna fragte: »Wer wird morgen Abend die Eröffnungsrede halten?«

»Ursprünglich hatten wir auf Professor Uhligs Wunsch den Ministerpräsidenten angefragt. Aber Uwe Strom hat leider abgesagt. Vermutlich wird der Präsident der Akademie einspringen.«

Anna bedankte sich.

Ihr Kollege schloss den Passat auf. »Und?«

»Uwe Strom war vorgesehen.«

»Da sind wir wieder bei Uhligs Verfolgungswahn.«

»Richtig.«

Anna bat Bruno, schon mal einzusteigen. Sie schlenderte ein paar Schritte vom Dienstwagen weg und tippte die Mobilnummer der WDR-Reporterin ins Handy. Dreimal tutete das Freizeichen, dann meldete sich die wohlklingende Frauenstimme.

»Carstensen.«

»Anna Winkler, Kripo Düsseldorf. Ich muss mit Ihnen sprechen. Peter Uhlig ist ermordet worden. Sie erinnern sich vielleicht nicht mehr, er war der Freund von Edgar Schwab, der sich 1976 das Leben genommen hat. Sie haben Uhlig zehn Jahre später für einen Film interviewt.«

»Daran erinnere ich mich sehr gut, aber ich bin kurz vor dem Abflug nach Tansania.«

Anna vernahm eine Lautsprecherdurchsage im Hintergrund. »Warten Sie, wo sind Sie?«

»Flughafen Düsseldorf. Meine Maschine geht in vierzig Minuten.«

»Das schaffen wir.«

Anna stieg zu Bruno ins Auto. »Zum Flughafen, schnell!«

»Und was machen wir da?«

»Wirst du gleich sehen.«

Eigentlich hätte Anna die Reporterin lieber allein befragt, um den Namen ihres Vaters so lange wie möglich aus den Ermittlungen herauszuhalten. Aber nun ging es nicht anders.

Als Bruno den Passat über den Kennedydamm nach Norden jagte, brummte er: »Ich habe gestern einen schweren Fehler gemacht.«

»Was meinst du?«

»Ich hätte dir nicht erzählen dürfen, wie das mit Odenthals Geständnis gelaufen ist.«

»Beunruhigt es dich, dass der Mord an Daniel im Fall Uhlig eine Rolle spielt?«

»Tut er das wirklich?«

»Keine Angst. Ich werde mein Versprechen halten. Niemand wird von mir erfahren, dass du in dieser Nacht Besuch hattest und zwei Außenstehenden die Vernehmung Odenthals überlassen hast.«

»Danke.«

»Trotzdem sollten wir anfangen, ernst zu nehmen, was Uhligs Lebensgefährte uns gestern erzählt hat.«

»Über Uhligs Verfolgungswahn? Über den Ministerpräsidenten als dunkle Macht?«

»Es geht tatsächlich nicht allein um Uhlig, das Haus und die sieben Bauarbeiter. Die sind nur der Endpunkt einer Kette von Verbrechen.«

»Aber ...«

»Wir haben noch einen Mordfall, der seit zwei Jahren ungeklärt ist. Ich rede von Daniel Lohse, aufgehängt, geschächtet und mit seinem eigenen Blut beschmiert. Es wird höchste Zeit, dass wir den Fall neu aufrollen und den Verbindungslinien zum Mord an Uhlig nachspüren.«

»Odenthal …«

»Uhlig wusste es besser. Und dir selbst ist es gestern auch klar geworden, als der Boutiquenbesitzer den Namen Daniel Lohse erwähnte. Daniels Mörder war jemand anderes und er läuft noch immer frei herum.«

»Warum bist du dir da so sicher? Immerhin beruhte das Urteil gegen Odenthal nicht nur auf dem ursprünglichen Geständnis.«

Anna schwieg. Das Abfertigungsgebäude kam in Sicht.

39.

Sie trafen Rebecca Carstensen vor dem Durchgang zum Flugsteig B. Die Frau wartete mit einem abgewetzten, kleinen Rucksack in der Hand und war sichtlich ungeduldig. Sie trug bequeme Reisekleidung: beige Baumwollhose, einen leichten Pullover. Kein Make-up, kein Schmuck außer einem dünnen Goldkettchen. Grau meliertes, gewelltes Haar – Anna schätzte die Fernsehjournalistin auf etwa fünfzig Jahre.

»Ich muss zu meinem Gate«, sagte die Frau und schulterte ihren Rucksack, als wollte sie losgehen.

Anna bat Bruno, dem Bodenpersonal der Fluglinie Bescheid zu geben, dass Frau Carstensen erst in letzter Minute zur Maschine kommen würde. Der Kollege wetzte los.

»Wir können es kurz machen«, begann Anna. »Erzählen Sie mir alles, was Sie über Peter Uhligs Vorwürfe gegen die Polizei wissen.«

»Das findet sich in dem Film, den ich 1986 gemacht habe.«

»Sehr konkret ist Uhlig darin nicht geworden.«

Carstensen zögerte. »Sie heißen Anna Winkler?«

»Ja.«

»Verwandt mit dem Landtagsabgeordneten Bernd Winkler?«

»Seine Tochter.«

»Und Sie wollen wirklich wissen, was damals geschah?«

»Wie gesagt, Uhlig ist ermordet worden. Ich gehöre der Mordkommission an und muss wissen, ob die Geschichte von damals eine Rolle spielt. Uhlig scheint sie jedenfalls noch immer beschäftigt zu haben.«

»Ihr Vater spielte als Polizist eine maßgebliche Rolle bei der Festnahme von Uhligs Freund, dem Musiker Edgar Schwab.«

Anna räusperte sich, um ihre Kehle frei zu kriegen. »Ich weiß.«

»Die Hintergründe werfen kein gutes Licht auf Ihren Vater.«

»Schießen Sie los.«

Die Fernsehjournalistin warf einen Blick auf ihre Armbanduhr. Ein zierliches, teures Stück, das nicht zu ihrem praktischen Outfit zu passen schien. Sie sagte: »Ihr Vater hat Ende 1976 die Schwester von Uwe Strom geheiratet. Kannten sich die beiden schon vor der Razzia?«

»Nein. Was hat das damit zu tun?«

»Und Ihr Vater und Uwe Strom? Kannten sich die zwei schon zuvor?«

»Nicht dass ich wüsste.«

»Sie kennen den Vorwurf Peter Uhligs, die Polizei habe Edgar Schwab Heroin untergeschoben?«

»Sie meinen damit meinen Vater.«

»Meine Recherchen haben ergeben, dass Uhligs Verdacht durchaus begründet war.«

»Warum hätte mein Vater das tun sollen?«

»Edgar Schwab war homosexuell, was kaum jemand wusste. Gerade die jungen Mädchen himmelten ihn an, ich gehörte damals auch dazu. Im Rahmen meiner Recherchen stieß ich auf Uhlig, den Videokünstler. Er war nicht nur Schwabs Lover, er kreierte auch die Bühnenshows von *Osiris Trance,* drehte Filmclips und designte die Plattencover. Uhlig erzählte mir, dass Uwe Strom damals Schwab angebaggert habe.«

»Das ist ein Witz, oder?«

»Uhlig war nicht gerade zum Scherzen aufgelegt, als ich ihn interviewte. Strom war Mitte der Siebziger Staatssekretär gewesen oder so etwas Ähnliches. Jedenfalls ließ Edgar Schwab den Politiker abblitzen, was diesen angeblich schwer gekränkt hat. Es soll unschöne Szenen gegeben haben. Schließlich heuerte Strom zwei Polizisten an, um Edgar Schwab eine größere Menge Heroin unterzujubeln und ihn ins Gefängnis zu werfen. Sozusagen als Denkzettel.«

»Sie reden vom Ministerpräsidenten Nordrhein-Westfalens!«

»Nun, damals war er das noch nicht. Die Geschichte ist bald dreißig Jahre alt.«

»Mein Onkel soll schwul sein?«

»Wie gesagt, das ist die Version von Peter Uhlig. So hat er sich erklärt, warum seinem Freund so übel mitgespielt worden ist.«

»Das ist absurd. Uwe Strom ist verheiratet und hat vier Kinder.«

»Ich sage ja nicht, dass es stimmt. Landespolitik war nie mein Feld.«

Anna wurde heftiger, als sie eigentlich wollte. »Und gegen meinen Vater haben Sie gar nichts in der Hand!«

Letzter Aufruf für den Flug nach Daressalam. Rebecca Carstensens Name wurde genannt.

Bruno kam vom Schalter zurück und sagte: »Fünf Minuten haben Sie noch.«

Die Reporterin legte ihre Hand auf Annas Schulter. »Ich verstehe Ihre Erregung. Aber natürlich habe ich das recherchiert.« Sie zog eine Visitenkarte aus ihrem Rucksack, notierte etwas auf der Rückseite und gab sie weiter.

Anna las: *Gregor Feist, Düsseldorf-Oberkassel.*

Carstensen sagte: »Ich erinnere mich deshalb so gut an diesen Informanten, weil mir der Redaktionsleiter seinen O-Ton aus dem Film gestrichen hat. Vielleicht weil Strom schon damals gute Freunde beim WDR hatte.«

»Wer ist dieser Feist?«

»Er hat Edgar Schwab vor Gericht belastet und auf diese Aussage stützte sich das damalige Urteil. Angeblich hätte Schwab Heroin an Feist verkauft. In Wirklichkeit war es umgekehrt. Feist war der Dealer. Zehn Jahre nach Schwabs Tod gab er mir gegenüber zu, dass ein Polizist ihn zu der Falschaussage genötigt hätte. Reden Sie mit Feist. Die genaue Adresse finden Sie sicher heraus.«

»Und dieser Polizist war …«

»Richtig, Frau Winkler. Ihr Vater.« Wieder berührte die Graumelierte Annas Schulter. »Tut mir leid, aber ich habe Sie gewarnt. Grüßen Sie Ihre Mutter von mir.«

»Sie kennen sie?«

»Kurz nach der Ausstrahlung hat sie mich angerufen und wir haben uns in Köln getroffen. Sie können stolz auf Ihre Mutter sein. Eine interessante Frau.«

Eine weitere Durchsage wiederholte den Namen Rebecca Carstensen. Die Reporterin reichte Anna die Hand, dann lief sie zur Sicherheitsschleuse.

Anna stand wie angewurzelt.

Bruno fragte: »Was hat die alte Geschichte mit Edgar Schwab zu bedeuten?«

»Mein Vater hat damals Mist gebaut.«

»Ach, vergiss es. Längst verjährt.«

Anna fand diese Bemerkung wenig tröstlich.

40.

Sie schwiegen während der Rückfahrt. Erst als sie am Präsidium anlangten, sagte Anna: »Lass mich am Fürstenwall raus, Bruno. Mein Auto steht in der Tiefgarage gegenüber.«

»Was hast du vor?«

»Sag unserer Chefin, dass wir den Mord an Daniel Lohse wieder auf die Tagesordnung setzen müssen. Wir werden an dem Punkt weiter ermitteln, wo wir nach Odenthals Geständnis aufgehört haben.«

»Willst du mir nicht endlich verraten, warum du so von Odenthals Unschuld überzeugt bist?«

»Die Indizien waren nicht eindeutig, das Geständnis kam unter Druck zu Stande, und dass Daniel seiner Mutter sagte,

Odenthal würde ihn bedrohen, ist gelogen. Karin Lohse hat mir vor ihrem Tod einen Brief geschrieben, in dem sie das zugibt. Alle waren wir scharf darauf, den armen Irren einzulochen. Wir waren blind für die Wahrheit.«

»Ich kann damit nicht einfach zur Chefin gehen.«

»Es gibt doch einen Fingerabdruck, den wir damals niemandem zuordnen konnten, auch Odenthal nicht ... Auf dieser Glasscherbe, die unter Daniels Bett lag, In den Akten finden wir sicher noch weitere Ansatzpunkte.«

»Hör zu, Anna. Wie soll ich Bach das Geständnis erklären?«

»Sag ihr, Odenthal habe sich nur wichtig machen wollen. Das sei dir jetzt klar geworden.«

Wegmann holte tief Luft. Offenbar war er noch nicht überzeugt. Er fragte: »Glaubst du wirklich, der Ministerpräsident steckt dahinter?«

»Keine Ahnung.«

»Womöglich war es dein Daddy.«

»Pass auf, Bruno: Du lässt meinen Vater aus dem Spiel und ich verrate nicht, dass du ihn zu Odenthal gelassen hast. Ein fairer Deal, okay? Mein Vater hat vielleicht Scheiße gebaut, aber er ist kein Mörder.«

»Wo willst du jetzt hin?«

»Vielleicht weiß meine Mutter etwas über den ganzen Mist. Immerhin ist sie Uwe Stroms Schwester.« Anna stieg aus.

Bruno ließ das Fenster heruntergleiten und sagte: »Ein Jammer. Der Irre hat perfekt gepasst.«

»Eben deshalb haben wir so viele Fehler gemacht.«

Auf der Fahrt ins Bergische Land gingen Anna wieder die Sätze aus dem Tagebuch durch den Kopf: *Abtreibung wäre eine Lösung, aber B. würde mich umbringen. Im Moment traue ich ihm alles zu.*

Im Autoradio liefen die Mittagsnachrichten, als sie die Ausfahrt Bensberg erreichte. Kurz darauf war sie da. Den Wagen ließ sie auf der Kiesfläche vor dem Eingang stehen, denn sie wollte keine Zeit verlieren.

Sie lief die Treppe hoch, klopfte an der Zimmertür ihrer Mutter und trat ein. Das Bett war leer und ungemacht. An der Wand ein Stundenplan. In der Spalte für Mittwoch stand: *10–12 Uhr Töpfern.*

In der Teeküche fand Anna einen Zivildienstleistenden, der ihr den Weg zur Töpferwerkstatt wies. Auf der Treppe kam ihr Jo entgegen. Bunte Tücher umwehten sie. Das kurze Haar erschien Anna noch immer fremd, aber sie musste gestehen, dass es ihrer Mutter stand.

Jo hielt sich mit verkrampften Fingern am Geländer fest. Ihr Gang war seltsam tastend wie schon vor drei Tagen. Anna fragte sich, ob es an einer Nervenschädigung lag, die nie mehr verheilen würde.

Weil die Sonne schien, beschlossen sie, im Park spazieren zu gehen. Jo hakte sich bei Anna ein. »Wie gefällt dir der Füller?«, fragte sie.

»Ein edles Stück. Im Karton waren auch Tagebücher von dir. Wusstest du das?«

»Ja, mir war unwohl bei dem Gedanken, dass die Klinikleute darin schnüffeln könnten. Versprich mir, dass du nur darin liest, wenn du dich stark fühlst. Manches davon handelt von den schmerzhaften Seiten unserer Familie und der Schmerz könnte auf dich übergehen.«

Schon geschehen, dachte Anna.

Ihre Mutter steuerte die erste Bank an und nahm ächzend Platz. Anna war froh darüber. Obwohl Jo abgemagert war, hatte sie schwer an ihrem Arm gehangen.

Anna sagte: »Ich soll dich von Rebecca Carstensen grüßen. Erinnerst du dich an die WDR-Reporterin?«

»Klar. Sie hat mir die Wahrheit über die Razzia erzählt, wegen der Edgar Schwab sich das Leben genommen hat. Bis dahin hatte ich Uhlig kein Wort geglaubt. Uhlig war Schwabs Freund, musst du wissen. Er arbeitete für unsere Firma und machte das, was man heute Videoclips nennt. Aber lass uns über ein anderes Thema reden. Wir geraten sonst nur wieder in Streit.«

»Warum hat Papa dem Musiker Drogen untergejubelt?«

»Das klingt fast, als würdest du ihn nicht mehr in Schutz nehmen wollen.«

»Stimmt es, dass dein Bruder hinter allem steckt?«

»Lass die Vergangenheit ruhen. Ich krieg sonst nur Sehnsucht nach einem ordentlichen Schluck.«

»Ist Uwe tatsächlich schwul?«

»Nein, nicht richtig.«

»Was heißt das?«

»So ähnlich wie bei Thomas Mann. Er liebt junge Männer, aber er unterdrückt es seit vielen Jahren. Stell dir vor, einmal waren wir sogar in den gleichen Kerl verliebt. Karl Heinemann, du kennst ihn nicht. Sein Vater besaß ein Juweliergeschäft in der Kölner Südstadt. Uwe war stocksauer, als ich mit ihm ging.«

»Aber warum hat sich Papa auf diese Drogengeschichte eingelassen?«

»Warum wohl? Bernd wollte Karriere machen, Geld verdienen. Das hat er ja auch geschafft.«

»Hatte Onkel Uwe ein Verhältnis mit Daniel?«

Ihre Mutter tat, als habe sie die Frage nicht gehört. Unter großen Mühen stand sie auf.

»Wo willst du hin?«

»Am anderen Ende des Parks geht's ins Dorf. Wenn ich Glück habe, hat die Kneipe geöffnet. Wie gesagt, grauenhafter Schnaps, aber nette Leute.«

»Jo, das kannst du nicht machen!«

»War nur ein Scherz. Ich muss auf die Toilette. Und mir wird kalt.«

Schritt für Schritt führte Anna ihre Mutter in die Klinik zurück. Sie sagte: »Du erinnerst dich doch an Daniel, den Sohn von Michael und Karin Lohse?«

»Natürlich. Wieso soll Uwe etwas mit dem Jungen zu tun gehabt haben? Er ist verheiratet, und das ist gut so. Es ist absurd anzunehmen, der Ministerpräsident von Nordrhein-Westfalen jage ständig jungen Männern hinterher. Ich stell mir gerade vor, was dein Großvater dazu sagen würde, wenn er noch lebte. Wahrscheinlich würde er sofort zu Uwes nächster Wahlveranstaltung fahren und ihm vor allen Leuten eine Ohrfeige verpassen. Was soll überhaupt die ganze Fragerei?«

»Peter Uhlig ist ermordet worden.«

Für ein paar Sekunden blieb Jo stehen. »Und du bearbeitest das?«

Anna entgegnete: »Hat er Uwe erpresst?«

»Mein Bruder lässt sich nicht erpressen.«

»Wie gut kennst du ihn eigentlich?«

»Gut genug.«

Sie betraten die Klinik. Johanna Winkler hielt inne und sagte: »Weißt du was, Anna-Luna? Du hast mich drei Jahre lang nicht besucht. Jetzt kreuzt du gleich zweimal innerhalb einer Woche auf, um mich Dinge zu fragen, die ich lieber vergessen möchte. Bernd hat mich nur geheiratet, um Teil der verdammten Strom-Familie zu werden. Um an den großen Futtertrog zu kommen und Geld zu scheffeln. Er hat es geschafft, aber der Preis war hoch. Und ich habe alles kaputtgemacht, als ich mich dagegen auflehnen wollte. Ich habe keine Ahnung, ob mein Bruder oder Bernd etwas mit einem der Morde zu tun haben, die du untersuchst. Und ehrlich gesagt, will ich davon gar nichts wissen. Wenn du nur deshalb kommst, dann kannst du mir gestohlen bleiben. Auf Wiedersehen!«

Verblüfft über den aggressiven Ton sah Anna zu, wie ihre Mutter durch das Foyer schlurfte, ohne sich noch einmal umzuwenden. Sie unterdrückte den Impuls, ihr nachzulaufen.

Die Glastür schloss sich. Anna fühlte sich müde, hilflos und leer.

Als sie in ihr Auto stieg, gab ihr Handy Laut.

Es war Bruno Wegmann. »Wo steckst du die ganze Zeit?«

»Hast du mit der Chefin geredet?«

»Ja. Wir beide sollen uns tatsächlich ab sofort um den Fall Daniel Lohse kümmern.«

»Nur zu zweit?«

»Bach macht sich fast in die Hosen beim Gedanken, dass der Ministerpräsident mit drinhängt. Sie will vermeiden, dass die Staatskanzlei Wind davon bekommt.«

Anna startete den Motor. Kies spritzte, als sie beschleunigte. »In vierzig Minuten bin ich da«, sagte sie.

»Wo soll ich anfangen?«

»Beschaff dir die Akten. Geh in den Computer. Such nach Fällen mit ähnlichem Modus Operandi. Frag auch in den benachbarten Bundesländern nach. Niedersachsen, Hessen …«

»Schon gut, in Geografie kenn ich mich aus. Anna, das allein ist Arbeit für Tage!«

Sie brach das Gespräch ab und bog auf die Autobahn. Eine Baustelle zwang sie, das Tempo zu drosseln.

Wieder schrillte der Klingelton.

Ela.

»Wo steckst du?«, wollte die Kommissariatsleiterin wissen. »Und was ist dran an der Geschichte, die Wegmann mir da aufgetischt hat?«

Anna fragte zurück: »Sag mal, hast du heute Morgen meine Mobilnummer an Alex Vogel vom *Blitz* weitergegeben?«

»Nein, wie kommst du darauf?«

»Schon gut. In einer halben Stunde bin ich im Präsidium.«

Hinter Leverkusen meldete sich zum dritten Mal ihr Handy. Mechanisch griff sie danach und nannte ihren Namen.

Es war die Krankenschwester von der neurologischen Station der Uniklinik. Anna erinnerte sich an die Frau: mollige Oberarme mit Drachentattoos. Die Schwester erklärte, dass Jadranko, der junge Bosnier, reden wollte.

Anna rief ihre Chefin wieder an und bat sie, den Kollegen von der Organisierten Kriminalität Bescheid zu geben.

Dann erreichte sie auch schon die A 46 nach Düsseldorf und kurz darauf die Ausfahrt *Universität.*

41.

Als sie das Zimmer betrat, schlief der Bursche. Er hing an einer Infusion, Schweiß perlte auf seiner Stirn. Auf dem Tablett neben dem Bett die Reste des Mittagessens.

»Vielleicht warten Sie besser«, flüsterte die Schwester. »Er hat etwas Fieber.«

In diesem Moment schlug Jadranko die Augen auf. »Frau Kommissarin?« Mit der freien Hand zupfte er das Laken zurecht, das ihn bedeckte.

Die Krankenschwester verschränkte die Arme. Dann nickte sie und sagte: »Okay. Aber nicht lange.«

Sie griff sich das Tablett und verließ das Zimmer.

»Sie müssen mich schützen, Frau Kom-m-m...«

»Vor wem?«

»B-Berislav und seinen Leuten.«

»Hast du von ihnen das Geld und die Ausweise?«

»Geklaut. Wollte den F-Frauen die Pässe zurückgeben. Berislav hat sie schlecht b-b-b...«

»Schlecht behandelt?«

»J-ja. Sie müssen mich schützen. Berislav kann sich d-denken, dass ich es war.«

»Was hast du in dem Haus gemacht?«

»Ich w-wollte mich verstecken.«

»Erzähl mir alles der Reihe nach.«

»Am B-Bahnhof waren Leute. Vielleicht B-Berislavs Leute. Also d-dachte ich, verbringst du die Nacht im Hofg-g...«

»Hofgarten.«

»War aber zu k-kalt. Dann sah ich das Auto. Der Schlüssel steckte und ich hab überlegt, ob ich damit abhauen soll. Aber K-K-Karre war v-viel zu alt. Kriegst du nur Panne auf der Autobahn mitten in der N-N-Nacht. Bin ich ins Haus hinein. Dachte, dass es unb-b-b...«

»Unbewohnt ist. Und weiter?«

Jadranko hustete. Anna reichte ihm die Teetasse und stellte sein Kopfteil höher.

»Danke. Im K-Keller waren Geräusche. Deshalb bin ich unters D-D-Dach. Mehr weiß ich nicht. Bin erst hier wieder w-wach geworden.«

»Hast du jemanden gesehen?«

»Nein.«

»Stimmen gehört?«

»Nur Geräusche. Scharren und Schritte, d-d-das war alles. Sie müssen mich vor Berislav schützen. Versprechen Sie m-m-m…«

»Gleich kommen Kollegen, die dafür zuständig sind. Mich interessiert nur noch eine Frage: Kannst du das Auto beschreiben? Erinnerst du dich an das Kennzeichen?«

»Nummer? Nein, keine Ahnung.«

»Farbe?«

»W-w-w…«

»Weiß?«

»Nein, w-weiß ich nicht mehr. Aber es war ein Volvo 240 K-K-K…«

Sie berührte seinen Arm. »Ruhig, Jadranko.«

»K-Kombi. Wurde bis Anfang der N-Neunziger hergestellt. War aber v-viel älter. Siebziger oder so. Hatte Rundsch-sch-sch…«

Anna kapierte und sprang auf.

Jadranko rief ihr hinterher: »Rundscheinwerfer!«

Auf dem Gang rannte sie beinahe die Schwester über den Haufen, die einen Galgen mit zwei Infusionsflaschen über das Linoleum schob. Aus dem Aufzug traten drei Männer in Jeans und Sweatshirts. Die OK-Beamten.

Anna deutete in Richtung des Krankenzimmers und eilte in den Lift. Sie scherte sich nicht um das verwunderte Glotzen der Kollegen.

Die Kabine setzte sich in Bewegung. Mit wackeligen Knien lehnte sich Anna gegen die stählerne Wand und wartete darauf, dass ihr Puls sich wieder beruhigte.

42.

Sie ließ sich auf den Beifahrersitz sinken und studierte ihr Gesicht im Schminkspiegel. Ein Eintrag im Tagebuch ihrer Mutter ließ sie nicht los: *Ich frage mich, ob M. der Vater ist.*

Die Nase, der Mund – sie hatte nie daran gezweifelt, von wem sie ihre Züge geerbt hatte: von Bernd Winkler, dem Mann ihrer Mutter. Doch hatte nicht auch Michael Lohse brünettes Haar und blaue Augen?

Anna tippte die Nummer des älteren Kollegen in ihr Handy. Nach kurzem Klingeln ging er ran.

»Wo bist du?«, murmelte sie.

»Anna?«

»Ich muss dich etwas fragen.«

»Morgen komm ich wieder zum Dienst. Mir ... mir geht's heute nicht so gut.«

Sie drückte die rote Taste, rutschte auf den Fahrersitz und startete. Mit quietschenden Reifen schoss Anna aus der Lücke und steuerte erneut die Autobahn an. Sie summte den Ohrwurm, den sie nicht abschütteln konnte.

Don't stop, thinking about tomorrow.

Sie missachtete das Tempolimit und ließ laut singend ihre Tränen laufen.

Yesterday's gone, yesterday's gone.

Ausfahrt Kaarst-Holzbüttgen. Sie raste durch das Gewerbegebiet, vorbei an Autohäusern und Tennishallen. Diesmal steuerte sie nicht die Hasselstraße an, sondern folgte dem Bruchweg immer weiter ins Zentrum des Orts. Hinter dem Schulgebäude ging es rechts in die Reihenhaussiedlung an der Edelweißstraße. Zweifarbig geklinkerte Fassaden mit handtuchbreiten Vorgärten, jeweils vier schmale, zweistöckige Häuschen duckten sich zu einem Block aneinander. Anna brauchte nicht lange, um die Reihe zu finden, in der Michael Lohse wohnte. Sie erstreckte sich bis zur S-Bahnstrecke, die parallel zu Nordkanal und Neersener Straße den Ortsteil Holzbüttgen vom Kaarster Zentrum trennte.

Das erste Haus umgab ein weiß lackierter Lattenzaun, vor dem zweiten lud eine grauhaarige Dame Abfälle in die gelbe Tonne. Vor dem nächsten lagen zwei Kinderfahrräder auf dem Rasen. Das Klingelschild am hintersten Haus: *Lohse.* Als beständiges Rauschen machte sich die Straße jenseits der Bahngleise bemerkbar.

Anna klingelte. Keine Reaktion. Sie umrundete die Häuserzeile. Hinter den Gärten standen die Garagen, zum Teil mit geöffnetem Tor. Anna musste nicht hinsehen, um zu wissen, dass Michaels uralter Volvo-Kombi Rundscheinwerfer besaß.

Sie stiefelte durch Blumenbeete, die der gestrige Regen aufgeweicht hatte, und erreichte Michaels Terrasse. Die Tür stand einen Spalt weit offen. Durchzug und ›Champagnerluft‹ – die Vorliebe seiner verstorbenen Frau Karin. Anna stemmte die Schiebetür zur Seite.

»Michael?«

Sie trat ins Wohnzimmer. Bierflaschen auf dem Couchtisch, der Aschenbecher quoll über, Zeitungsseiten über den Teppichboden verstreut. In der Küche türmte sich schmutziges Geschirr in der Spüle. Das Badezimmer menschenleer, eine weitere Tür führte in den Keller.

Anna nahm die Treppe ins Obergeschoss.

»Michael!«

Sie fand ihn auf dem Bett sitzend und in Briefen wühlend. Seine Haare waren strähnig, sein Hemd falsch geknöpft.

Anna fielen die Sätze ihrer Mutter ein: *Der arme Michael. Er tut mir leid.*

Lohse sagte mit brüchiger Stimme: »Ich hab dir doch gesagt, dass du nicht herkommen sollst.«

»Warum hast du Peter Uhlig ermordet?«

Er starrte sie an.

Sie hoffte, dass er es abstreiten würde. Dass ein anderer seinen alten Volvo benutzt hatte. Dass es irgendwo ein zweites Auto dieser Art gab.

Draußen rumpelte die Bahn vorbei. Lohse stand auf und deutete aus dem Fenster. »Siehst du den Busch, der hinter den Gleisen steht? Ein hässliches Gewächs an einem beschissenen Ort. Direkt an der Landstraße. Die Autos verpesten ihn mit Abgasen. Betrunkene pinkeln ihn an. Man hat ihm einen Teil seiner Äste abgesägt. Aber er lebt und bekommt jedes Jahr Knospen. Ich bewundere ihn.«

»Warum, Michael?«

Er setzte sich wieder auf die Matratze. Tränen rannen über sein Gesicht. Er schleuderte die Briefe durch das Zimmer. Anna bückte sich nach einem. Daniel hatte ihn geschrieben. An seine Mutter Karin.

Anna wiederholte: »Warum hast du Uhlig erschlagen und das Haus an der Schützenstraße in die Luft gejagt?«

Michael brüllte: »ICH KONNTE DOCH NICHT WISSEN, DASS DORT MENSCHEN LEBTEN! ES WAR DOCH NUR EINE VERDAMMTE BAUSTELLE!«

Er schlug mit der Faust auf die Matratze. Dann bedeckte er sein Gesicht und schniefte.

Anna räumte Wäsche von einem Stuhl, setzte sich und wartete.

Nach einer Weile sagte Michael: »Ich hätte mir denken können, dass du dahinterkommen würdest.«

»Es gibt kein perfektes Verbrechen.«

»O doch. Es geschieht ständig. Nur ich bin zu dämlich dazu.«

»Warum, Michael? Sag es mir!«

»Der Kerl hat mich beschimpft, er hat sich lustig über mich gemacht. Die Scheißschwuchtel hat Daniel verführt und meine Frau ganz verrückt gemacht. Und er hat mich bedroht. Es war Notwehr, ehrlich, das musst du mir glauben!«

»Erzähl weiter.«

»Ich wollte die Leiche im Hofgarten ablegen, wo vor ein paar Jahren schon mal ein Homo nachts erschlagen worden ist. Dann fiel mir das Haus auf, an dem ich immer auf dem Weg zum Zahnarzt vorbeikomme. Eine Baustelle – da wohnt doch normal kein Mensch! Mein Gott, ich konnte doch nicht ahnen …«

Er schluchzte.

Anna fragte: »Was hattest du bei Uhlig zu suchen?«

»Ich wollte wissen, was Karin an dem Kerl gefunden hat.«

»Er war schwul.«

»Mag ja sein. Ich hab ihn sofort erkannt, auch wenn schon neunundzwanzig Jahre seit dieser Scheißrazzia vergangen sind. Er und Karin hatten sich nach dem Mord an Daniel getroffen. Nach ihrem Tod fand ich seine SMS-Botschaften auf Karins Handy. Ich hielt es nicht mehr aus. Dieser Kerl …«

»Was passierte?«

»Er beschimpfte mich. Wegen der Sache mit Edgar Schwab und der Razzia von damals. Mein Gott, das ist so lange her! Der Kerl war völlig besessen davon.«

»Du hast meinem Vater geholfen, Schwab als Dealer hinzustellen.«

»Deshalb hätte sich der Typ doch nicht umbringen müssen!«

»Und weiter?«

»Dann fragte Uhlig, ob ich auch Daniel ermordet hätte. Meinen eigenen Sohn!« Er schluchzte erneut. Nachdem er sich wieder beruhigt hatte, ergänzte er: »Und plötzlich ... Er bedrohte mich mit dieser Waffe.«

Michael zog eine Pistole zwischen den Briefen hervor. Anna gefiel es gar nicht, dass der Lauf in ihre Richtung zeigte.

»Womit hast du ihn erschlagen?«

Der Freund ihres Vaters blickte sie an, als habe er sie nicht verstanden. Ein seltsamer Blick, als seien Lohses Gedanken wieder bei dem Busch auf der anderen Seite der Bahnlinie.

Sie sagte: »Hör mal, Michael, sein Schädel ist völlig zertrümmert, und zwar nicht vom Einsturz des Hauses.«

»Das kann die Rechtsmedizin nicht unterscheiden. Du bluffst.«

»Womit hast du es getan?«

Michael zögerte, dann sagte er leise: »Rohrzange.«

»Du dringst also mit einer Rohrzange in der Hand in Uhligs Wohnung ein. Vermutlich hattest du Handschuhe an, denn wir fanden keinerlei Fingerspuren im Loft des Künstlers. Du willst mir weismachen, dass so etwas Notwehr ist? Uhlig wollte sich schützen und bei der ersten Gelegenheit hast du deinen Vorsatz ausgeführt und ihm die Zange über den Kopf gezogen. Du hast sein Studio mit allen Videoarbeiten zerstört und Seiten aus seinem Adressbuch gerissen. K und L – du musstest davon ausgehen, dass Karin drinstand und wir die Verbindung zu dir herstellen konnten.«

»Wie hast du es erfahren, Anna?«

»Du musst dich stellen. Vielleicht lässt sich der Staatsanwalt von deiner Notwehrversion überzeugen. Wenn du ein umfassendes Geständnis ablegst, wirkt sich das auf das Strafmaß aus. Aber zähl bitte nicht auf mich. Ich werde dich nicht decken, Michael. Es tut mir leid.«

Wieder trat der seltsame Ausdruck in sein Gesicht. Anna fürchtete, der ältere Kollege würde anfangen zu betteln. An ihr Mitleid appellieren. Ihr womöglich sagen, dass sie seine Tochter sei.

Doch plötzlich hob er die Waffe.

»Nicht!«, schrie Anna und hechtete vor das Fußende des Bettes, um sich aus der Schusslinie zu bringen. Sie knallte mit dem Kopf gegen den Schrank.

Im gleichen Moment krachte die Pistole los.

Ihr Schädel schmerzte. Hinter den Schläfen klopfte der Puls. Sie registrierte, dass sie heftig keuchte, zwang sich zur Ruhe und blickte sich nach einer besseren Deckung um. Dabei fiel ihr Blick in den Wandspiegel über dem Sideboard.

Michael Lohse war zur Seite gekippt. Die Waffe lag neben seiner Hand. Seine Augen stierten gegen die Decke.

Anna rappelte sich auf. Der Nachhall des Schusses hing als Rauschen in ihren Ohren. Sie trat näher und tastete am Hals nach dem Puls des Kollegen. Keine Regung.

Ein hässlicher Fleck aus Blut und Gewebeteilen an der Tapete über dem Bett. Anna drehte Michaels Kopf. Der Schädel war sternförmig aufgeplatzt. Die Austrittswunde, vermutete Anna nach Größe und Lage. Demnach musste er sich in den Mund geschossen haben.

Die Nummer der Kriminaltechnik war in ihrem Handy gespeichert. Anna lief hinaus auf die Terrasse und gab die Meldung durch.

Dann drängte das Wenige, was sie im Magen hatte, unaufhaltsam nach oben und Anna beugte sich heftig würgend über eins der Blumenbeete, die Michaels Frau einst angelegt hatte.

Teil IV

Zwischen den Stühlen

Es steht geschrieben: Wir haben mit der Vergangenheit abgeschlossen, aber die Vergangenheit nicht mit uns.

Paul Thomas Anderson, *Magnolia*

43.

Die nächsten Stunden verbrachte Anna mit dem Tippen ihres Berichts und der Teilnahme an einer Reihe von Sitzungen, in denen sie der Mordkommission, der Führungsstelle der Zentralen Kriminalitätsbekämpfung unter Kriminalrat Engel, dem Polizeipräsidenten und seinem Pressesprecher ein möglichst faktengetreues Bild des Wahnsinns zu vermitteln versuchte – oder zumindest eine Ahnung dessen, was den KK-14-Mann Michael Lohse, den ehemaligen Partner ihres Vaters, umgetrieben hatte.

Dabei beschränkte sie sich strikt auf die Schützenstraße 18 und die acht Leichen, die in den Trümmern geborgen worden waren, sowie auf die unmittelbaren Hinweise, die zur Klärung des Falls geführt hatten. Daniel spielte nur eine Rolle, insofern es darum ging, das Motiv zu erklären: Lohses Verzweiflung über den Verlust von Frau und Sohn sowie sein Hass auf den Mann, der Daniel angeblich zur Homosexualität verführt hatte.

Über ihren wachsenden Zweifel an Odenthals Täterschaft im Fall Daniel verlor Anna kein Wort. Sie unterschlug auch Uhligs Versuche, den Ministerpräsidenten anzuschwärzen, sowie die alte Edgar-Schwab-Sache von 1976, in die ihr Vater verwickelt war.

Ela Bachs Panik: *Die Staatskanzlei darf keinen Wind davon bekommen, dass Strom in Zusammenhang mit den Mordfällen erwähnt wurde.*

Die Obermuftis der Behörde waren sich nicht einig, wie sie die peinliche Geschichte der Öffentlichkeit verkaufen sollten: Ein für Brand- und Sprengstoffdelikte zuständiger Kriminalhauptkommissar hatte mitten in der Stadt ein Haus in die Luft gejagt und in Flingern ein zweites zum Teil abgefackelt.

Sie beschlossen, vorerst nur den Selbstmord des Kollegen zu melden.

Als Anna zwischen zwei Sitzungen Atem schöpfen konnte, besuchte sie ihren Kollegen Wegmann, der sich die Akten zum

Mordfall Daniel Lohse besorgt hatte und in seinem Kabuff am Ende des Gangs über Vernehmungsprotokollen, Spurenakten und Vermerken brütete, darauf hoffend, dass ihn ein Detail, das die Mordkommission vor zwei Jahren übersehen hatte, auf die richtige Fährte bringen würde.

Eins davon war möglicherweise die Glasscherbe, die Anna damals unter Daniels Bett entdeckt hatte. Vielleicht stammte sie von einem zweiten Sektglas, das im Streit zu Bruch gegangen und vom Mörder beseitigt worden war.

Auch Bruno Wegmann ließ sich haarklein die Ereignisse in Lohses Haus schildern. Als Anna geendet hatte, schüttelte er den Kopf. »Wie seltsam.«

»Was meinst du?«

»Ein Homohasser, der sich umbringt, indem er sich die Dienstwaffe in den Mund schiebt. Ist der Lauf der Pistole nicht ein Phallussymbol?«

Selbstmord als Oralsex mit schwuler Beinote – Anna musste zugeben, dass ihr diese Assoziation noch nicht gekommen war.

Als sie wieder in ihrem Dienstzimmer saß und der Stress allmählich von ihr abfiel, bemerkte Anna auf dem Schreibtisch die Blätter mit der Mitarbeiterbefragung, die ihr Nora gestern in die Hand gedrückt hatte. Es ging um etwa sechzig Aussagen, die sie in Abstufungen von eins bis sechs bewerten sollte.

So etwas wie Gemeinschaftssinn fehlt hier, jeder denkt nur an sich selbst.

Der Satz traf manchmal zu – Anna setzte ihr Kreuz in eines der mittleren Kästchen.

Die Vorgesetzten setzen sich für unsere Anliegen ein, wenn dies in ihren Möglichkeiten liegt.

Ihr Verhältnis zu Ela konnte kaum besser sein, fand Anna und kreuzte *stimmt völlig* an.

Bei der nächsten Aussage stutzte Anna. *Ich glaube, dass wir auf die Arbeitsergebnisse unserer Behörde/Einrichtung stolz sein können.*

Worin bestand denn das Ergebnis ihrer Ermittlungen? Odenthal schmorte im Gefängnis, womöglich unschuldig. Michael Lohse hatte sich eine Kugel in den Kopf gejagt, als sie ihn wegen des Mordes an Uhlig zur Rede gestellt hatte. Stolz konnte sie deshalb nicht empfinden – wann hatte sie zuletzt ein solches Gefühl erlebt?

Vielleicht als ihr Vater zum ersten Mal im Fernsehen interviewt worden war und eine blendende Figur abgegeben hatte. Als sie sich gegen seinen Willen für den Polizeidienst entschieden hatte, um ihm ihre Loyalität zu signalisieren. Wahrscheinlich auch, als sie ihm davon berichtet hatte, dass ihre Versetzung ins KK 11 beschlossene Sache sei. Seitdem hatten sich die Momente des Stolzes rar gemacht.

Ihre Uhr zeigte kurz nach fünf. In den Etagen des Präsidiums war Stille eingekehrt und Anna verspürte das Bedürfnis, Jonas Freyer anzurufen, um ihm zu berichten, was vorgefallen war. Immerhin hatte der Sachverständige häufig mit Michael zusammengearbeitet.

Sie erreichte ihn an seinem Handy. Er klang wie immer gut gelaunt. »Schön, deine Stimme zu hören, Anna. Was machst du gerade?«

»Die Tragödie hat sich zur blutigen Farce entwickelt«, antwortete sie. »Wir haben den Täter. Es war Michael Lohse.«

Zum ersten Mal erlebte Anna, dass Jonas die Sprache wegblieb.

Sie erzählte: »Lohse hat gestanden. Er dachte, das Haus sei unbewohnt. Aber es lief auf Chesterton hinaus. Ein Haufen von Leichen, um einen Mord zu verbergen.«

»Und warum hat er das getan?«

»Eifersucht und Hass. Da hatte sich viel aufgestaut, nehme ich an.«

»Nimmst du an?«

»Der weiteren Befragung hat sich Michael leider entzogen.«

»Geflohen?«

»Suizid.«

Wieder schwieg Jonas.

Anna sagte: »Damit ist er Frau und Sohn nachgefolgt.«

»Klingt nicht nach einem Ende, zu dem man gratulieren könnte.«

»Nein, wirklich nicht.«

»Wie geht es dir, Anna?«

»Mein Magen brennt und ich weiß nicht, ob es davon kommt, dass ich mich gründlich ausgekotzt habe oder schon wieder hungrig bin. Jedenfalls dachte ich, wir könnten uns vielleicht bei meinem Lieblingsgriechen ...«

»Sehr verlockend, aber ich bin gerade in Stuttgart und werde erst morgen zurückkommen.«

»Was machst du in Stuttgart?«

»Rate mal. Ein Feuer in einem Industriebetrieb mit Millionenschaden. Morgen früh muss ich im Prozess aussagen. Der Anwalt der beklagten Firma will mir Fehler nachweisen, aber er wird sich die Zähne ausbeißen.«

»Davon bin ich überzeugt.«

»Ich ruf dich an, sobald ich zurück bin.«

Anna löschte das Licht und schloss ihr Büro ab. Sie entschied, ihrer Chefin den Bericht persönlich zu überreichen und mit ihr ein paar Takte über den Fall Daniel zu reden. Denn bei aller gebotenen Vorsicht: Bruno und sie würden Verstärkung brauchen.

Im Geschäftszimmer brannte das Deckenlicht, aber die Angestellte war bereits gegangen. Die Durchgangstür zum Büro der Kommissariatsleiterin war nur angelehnt. Anna vernahm Stimmen und erkannte den Bariton von Kriminalrat Benedikt Engel, Bachs unmittelbarem Vorgesetzten. Sie wollte nicht stören, legte den Schnellhefter mit den Blättern ihres Protokolls in das Eingangsfach und verließ das Geschäftszimmer.

Im griechischen Restaurant an der Kirchfeldstraße waren noch einige Tische frei. Anna steuerte einen Platz ganz hinten an, möglichst weit weg vom Trubel und Lärm. Sie studierte die Karte und versuchte, nicht an Michael Lohse zu denken und an die Trümmer, die der Mord an seinem Sohn hinterlassen hatte.

Babytintenfische – das klang lecker.

Die Bedienung trat an ihren Tisch, eine junge Griechin mit langer, dunkler Mähne. Ihr knallgelbes Top stellte einen gepiercten Nabel und ein üppiges Dekolletee zur Schau. Der Blick, mit dem das Mädel die Bestellung quittierte, verunsicherte Anna.

Sie suchte die Toilette auf und erkannte, was los war: Der Spiegel zeigte ein Gespenst – eingefallene Wangen, dunkle Ringe unter den Augen. Anna band sich das Haar zum Pferdeschwanz und beschloss, die nächsten Tage ruhiger anzugehen. Vor allem brauchte sie Schlaf.

Mit der üppigen Tintenfischportion und einem halben Liter griechischem Weißwein im Magen fühlte sie sich auf der Fahrt nach Holzbüttgen schon wesentlich besser. Aus dem Autoradio tönten Simon and Garfunkel: *Hello, darkness, my old friend.* Anna drückte den Sendersuchlauf und blieb bei einem Klassiksender hängen. Heller, leichtfüßiger Mozart begleitete sie nach Hause.

Picasso führte seinen Tanz auf, als sie aufschloss.

Anna kniete sich hin, rubbelte den Nacken des Zwergschnauzers und sagte: »Na, Kleiner, du hast genau gesehen, wer Daniel ermordet hat, stimmt's?«

Der Hund warf sich auf den Rücken, damit Anna auch das Bauchfell kraulte. Sie tat ihm den Gefallen.

Spät am Abend hörte Anna Schritte und Stimmen – Sven Arnold hatte ihren Vater nach Hause gebracht, offenbar gab es noch etwas zu besprechen. Anna lag längst im Bett und beschloss, nicht noch einmal aufzustehen. Das Schlafmittel hatte sich schon in ihren Adern breit gemacht.

Am nächsten Morgen fühlte sie sich frisch und erholt. Keine Probleme mit dem Gleichgewicht, keine Sehstörungen. Der Beweis, dass sie die Pillen im Griff hatte.

Zum ersten Mal seit ihrer Rückkehr aus Bosnien hatte sie ein Ohr für die Amseln, die vor dem Fenster trällerten. Sie öffnete es weit, inhalierte die Frühlingsfrische und bestaunte die rosa leuchtenden Wolken am Himmel. Wenn es eine Luft wie Champagner gab, dann war dies das passende Honiglicht dazu.

Kurz darauf prasselte der Strahl der Dusche auf ihre Haut und Anna fühlte sich endgültig gewappnet für den Tag.

Ihre gute Laune hielt noch genau fünf Minuten.

44.

ERMORDETER PROMINENTENMALER:
WER WAR ES WIRKLICH?
ZEUGE ERHEBT UNGLAUBLICHEN VORWURF:
POLIZEI ZWANG MICH ZU FALSCHAUSSAGE!

Er malte die Promis dieser Stadt. Seine Bilder waren wie sein Leben, wild und laut. Heute sind sie unbezahlbar. Sein früher Tod machte Daniel Lohse zur Legende. Mit 23 fiel er vor über zwei Jahren einem bestialischen Mörder zum Opfer. Verurteilt wurde dafür Modezeichner Clemens O., 36. Doch jetzt der schreckliche Verdacht: Ist der wahre Mörder noch auf freiem Fuß?
Kurt E., der damalige Mitbewohner von O., heute: »Wir haben zur Tatzeit gemeinsam einen Fernsehkrimi angeschaut. Das habe ich auch der Polizei gesagt. Aber eine Beamtin zwang mich, das Alibi zu widerrufen. O. ist unschuldig. Das Urteil beruht ausschließlich auf erpressten Aussagen.«
Was ist dran an dem unglaublichen Vorwurf? Ein Polizeisprecher: »Wir gehen der Sache nach.«

Es war der *Blitz*, der zuverlässige Bote aller Sensationen und Skandale. Er lag auf dem Küchentisch und die Schlagzeile sprang Anna ins Gesicht wie ein gieriges Raubtier. Sofort musste sie an Chefredakteur Vogel denken, dem sie gestern einen Korb gegeben hatte.

Picasso machte Männchen und schabte mit den Pfoten an ihrem Bein, doch Anna hatte nur Augen für das Boulevardblatt.

Zwei Fotos schmückten den Artikel. Auf dem einen posierte ein etwas arrogant dreinblickender Daniel mit Pinsel und Palette. Das andere zeigte Annas Onkel. Die Unterzeile lautete: *Auch*

Ministerpräsident Strom ließ sich von Daniel Lohse malen. Die Zeitung trug das Datum von heute. Offenbar hatten ihr Vater und Sven sie am späten Abend mitgebracht – vielleicht der Gegenstand der Unterhaltung, die sie im Halbschlaf mitbekommen hatte.

Anna rannte in den Keller, wo alles lagerte, was sie vor dem Bosnieneinsatz nicht verkauft oder Lutz überlassen hatte. Darunter eine alte Truhe aus dunkler Eiche und mit verwitterten Eisenbeschlägen, die Jo ihr zum achtzehnten Geburtstag geschenkt hatte. Anna wühlte sich durch alte Zeugnisse, Bücher und Wäsche, bis sie fand, wonach sie suchte.

Ein abgegriffener, brauner Umschlag. Sie zog das Foto hervor: Kurt Essig und der kleine *Beach Boy.* Der Schnappschuss war ihr Faustpfand.

Als sie nach oben kam, rumorte ihr Vater in der Küche. Er trug einen seidenen Bademantel und Filzpantoffeln und brühte Kaffee per Hand, dabei eine Melodie pfeifend.

Anna steckte das Foto in ihren Hosenbund und zog den Pulli darüber.

»Hallo«, sagte sie. »Hast du schon von Michael gehört?«

»Schrecklich, ja. Ein alter Kollege aus dem Präsidium rief mich gestern an. In der Zeitung steht noch nichts darüber, soweit ich es gesehen habe.«

»Dafür meldet der Blätterwald etwas anderes. Die Beamtin, die Odenthals Mitbewohner zur Falschaussage gezwungen haben soll, bin übrigens ich.«

Winkler schob sich die Zeitung zurecht, als suche er nach Annas Namen. Sein Gesicht verriet Besorgnis. »Warum hast du nicht mit Vogel gesprochen, als er dich um ein Treffen bat?«

»Woher weißt du das?«

»Du musst mit diesen Leuten kooperieren, Anna. Es ist ein Geben und ein Nehmen.«

»Warst du es etwa, der ihm meine Handynummer gegeben hat?«

»Das stimmt also, was der *Blitz* schreibt? Die Geschichte mit dem Zeugen und dem widerrufenen Alibi?«

Anna nickte.

»Mach dir keine Vorwürfe, Prinzessin. Du hast richtig gehandelt. Odenthal ist ein Monster. Manchmal muss man der Wahrheit auf die Sprünge helfen.«

»Das sehe ich anders. Wir haben beide unsere dunklen Punkte. Und es ist nichts mehr übrig, was noch für Odenthals Schuld spricht.«

Winkler wandte sich ab und kramte im Kühlschrank.

»Ich bitte dich, Papa. Wenn du etwas weißt, was mir weiterhilft, dann sag es mir jetzt.«

Er nahm kopfschüttelnd Platz, machte eine einladende Geste und sagte: »Du solltest wirklich mehr essen, Anna.«

Sie sah ihn lange an. Dann drehte sie sich um und ließ die Tür knallen.

Sie fuhr in die Stadt. Per Handy gab sie ihrem Kollegen Bruno Wegmann Bescheid, dass sie später kommen würde. Er maulte, sie lasse ihn ständig im Stich, doch Anna hatte keine andere Wahl.

Nach fast vierzigminütiger Fahrt erreichte sie das stuckverzierte Haus im Zooviertel, in dem Odenthal gewohnt hatte, und fand einen Block entfernt einen Parkplatz.

Mit klopfendem Herzen lief sie zurück und ließ den Blick über die Fenster im Erdgeschoss schweifen. Keine Bewegung hinter den Gardinen.

Das untere Klingelschild trug nur noch einen Namen: *Kurt Essig.* Anna drückte den Messingknopf. Der Umschlag mit dem Foto steckte in ihrer Jacke.

Es war kurz vor halb acht – eine gute Chance, den Lehrer noch zu Hause anzutreffen. Sie wollte Essig davon überzeugen, dass sie ebenfalls an die Unschuld seines ehemaligen Mitbewohners glaubte. Dass Odenthal freigelassen würde, sobald Anna den tatsächlichen Täter präsentierte. Und dass Essig stillhalten musste, um die Ermittlungen nicht zu gefährden. Er durfte seine Vorwürfe nicht wiederholen. Notfalls würde sie wieder Druck ausüben.

Sie klingelte ein zweites und ein drittes Mal.

Kein Laut kam aus der Gegensprechanlage.

Eine dicke Frau im weinroten Anorak rollte einen Einkaufswagen voller Werbezettel heran. Ohne Anna eines Blicks zu würdigen, legte sie ihre Pranke auf sämtliche Knöpfe. Ein Dunst aus Schweiß und muffiger Kleidung wehte in Annas Nase.

Die Frau plärrte: »Reklame!«

Mehrfach tönte der Summer. Die Dicke drückte die Tür auf und schmiss einen Packen Zettel auf die Treppe. Den Atem anhaltend, schob sich Anna an ihr vorbei und baute sich vor Essigs Wohnungseingang auf.

Die Tür fiel ins Schloss. Die Reklamefrau war weitergezogen.

Anna klopfte.

Sie fixierte den Türspion und griff nach der Klingel. Zuerst erwischte sie die Treppenhausbeleuchtung, dann drückte sie den richtigen Knopf.

Big Ben ertönte.

Nichts rührte sich in der Wohnung. Anna presste ein Ohr gegen die Tür. Die Stille erschien ihr unnatürlich, als hielte jemand auf der anderen Seite die Luft an.

Anna zog das Foto hervor und präsentierte es dem Spion, bevor sie schließlich den Rückzug antrat.

Als sie kurz darauf im Hof des Präsidiums parkte, rief sie die Auskunft an und ließ sich mit Essigs Schule verbinden. Noch hatte der Unterricht nicht begonnen.

Die Sekretärin meldete sich. Eine fröhliche Stimme mit holländisch klingendem Akzent.

Anna fragte: »Ist Kurt Essig zu sprechen?«

»Er hat sich entschuldigt. Das halbe Kollegium scheint die Grippe erwischt zu haben.«

»Wissen Sie, wo ich ihn erreichen kann?«

»Die Privatnummer geben wir nicht heraus. Aber ich kann ihm ausrichten, dass Sie angerufen haben. Wie war nochmal Ihr Name?«

Anna drückte die Taste, die das Gespräch beendete.

Sie schloss ihr Auto ab und stemmte die Tür des Seiteneingangs auf. Ihre Sohlen knirschten auf dem Linoleum. Sie beschloss, es gegen Mittag noch einmal bei Essig zu Hause zu versuchen.

Als sie das Foyer erreichte, hielt sie inne. Ein massiger Kerl redete mit dem Kollegen im Pförtnerkasten. Sie erkannte den Besucher sofort, obwohl er sein Toupet nicht mehr trug. Die buschigen Augenbrauen, die Narbe am Kinn.

Blondschopf Becker sprang aus dem Paternoster und eilte mit federndem Schritt auf Essig zu. Der Kollege und der pädophile Pauker gaben sich die Hand.

Becker wirkte, als sei es die Krönung seiner Laufbahn, die Anschuldigungen Essigs zu Protokoll zu nehmen. Anna Winkler als Fall von Beamtenkriminalität – Nötigung zur Falschaussage.

Sie zog sich in den Gang zurück und suchte die Toilette auf.

Dort riss sie das Foto aus dem Umschlag und fetzte es zitternd in winzige Schnipsel, die sie ins Klo warf. Viermal musste sie die Spülung drücken, bis alles verschwunden war.

Der einzige Beleg für ihre Verfehlung war vernichtet. Sie war nie in Essigs Wohnung eingebrochen, sie hatte den Kerl nie erpresst.

Jetzt stand Aussage gegen Aussage.

Ein paar Minuten lang stand sie noch im Toilettenverschlag, sich am Spülkasten festhaltend und tief Luft holend, bis ihr Puls ruhiger ging und sie sicher war, dass kein Fotofetzen wieder nach oben trieb.

45.

Im Flur des KK 11 herrschte die übliche Ruhe. Verschlossene Türen, Kaffeegeruch. Leises Gemurmel drang aus Beckers Büro und ließ auf eine angeregte Unterhaltung schließen.

Anna passierte den Eingang ihres eigenen Zimmers, klopfte an der letzten Tür und trat ein.

Bruno Wegmann schaute von seinem Computerbildschirm auf. »Da bist du ja endlich.«

Er schien noch immer nicht zu wissen, was los war.

Vier dicke Ordner auf dem Tisch des Kollegen – die Akte zum Mordfall Daniel.

Wegmann bewegte die Maus über ein Pad, das ein spärlich bekleidetes Pin-up-Girl zeigte.

»In unserem Bereich haben wir keinen vergleichbaren Fall. Aber in Straubing, Niederbayern. Dort wurde vor etwa einem halben Jahr ein junger Mann ermordet.«

Er drehte den Monitor, damit auch Anna sehen konnte, was die Mattscheibe zeigte.

Anna erkannte einen Körper, der vor einem Heizkörper lag. Die Füße waren hochgebunden.

Mit einem Mausklick blätterte Bruno weiter. Noch mehr Tatortfotos. Großaufnahmen. Die Fessel bestand aus Paketband. Als das Gesicht des Toten erschien, schloss Anna für einen Moment die Augen.

Bruno erklärte: »Die Kollegen haben mir die Fotos gemailt.«

»Was hat das mit unserem Fall zu tun?«

»Okay, er hat ihn erschlagen oder totgetreten und ihm nicht die Kehle aufgeschlitzt. Aber es fällt auf, dass auch hier jegliche Einbruchspuren fehlten. Und der Mörder hat eine Schnur benutzt, die er in der Wohnung vorfand, und wie in Daniels Fall damit dem Opfer die Füße hochgezogen. Vielleicht erregt ihn die demütigende Stellung, wenn sein Opfer sich nicht mehr aufrichten kann.«

Mausklicks, neue Bilder. Anna musste zweimal hinsehen, bis sie etwas erkennen konnte.

Bruno kommentierte: »Die Genitalien weisen Bissspuren auf. Der Täter hat den Modus Operandi weiterentwickelt.«

Anna räusperte sich. »Ich weiß nicht recht, Bruno.«

»Die Bayern sind auf Draht. Sie wollen uns einen Kollegen schicken. Ich habe sämtliche gesicherten Fakten zum Fall Daniel Lohse in die ViCLAS-Datei des Bundeskriminalamts eingegeben. Außer Straubing habe ich noch das hier bekommen.«

Bruno schloss Datenfenster und öffnete neue. Eine E-Mail-Botschaft, nur wenige Zeilen.

»Eine Geschichte in Reutlingen«, erklärte der Kollege. »Die brauchen etwas länger, bis sie mit Details rüberkommen. Der Fall ist ein knappes Jahr alt und sie wollten ihn schon als unerledigt in die Aktenhaltung geben. Eine Leiche in einem Waldstück, die kopfüber von einem Ast baumelte. Und wieder ist es ein junger Schwuler. Was hältst du davon?«

»Ein Genitalienbeißer in Süddeutschland.«

»Und damit hat er den entscheidenden Fehler begangen. Die Straubinger Kollegen konnten DNA-Spuren feststellen. Speichel des Täters in den Bisswunden.«

»Sagtest du ViCLAS, die Serientäterdatei? Du hast tatsächlich den ganzen Erhebungsbogen ausgefüllt? Wie viele Posten sind das, mehr als einhundert?«

»Genau 168. Tathergang, Vortatphase, Nachtatphase, Modus Operandi, sämtliches Täterverhalten, das nicht zur eigentlichen Tat notwendig wäre. Eine Menge Stoff, aber das gehört nun mal zur Fallanalyse.«

Anna nickte und rang sich ein Lächeln ab. Sie schätzte den Eifer des Kollegen und wollte ihn nicht verprellen. »Und sonst?«, fragte sie. »Gibt es etwas, das auch mit Daniel zu tun hat?«

Missmutig warf Bruno ihr einen Schnellhefter zu, den sie auffing.

»Was ist das?«, fragte Anna.

»Du erinnerst dich an Costa Tönissen?«

»Ein guter Freund von Daniel. Wenn ich mich richtig erinnere, gingen sie beide in Kaarst zur Schule.«

»Albert-Einstein-Gymnasium. Klingt nach Kaderschmiede für Genies. In dem Ordner findest du Costas Aussage. Auf der Fahrt kannst du dich schon mal einlesen. Der Junge erwartet uns in dem Buchladen, in dem er jobbt.«

Sie nahmen den rot lackierten VW Passat, den die Fahrwache für die Mordkommission Schützenstraße bereithielt. Bruno saß hinter dem Steuer.

Anna blätterte in den Unterlagen. *Costa Tönissen, Jahrgang 1982.*

»Ein so genannter Szenebuchladen«, bemerkte Bruno. »Rat mal, für welche Szene.«

Annas Gedanken schweiften ab und sie dachte an Kurt Essig, der gerade im Präsidium seine Aussage machte. Plötzlich kam es ihr vor, als sei jede Minute für sie nur geliehene Zeit.

Jeden Moment konnte das Kartenhaus ihrer Lüge zusammenbrechen. Auf Nötigung stand Freiheitsstrafe bis zu drei Jahren. Wenn Beamte straffällig wurden, griffen die Richter besonders hart durch. Ab einer Strafe von einem Jahr verlor man die Stelle.

Anna versuchte, sich auf die Akte zu konzentrieren. Sie erinnerte sich jetzt auch an die Vernehmung des Burschen. Er war es gewesen, der den Namen Odenthal ins Spiel gebracht hatte. Als Mörder schied Costa aus. Sein Alibi war überprüft worden – wasserdicht.

Vor der Einfahrt zum Rheinufertunnel hielten sie vor einer roten Ampel. Es begann zu regnen. Die Wischblätter verschmierten den Schmutzfilm auf der Scheibe. Anna knipste das Lämpchen über dem Rückspiegel an und las weiter.

Ihr Kollege fragte: »Du glaubst also nicht daran, dass der Beißer von Straubing unser Mann sein könnte?«

»Entschuldige, Bruno, ich finde es großartig, dass du dich für den Fall so engagierst. Keiner sonst außer uns ist der Überzeugung, dass der Fall Daniel noch ungeklärt sein könnte.«

»Du hast keine Ahnung, wie sehr mich das beschäftigt. Mensch, Anna! Wenn an Odenthals Geständnis etwas nicht stimmt, bin ich mitschuldig, dass der wahre Mörder noch frei rumläuft und vielleicht wieder aktiv geworden ist. Die Vorstellung, es könnte dieser Beißer sein, ist einfach grauenhaft.«

Die Ampel sprang auf Grün, Bruno gab Gas. Der Passat tauchte in den Tunnel und beschleunigte.

Anna legte die Akte beiseite und sagte: »Ich versteh dich besser, als du denkst.«

46.

Es war ein kleiner Laden in einer Nebenstraße der Derendorfer Fußgängerzone. Sie trafen Tönissen vor der Tür, als er gerade im Begriff stand aufzuschließen. Klanghölzer bimmelten beim Öffnen. Drinnen roch es nach Staub und frisch verlegtem Teppichboden.

Anna vermisste die üblichen Wühltische und Bestsellerregale. Es gab Reiseführer, Kochbücher, Esoterikkram und eine große Abteilung mit Literatur für Schwule und Lesben, dazu einschlägige Poster und Kalender. Sie fragte sich, wie sich ein solcher Laden halten konnte. Düsseldorfs Homoszene war mit der Kölns oder Berlins nicht zu vergleichen.

Costa Tönissen war ein süßer Junge, der Bruno umtänzelte und Anna kaum eines Blicks würdigte. Ihr fiel auf, dass sein Rolli und die Cordhose von der gleichen Farbe waren wie sein dunkelblondes, seitlich gescheiteltes Haar.

Während Bruno die Fragen stellte, dachte Anna darüber nach, was sie über Daniels Mörder wussten. Es war nicht viel. Das Opfer hatte ihn gekannt und er war kräftig genug, um den jungen Maler in der Nacht zum 31. Januar 2003 an einem Stahlträger in seiner Wohnung aufzuknüpfen.

Kräftig – das traf auf Costa nicht zu, jedoch auf Essig und Odenthal.

Sie selbst hätte es vermutlich nicht geschafft, Daniel hochzuwuchten. Im Gegensatz zu Bruno, der früher im Halbschwergewicht geboxt hatte.

Peter Uhlig wäre nicht stark genug gewesen. Ihr Vater durchaus – vor zwei Jahren war sein Herz noch intakt.

»Sie glauben also nicht mehr, dass dieser Psycho Daniel getötet hat?«, fragte der junge Buchverkäufer, Anna aus ihren Gedanken reißend.

»Wir wollen sicherheitshalber alles noch einmal überprüfen.«

»Dann stimmt es also, was in der Zeitung steht?«

Brunos ratloser Blick suchte Anna.

Costa fuhr fort: »Der Psycho hatte tatsächlich ein Alibi?«

Anna antwortete: »Das sagt nicht viel. Es kann immer noch erlogen sein. Eine Gefälligkeit des Mitbewohners im Nachhinein. Genauso wie einer nicht automatisch der Täter ist, wenn er kein Alibi hat.«

Bruno fragte: »Wer käme außer Odenthal noch in Betracht? Daniel hat geäußert, er fühle sich bedroht. Von wem?«

»Na, von diesem Psycho.«

»Hat er das zu Ihnen gesagt?«

»Nein, aber zu seiner Mutter.«

Mit Blick auf Anna fragte Bruno: »Was genau hat er zu *Ihnen* gesagt?«

»Na, da sei so ein Kerl, der ihm nachlaufe. Einer, der nicht wisse, ob er schwul oder hetero sei. Nicht der Typ, auf den Daniel stand. Aber er fände die Vorstellung scharf, bei ihm der Erste zu sein. Ein Entjungferungs-Tick, verstehen Sie?« Costa zwinkerte.

Bruno verschränkte die Arme. Er wirkte verlegen.

Der Buchverkäufer fügte hinzu: »Es passte total auf den Psycho, der immer in den Kneipen rumhing, die als Treff für Künstler oder Modeleute gelten. Ich hab doch selbst gesehen, wie sich Odenthal an Daniel ranschleimte.«

»Wer hat sich noch an Daniel rangemacht?«

»Gottchen! Er sah blendend aus und machte keinen Hehl daraus, dass er kein Kostverächter war. Die Motten und das Licht, verstehen Sie?«

Anna fragte: »Was gab es außerdem? Streit, Spannungen ...«

»Dieser Uhlig rückte ihm auf die Pelle. Einer der Professoren an der Akademie. Aber das war nichts Sexuelles. Hab ich Ihnen das nicht schon vor zwei Jahren erzählt?«

»Irgendetwas Ungewöhnliches in den Monaten vor Daniels Tod, woran Sie sich vielleicht erst später erinnert haben?«

»Na ja, da gab es diesen Politiker.«

»Wen?«, fragten Bruno und Anna im gleichen Atemzug.

Costa pflückte Fusseln vom Pullover und studierte seine Fußspitzen. »Das war im Herbst, bevor Daniel seine Ausstellung im Kunstverein hatte. Zu der Zeit war er ständig klamm. Aber er war sich sicher, bald den Durchbruch zu schaffen. Er sagte wörtlich: Der muss mich zum größten Künstler des Landes machen, sonst lass ich ihn auffliegen. Daniel war überzeugt davon, dass er seine Schulden zurückzahlen würde. Und das tat er kurz darauf tatsächlich.«

»Nannte er einen Namen?«

»Nur dass es ein hohes Tier in der Politik sei. Einmal war ich bei ihm und da besuchte ihn ein schicker Typ mit Aktenkoffer, über fünfzig und garantiert hetero, den ich schon mal in den Nachrichten gesehen habe. Hinterher meinte Daniel, der Typ sei Landtagsabgeordneter, nicht wirklich ein hohes Tier, oder? Den Namen hab ich vergessen. Und wie eine Erpressung oder so wirkte das Ganze auch nicht. Die beiden haben sich sogar geduzt. Deshalb hab ich nie davon erzählt.«

Anna konnte Bruno ansehen, dass er das Gleiche dachte wie sie.

Weil sie beide kaum etwas gefrühstückt hatten, kehrten sie bei einem Bäcker ein, der drei Häuser weiter belegte Brötchen und Kaffee anbot. Ein selbst geschriebenes Plakat verhieß: *Latte-macchiato-Woche, 1 Latte 1 Euro.*

Sie trugen ihr Essen und die Macchiato-Gläser zu einem der Stehtische. Anna versuchte, ihre Unruhe zu überspielen, indem sie scherzte: »Der Junge hat mit dir geflirtet. Du hast Chancen, Bruno.«

Der Kollege ging nicht darauf ein. Anna fischte rohen Paprika aus ihrem belegten Croissant. Den Rest verschlang sie schweigend.

Am Nachbartisch diskutierten zwei Anzugträger. Der eine beklagte sich darüber, dass seine Frau mondsüchtig sei. Ob Friseurtermin oder Gartenarbeit, sie richte alles nach den Mondphasen aus. Die bevorstehende Mondfinsternis mache sie ganz kirre.

Der Gedanke, dass Kurt Essig sie gerade bei ihrem Kollegen Thilo Becker anschwärzte, ging Anna nicht aus dem Kopf.

Im Auto fragte Wegmann: »Hast du schon mit deinem Daddy gesprochen?«

»Ja.«

»Und was sagt er?«

»Für ihn ist Odenthal nach wie vor der Täter. Er hat ihn bearbeitet, um seinem Kumpel Lohse einen Gefallen zu tun, der darunter litt, dass der vermeintliche Mörder seines Sohns nicht gestehen wollte. Mein Vater sagt, er und Lohse hätten keine Gewalt angewandt, aber es kann schon sein, dass sie Odenthal ein wenig zu sehr eingeschüchtert haben.«

Bruno machte noch keine Anstalten loszufahren. Mit einem Stirnrunzeln fragte er: »Wie interpretierst du die Aussage dieses Buchverkäufers?«

»Warum soll mein Vater Daniel nicht besucht haben? Daniel war sein Patenkind. Er hat ihn unterstützt, als Daniel zu Hause rausflog. Er hat ein paar seiner Bilder gekauft und auch eines in Auftrag gegeben.«

»Könnte da Erpressung im Spiel gewesen sein?«

»Unsinn.«

»Und die alte Geschichte, von der dir die WDR-Reporterin erzählt hat?«

Anna verschränkte die Arme und wich dem Blick des Kollegen aus. »Mein Onkel ist offenbar schwul.«

»Unser Landesvater?«

»In grauer Vorzeit ist er Uhligs Freund nachgestiegen. Seit damals hat Uhlig den Ministerpräsidenten gehasst wie die Pest.«

»Und dein Vater hat wiederum den Kunstprofessor in den Neunzigerjahren angeschwärzt wegen angeblicher rechtsextremer Aktivitäten. Was wirklich dahintersteckte, kann man sich ja denken. Ein Denkzettel. Uhlig sollte zum Schweigen gebracht werden, stimmt's?«

Anna hatte plötzlich einen Kloß im Hals. »Kann sein.«

»Vielleicht ist die Geschichte erneut hochgekocht.«

Anna blickte schweigend auf die Regentropfen, die an der Windschutzscheibe herabliefen. Ihr fröstelte.

Bruno sagte: »Vielleicht hatte Uwe Strom auch etwas mit

Daniel und danach musste Daniel zum Schweigen gebracht werden, möglichst für immer?«

»Und du meinst, mein Vater hätte das erledigt?«

»Das hab ich nicht behauptet.«

Anna spürte, wie ihr eine Träne ins Auge schoss, und wischte sie verstohlen weg. Ihr war klar, dass ihr Vater im Auftrag seines Schwagers zweimal den Mann fürs Grobe gespielt hatte. Aber das war lange her. Dicke Kumpels waren er und Strom seit Jahren nicht mehr. Eigentlich schon seit Mutters Auszug.

»Lass bitte meinen Vater aus dem Spiel«, sagte sie.

Ihr Kollege ließ den Wagen an und rangierte ihn mit viel Gas und schleifender Kupplung aus der Lücke. Er antwortete: »Vielleicht solltest du dich ab jetzt besser aus der Ermittlung raushalten.«

Und es zulassen, dass sich Bullen wie Thilo Becker auf ihren herzkranken Vater stürzten? Anna schüttelte den Kopf und antwortete: »Dazu stecke ich zu tief drin.«

»Was meinte dieser Bücherjunge eigentlich mit der Zeitung? Hab ich was verpasst?«

»Nur aufgebauschter Blödsinn. Du kennst doch den *Blitz.*«

Als sie den Hofgarten passierten, schrillten Klingeltöne.

»Dein Handy«, stellte Bruno fest.

Anna fand es und nahm das Gespräch an. »Winkler.«

»Benedikt Engel«, meldete sich eine freundliche Baritonstimme. »Wir sollten miteinander reden.«

Jetzt ist es so weit, dachte sie.

»Wo sind Sie gerade?«, fragte der Kriminalrat.

»Schon unterwegs.«

»Gut. Ich erwarte Sie in meinem Büro.«

Ohne Gruß legte Engel auf.

»Wohin?«, fragte Bruno.

»Präsidium«, antwortete Anna.

Sie musste cool bleiben. Nicht heulen. Das große Mädchen sein, das sich nötigenfalls auch mit den hohen Tieren in der Politik anlegen würde.

47.

»Ela Bach hält sehr viel von Ihnen, Frau Winkler«, sagte der Einsneunzigmann, den jeder im Präsidium ›den Langen‹ nannte. Er kippte Wasser aus einem Filterbehälter in die stählerne Espressomaschine auf seinem Aktenschrank. »Auch einen Kaffee?«

»Nein, danke.«

Benedikt Engel drückte einen Knopf und der Apparat begann zu brummen und zu zischen.

Anna musste an eine frühere Bemerkung ihrer Chefin denken: *Du weißt, dass dein Vater einen guten Draht zu ihm hat.*

Der Kriminalrat sagte: »Vielleicht wundern Sie sich, dass unser bürokratischer Apparat so rasch auf die Sache anspringt. Aber immerhin stand es im *Blitz* und daran kommt keiner vorbei. Der Behördenleiter hat mich um fünf Uhr morgens geweckt und wollte wissen, wie wir reagieren sollen.«

Annas Handflächen wurden feucht. Sie schob es auf den überheizten Raum.

Benedikt Engel leitete die Kriminalgruppe eins, zu der auch das Kommissariat für Tötungsdelikte gehörte. Er trug einen perfekt sitzenden rehbraunen Anzug mit hellen Nadelstreifen. Sein Alter taxierte Anna auf Mitte vierzig. Ein paar Lachfältchen, kaum graue Haare. Der Flurfunk handelte den Langen bereits als künftigen Kripochef.

Der Kaffee war durchgelaufen. Engel trug die kleine Tasse zu seinem Schreibtisch. Anna korrigierte ihre Schätzung nach oben. Mindestens eins fünfundneunzig.

»Kollegin Bach hat einen Termin vor Gericht«, sagte er. »Deshalb fällt mir die Aufgabe zu, es Ihnen mitzuteilen.«

Anna wandte ein: »Kurt Essig lügt. Es gab keine Nötigung. Ich habe nie …«

Der Kriminalrat hob die Hand. »Als Beschuldigte brauchen Sie keine Aussage zu machen. Machen Sie am besten von diesem Recht Gebrauch und nehmen Sie sich einen guten Anwalt.

Ich kann Ihnen einen empfehlen, der darauf spezialisiert ist, Kollegen zu verteidigen. Ihr Vater kennt ihn sicher auch.«

»Wie geht es jetzt weiter?«

Engel stützte die Ellbogen auf den Tisch und legte die Fingerspitzen aneinander. »Es wird zunächst ein Vorermittlungsverfahren eingeleitet. Rechnen Sie damit, dass sich das über etliche Tage hinziehen wird. Und beruhigen Sie sich, Anna. In der Regel wird nicht so heiß gegessen, wie es zunächst scheint.«

Er lächelte. Sie fühlte, wie sich ihr Innerstes zusammenschnürte. »Werde ich vom Dienst suspendiert?«

»Darüber wurde bis jetzt noch nicht entschieden.« Engel löffelte Zucker in seine Tasse, rührte um, dann hob er seinen Blick und fügte hinzu: »Normalerweise ist das erst einmal kein Thema, denn wir warten zunächst ab, ob der Staatsanwalt am Ende der Vorermittlung überhaupt ein Strafverfahren eröffnen will. Normalerweise dauert das Wochen oder Monate. Aber an diesem Fall ist leider gar nichts normal. Öffentliches Interesse, Sie verstehen? Machen Sie sich also auf alles gefasst.«

Anna fiel es schwer, Engel zu folgen. In ihrem Kopf hallten seine Worte nach: *Vorermittlung, Strafverfahren, öffentliches Interesse.*

Drei Jahre Knast für Nötigung, ein Teil davon zur Bewährung. Was würde danach kommen? Aushilfsjobs im privaten Sicherheitsgewerbe. Nachtwächterin, Kurierfahrerin. Wenn überhaupt.

Der Lange fragte: »Wirklich keinen Espresso? Sie sehen aus, als könnten Sie eine Stärkung vertragen.«

»Nein, danke.« Anna erhob sich und steuerte die Tür an. Ihr wurde schwummrig. Sie verfluchte die Tabletten, die sie abends nahm. Den Stress und die Furcht um ihren Vater.

»Warten Sie, Frau Winkler!«

Sie war froh, sich wieder setzen zu können.

Engel beugte sich vor: »Ela Bach sagte mir, dass Sie den Fall Daniel Lohse wieder aufrollen.«

»Das hat mit der Aussage von Kurt Essig nichts zu tun.«

»Tatsächlich?«

»Es geht auch um die Aussage der Mutter, ihr Sohn habe sich von Clemens Odenthal bedroht gefühlt. Da ist nichts dran, wie ich inzwischen erfahren habe. Karin Lohse hat mir nach Bosnien geschrieben, dass Daniel den Namen Odenthals gar nicht erwähnt habe.«

»Was haben Sie vor?«

»Aktenstudium, erneute Befragungen im Bekanntenkreis des Opfers, fallanalytischer Abgleich mit ähnlich gelagerten Straftaten im Bundesgebiet.«

»Eins müssen Sie mir aber versprechen, Anna.«

»Was?«

»Lassen Sie Kurt Essig in Ruhe. Nehmen Sie auf keinen Fall Kontakt zu ihm auf. Das würde sich gar nicht gut machen im Vorermittlungsverfahren.«

»Klar.«

Als Anna an der Tür war, sagte Engel: »Sie haben übrigens gute Arbeit auf dem Balkan geleistet.«

»Danke.«

»Und es gibt schon wieder eine Anfrage. Sie könnten bereits am Montag hinunterfliegen.«

»Nach Bosnien?«

»Vielleicht bietet Ihnen die EU-Mission diesmal einen Einsatzort, der nicht so abgelegen ist wie Čapljina. Es wäre die sichere Chance, eine Suspendierung zu umgehen, Frau Winkler. Überlegen Sie es sich.«

Er lächelte, als stünde er auf Annas Seite.

Draußen glaubte sie für einen Moment, der Boden schwanke unter ihr.

Dann stieg sie in den Paternoster. Während die Holzkabine nach oben ratterte, fielen Anna die einsamen Abende in ihrem möblierten Apartment in Bosnien ein. Am Haus war eine Satellitenschüssel montiert gewesen, mit der sie deutsches Fernsehen empfangen konnte – nie hatte sie so viele Stunden vor der Glotze zugebracht wie in dem Jahr, das hinter ihr lag.

Nach einer Wiederholung sehnte sie sich eigentlich nicht.

In ihrem Dienstzimmer wählte sie die Handynummer ihres Vaters. Nach dem vierten Klingeln schaltete sich die Mobilbox ein. Anna legte auf und versuchte es im Landtagsbüro. Auch dort ging keiner ran.

Alle Mahnungen ihrer Chefin beiseite fegend, tippte Anna schließlich die Nummer der Staatskanzlei in ihren Apparat. Nur wenige hundert Meter vom Präsidium entfernt erhob sich der gläserne Klotz, in dem ihr Onkel residierte. Anna ließ sich zu Frau Korfmacher durchstellen, seiner Sekretärin.

Sie verlangte, Uwe Strom zu sprechen. Familienangelegenheit.

»Tut mir sehr leid, er ist außer Haus«, antwortete Frau Korfmacher.

Anna kannte sie vom Sehen: eine graue Maus, die zu Hause sieben Katzen hielt und eigentlich die Pensionsgrenze schon überschritten hatte. Sie arbeitete seit Jahrzehnten für Uwe und hatte ihn durch alle Stationen seiner Karriere begleitet.

»Wann kommt er zurück?«

»Heute nicht mehr. Aber ich richte ihm aus, dass Sie angerufen haben, Frau Winkler.«

»Danke.«

Wieder kein Glück.

Anna vertrödelte Zeit mit Papierkram. Verschiedene Stellen verlangten Berichte über ihre Zeit in Bosnien. Es fiel ihr schwer, sich zu konzentrieren. Das Schwert der Suspendierung schwebte an einem dünnen Faden über ihr.

Sie sah keine andere Wahl mehr. Sie musste in die Höhle des Löwen.

48.

Es war kurz nach sechzehn Uhr. Auf der Fahrt in die Innenstadt schabten die Scheibenwischer in Intervallschaltung. Es nieselte schwach und wie Blei lag der graue Himmel über der Stadt.

Auf Höhe des ehemaligen Luxushotels *Breidenbacher Hof,*

das irgendein Konzern geschluckt hatte und seitdem ewige Baustelle war, bog Anna in Richtung Königsallee ab. Als sie am Taxistand hielt, klingelte ihr Mobiltelefon. Es war Bruno.

»Warum hast du mir die Geschichte mit Essig nicht erzählt?«

»Ob Alibi oder nicht, das spielt doch für uns keine Rolle.«

»Und ob es das tut. Nicht weniger als das falsche Geständnis. Als ich dir erzählte, dass ich mich verantwortlich fühle, wenn Daniels Mörder noch weitere Leute umgebracht hat, sagtest du, dass du mich gut verstehst. So war es doch, oder? Du bist nicht weniger für Odenthals Verurteilung verantwortlich als ich. Wir stecken beide ganz tief mittendrin.«

»Das gilt für mich von Anfang an. Daniel ist so etwas wie ein kleiner Bruder für mich gewesen.«

»Trotzdem. Ab jetzt will ich nicht mehr erleben, dass du mir etwas vorenthältst. Keine Geheimnisse, keine Alleingänge, hörst du?«

»Okay.«

»Was hat der Lange gesagt?«

Anna legte den Kopf in den Nacken. Auf dem Dach des Hauses, vor dem sie stand, thronte die Leuchtreklame, die nachts weithin zu erkennen war. Wie ein Zeichen, das deutlich machen sollte, wer über die Meinungen in den Köpfen regierte: *Blitz.*

Eine schlechte Schlagzeile reichte aus, um die Polizeiführung in Hysterie zu versetzen.

»Suspendiert bin ich noch nicht«, antwortete sie. »Aber die Behördenleitung spielt offenbar mit dem Gedanken. Unser Kollege Becker führt die Vorermittlung, stimmt's?«

»Ja. Da kommt was auf dich zu. Gerüchte sagen, dass der Innere Dienst wieder eingerichtet werden soll.«

»Und Thilo Becker rechnet sich Chancen auf den Leiterposten aus, wenn er es schafft, mich abzuservieren?«

»Was hast du jetzt vor, Anna?«

»Einen gewissen Chefredakteur besuchen, dessen Name gleich zweimal in Uhligs ledernem Adressbuch verzeichnet ist.«

»Doch nicht etwa Alex Vogel?«

»Er steckt irgendwie mit meinem Vater unter einer Decke. Und er will etwas von mir. Vielleicht kann ich mir das zu Nutze machen.«

»Tu's nicht!«, warnte Bruno. »Die Presse brennt nur darauf, dich ein zweites Mal in die Pfanne zu hauen.«

»Wie sagte Churchill? Wenn du dich in die Hölle begibst, darfst du nicht stehen bleiben. Bruno, ich muss da durch.«

Die Redaktion residierte im zweiten Stock über einer Ladenpassage. Ein Empfangsraum aus grauem Marmor. Die Frau hinter dem Tresen wies Anna den Weg.

Den Flur schmückten großformatige Fotos hinter Glas. Sie zeigten Männer mit Gewehren und eine karge Gebirgslandschaft, die sich in Brauntönen faltete, durchzogen von Staubfahnen, die ein Geländewagen aufwirbelte. Auf einem Bild posierte ein junger Kerl am Rand einer Schlucht – ein Tattoo, das wie Stacheldraht aussah, umschlang seinen Hals und sein Blick wirkte wie der eines Predigers. *Afghanistan, Badachschan, Frühjahr/Herbst 2003,* verriet ein kleines Schild.

Anna passierte eine Glaswand und spähte in ein Großraumbüro, in dem sich kaum jemand aufhielt. Das Vorzimmer des Chefredakteurs befand sich am Ende des Gangs, es war geräumig und im Design der Sechzigerjahre eingerichtet: dunkles Holz, klare Linien. Die Sekretärin, eine mittelalte, aufgebrezelte Blondine, wirkte wie ein Wachhund hinter Telefonanlage und Computermonitor. Anna schwenkte den Dienstausweis.

Die Blonde nahm den Hörer ab und kündigte ihrem Boss den Besuch an.

Das Chefbüro lag im Dämmerlicht. Nur die Schreibtischlampe brannte, ein schweres, verchromtes Teil im Art-déco-Stil. Es ließ das weiße Hemd des Mannes strahlen, der weit zurückgelehnt in seinem Stuhl saß, die Füße auf dem papierübersäten Schreibtisch ruhend, in der Hand einen Bleistift, mit dem er unablässig spielte. Alex Vogel war ein unscheinbarer, dicklicher Kerl, bei weitem nicht der charismatische Orson-Welles-Typ aus *Citizen Kane,* den Anna sich vorgestellt hatte.

Er blieb sitzen, als sie das Büro betrat, und nahm nicht einmal seine Füße vom Schreibtisch.

»Ich wusste, dass Sie mich besuchen würden, Frau Winkler.«

Anna nahm auf dem lederbezogenen Besucherstuhl Platz. Ihr fiel die Aussicht auf: Das Fenster in Vogels Rücken zeigte die Königsallee in ihrer ganzen Pracht. Die Einkaufsgalerien und Edelboutiquen leuchteten, als sei der Aufschwung, den der Bundeskanzler jedes Jahr in der Silvesteransprache vorhersagte, in dieser Stadt Realität.

»Im Winter ist es noch schöner«, erläuterte der Zeitungsmacher und griff in eine Schale mit Kirschen. »Wenn die Lichter in den Platanen aussehen wie Millionen kleiner Sterne.«

Anna kam zur Sache: »Erst bitten Sie mich um ein Treffen zwecks gegenseitiger Befriedigung unserer professionellen Neugier. Dann fahren Sie mich frontal über den Haufen. Erklären Sie mir, wie das zusammenpasst, Herr Vogel!«

Der Chefredakteur lächelte, dann spuckte er einen Kirschkern in weitem Bogen quer durch den Raum. Ein kurzes, klickendes Geräusch beim Aufprall auf dem Linoleum.

Anna bemerkte: »Ich wusste gar nicht, dass Kirschen schon Saison haben.«

»Eingeflogen. Ich esse praktisch nichts anderes als eingeflogenes Zeug.«

Vogel kaute noch mehr Kirschen und spie Kerne.

»Nichts in Ihrem Artikel ist bewiesen«, sagte Anna.

»Wir haben, wohlgemerkt, keine Tatsachenbehauptungen aufgestellt.« Unter der Obstschale zog Vogel wie zum Beweis die heutige Ausgabe hervor. Er legte sie Anna hin, als habe sie den *Blitz* noch nie gesehen. »Sondern wir reden lediglich von einem, Zitat, ›unglaublichen Vorwurf und schrecklichen Verdacht‹.«

»Journalistisch einwandfrei.«

»Klar, der Aufmacher stammt ja auch vom Chef persönlich.«

»Gratuliere.«

»Nichts für ungut, Frau Winkler. Unser Informant hätte zur Konkurrenz gehen können. Wir waren gezwungen, die Geschichte zuerst zu bringen. Das sind wir unseren Lesern schuldig. Außerdem: Wenn Ihnen solche Fragen wehtun, dann haben Sie sicher etwas zu verbergen, stimmt's?«

»Was wollen Sie von mir?«

»Dass Sie den Fall Daniel Lohse neu aufrollen.«

»Wir haben gestern damit begonnen.«

»Das ging ja schnell.« Vogel nahm die Füße vom Tisch, beugte sich vor und ließ nervös den Bleistift tanzen. »Und was sagt Ihr Onkel dazu, Frau Winkler?«

»Worauf zielen Sie ab, Herr Vogel?«

»Kommen wir ins Geschäft, ja oder nein?«

Anna überlegte: Vogel wollte Infos, bevor die Konkurrenz sie erhielt. Sie würde der Pressestelle ihrer Behörde ins Handwerk pfuschen. Über den Stand der Ermittlungen plaudern, obwohl es noch gar nichts zu vermelden gab.

Aber der Kerl wusste etwas. Er hatte ihren Onkel erwähnt.

»Ja«, antwortete Anna. »Wenn Sie aufhören, gegen mich zu schießen.«

»Mal sehen.«

»Wie war das nun mit der gegenseitigen Befriedigung der professionellen Neugier?«

Vogels Blick senkte sich und Anna hatte den Eindruck, dass er ihr Äußeres taxierte. Dabei sagte er: »Die Sache begann 1976.«

»Ich weiß.«

»Die damalige Geschichte hat mir zum Durchbruch als Reporter verholfen. Wissen Sie auch, warum Uwe Strom Ihren Vater beauftragt hat, diesen Musiker einzuschüchtern?«

»Ich kenne die Version, die Peter Uhlig verbreitet hat.«

»Die Frage lautet, ob sie stimmt.«

»Belege habe ich dafür nicht«, antwortete Anna.

»Uhlig kam etwa vor zehn Jahren zu mir. Damals war ich noch einfacher Reporter und wir haben uns mehrfach getroffen. Für den Kunstfritzen sprach, dass er kein Geld verlangte. Und vage Gerüchte um Uwe Strom hat es immer gegeben. Jahrelang galt er als ewiger Junggeselle. Ich frage Sie: Das sagt doch alles, nicht wahr?«

Anna schwieg.

»Eine megagute Nummer, einfach traumhaft für einen Blattmacher wie mich: ein schwuler Ministerpräsident, der gerade erst geheiratet hatte. Das hätte sich für Wochen als Aufmacher auf dem Titel gehalten. In sämtlichen Varianten. Denken Sie nur an die arme Ehefrau, wie sie leidet. Oder an die schreckliche Aidsgefahr!«

»Ihnen fehlten Belege, stimmt's? Uhlig war von Rachsucht getrieben. Sie wussten nicht, ob der Mann zuverlässig ist, und letztlich war Ihnen die Nummer zu heiß.«

»Stimmt. Der Verlagsleitung flatterten die Hosenbeine. Weniger aus Angst vor dem Ministerpräsidenten, sondern weil unsere Leser ihn dermaßen lieben. Wir hätten natürlich schreiben können: unglaublicher Vorwurf, schrecklicher Verdacht …«

»Aber Uwe Strom ist nun mal keine kleine Polizistin.«

Der Zeitungsmacher lachte. »Sie gefallen mir. Haben Sie heute Abend schon etwas vor?«

»Bleiben wir beim Thema.«

»Ich habe meine Kontakte bemüht, aber das brachte nicht viel.«

»Wann spielte sich das genau ab?«

»1996.«

»Also im gleichen Jahr, in dem man bei Professor Uhlig rechtsextremistisches Zeug fand.«

»Auch eine schöne Story, die uns immerhin ein bisschen entschädigte. Und danach gab der Kunstfritze erst einmal Ruhe.«

Anna dachte daran, wie sehr diese Denunziation der Razzia gegen den Popstar Edgar Schwab glich.

Vogel fuhr fort: »Ein paar Jahre vergingen. Ich recherchierte und hörte mich um, aber Ihr Onkel scheint in Liebesdingen äußerst diskret vorzugehen.«

»Er liebt seine Frau.«

»Natürlich.«

Der Zeitungsmacher verschlang die letzte Kirsche und drückte einen Knopf an seiner Telefonanlage. Die Tür ging auf und die Sekretärin ließ sich blicken. Ihr Boss streckte ihr die leere Schale entgegen.

Die Blonde holte sie mit einem schiefen Lächeln ab, dabei vorsichtig über die Kirschkerne stelzend, um nicht auszurutschen. Bevor sich die Tür hinter ihr wieder schloss, spuckte Vogel einen Kern hinterher und traf seine Mitarbeiterin am Hintern.

Dann fragte er: »Haben Sie meine Fotos im Foyer gesehen?«

»Sie waren das?«

Vogel strahlte und reckte sein Kinn. »Ich habe in Afghanistan einen Skandal aufgedeckt, der die Republik ins Wanken gebracht hätte.«

»Aber?«

»Kein Scheiß. Ich war nah dran. Aber man bot mir den Chefposten in diesem Hause an und ich musste abwägen, auf welche Art ich mehr bewegen kann.«

»Klar.«

»Und kaum war ich zurück, da kreuzte besagter Kunstprofessor wieder auf. Diesmal brachte er diesen hübschen, schwulen Bengel mit. Ein Pinselschwinger namens Daniel Lohse und ich dachte, endlich liefert Uhlig mir den lebenden Beleg für das Doppelleben unseres Landesvaters – der Scoop meines Lebens.«

»Muss eine tolle Aufgabe sein: die Republik ins Wanken zu bringen.«

»Fast gleichauf rangiert mein Wunsch, mit Ihnen essen zu gehen, Frau Winkler.«

»Warum klappte es wieder nicht mit dem Scoop?«

»Schwer zu sagen. Auf einmal war von Sex keine Rede mehr, sondern von einer Affäre um allerlei Schmiergelder, Steuervergehen und Verstöße gegen das Parteienfinanzierungsgesetz. Trockene, langweilige Zahlen. Das Übliche eben.«

»Immerhin explosiv genug, dass Sie mir nahe legen, den Ministerpräsidenten hinter Daniels Ermordung zu vermuten.«

»Der hübsche Bengel schien jemanden kennen gelernt zu haben, der sich im Bett verplappert hat. Der über Insiderwissen verfügte und herumprahlte.«

»Also doch Sex?«

»Aber nicht mit Strom persönlich.«

»Worum ging es konkret?«

»Sie haben den Skandal um die Kölner Müllverbrennungsanlagen verfolgt? Warum die Kölner den Ofen wollten, ist klar. Sie wurden geschmiert. Die unmittelbare Aufsichtsbehörde, nämlich der Regierungspräsident, hielt die Anlage jedoch für überflüssig. Wir haben uns alle gefragt, warum sich der Regierungspräsident nicht durchsetzte. Nach dem Treffen mit Daniel Lohse war mir klar, warum.«

»Uwe Strom.«

»Der kleine Lohse sprach von einem System schwarzer Parteikassen, gespeist aus dunklen Quellen, gegen die sich die so genannten jüdischen Vermächtnisse der hessischen CDU ausnehmen wie das Sparbuch für die lieben Kleinen. Haben Sie Kinder, Frau Winkler? Nein, Sie sind unverheiratet. Ich sehe keinen Ring an Ihrer Hand.«

»Aber Sie tragen einen.«

»Reine Gewohnheit, hat nichts zu bedeuten. Sie haben den Abend doch noch nicht verplant, oder?«

»Schweifen wir nicht ab. Daniel kannte also Interna.«

»Uwe Strom soll dieses System in den Siebzigerjahren aufgebaut haben, in seiner Zeit als Landesgeschäftsführer seiner Partei. Angeblich hält der Geldfluss noch heute an. Provisionen aus dem Verkauf des Waffenarsenals der NVA in den Nahen Osten, zum Beispiel. Zu Beginn der Neunziger war Strom Staatskanzleichef, und wenn die damalige Bundesregierung die Zustimmung der SPD brauchte, lief das über ihn. Sogar von der Steinkohlesubvention wird angeblich etwas abgezweigt. Das muss man sich mal vorstellen! Allein ein Prozent davon wären ...«

»Bei dreieinhalb Milliarden Euro, die erst neulich wieder bewilligt wurden ...«

»Ich staune über Ihre Sachkenntnis, schöne Kommissarin.«

»Wo lag der Haken?«

»Ganz einfach: ein angehender Kunstmaler, der nach Ruhm gierte und vielleicht auch nach Streicheleinheiten seines Professors. Aber es blieb bei vagen Andeutungen. Der Bengel forderte eine Riesensumme für weitere Infos. Und als ich die Verlagsleitung endlich an der Angel hatte, machte unser Kunstgenie einen Rückzieher.«

»Seine Geschichte war erfunden.«

»Das vermutete ich zuerst auch. Aber ein paar Wochen später war das Wunderkind tot.«

Das letzte Wort begleitete Vogel mit einem Trommelwirbel seiner Hände auf dem Schreibtisch. Allmählich fand Anna Gefallen an der selbstverliebten Show, die der Zeitungsfritze abzog. Sie machte eine Geste als Aufforderung an ihn, fortzufahren.

Er sagte: »Ich bin mir ziemlich sicher, dass sich Daniel Lohse an Strom gewandt hat, weil er sich noch mehr davon versprach. Das war sein Todesurteil. Und wenn wir beide, Sie und ich, das verifizieren, dann haben wir den größten Scoop, den wir uns nur vorstellen können.« Vogel lehnte sich zurück und platzierte seine Edeltreter wieder auf den Schreibtisch. »Was halten Sie davon?«

»Ich kann nur wiederholen, dass wir den Fall tatsächlich neu bearbeiten.«

»So billig kommen Sie mir nicht davon, meine Liebe.« Vogel krallte sich die Zeitungsseiten und wedelte damit durch die Luft. »Oder wollen Sie noch mehr dieser Art über sich oder Ihren Vater lesen?«

»Lassen Sie meinen Vater aus dem Spiel!«

»Dann geben Sie mir eine Story!«

Anna stand auf, umrundete Vogels Schreibtisch und riss das große Fenster auf. Ein paar Blätter wehten vom Schreibtisch. Gehupe dröhnte herauf, ein fernes Martinshorn. Ein aufgemotzter Sportwagen röhrte vorbei.

»Was soll das?«, rief der Chefredakteur, den Straßenlärm übertönend.

Anna winkte ihn zu sich. Zögernd gehorchte er. Sie beugte sich an sein Ohr und flüsterte: »Ihr Informant Kurt Essig ist ein verdammter Kinderficker. Er hat die halbe Welt bereist, um kleine Jungs zu bumsen. Ich wette, dass es auch in dieser Stadt etwas auszugraben gibt. Beginnen Sie an seiner Schule und Sie bekommen Ihre Geschichte.«

Plötzlich spürte Anna Vogels Hand auf ihrem Hintern. Sie wischte sie weg und setzte sich. Der Chefredakteur schloss das Fenster – der Lärm war wieder ausgesperrt.

Vogel strich sich über die Oberarme, als müsse er sich aufwärmen. »Wozu das Theater mit dem offenen Fenster?«

»Weil irgendwo in diesem Zimmer ein Rekorder steht, der unser Gespräch aufzeichnet. Und wenn ich Ihnen schon etwas anvertraue, dann sollten Sie es zumindest nicht gegen mich verwenden können.«

»Sie gefallen mir immer besser, meine Schöne.« Er umrundete den Tisch und setzte sich vor Anna auf die Kante, fast auf Tuchfühlung mit ihr. »Was halten Sie von einem Degustationsmenü im Kaiserswerther *Schiffchen* bei Kerzenschein?«

»Geben Sie mir Bedenkzeit.« Anna erhob sich. »Bevor ich mich mit einem Journalisten verabrede, will ich mir sicher sein, dass er nett über mich schreibt.«

Als sie sich im Vorzimmer von der Sekretärin verabschiedete, tönte Vogels Stimme aus der Gegensprechanlage: »Wo bleiben die Kirschen?«

Die Blonde schüttete Nachschub aus einer Tüte und trug die Schale ins Chefbüro. Anna bemerkte einen kleinen, roten Fleck auf dem Rock der Frau.

Die Tür blieb offen.

Anna hielt inne und lauschte, als der Zeitungsmacher zu seiner Mitarbeiterin sagte: »Die dämliche Tussi soll sich bloß nicht einbilden, dass der Hinweis auf einen pädophilen Studienrat genügt, um ihren hübschen Arsch zu retten.«

49.

Als sie aus dem Verlagsgebäude trat, bemerkte sie eine Knöllchenschreiberin des Düsseldorfer Ordnungsamts neben ihrem neuen Golf. Anna rannte los, doch die Frau in der blauen Uniform klemmte bereits die Bußgeldankündigung hinter den Scheibenwischer.

Zugleich schrillte Annas Handy in der Jackentasche. Der Regen war stärker geworden. Anna beeilte sich beim Einsteigen und verzichtete darauf, die Ordnungstante anzupflaumen.

Sie fingerte ihr Mobiltelefon hervor und nahm das Gespräch an. »Winkler.«

Ein hoher Singsang, den jeder im Land kannte: »Anna, ich kann mir denken, warum du mich sprechen willst.«

»Hallo, Uwe.« Ihr Herz schlug schneller. Ein Satz des Chefredakteurs klang noch in ihrem Kopf: *Aber ein paar Wochen später war das Wunderkind tot.*

Der Ministerpräsident sagte: »Sei in einer halben Stunde bei der Fliegerstaffel. Ich muss nach Essen. Unterwegs reden wir. Vor Ort triffst du Bernd. Mit ihm kommst du wieder zurück.«

Bevor sie antworten konnte, hatte er die Verbindung bereits unterbrochen.

Seine Worte: *Ich kann mir denken, warum du mich sprechen willst.*

Anna stieß aus der Parklücke und geriet auf der Königsallee in einen Stau. Die Minuten verrannen und Anna begann sich zu fragen, wie sie reagieren würde, wenn sie die Wahrheit erfuhr.

Die Polizeifliegerstaffel des Landeskriminalamts residierte am Rand des Rhein-Ruhr-Flughafens im Norden der Stadt. Anna steuerte zunächst auf das große Zentralgebäude zu, das nach dem Brand vor neun Jahren anstelle der alten Halle errichtet worden war. Vor der Zufahrt zur Abflugebene bog sie ab, passierte einen Parkplatz und folgte der gewundenen Straße in Richtung des ICE-Bahnhofs.

Zu ihrer Linken reihten sich Cargo-Center, LTU-Verwaltung, Feuerwehr. Dann kam der Flachbau des LKA in Sicht, als letztes Gebäude vor der Wendeschleife an der Bahnstation.

Anna ließ das Auto vor dem Eingang stehen und eilte durch die Halle, ohne einen Blick für die Skulptur aus rostigen Hubschrauberteilen übrig zu haben, die LKA-Kollegen gebastelt hatten. Auf dem Feld parkten zwei Hubschrauber, die Rotorblätter des dritten wirbelten Sand auf.

In geduckter Haltung rannte Anna darauf zu. Der Pilot winkte aufgeregt – drei Minuten Verspätung. Anna erklomm die Kabine und schloss die Seitentür.

Kaum hatte sie Platz genommen, hob der Helikopter auch schon ab. Im Nu wurden die Halle, die Treibstofftanks und die übrigen Hubschrauber kleiner. Die Hangars verschwanden, am Ende der Landebahn blinkten Lampen und gerieten ebenfalls rasch außer Sicht.

Bänder von weißen und roten Lichtern schoben sich durch den trüben Spätnachmittag, bildeten Schlaufen und kreuzten sich. Der Pilot folgte der A 52. Der kürzeste Weg nach Essen.

Der Ministerpräsident saß in der vorderen Sitzreihe, gemeinsam mit einem Referenten der Staatskanzlei in ein Redemanuskript vertieft.

Der Flug dauerte keine zehn Minuten. Der Landeplatz war ein Sportgelände. Hinter dem Fußballtor standen zwei schwarze Limousinen bereit. In einer davon warteten Kollegen in Zivil, die Uwe Strom als Bodyguards begleiteten. Ihr Onkel winkte Anna zum zweiten Wagen. Sie stiegen hinten ein, der Referent vorn beim Fahrer. Mit Blaulicht rasten sie los.

»Mach dir nichts aus den Schlagzeilen von heute früh«, begann Uwe unvermittelt. »Häng ein Jahr Bosnien dran, und wenn du zurückkehrst, ist alles überstanden.«

»Das dachte ich bereits beim ersten Mal.«

»Du hast Zweifel an der Täterschaft dieses Psychopathen?«

»Klar. Es gibt keine Beweise dafür.«

»Du kannst den Fall nicht einfach neu aufrollen.«

»Schon geschehen. Wir arbeiten daran.«

»Du machst zu viel kaputt, Anna-Luna. Denk an die Gesundheit deines Vaters.«

»Was hat mein Vater damit zu tun?«

Das Auto stoppte abrupt. Onkel Uwe riss die Tür auf. Anna folgte ihm. Sie eilten auf einen großen, flachen Betonbau zu. Dürre Ziersträucher, parkende Autos, die Personenschützer flankierten den Ministerpräsidenten. Sechs oder sieben Leute warteten vor einem Seiteneingang. Händeschütteln.

»Wo geht's lang?«, fragte Strom.

Jemand hielt die Glastür auf. Ein kurzer Flur, der vorbei an Toiletten in einen Raum führte, der mit Tischen und Stühlen voll gestellt war. Vorhänge verhüllten die Fenster. Das Neonlicht wirkte kalt.

»Wo ist Bernd Winkler?«, fragte Strom in die Runde.

Schulterzucken. Der Ministerpräsident blickte auf die Uhr. Sein Referent begann, leise in ein Handy zu reden – ein aufgeregt wirkender junger Kofferträger mit gegeltem Haar und Brilli im Ohr.

»Schön, dass Sie die Zeit gefunden haben, heute …«, begann jemand.

»Wird die Halle voll sein?«, unterbrach ihn Strom.

Die Leute sahen sich an und nickten. »Wird sich schon noch füllen«, sagte einer und dem Ministerpräsidenten war anzusehen, dass er das für eine schlechte Auskunft hielt.

»Hast du Winkler erreicht?«, bellte er seinen Referenten an.

»Noch nicht, aber …«

Die Tür ging auf und Sven Arnold trat ein. Er war außer Atem. »Bernd Winkler …«

»Was ist?«

»Ich habe ihn ins Krankenhaus bringen müssen.«

Svens Blick traf Anna. Mitgefühl lag darin, und obwohl sie ihn seit fünfzehn Monaten nicht mehr gesehen hatte, empfand sie eine unverhoffte Vertrautheit. Zugleich hatten seine Worte sie alarmiert.

»Wie geht es ihm?«, fragte sie.

»Nur ein kleiner Schwächeanfall. Er ist schon fast wieder auf den Beinen.«

»Alles bitte mal raus hier für einen Moment«, befahl Strom. »Ich habe etwas mit meiner Nichte zu besprechen. Eine Minute für die Familie muss sein. Auch im Wahlkampf.«

Die Leute verließen den Raum. Zuletzt Sven, der Anna aufmunternd zunickte. Hinter ihm schloss sich die Tür.

Anna konnte sich nicht erinnern, jemals allein mit ihrem Onkel gewesen zu sein. Er ging jetzt auf die zweiundsechzig zu, ein großer, knochiger Mann mit weißem Haar und ausdrucksvollen Augen unter dunkel gebliebenen Brauen. Er trug einen modern geschnittenen Anzug mit dezent gemusterter Krawatte, vielleicht aus Doraus Edelboutique an der Königsallee.

Uwe Strom zog zwei Stühle heran und erklärte: »Dein Vater ist nicht der Mann, für den du ihn hältst.«

Anna war irritiert. Für einen Moment dachte sie, ihr Onkel wolle behaupten, dass Michael Lohse ihr Vater sei. Mutters Seitensprung vor achtundzwanzig Jahren.

Doch Strom fuhr fort: »Bernd ist absolut korrupt und selbstsüchtig. Er hat deine Mutter nur geheiratet, um Karriere zu machen. Und er benutzt Politik und Gewerkschaft, um sich persönlich zu bereichern. Er hat sein weites Netz geknüpft. Kohlefraktion – dass ich nicht lache. Es geht ihm nur ums Geld.«

Anna schüttelte heftig den Kopf.

Der Ministerpräsident ignorierte es. »Bernd hat es sich selbst zuzuschreiben, wenn nun alles über ihm zusammenbricht. Und ich kann ihm nicht helfen, selbst wenn ich wollte.«

»Was meinst du damit?«

»Sag ihm, er soll die PCC sofort dichtmachen. Sag ihm, dass ich von seinen Machenschaften erfahren habe und dass sie alles übertreffen, wozu ich ihn für fähig gehalten hätte. Uns bleiben noch zehn Tage. Wenn Bernd noch einen Funken Ehre im Leib hat, muss er verhindern, dass die Opposition oder die Presse vor dem Wahltag Lunte riecht, sonst fliegt der Schwindel nicht nur ihm, sondern dem ganzen Land um die Ohren.«

Anna war klar, dass ihr Onkel mit dem ›ganzen Land‹ sich selbst meinte. Sie fragte: »Von welchem Schwindel sprichst du?«

»Es ist besser, wenn du nicht mehr weißt. Nur so viel: Deine Mutter ist eine wunderbare Frau. Sie ist an seiner Gier zerbrochen.«

»Red nicht so über meinen Vater!«

Uwe blickte sie lange an, dann sagte er: »Du bist ihm sehr ähnlich.«

Es klang wie eine Beleidigung.

Die Tür wurde geöffnet, Stroms Referent lugte herein. »Entschuldigung, aber der Zeitplan hat sich etwas verschoben.«

Der Ministerpräsident stand auf, Anna keines Blicks mehr würdigend.

»Uwe!«, rief sie. »Eine Frage noch: War Daniel Lohse dein Liebhaber?«

Stroms Kiefer mahlten. Kleine Schweißtropfen glänzten auf seiner Stirn.

Der Referent glotzte seinen Chef an, dann Anna, schließlich zog er sich zurück und schloss leise die Tür.

Anna wiederholte: »Musste Daniel sterben, weil du ihn gefickt hast?«

»Willst du wirklich wissen, wie es war?«

»Heraus damit.«

»Dein Vater hat ihn umgebracht.«

»Du lügst!«

»Daniel Lohse versuchte, mich zu erpressen, obwohl er mich malen durfte und ich sogar eine Rede bei der Vernissage gehalten habe. Offenbar ist dem Maler unser Wohlwollen zu Kopf gestiegen. Dieser undankbare, kleine Mistkerl drohte, zur Presse zu gehen.«

»Wegen der Schweinereien, die du begangen hast, nicht mein Vater!«

»Allesamt längst verjährt. Welche Partei hatte vor zwanzig Jahren keine geheimen Konten? Aber als ich erfuhr, dass der Knabe tatsächlich mit der Zeitung gesprochen hatte, bin ich deinen Vater noch einmal um Unterstützung angegangen.« Strom hob die Stimme. Sein Finger zielte auf Anna. Speichel sprühte und die Stimme schraubte sich noch höher. »Aber er sollte doch nur mit seinem verdammten Patensohn reden! Diesen größenwahnsinnigen Farbenkleckser zur Vernunft bringen! Konnte ich denn ahnen, dass er ihn einfach … ermordet?«

Der Ministerpräsident hielt inne, offenbar erschrocken darüber, wie laut er geworden war. Er wischte sich über den Mund und stürmte aus dem Zimmer.

Draußen hatte Musik eingesetzt. *The Final Countdown,* ein pathetischer Popsong, den Anna noch nie hatte leiden können.

Sie bettete den Kopf in ihre Hände und versuchte, das Gehörte zu verdauen. Uwe Strom hatte ehrlich gewirkt. Besorgt und betroffen. Aber das tat er immer.

Sie stand auf, holte den Rußpinsel aus ihrer Tasche und stäubte die Lehne des Stuhls ein, den ihr Onkel angefasst hatte.

Ein Daumen wurde sichtbar, auf der anderen Seite drei geringfügig verwischte Finger. Mit Folien sicherte sie die Spuren und klebte sie auf eine Karte, die sie beschriftete.

Ihren Stuhl hatte der Ministerpräsident mit der anderen Hand gepackt. Die Untersuchung ergab drei weitere Spuren.

Sieben von zehn Fingern, die meisten Abdrücke Prachtexemplare.

Sie wiederholte die Prozedur an den Stellen, wo Stroms nervöser Mitarbeiter die Tür berührt hatte. Vier Finger an der Innenseite. Ein Daumen an der Außenseite – damit hatte sie eine ganze Hand.

Schließlich verteilte sie Ruß auf dem äußeren Türgriff. Auch den hatte Stroms Mitarbeiter angefasst, vermutlich mit der anderen Hand. Im Neonlicht des Flurs zeichneten sich zahlreiche Spuren ab, die sich überlagerten. Kurzerhand sicherte Anna alles, was dem Griff anhaftete, und übertrug es auf eine weitere Karte.

Im Saal brandete Applaus auf. Die Leute riefen: »Jetzt geht's lo-hos, jetzt geht's lo-hos!«

Eine Lautsprecherstimme drang an Annas Ohr – ein Redner schwor die Zuhörer auf das Hauptprogramm des Abends ein.

Anna dachte an ihren Vater. *Ein kleiner Schwächeanfall.*

Sie suchte den Eingang, durch den sie gekommen war.

Ein großer Schatten stand in der Kälte neben Bernd Winklers BMW. Die Spitze einer Zigarette glühte auf. Es war Sven, der die Kippe auf den Asphalt schnippte und Anna entgegenkam.

»Wie geht's dir, Luna?«, fragte der lange Kerl. Anna spürte seine Verlegenheit. Es war nicht der Moment für ausgelassene Wiedersehensfreude.

»Bring mich zu ihm«, antwortete sie.

50.

Ihr Vater hockte auf einer Bank im Wartebereich der Ambulanz. Er erhob sich und lächelte, als er Anna erkannte, aber ihr fielen die eingefallenen Wangen auf und die blasse Gesichtsfarbe. Sie nahm seine Hand. Sie war kalt.

»Wie geht es dir?«, fragte Anna.

»Halb so schlimm.«

Ein Arzt trat aus einem der angrenzenden Zimmer, der weiße Kittel wehte und ließ einen leuchtend grünen Pulli sehen. In der Hand trug er einen Papierausdruck.

»Herr Winkler?«, fragte der Arzt.

»Das bin ich.«

»Wir würden Sie gern zur Beobachtung über Nacht hier behalten.«

»Das ist nicht nötig.«

Anna fragte: »Was hat mein Vater?«

»Genau können wir das erst nach einer ausführlichen Untersuchung feststellen. Mit einer Ohnmacht aus heiterem Himmel ist jedenfalls nicht zu spaßen.«

»Hör auf den Arzt, Papa.«

Er stand auf und griff nach seinem Mantel. »Ich habe nichts. Hinlegen kann ich mich zu Hause auch.«

Der Arzt ermahnte: »Sie sollten die Dosis Ihres Betablockers erhöhen. Nehmen Sie ACE-Hemmer?«

»Klar. Alles.«

»Gut. Auf keinen Fall absetzen. Und Sie müssen eine Erklärung unterschreiben, dass Sie auf eigene Verantwortung die Klinik verlassen.«

»Her damit. Verantwortung zu tragen ist mein Job.«

Der große BMW rollte mit schnurrendem Motor durch die Dämmerung. Auf der Windschutzscheibe verschwammen die Lichter im aufgewirbelten Regen, als sie einen Lastzug überholten. Sven knipste die Wischer an. Er fuhr schnell, aber ohne Hektik.

Anna saß hinter ihrem Vater und berührte seine Schulter. Er tätschelte ihre Hand und wandte sich zu ihr um. »Sorg dich nicht, Prinzessin. Es war wirklich nur ein kleiner Schwächeanfall.«

»Ich habe mit Alex Vogel gesprochen.«

»Das ist gut. Wie seid ihr verblieben?«

»Er scheint nichts Konkretes gegen dich und Onkel Uwe in der Hand zu haben.«

»Wie sollte er auch. Nein, ich meine, wird er dich künftig in Ruhe lassen?«

»Ich hab ihm eingeflüstert, dass der Kerl, der mich denunziert hat, auf kleine Jungs steht. Vielleicht beschäftigt das den *Blitz* für eine Weile.«

»Sehr schön, gute Idee.«

Eine Weile schwiegen sie. Sven warf ihr über den Rückspiegel einen Blick zu. Anna spürte eine Welle der Wärme durch ihren Körper gehen.

Sie erklärte: »Kurt Essig, Odenthals damaliger Mitbewohner, ist wirklich pädophil. Ich hab das nicht erfunden.«

»Noch besser«, antwortete ihr Vater.

Anna ärgerte sich. Entweder hielt er sie für einfältig oder er glaubte tatsächlich, sie wende seine Mittel an.

Sie beschloss, alle Vorsicht abzustreifen, und sagte: »Ich hab auch mit Onkel Uwe geredet.«

»Wird er dir helfen?«

»Nein. Er hat mir geraten, dahin abzuhauen, wo ich gerade hergekommen bin. Bosnien. Im Moment rät mir das jeder.«

»Schade. Ich hätte mir mehr von Uwe erhofft.«

»Wirklich? Über dich hat er sich nicht gerade schmeichelhaft ausgelassen.«

»Vergiss es. Er wird alt und ist zunehmend verbittert. Er fürchtet, dass seine Popularität einen Knacks bekommt, weil es die Genossen in Berlin nicht gebacken kriegen.«

»Den Eindruck hatte ich weniger.«

Svens Augen waren nach vorn auf die Regenwand gerichtet.

»Du kannst offen reden«, sagte Bernd Winkler, als errate er Annas Gedanken. »Vor Sven habe ich keine Geheimnisse.«

»Uwe hält dich für korrupt.« Fast versagte ihre Stimme, als sie weiterredete: »Und er meint, du hättest Daniel ermordet.«

»Ach, Prinzessin. Dass mein lieber Schwager mir nicht traut, ist nicht neu. Wenn es nach ihm ginge, wäre ich immer noch sein kleiner Kofferträger, der Parteispenden in die Schweiz bringt und ihm junge Lover zuführt. Uwe hat mir nie etwas zugetraut, und als ich mich um das Landtagsmandat bewarb, ohne seinen Segen zu haben, da war das für ihn, als hätte ich ihm die Loyalität aufgekündigt. Er ist neurotisch und hochgradig misstrauisch wie alle Spitzenpolitiker.«

»Papa!«, rief sie. »Hast du nicht gehört, was ich gesagt habe?«

»Natürlich habe ich das. Nach der Wahl muss ich mit Uwe mal ein ernstes Wörtchen reden.«

»Hast du Daniel ermordet? Sag es mir!«

»Bitte?« Er wandte sich an seinen Fahrer. »Hast du gehört, was mir meine eigene Tochter unterstellt?«

Sven blieb still.

Positionslichter blinkten vor ihnen. Ein großes Flugzeug tauchte aus dem Dunkel und senkte sich von links über die Autobahn. Sven verließ die A 52 und bog auf den Flughafenzubringer. Der Flieger geriet außer Sicht.

Anna sagte: »Es tut mir leid, Papa. Aber es ist einfach so viel vorgefallen, dass ich selbst nicht mehr weiß, was ich glauben kann.«

Zur Rechten tauchten grelle Lichter auf. Werbung für Löwensenf, das Airport-Hotel. Der Tower und das große Parkhaus. Sven nahm die Ausfahrt, um Anna zu ihrem Auto zu bringen, das noch vor der Halle der Fliegerstaffel parkte.

Ihr Vater wandte sich wieder zu Anna um. Sie bemerkte ein Schimmern in seinen Augen. »Uwe wollte, dass ich Daniel zum Schweigen bringe. Ja, es stimmt, dass ich 1976 einen Musiker mit gefälschten Beweisen ins Gefängnis gebracht habe. Und ich gebe zu, dass ich zwanzig Jahre später diesem Kunstprofessor zugesetzt habe. Aber Daniel habe ich kein Haar gekrümmt. Er war mein Patenkind, das weißt du. Fast so etwas wie ein Sohn.«

»Entschuldige, aber …«

»Daniel machte Anspielungen auf Uwes schwarze Parteikassen und wollte angeblich abkassieren. Doch mein feiner Schwager war zu stolz, um sich auf diesen Erpressungsversuch einzulassen. Da habe ich eben ausgeholfen. Daniel bekam Ausstellungen, Aufträge und Geld aus meinem Privatvermögen. Einige Anrufe, ein paar tausend Euro, damit er seine Schulden begleichen konnte. Es hat mir nicht wehgetan. Der Junge war ein Genie an seiner Staffelei. Er hatte seine Fehler, aber du weißt, wie leicht er seinen Patenonkel um den Finger wickeln konnte. Du hast ihn doch auch gemocht, Anna.«

»Ich ahnte nicht, dass er ein Erpresser war.«

»Daniel hatte es wirklich nicht leicht. Du erinnerst dich, wie Michael sich ihm gegenüber benahm. Ich schärfte Daniel ein, dass er aufhören solle, meinen Schwager zu ärgern. Denn mit Uwe ist nun mal nicht zu spaßen. Und, glaub mir, Prinzessin, ich dachte wirklich, der Junge würde es einsehen und endlich den Mund halten.«

Sven stoppte neben dem Golf.

Anna fragte: »Glaubst du, Uwe selbst …«

Ihr Vater antwortete mit einem Schulterzucken.

Sie gab ihm einen Kuss auf die Wange. »Gut, dass wir uns ausgesprochen haben.«

Dem BMW über das Kreuz Strümp und die A 57 nach Holzbüttgen folgend, fragte sich Anna, ob ein Ministerpräsident dazu in der Lage sein würde, ihre Ermittlungen zu torpedieren.

51.

Sie achtete darauf, dass ihr Vater die Medikamente nahm. Beim Zubettgehen scherzte er über seinen Gesundheitszustand und prahlte, als könnte er im Alleingang die Landtagswahl gewinnen. Aber Anna sah, wie müde er war.

Sie fühlte seine Stirn. Die Temperatur schien normal zu sein.

Anna bemerkte: »Onkel Uwe hat noch etwas gesagt. Eine Sache, der ich allerdings uneingeschränkt zustimmen kann.«

»Was denn?«

»Dass wir beide uns ähnlich sind.«

Vater lächelte und drückte ihre Hand.

Sven Arnold saß in der Küche bei einem Glas Tomatensaft. Er spielte am Sendersuchlauf des Radiogeräts und stoppte bei der Aufzeichnung eines Jazzkonzerts.

Erst jetzt fiel Anna auf, dass er keine Ohrringe mehr trug. Er wirkte gesetzter, nicht mehr ganz so verwegen wie früher. An den Schläfen schimmerten vereinzelte weiße Haare. Anna schätzte, dass er vor kurzem die magischen dreißig Jahre überschritten hatte.

Sie fragte: »Was ist das für eine Affäre, die meinem Vater so zusetzt?«

»Ich weiß nicht, ob ich darüber reden darf.«

»Komm schon, Sven.«

Er hielt das Glas mit beiden Händen fest und tat, als studiere er die Farbe des Safts. »Seine Beziehung zur Deutschen Bergbau AG. Plötzlich schnüffeln dort die Controller in den Büchern.«

»Welche Rolle spielt PCC?«

»Du kennst die Firma?«

»Strom hat davon gesprochen.«

»Die Performance Concept und Consulting GmbH berät die Deutsche Bergbau AG. Zum Beispiel bei der Regulierung von Bergschäden. Oder in der Außendarstellung. Der Konzern buddelt nicht nur nach Steinkohle, sondern besitzt auch unzählige Immobilien und ist drittgrößter Anbieter beruflicher Weiterbildung in Deutschland. Die brauchen politische Verbindungen.«

»Und dafür bezahlt der Konzern?«

»Warum nicht?«

»Mein Vater nutzt also sein Mandat für private Geschäfte.«

»Er tut es für das Land. Für die Sicherung der Arbeitsplätze.

Er steht auf keiner Gehaltsliste und einen Großteil seiner Provisionen spendet er der Partei. Der Ministerpräsident kann sich wirklich nicht beschweren.«

»Was könnten die Controller finden?«

»Die PCC stellt Rechnungen aus für Leistungen, die eigentlich nicht stattgefunden haben. Das muss so sein, damit Bernds Honorare verbucht und von der Ruhrkohle steuerlich geltend gemacht werden können.«

»Also Scheingeschäfte.«

»Der Vorstand in Essen schiebt Panik und will das aktuelle Projekt stornieren, das eigentlich noch vor der Wahl verabschiedet werden sollte.«

»Die neue Zeche, finanziert durch Steuergelder.«

»Ohne Bernds Einsatz würde es dem Ruhrpott noch viel schlechter gehen.«

»Er sollte sich dem Staatsanwalt stellen. Vielleicht kommt er mit einem blauen Auge davon.«

»Unmöglich. Du hast ja keine Ahnung, wer davon noch profitiert hat. Leute aus fast allen Parteien. Die gesamte Kohlefraktion im Landtag will versorgt sein. Meinst du, Bernd hätte alles für sich allein behalten? Er versucht jetzt, die PCC abzustoßen, sämtliche Verbindungen zu kappen und die Spuren der Geldtransfers zu verwischen. Dann ist er aus dem Schneider. Wenn sein Herz durchhält, wird er es schaffen.«

»Mein Gott!«

»Bernd will es so. Du wirst ihn nicht umstimmen können. Glaub mir, ich hab's versucht.« Er vergrub sein Gesicht in den Händen.

Die Schlusstakte des Jazzquartetts verklangen. Ein Sprecher zählte die Namen der Musiker auf. Anna atmete tief durch und fragte: »Bist du mit dem Auto hier?«

»S-Bahn.«

»Ich bring dich nach Hause.«

»Nicht nötig.«

»Keine Widerrede, Sven. Und danke, dass du so offen zu mir bist.«

52.

Im Auto hörten sie den Rest der Jazzsendung, vermischt mit Regengeprassel und dem Geräusch der Reifen auf der nassen Fahrbahn. Anna steuerte den neuen Golf über die Südbrücke ins nächtliche Düsseldorf hinein.

Sven wohnte in Oberbilk, einem Viertel hinter dem Hauptbahnhof, in dem die Mieten vergleichsweise niedrig waren. Er navigierte Anna vorbei an Sexshops, Spielhallen und türkischen Reisebüros. Er wies sie auf eine Kneipe hin, in deren Hinterzimmer ein Verein einen Boxring betrieb, und erklärte, dass er früher dort trainiert habe, gemeinsam mit arabischen Türstehern und kasachischen Möchtegern-Luden, bis er entdeckt hatte, dass er auf der Elektrogitarre besser war als am Sandsack.

Dann sagte er: »Wir sind da.«

Anna hielt vor einem schmucklosen Altbau. Sven bedankte sich.

»Warte«, sagte sie. Ihre Finger in der Jackentasche berührten das Kondom, das sie eingesteckt hatte. Es schien ihr eine Ewigkeit her, seit sie zuletzt mit einem Mann geschlafen hatte.

»Was ist?«, fragte er.

»Du bist Hals über Kopf abgehauen, damals nach dem Konzert.«

»Es war mir peinlich, verstehst du?«

»Warum hast du dich nicht mehr gemeldet?«

»Ich dachte, du und Lutz … Außerdem waren wir schon drei Tage später auf Achse. Ein Konzertveranstalter hat an uns geglaubt und uns durch sämtliche Clubs der Republik geschickt. Mit Unterbrechungen zwei Jahre lang. Den Trubel um den Mord an diesem Maler hab ich schon gar nicht mehr mitbekommen. Es war eine völlig verrückte Zeit.«

»Die Konzertreise war euer Durchbruch?«

Sven zuckte mit den Schultern. »Du siehst es ja. Der Veranstalter ging Pleite. Der Keyboarder ist ausgestiegen. Ich arbeite wieder als Fahrer und Bürobote. Aber es waren zwei geile Jahre.«

Anna nickte und dachte, dass ihre Zeit in Bosnien das Gegenteil gewesen war. Sie sagte: »Gib mir Bescheid, wenn *Silverhammer* wieder auftritt.«

Er lachte und versprach es. Dann wurde er nachdenklich. »Bernd ist ein wahnsinnig hilfsbereiter Mensch und ein ausgezeichneter Politiker. Korruption würde ich das auf keinen Fall nennen, was er gemacht hat. Man hat ihm das Geld förmlich aufgedrängt und alle sind froh, wie er sich einsetzt. Der Konzern, die Gewerkschaft, die Partei. Und er hat ein Herz für die kleinen Leute.«

Anna strich ihm durch die Haare. Sie wollte jetzt nicht über Politik oder ihren Vater reden.

»Er wird es schaffen«, fuhr Sven fort. »Vielleicht machen sie ihn nach der Wahl sogar zum Minister.«

Sie neigte sich hinüber und drückte ihm einen Kuss auf den Mund. Ein Auto kam die Straße entlang und Licht huschte über Svens Gesicht. Er wirkte verlegen.

Anna bemerkte: »Das meinte ich übrigens ehrlich, dass ich *Silverhammer* gern wieder hören möchte. Und falls du dir Gedanken wegen Lutz machst: Wir sind schon seit einem Jahr nicht mehr zusammen.«

Jetzt war es Sven, der sie zu sich heranzog. Ein langer, inniger Kuss. Ein erregendes Spiel der Zungen, das sie erst beendeten, als die Kälte ins Auto kroch.

Sven verabschiedete sich und stieg aus. Vor der Haustür machte er kehrt. Anna ließ das Fenster herab. Er beugte sich zu ihr. Der Regen lief über sein Gesicht.

Er sieht aus wie ein Prinz, fand Anna.

»Geh nicht wieder zurück nach Bosnien«, sagte er.

»Nein, das habe ich nicht vor«, antwortete sie.

Als Anna wieder in das Haus in der Hasselstraße zurückgekehrt war, schlich sie zuerst zum Schlafzimmer ihres Vaters. Durch die Tür drang leises Schnarchen in regelmäßigem Rhythmus.

Beruhigt ging sie auf ihr Zimmer. Dort zog sie die Schublade des Nachtkästchens auf und warf das Kondom hinein. Es war zwar nicht zum Einsatz gekommen, aber sie war sich sicher, dass Sven sich morgen bei ihr melden würde. Vor zwei Jahren war sie angetrunken gewesen und hatte ihn überrumpelt. Jetzt würde sie es langsam angehen. Auf seine Art.

Ihr Blick fiel auf Johannas Tagebücher.

Versprich mir, dass du nur darin liest, wenn du dich stark fühlst.

Die Neugier siegte. Vielleicht würde sie eine Bestätigung dafür finden, dass ihr Vater anders war, als sein Schwager es darstellte.

Das Heft, das sie aufschlug, begann mit Aufzeichnungen aus dem Herbst 1991. Anna rechnete nach. Damals war sie vierzehn geworden. Ihr Vater hatte bereits als Abgeordneter im Landtag gesessen und seit einem Jahr war Deutschland vereint – all das hatte Anna wenig gekümmert.

Die Pubertät hatte sie erwischt. Sie schnitt sich Risse in die Jeans und stand auf *Nirvana* sowie auf Jungs, die sich gaben wie Kurt Cobain: Zottelhaare, Holzfällerhemd und die unerschütterliche Gewissheit, dass die Welt am Materialismus der Menschen zu Grunde ging.

Der Stil ihrer Mutter hatte sich in vierzehn Jahren verändert. Weniger Abkürzungen, flüssigere Sätze. Als schreibe Jo für die Nachwelt, kam es Anna für einen Moment in den Sinn.

26. Oktober 1991
Uwes 48. Geburtstag. Zur Überraschung aller gab er seine Verlobung bekannt. Das arme Ding heißt Friederike und macht einen sehr verschlossenen Eindruck. Könnte seine Tochter sein. Uwe lässt es sich nicht ausreden. Er will Ministerpräsident werden und keine Gerüchte riskieren. Hochzeit im Januar, kurz vor dem Parteitag. Das nennt man Timing.
Uwe ist noch immer sauer auf Bernd. Meinen Vorschlag, Michael künftig die Gelder in die Schweiz bringen zu lassen, will er sich überlegen.

9. November 1991
Deutschland feiert den zweiten Jahrestag des Mauerfalls. Ich habe Michael angeboten, ihm den Haushalt zu führen und den Kleinen zu hüten, solange Karin mit ihrer Bandscheibe in der Klinik liegt.

13. November 1991
Michael ist zum ersten Mal nach Zürich gefahren. Habe Karin besucht, weil ich es ihm versprochen habe. Die eingebildete Tussi redet von ihrem Gartendesign, als sei es hohe Kunst. Dabei hat die Arbeit ihren Rücken ruiniert. Auf Bernd ist sie auch nach über vierzehn Jahren noch schlecht zu sprechen und ahnt nicht, dass ich alles weiß. Sie wird auch Michael verlieren!
Ein schönes Gefühl: Siegerin auf ganzer Linie zu sein.

16. November 1991
Schwerer Kopf. In der Firma krankgemeldet. Michael behauptet, ich hätte gestern vor Bernds Haus randaliert. Soweit ich mich erinnern kann, wollte ich Anna sehen. Es muss an der Pubertät liegen, dass sie von mir nichts wissen will. Wie hat es mir das Herz zerrissen, als ich sie vor fünf Jahren zurücklassen musste, weil sie in der Hasselstraße besser aufgehoben war und Bernd sich ein Kindermädchen leisten konnte! Ihr zuliebe habe ich gegen mein Gefühl gehandelt. Und jetzt wirft sie mir vor, ich sei eine Rabenmutter!

21. November 1991
Michael kam während der Schicht nach Hause und hat mich beim Spiel mit Daniel erwischt. Ich hatte Daniel dazu angestiftet, Mama zu mir zu sagen, was Michael in den falschen Hals bekam. Er bezeichnete mich als Whiskeyschlampe. Ein Rausschmiss, wie er im Buche steht.
Aber irgendwann wird er auf Knien darum betteln, mich wiedersehen zu dürfen.

23. November 1991
Karin ist aus der Klinik zurück, berichtet Anna-Luna. Einer ihrer seltenen Besuche. Die CD von Nirvana, *die ich ihr geschenkt habe, scheint ihr zu gefallen. Im Kino haben wir* Die nackte Kanone 2 ½ *gesehen. Die strohdummen Cops brachten Anna-Luna dazu, Bernd zu verteidigen, obwohl ich das Edgar-Schwab-Thema gar nicht anschneiden wollte. Sie ist völlig vernarrt in ihren Papa.*

28. November 1991
Überrascht mich die Kündigung? So viel Theater, nur wegen dem bisschen Blaumachen. Bin gespannt auf das Zeugnis.

29. November 1991
Wenn ich Michael anrufe, legt er auf. Wenn Karin rangeht, lege ich auf.

1. Dezember 1991
Michael hat mich von seinen Kollegen abführen lassen. Danach rief Karin an. Ich habe Besserung gelobt. Weniger trinken. Bewerbungen schreiben. Nie wieder bei Bernd betteln. Neuanfang mit vierzig, warum nicht?

3. Dezember 1991
Der Staatsminister im Bundeskanzleramt ist wegen geheimer Panzerlieferungen nach Israel zurückgetreten. Die Panzer stammen aus DDR-Beständen und wurden über den BND verschachert. Bernd verspricht mir, dass ich keine Scherereien haben werde wegen der Firma, die er auf meinen Namen gegründet hat. Ich will ihm glauben, zumal auch für mich etwas abspringt. Bernds Bedingung ist, dass ich Anna-Luna nicht gegen ihn aufhetze.

5. Dezember 1991
Zwei Wochen ist es her, dass Michael mich rausgeworfen hat. Eine, dass ich den Job verloren habe. Mit vierzig giltst du im

Musikbusiness als altes Eisen. Versöhnung mit Bernd – ob so etwas möglich ist? Wie gern wäre ich bei meiner Tochter!

14. Dezember 1991
Wollte mit Bernd über das Besuchsrecht reden und bekam eine Überraschung serviert, die mich umgehauen hat. Gleich nach unserer Trennung hat er einen Vaterschaftstest machen lassen. Bernd weiß seit fünf Jahren, dass er nicht Annas Vater ist – ohne es mir zu verraten! Habe ihm auf den Kopf zugesagt, warum ich mit Michael geschlafen habe, und dabei so getan, als hätte ich noch immer ein Verhältnis mit seinem besten Kumpel. Entweder glaubt Bernd mir kein Wort oder es ist ihm egal. Ich weiß nicht, was ich schlimmer finden soll.

25. Dezember 1991
Frohe Weihnachten, Jo Winkler! Sitze in Köln und muss an Holzbüttgen denken. Kann ich jemals dieses Kaff aus meinem Leben streichen – fünfzehn Jahre, zwei Männer und eine Tochter ...?

53.

In ihrem Kopf schien es zu brennen, als Anna die Augen aufschlug. Ein heller Kringel flimmerte in ihrem Blickfeld. Erst nach langem Starren erkannte sie die Zeiger ihrer Armbanduhr und stellte mit Schrecken fest, dass es bereits auf halb zehn zuging.

Die Alarmfunktion ihres Handys hatte versagt. Sie untersuchte das Gerät – der Akku war leer. Beim Aufstehen knickten ihr die Beine weg. Etwas zuckte in ihrem Arm. Auf der Bettkante sitzend wartete Anna, bis ihr die Glieder wieder gehorchten.

Sie hatte es erneut nicht geschafft, ohne *Noctumed* einzuschlafen, und sie hatte die Dosis noch etwas erhöht.

Mit zitternden Händen stöpselte sie das Mobiltelefon ans Ladegerät und schaltete es ein. Sofort klingelte die Mobilbox. Drei neue Nachrichten, die Anna abhörte.

Bruno Wegmann fragte, wo sie bleibe. Der Kollege aus Straubing sei eingetroffen und sie gingen schon mal die Akten zum Fall Daniel Lohse durch.

Danach hatte sich Kollege Ritter gemeldet, Hauptkommissar der Kriminalwache und Makler im Nebenberuf. Er wolle ihr endlich die neue Wohnung zeigen, bis sechzehn Uhr habe er Zeit, danach beginne sein Schichtdienst.

Der dritte Anruf stammte von Ela Bach, die sie dringend zu sich zitierte.

Anna wusste Bescheid: die Suspendierung vom Dienst.

Sie sah nach ihrem Vater, doch er hatte das Haus bereits verlassen – der BMW parkte nicht mehr in der Garage. Er wäre besser zu Hause im Bett geblieben, fand Anna.

Konnte sie Bernd Winkler weiterhin ›Papa‹ nennen? Sie wünschte sich, ihre Mutter hätte sämtliches Tagebuchgekritzel im Vollrausch erfunden.

Anna setzte sich ans Telefon und wählte die Büronummer im Landtag. Sie hatte Glück, er war da.

»Wie geht es dir?«, fragte sie.

»Blendend.«

»Ich muss mit dir reden.«

»Schade, Prinzessin, ich bin auf dem Sprung. Ruf mich gegen Mittag noch einmal an. Oder ich versuche, heute Abend etwas früher zu Hause zu sein, okay?«

»Bis später, mach's gut!«

Sie legte auf und fühlte sich verloren wie noch nie. In einer buchstäblichen Schnapslaune hatte ihre Mutter versucht, die Affäre mit dem Freund ihres Mannes wieder aufzunehmen. Als wollte sie Bernd Winkler durch Michael ersetzen. Sogar auf den Posten des Geldkuriers für ihren Bruder und seine Partei hatte sie Lohse bugsiert.

Anna begriff, dass sie alles revidieren musste, was sie bislang über ihre Familie zu wissen glaubte.

Sie duschte, dann streifte sie die alte Jeans über und den Pulli von gestern. Mit einer Tasse Kaffee in der Hand kehrte Anna zum Telefon zurück.

Sie rief Ela Bach im Präsidium an und bekam Nora, die Hüterin des Geschäftszimmers, ans Ohr.

»Die Chefin wollte mich sprechen«, sagte Anna.

»Sie ist gerade beim langen Kriminalrat«, antwortete Nora.

»Was will sie von mir?«

»Keine Ahnung, dicke Luft.«

Anna legte auf. Als sie in die Küche ging, tanzten wieder Lichtflecken vor ihren Augen. Die Tasse klirrte auf dem Untersetzer in ihrer Hand, Kaffee schwappte über, mit der freien Hand musste Anna sich an der Wand abstützen. Sie schmierte sich ein Brot und versuchte, die Kapriolen ihrer Nerven zu ignorieren. Schließlich lief sie ins Bad, löste die restlichen Schlaftabletten aus der Folie und warf sie ins Klo.

Sie wollte nicht enden wie ihre Mutter – eine kaputte Alte, die hilflos zwischen Entzug und Rückfall schwankte wie ein Wrack in den Wellen. Allmählich wurde Annas Kopf klarer und sie fühlte sich fahrtüchtig.

Auf dem Weg zur Autobahn hielt sie am Lottoladen gegenüber des Ehrenmals und kaufte *Morgenpost* und *Blitz*.

Das Boulevardblatt titelte:

BLUTMOND – MACHT ER UNS ALLE SEXBESESSEN?

Der Mond bewegt nicht nur Ebbe und Flut, er beeinflusst auch unseren Körper, der zu 80 Prozent aus Wasser besteht. Als Vollmond bringt er die Körpersäfte in Wallung, das wussten schon die alten Römer. Und wenn er während der Finsternis errötet, brennen in uns alle Sicherungen durch.

Heute Nacht geht der Blutmond auf. Deutschland stellt den Wecker für die leidenschaftlichste Liebe des Jahres: 0:14 bis 3:54 Uhr.

Der obligatorische Nackedei der Seite eins war heute eine angebliche Astronomin namens Heidelinde, die ganz im Bann des Blutmonds stand.

Anna musste in den Lokalteil blättern, um zu erfahren, wie der *Blitz*-Chef Alex Vogel die Story von gestern weitergedreht hatte:

MORD AN PROMINENTENMALER –
POLIZEI ERMITTELT NEU
VERURTEILTER CLEMENS O. FORDERT REVISION

Modezeichner Clemens O., 36, lebt seit zwei Jahren in der Landesklinik Langenfeld. Wer ihn besucht, muss durch eine doppelte Schleuse aus Stahl. Vor seinem Fenster eine Mauer mit Stacheldraht. Leise klagt er: »Der wirkliche Mörder lebt in Freiheit. Wann kommt endlich die Wahrheit auf den Tisch?«
Januar 2003: Der Künstler Daniel Lohse, 23, wird tot in seinem Atelier gefunden. Spuren bestialischer Misshandlung. Clemens O.: »Zur Tatzeit habe ich mit einem Freund vor dem Fernseher gesessen.«
Doch im Prozess bestritt der Mitbewohner diese Version, erst heute bestätigt er das Alibi, will angeblich zur Falschaussage gezwungen worden sein. In Kripokreisen wird eingestanden, dass die Indizien bröckeln und der Fall wieder aufgerollt werden soll.
Kunstmaler Daniel Lohse galt als Shootingstar der Szene, porträtierte die Prominenten dieser Stadt. Einen von ihnen soll er erpresst haben. Liegt hier der wahre Grund für den rätselhaften Mord?

In der *Morgenpost* nur acht knappe Zeilen, die lediglich die einschlägigen Dementis der Polizeibehörde wiederkäuten.

Die Journalisten schrieben, was sie glaubten, und sie glaubten, was sie wollten, schloss Anna daraus. Vermutlich bestand darin die Pressefreiheit.

Sie machte sich auf den Weg in die Stadt.

54.

Ela Bach war noch nicht wieder aufgetaucht. Als Anna im Geschäftszimmer nach der Chefin fragte, antwortete Nora nur mit einem Schulterzucken.

In Wegmanns Büro fand Anna einen Mann, den sie nicht kannte. Mitte vierzig, korpulent, Halbglatze. Er trug eine schwarz gerahmte Designerbrille von der Sorte, wie sie vor Jahren in der Düsseldorfer Werbeszene als modisch gegolten hatte. Dahinter ein pfiffiger Blick, umrahmt von Lachfältchen.

»Wo ist Bruno Wegmann?«, fragte Anna.

»Irgendeine Konferenz«, antwortete der Mann mit bayerischem Akzent.

»Sind Sie der Kollege von der Kripo Straubing?«

Er gab ihr die Hand. »Olaf Schmiedinger.«

»Anna Winkler. Willkommen im Team, nun sind wir schon zu dritt.«

»Hab schon viel von Ihnen gehört.« Der Bayer strahlte.

Viel gehört. Vermutlich das, dachte Anna: nötigt Zeugen und wandert bald in den Knast. Sie schlug vor: »Wir duzen uns, oder?«

»Gern.«

»Was hältst du von unserem Fall?«

»Könnte der Beißer gewesen sein. Ich werde mir die Akte kopieren, wenn ihr nichts dagegen habt, und sie mal mit dem Fallanalytiker vom LKA in München durchgehen.«

Anna nahm die Kanne von Brunos Kaffeemaschine, schwarze Brühe, vermutlich abgestanden und eingekocht. »Auch einen Schluck?«, fragte sie.

Schmiedinger hielt die Hand über seinen Becher. »Passt schon, danke.«

Anna fand eine Tasse, die noch sauber aussah, und schenkte sich ein.

Der Kollege aus Straubing lächelte noch immer – vielleicht übten Dienstreisen auf ihn eine erfrischende Wirkung aus.

Er sagte: »Übrigens habt ihr neuen Schwung in unsere Ermittlungen gebracht. Die Sache in Reutlingen, also, der Mann, der dort am Baum hing, das war ebenfalls unser Beißer.«

»Ach ja?«

»Die DNA-Proben stimmen überein. Schade, dass er bei euch nichts hinterlassen hat.«

»Ehrlich gesagt, ich glaube nicht, dass euer Serientäter auch für unseren Fall infrage kommt. Daniel Lohse war ein Erpresser, so viel wissen wir inzwischen.«

»Bruno hat schon angedeutet, dass du anderer Ansicht bist, aber vielleicht solltet ihr ebenfalls einen Fallanalytiker zu Rate ziehen.«

»Diese Burschen betreiben nichts als Kaffeesatzleserei und die eigentliche Arbeit bleibt ohnehin an uns hängen.«

»Mit unserem Münchner Kollegen haben wir beste Erfahrungen gemacht. Wenn ihr wollt, kommt er sicher gern mal zu euch nach Düsseldorf.«

Das fehlte noch, dass ihr euch unseren Fall krallt, dachte Anna. Sie blätterte in den Akten nach der Karte, auf der die Fingerspur von der Scherbe in Daniels Atelierwohnung dokumentiert war.

KTU – Daktyloskopie stand auf der Tür. Anna klopfte und betrat den verwinkelten Trakt. Drei enge Kammern, die Türen standen auf, kein Kollege war da. Im hintersten Raum fand sie dann doch einen Spurenkundler, der mit einem Kasten hantierte, in dem ein verwittertes Holzstück lag. Offenbar mühte er sich mittels irgendwelcher Chemikaliendämpfe auf der unebenen Oberfläche eine Spur deutlich zu machen.

Anna zeigte dem Kollegen ihre Unterlagen: die Abdrücke, die sie gestern in Essen gesichert hatte, und die Karte aus der Mordakte.

Der Mann kratzte sich den Bart. »Heute nicht mehr«, brummte er und zählte Fälle auf, die Priorität hatten. Darunter die Balkanbande, der die Kollegen von der Organisierten Kriminalität derzeit auf die Pelle rückten – aufgrund der Aussagen des jungen Bosniers Jadranko, den Anna an die OK-Gruppe weitergereicht hatte.

Sie setzte sich kurzerhand an den freien Platz neben dem Daktyloskopen, schaltete die Halogenlampe ein und beugte sich über ihr Material.

Onkel Uwe und sein Referent.

Anna legte eine Folie über die erste Karte und markierte mit dünnem Filzstift sämtliche Unregelmäßigkeiten der Hautleisten. Inseln, Verzweigungen, tote Enden. Immer wieder musste sie neu ansetzen. Die morgendlichen Sehstörungen waren noch nicht ganz abgeklungen.

Das Handy unterbrach Annas Arbeit. Ihr Puls beschleunigte sich. Vermutlich die Chefin.

Mit Erleichterung vernahm Anna die Stimme von Sven Arnold. »Darf ich dich zum Essen einladen?«

»Gern.«

»Ich koche. Sag mir, was du nicht isst.«

»Innereien. Und rohe Paprika verträgt mein Magen nicht.«

»Okay, das lässt mir noch genügend Spielraum, schätze ich. Heute Abend um acht Uhr?«

»Ich freu mich drauf«, sagte Anna und fing den Seitenblick des bärtigen Kollegen auf.

Dann widmete sich der Kerl wieder seinem Kasten, stöpselte eine Lampe in die Steckerleiste an der Wand und versuchte, im Schwarzlicht Flecken auf dem Holzstück zu erkennen.

Anna steckte das Mobiltelefon weg. Sie war keine Spezialistin, aber ihre Spuren waren denkbar einfach auszuwerten: Klare Linien aus Ruß und Schweiß auf weißem Karton. Zwölf fast komplette Fingerkuppen und ein Bild aus sich überlagernden Fragmenten.

Ihr fiel ein, dass sie Zeit sparen konnte, wenn sie zunächst die Grundmuster feststellte. Es gab vier Typen, je nach der Zeichnung im Zentrum der Hautleistenbilder: Schleife links, Schleife rechts, Wirbel und Bogen – Letzteres war das Grundmuster der Spur auf der Scherbe, die vor zwei Jahren am Tatort in Unterbilk asserviert worden war.

Drei der Vergleichsspuren aus Essen wiesen das gleiche Muster auf. Den Rest konnte Anna beiseite schieben.

Wieder machte sie sich daran, sämtliche Unregelmäßigkeiten zu markieren. Sie erbat sich eine Lupe vom Kollegen an ihrer Seite. Nach zwanzig Minuten war sie so weit.

Mit wachsender Nervosität verglich Anna die Verteilung der Filzstiftpunkte auf den Folien mit dem Bild der Tatortspur. Rasch schieden zwei Spuren aus.

Die dritte versetzte Anna in Euphorie.

Klare Übereinstimmung in fünf Fällen.

Neun Minutien waren nötig, um einen Richter zu überzeugen. Dass es weniger waren, lag lediglich daran, dass die Spur unvollständig war. Nur ein Fragment, am Rand verwischt und zum Teil überlagert von anderen Abdrücken.

Daniels Mörder – sie hatte ihn.

Fieberhaft sortierte Anna die Karten, um nachzusehen, woher das Fragment stammte, und wurde fündig auf dem Blatt, das die Schweißablagerungen auf der Unterseite der Türklinke in Essen dokumentierte.

Der Referent.

In diesem Moment schrillte Annas Handy wieder. Sie nahm das Gespräch an. »Winkler.«

»Bach. Wo steckst du, Anna?«

»Kriminaltechnik.«

»Komm bitte mal rüber«, befahl die Kommissariatsleiterin und brach die Verbindung ab.

Bruno Wegmanns Prophezeiung: *Irgendwann lässt sie jeden ihrer Lieblinge fallen*.

Anna atmete tief durch.

Ihr Herzschlag beruhigte sich nicht.

Hastig wählte sie Brunos Handynummer, doch es meldete sich nur die Mailbox des Kollegen. Sie rief in seinem Büro an und bekam die niederbayerische Stimme zu hören.

»Bei Wegmann, Kripo Düsseldorf, äh, Schmiedinger am Apparat.«

»Ist Bruno noch nicht zurück?«

»Nein.«

»Hör zu, Olaf. Wenn du ihn siehst, dann richte ihm bitte aus, dass ich eine übereinstimmende Fingerspur habe. Sie stammt von einem Mitarbeiter der Staatskanzlei. Wir haben den Mörder, verstehst du? Ich kenne seinen Namen nicht, aber ich kann ihn beschreiben. Hast du Stift und Papier?«

»Ja.«

»Also: Ende zwanzig bis Anfang dreißig, etwa eins achtzig groß, schlank, mittelbraunes Haar, modischer Kurzhaarschnitt mit viel Gel, kein Bart, keine Brille. Ach ja, und er trägt einen Ohrstecker auf der rechten Seite. Das müsste genügen.«

»Staatskanzlei, sagtest du?«

»Ja.«

»O mei, in Bayern würd das gewaltigen Ärger geben.«

»Bei uns ist das nicht anders.«

Anna packte ihre Unterlagen zusammen, knipste die Lampe aus und verließ die Kriminaltechnische Untersuchungsstelle.

Gewaltiger Ärger – Annas Magen brannte, als sie den Flur des KK 11 erreichte.

Unmittelbar vor der Tür hielt sie der Klingelton ihres Handys zurück. Anna klemmte ihren Spurenkram unter den Arm und drückte das Gerät ans Ohr. »Winkler.«

Es war Brunos Stimme, zornig bellend, wie sie ihn noch nie zuvor erlebt hatte: »VERRÄTERIN! DAS HÄTT ICH NICHT VON DIR GEDACHT!«

Verdutzt fragte Anna, was los sei, doch der Kollege hatte bereits aufgelegt.

Sie drückte die Tür auf, schritt durch das Geschäftszimmer, registrierte den verlegenen Blick der Regierungsangestellten und machte sich auf den vorläufigen Tiefpunkt ihrer Karriere gefasst.

55.

Ela bot Anna den zweiten Stuhl an und händigte ihr stumm ein Schreiben aus. Kriminalrat Engel lehnte mit verschränkten Armen auf dem Heizkörper und schaute mit unergründlicher Miene auf sie herab.

Anna las sie die ersten Sätze und wusste Bescheid.

Für die Dauer des Vorermittlungsverfahrens ab sofort vom Dienst suspendiert. Absenkung der Bezüge auf achtzig Prozent. Unterschrift und Stempel des Behördenleiters. Und nichts als hässliche Vokabeln: *Verdacht der schweren Nötigung im Amt.*

»Und wenn ich gegen die Suspendierung vor das Verwaltungsgericht gehe?«, fragte Anna.

Engel antwortete: »Sie erreichen damit allenfalls eine Weiterbeschäftigung in einer anderen Dienststelle Nordrhein-Westfalens. Haben Sie Lust auf Siegen oder Paderborn?«

Es klopfte an der Tür, Kollege Becker trat ein und nickte in die Runde. In seinem Blick lag unverhohlener Triumph.

Anna kramte nach ihrem Dienstausweis und legte ihn auf Elas Tisch. Sie versuchte, den Blondschopf zu ignorieren. »Habe ich jetzt Hausverbot?«

»Warte den Ausgang des Verfahrens in Ruhe daheim ab«, antwortete ihre Chefin. »Wenn du noch persönliche Dinge im Büro hast, kannst du sie selbstverständlich abholen. Deine Dienstwaffe gibst du bitte bei Nora ab.«

Becker fügte hinzu: »Aber erst einmal haben wir noch ein paar Fragen.«

»Ich mache von meinem Recht Gebrauch, die Aussage zu verweigern.«

»Es geht nicht um Kurt Essig, den du zur Falschaussage genötigt hast, sondern ...«

Anna wandte sich an Ela Bach und wurde laut: »Das behauptet Essig, um seinem Freund Odenthal einen Gefallen zu tun! Dafür gibt es keine Beweise und ich finde es unglaublich, dass ihr ihm mehr glaubt als mir!«

Bach erwiderte: »Hör doch erst einmal zu, was Thilo zu sagen hat.«

Der Blondschopf lächelte gönnerhaft. »Wir verstehen deine Anspannung, Anna-Luna. Du bist frisch zurück aus Bosnien, wo es sicher nicht gemütlich war. Kaum beginnst du deinen Dienst, fliegt das Haus in der Schützenstraße in die Luft. Du hast Bereitschaftsdienst, kommst kaum zum Schlafen, bist nur noch ein Schatten deiner selbst. Und dann erkennst du, dass dein eigener Vater das Opfer Peter Uhlig in das Haus verbracht und den Gasanschluss abgeschraubt hat, um es als Selbstmord zu tarnen.«

Anna begann der Kopf zu schwirren. *Dein eigener Vater* – der Kollege konnte doch gar nicht wissen, was sie selbst erst vor kurzem aus den Notizen ihrer Mutter erfahren hatte.

Kriminalrat Engel übernahm das Wort. Der sanfte Klang seiner Stimme konnte Anna nicht beruhigen. »Gemäß Ihrer Aussage legte Michael Lohse Ihnen gegenüber ein Geständnis ab, bevor er sich erschoss.«

»Ja.«

»Und dafür gibt es keine Zeugen?«

»Nein, gibt es nicht. Wieso fragen Sie danach?«

Thilo Becker kratzte sich den Nacken, setzte dabei eine nachdenkliche Miene auf und sagte: »Wir halten es für möglich, dass du Lohses Geständnis erfunden hast, um den tatsächlichen Mörder zu decken.«

Jetzt dämmerte ihr, wen der Kollege meinte. Trotzdem fragte sie: »Und wer soll das, bitte schön, sein?«

»Bernd Winkler, Mitglied des Landtags von Nordrhein-Westfalen und Polizeihauptkommissar außer Dienst.«

Anna verschränkte die Arme. »Mit deiner Fantasie solltest du Romanautor werden, verehrter Kollege.«

»Wir wissen inzwischen, dass dein Vater 1976 einem damals recht bekannten Musiker Drogen untergeschoben hat, vermutlich um einen Fahndungserfolg vorweisen zu können. Der Musiker war ein Freund des Videokünstlers Peter Uhlig und besagter Uhlig hat deinen Vater wegen der Sache belangen wollen. Das war wohl der Grund, warum Bernd Winkler ihn 1996 wegen angeblicher rechtsextremistischer Aktivitäten denunziert hat.«

Anna fühlte sich wie vor den Kopf gestoßen. Die Razzia gegen Edgar Schwab – woher hatte Becker diese Information?

Der Blondschopf fuhr fort: »Weil aber der Kunstprofessor auch danach keine Ruhe gab, wurde er in der Nacht zum Montag beseitigt. Als Landtagsabgeordneter, der seine Karriere vermutlich an den Nagel hängen muss, falls seine Verfehlungen ans Tageslicht kommen, hatte Bernd Winkler ein weit stärkeres Motiv als unser verstorbener Kollege Michael Lohse.«

Anna spürte die Blicke Ela Bachs und des langen Kriminalrats, die auf ihr ruhten. Die beiden Vorgesetzten erwarteten eine Stellungnahme. Anna fragte sich noch immer, wie Becker von all dem erfahren hatte. Und sie staunte, dass er selbst offenbar sein waghalsiges Konstrukt für bare Münze nahm.

Sie sagte: »Der junge Bosnier hat Lohses Auto beschrieben. Soll ich diese Aussage ebenfalls erfunden haben?«

»Lohse fuhr einen Volvo-Kombi aus den Siebzigerjahren. Fast ein Oldtimer, ziemlich auffällig. Dein Vater wollte, dass Lohses Volvo gesehen wurde. Er hat ihn geklaut und benutzt, um die Tat seinem alten Partner in die Schuhe zu schieben.«

»Das ist doch lächerlich. Warum hätte sich Lohse dann umbringen sollen?«

Ela verdrehte die Augen. Anna erkannte, dass die Chefin dem Blondschopf mehr Vertrauen schenkte als ihr.

Becker antwortete: »Weil Michael Lohse nach dem Mord an seinem Sohn und dem Unfalltod seiner Frau psychisch sehr angeschlagen war. Dann kommst du und setzt den armen Kerl wegen der Aussage des jungen Bosniers unter Druck. Das hat er nicht verkraftet.«

»Damit kommst du nicht durch, Thilo.«

Kriminalrat Engel mischte sich ein: »Sie müssen jetzt nicht Stellung beziehen, Frau Winkler. Ich rate Ihnen, erst mit Ihrem Anwalt zu reden, bevor Sie eine Aussage machen.«

Anna rang nach Worten. Ungläubig rief sie: »Ermittelt ihr auch im Fall Schützenstraße gegen mich? Als Mordgehilfin, oder was?«

Ihre Chefin verschränkte die Arme.

Becker sagte: »Zumindest wegen Falschaussage und Unterschlagung von Beweismitteln.«

Anna sprang auf. »Dreht ihr jetzt völlig durch?«

»Fakt ist, dass du Bruno Wegmann bedroht hast. Er hat vor zwei Jahren Lohse und deinen Vater mit Odenthal im Vernehmungszimmer allein gelassen. Du hast es gewusst und ihn erpresst, damit er dich beim Vertuschen der Indizien deckt, die auf deinen Vater als Mörder Peter Uhligs und Daniel Lohses hindeuten.«

Anna wandte sich an ihre Chefin: »Sag, dass du diesen Unsinn nicht glaubst, Ela!«

Die Kommissariatsleiterin antwortete: »Es geht hier nicht um Glaubensfragen, sondern um einen Anfangsverdacht, dem wir pflichtgemäß nachgehen müssen.«

»Merkt ihr denn nicht, dass ihr euch zum Werkzeug einer politischen Intrige machen lasst?«

»Beruhig dich, Anna.«

»Warum hängt ihr dem Abgeordneten Bernd Winkler nicht auch den Mord an Uwe Barschel an? Wie wär's mit Jürgen Möllemann? Oder John F. Kennedy? Wisst ihr was: Ihr könnt mich alle mal!«

Keiner hielt sie auf, als sie hinaus auf den Flur stürmte.

Von Thilo Becker hatte sie nichts anderes erwartet. Dass auch Bach und Kriminalrat Engel auf den Unsinn eingingen, konnte sie sich nur mit Druck von ganz oben erklären.

Zudem wusste sie jetzt, woher Becker sein Wissen über Bernd Winkler hatte.

Anna riss die Tür zu Wegmanns Dienstzimmer auf und störte Bruno und den bayerischen Kollege beim Begutachten von Fotos. Sie giftete: »Du nennst mich Verräterin, Bruno? Du hast meinen Vater verpetzt, obwohl du versprochen hast, es nicht zu tun. Du weißt genau, dass er mit der Schützenstraße nichts zu tun hat!«

Der Ermittler aus Straubing rührte in seiner Kaffeetasse und duckte sich. Die Fotos auf dem Tisch waren Schnappschüsse, die Kinder zeigten – vermutlich Schmiedingers süße Kids.

»Das behauptest du«, antwortete Bruno.

»Glaubst du denn auch, dass ich mir Lohses Geständnis ausgedacht habe?«

»Ich weiß nur, dass ich dir nicht vertrauen kann.«

»Becker ermittelt gegen mich, als sei ich die Komplizin eines Mörders. Das ist deine Schuld!«

Bruno giftete zurück: »Und warum hast du mich angeschwärzt und verraten, dass ich deinen Vater zu Odenthal gelassen habe?«

»Das hab ich nicht.«

»Becker ermittelt auch gegen mich. Ich steh da wie einer, der einen Folterknecht auf einen Verdächtigen hetzt, um mit einem

Vernehmungserfolg prahlen zu können. Das habe ich dir zu verdanken!«

»Das stimmt nicht! Ich hab keinem auch nur ein Wort davon erzählt. Das musst du mir glauben!«

Schmiedinger räusperte sich und fragte: »Soll ich vielleicht rausgehen?«

»Nicht nötig, Olaf«, antwortete Bruno. »Meine Kollegin verschwindet jetzt. Am besten kommt sie niemals wieder.«

Teil V

Blutmond

Hello, darkness, my old friend …

Paul Simon/Art Garfunkel, *Sound of Silence*

56.

Anna packte ihre persönlichen Sachen in einen Karton und achtete darauf, auch keine Aufzeichnungen zur Schützenstraße und zum Fall Daniel Lohse zurückzulassen. Ihren Kollegen traute sie inzwischen alles zu.

Der Fragebogen zum Betriebsklima fiel ihr in die Hände. Aussage Nummer siebzehn: *Es gibt Cliquen und Intrigen in unserer Behörde/Einrichtung.*

Anna kreuzte an: *stimmt völlig.*

Nummer achtzehn: *Die Vorgesetzten versuchen, eigene Fehler auf die Kolleginnen/Kollegen abzuwälzen.*

Sie zerriss die Seiten und warf die Schnipsel in den Papierkorb.

Draußen schien die Sonne, der wärmste Tag seit ihrer Rückkehr. Anna deponierte den Karton in ihrem Auto und beschloss, den Golf im Hof des Präsidiums stehen zu lassen. Nach fünf Minuten Fußmarsch erreichte sie das Landtagsgebäude, das in den späten Achtzigerjahren am Rheinufer neu gebaut worden war – als Nachfolger eines alten Preußenpalastes, der heute als eins der zahlreichen Kunstmuseen diente.

Anna kannte den Weg zu Bernd Winklers Büro im zweiten Stock des SPD-Trakts. Doch der Pförtner hielt sie zurück und wollte ihren Personalausweis sehen. Dann griff er nach dem Telefon und ließ sie in der Sicherheitsschleuse warten.

Es dauerte zwei Minuten, bis Anna den Abgeordneten mit federnden Schritten die große Treppe herunterkommen sah. Die Glastür glitt zur Seite und Winkler nahm Anna in den Arm.

»Wollen wir draußen reden, Anna? Ein Spaziergang wäre jetzt ganz gut.«

Er hakte sich bei ihr ein und behauptete, es gehe ihm heute besser denn je. Sie umrundeten das Gebäude und gelangten auf den Weg, der den Rhein entlangführte. Anna war sich unsicher, wie sie sich verhalten sollte. Sie schlenderten ans Ende der Landzunge, die sich zwischen dem Fluss und dem Zollhafen erstreckte. Vor dem Pavillon der Wasserschutzpolizei ließen sie sich auf einer Bank nieder.

Anna beobachtete mehrere Radfahrer, die sich vor der Fußgängerbrücke über die Hafenzufahrt stauten, und überlegte, welche Worte sie wählen sollte.

Winkler kam ihr zuvor: »Thilo Becker aus deinem Kommissariat hat mich übrigens für heute Nachmittag ins Präsidium bestellt. Kannst du mir verraten, was das zu bedeuten hat?«

»Wo bist du am Dienstagmorgen um kurz vor acht gewesen?«

»Auf der Autobahn. Um halb neun war ich hier im Büro, ich weiß es noch genau. Sven hat mich etwa um Viertel vor acht in Holzbüttgen mit einem Mietwagen abgeholt, denn du hattest meinen BMW.«

»Das ist gut.«

Er lächelte. »Nein, das war nicht gut. Aber die Autofrage haben wir inzwischen ja geklärt.«

»Ich meine, es ist gut, dass du ein Alibi hast.«

»Wozu brauche ich eins?«

»Am Dienstagmorgen brach der Schützenstraßen-Mörder in Uhligs Studio in Flingern ein und fackelte das Videoarchiv des Kunstprofessors und sämtliche Gerätschaften ab.«

»Glaubt Becker, *ich* sei das gewesen?«

»Zumindest tut er so. Aber diese Information hast du nicht von mir, verstehst du? Becker hält mich nämlich für deine Komplizin.«

»Wobei?«

»Es geht um den Mord an Uhlig, um den Anschlag auf das Haus in der Schützenstraße in der Nacht zum Montag und den Anschlag in Flingern am Dienstagmorgen.«

»Mein Gott, ich dachte, Michael sei das gewesen!«

»Er war es auch. Michael hat es mir gestanden, aber Becker nimmt an, ich hätte das alles nur erfunden, um dich zu schützen.«

»In der Nacht zum Montag war ich noch in der Reha-Klinik.«

»Becker wird behaupten, du hättest dich heimlich davongeschlichen.«

»Wie kommt er darauf?«

»Wer außer dir und mir weiß, dass du vor zwei Jahren Odenthal befragt hast?«

»Michael, denn der war schließlich dabei. Und dein Kollege, dieser ehemalige Halbschwergewichtler, der froh war, dass er eine Pause einlegen konnte.«

»Sonst niemand?«

»Ich habe nie jemandem davon erzählt.«

Dunkle Schauerwolken ballten sich auf der gegenüberliegenden Rheinseite zusammen. Über Neuss schien es bereits zu regnen, hier strahlte noch die Sonne.

Anna sagte: »Gestern habe ich wieder in Mutters Tagebüchern geblättert.«

»Nächster Anklagepunkt: eheliche Untreue. Ja, Euer Ehren, ich war Jo in der Anfangszeit nicht immer treu. Willst du mir das nach fast dreißig Jahren noch vorwerfen?«

»Mama schlief mit Michael. Aus Rache. Und du wusstest es oder hattest zumindest eine Ahnung. Du hast einen Vaterschaftstest machen lassen.«

Bernd Winkler starrte auf ein Frachtschiff, das schwer beladen vorbeituckerte. Er fragte fast tonlos: »Das hat sie alles aufgeschrieben?«

»Anfang der Neunziger hat Michael deinen Job als Geldbote übernommen. Das ist noch etwas, was ich nicht wusste.«

»Uwe war damals nicht gut auf mich zu sprechen. Ich glaube, er gab mir die Schuld daran, was mit Jo los war. Erst später hat sich das ein wenig entspannt. Als Uhlig ihn 1996 zu erpressen begann, brauchte er mich, weil Lohse zu der Zeit auf Lehrgang war.«

»Michael hatte also bis zuletzt einen guten Draht zu Onkel Uwe?«

»Worauf willst du hinaus?«

»Uwe wusste, was du 1976 und 1996 getan hattest. Und von Michael könnte er gewusst haben, wie Odenthals Geständnis zu Stande gekommen ist. Es läuft ganz offensichtlich ein abgekartetes Spiel gegen uns beide und ich bin mir sicher, dass es von dort drüben aus gesteuert wird.«

Anna wies mit dem Daumen über ihre Schulter, wo sich auf halbem Weg zum Präsidium das gläserne Stadttor mit den Büros der Staatskanzlei erhob. Ausgestattet mit einem Fernglas könnte Uwe Strom sie jetzt hier sitzen sehen, schätzte Anna.

Sie fügte hinzu: »Ich weiß übrigens auch über die PCC und deine Geschäfte mit der Deutschen Bergbau AG Bescheid.«

»Hast du Sven zum Plaudern gebracht? Ich fürchte, der Junge ist schwer in dich verknallt.«

»Er macht sich ernsthaft Sorgen um dich.«

»Uwe wird mir helfen. Er kann gar nicht anders. Die gesamte Partei steckt sonst mit mir in der Scheiße.«

»Offenbar versucht Onkel Uwe einen anderen Weg. Er will dich gründlich diskreditieren und benutzt dazu die Polizeibehörde.«

»Damit kommt er nicht durch.«

»Geh davon aus, dass Uwe dem Kollegen Becker den Floh ins Ohr gesetzt hat, du seiest ein Mörder. Mich hat man bereits suspendiert und mein Gehalt auf achtzig Prozent gekürzt.«

Auch über Bilk und der Innenstadt schoben sich jetzt die Wolken zusammen und Wind kam auf. Winkler erhob sich und strebte schnellen Schritts zurück zum Landtag. Als sie zu ihm aufschloss, drückte er ihren Arm.

Er sagte: »Du bist immer meine Tochter gewesen, verstehst du, Prinzessin? Ich weiß nicht, warum ich diesen blöden Vaterschaftstest machen ließ. Wir waren immer Vater und Tochter, egal, wie der Test ausgefallen ist. Sag mir bitte, dass das auch künftig so bleibt!«

Sie passierten die Stahlskulptur, die den Verbrauch von Wasser und Erdgas in der Stadt anzeigte, gesponsert von den Stadtwerken.

»Bitte, Anna«, wiederholte Winkler.

Auf der Zufahrt zum Landtag parkten zwei schwarze Limousinen. Der Ministerpräsident eilte aus dem Haupteingang auf das vordere Auto zu. Er bemerkte Vater und Tochter und winkte einen Gruß herüber.

Der Referent mit dem Brilli im Ohr hielt ihm die Tür auf.

Bernd murmelte: »Uwe, du scheinheiliges Arschloch.«

Anna fragte: »Kennst du seinen Kofferträger?«

Beide Limousinen fuhren los, beschleunigten auf dem Plattenweg und bogen auf die Asphaltstraße am Fuß des Hügels.

»Fricke, glaube ich«, antwortete Winkler. »Rüdiger Fricke. Wieso interessiert dich das?«

57.

Auf den letzten Metern vor dem Präsidium erwischte sie der schlagartig einsetzende Regenschauer. Anna rannte auf ihr Auto zu, fummelte den Schlüssel ins Schloss und machte, dass sie ins Trockene kam.

Während sich über ihr das Gewitter entlud, fühlte sie eine Leere in sich, wie erschlagen von der Macht weniger Worte, vor mehr als dreizehn Jahren hingekritzelt in ein Tagebuch. Das Flehen des Abgeordneten machte sie ratlos. *Wir waren immer Vater und Tochter. Sag mir bitte, dass es so bleibt!*

Anna spürte, dass sie Abstand brauchte, um die Sensation zu verdauen.

Sie wartete ab, bis das Prasseln auf dem Autodach nachließ, dann tippte sie Wegmanns Büronummer ins Handy.

Nach dem zweiten Klingeln meldete sich die Stimme mit dem bayerischen Akzent. »Schmiedinger, Büro Wegmann.«

»Hallo, Olaf. Tut mir leid wegen vorhin.«

»Streit gibt's anscheinend in der besten Familie.«

»Aber ich bin keine Verräterin.«

»Da halt ich mich raus.«

»Hast du Bruno meine Nachricht weitergegeben? Die Fingerspur des Mörders. Es gibt jetzt auch den dazugehörigen Namen.«

Schmiedinger brummte: »Wo zum Teufel stellt man an diesem Gerät den Lautsprecher ein?«

Aus dem Hintergrund zeterte Wegmann: »Ich will mit der Frau nicht reden!«

Anna sagte: »Es sind zwar nur fünf übereinstimmende Minutien, aber das liegt daran, dass bloß der Teil einer Fingerkuppe abgebildet ist. Ich hab die Spurenkarten an mich genommen, damit Becker sie nicht verschwinden lassen kann. Unser Mann heißt Rüdiger Fricke und arbeitet in der Staatskanzlei.«

»O mei!«, kommentierte Schmiedinger.

»Hört Bruno mit?«

»Ja.«

»Ich weiß jetzt auch, von wem Becker erfahren hat, wie Odenthals Geständnis zu Stande gekommen ist.«

Keine Reaktion zu hören. Dass Wegmann kein Protestgeschrei anstimmte, wertete Anna als gutes Zeichen.

Sie sagte: »Es gibt Beweise dafür, dass unser Kollege Michael Lohse seit Ende 1991 für Uwe Strom und seine Partei als Geldbote fungierte. Es geht um schwarze Kassen und Nummernkonten in der Schweiz. Lohse hat vermutlich mitbekommen, dass sich der Ministerpräsident für den Mord an Daniel interessierte. Lohse selbst muss die undichte Stelle gewesen sein. Er hat Strom seinerzeit über die Vernehmung Odenthals informiert. Und Strom nutzt dieses Wissen jetzt, um unsere Ermittlungen zu sabotieren.«

»Was für Beweise?«, fragte Bruno im Hintergrund.

»Tagebuchaufzeichnungen meiner Mutter. Sie ist Stroms Schwester und hat Lohse und ihren Bruder zusammengebracht.«

»Und die Kollegen wissen es wirklich nicht von dir?«

Anna atmete auf. Sie hatte gewonnen. »Ehrlich nicht. Ich schwör's.«

»Du meinst also, dass die Feindschaft zwischen Strom und dem Kunstprofessor ...«

»Ich hab noch mehr zu berichten. Uhlig war mit Daniel Lohse beim *Blitz*. Ich hab mit dem Chefredakteur geredet und gestern Abend auch mit Uwe Strom persönlich.«

»Erzähl!«

»Wo können wir uns treffen?«

Bruno schlug ein Lokal an der Lorettostraße vor, unweit des Präsidiums. Die Wirtin würde ihnen das Hinterzimmer aufschließen, in dem sie ungestört wären.

Mit dem Kollegen aus Bayern sind wir zu dritt, dachte Anna. Drei Musketiere gegen den Kardinal Richelieu und seine Schergen.

Nein, korrigierte sie sich. Es war keine Mantel-und-Degen-Geschichte, sondern blutige Wirklichkeit.

58.

Der Aufzug öffnete sich im vierten Stock. Ritter schloss die Tür auf, knipste sämtliche Lichter an und überreichte Anna die Schlüssel.

»Voila!«

Sie folgte dem Kollegen ins Wohnzimmer. Ihre Gedanken waren noch bei dem Treffen mit Bruno und dem Kollegen aus Bayern.

Ritter wies sie auf den offenen Kamin hin. Bodentiefe Fenster, das Parkett war verschrammt, aber man konnte es nachschleifen.

Er sagte: »Wie gesagt, dein Daddy hat schon alles klargemacht. Nicht schlecht, wenn man so einen zum Vater hat. Du kannst jederzeit einziehen.«

Sie blickte in den begrünten Innenhof. Draußen verdüsterte sich der Himmel wieder, Aprilwetter im Mai. Am Mittag hatte sich noch einmal kurz die Sonne gezeigt und durch die Fenster geblinzelt. Die Dreierrunde im Hinterzimmer in der Lorettostraße: Nur Schmiedinger wollte noch an der Serienkiller-These festhalten. Politik war für ihn anscheinend ein Tabubereich, in dem man besser nicht nachbohrte.

Bruno dagegen hatte sich von Anna überzeugen lassen. Daniels Mörder saß im Stadttor und hieß Rüdiger Fricke – ein Karrierist, der seinem Boss offenbar jeden Wunsch erfüllte. Und der Ministerpräsident zog die Strippen im Hintergrund.

Ritter riss Anna aus ihren Gedanken. »Gäste-WC, komplett anthrazitfarben gefliest, genauso wie das Bad.« Er stieß eine weitere Tür auf und drückte den Lichtschalter.

Eine Wendeltreppe führte unter das Dach. Dort gab es ein drittes Zimmer und den Zugang zur Terrasse. Draußen ein Lattenrost, ein paar Pflanzen in Blumenkästen, leider vertrocknet.

Anna musste daran denken, woher Bernd Winklers Vermögen stammte. Scheingeschäfte seiner Firma PCC, vermutlich auch noch an der Steuer vorbei. Der Landtagsabgeordnete mimte den Retter des Ruhrgebiets und hielt heimlich die Hand auf. Für seine Kumpels von der Kohlefraktion und vor allem für sich.

In diesen vier Wänden steckte schmutziges Geld.

Ritter sagte: »Mir ist eingefallen, wo wir uns zuletzt getroffen haben. Der Mord an Daniel Lohse. Stimmt es, dass der Täter doch noch nicht gefasst ist?«

»Ja, aber wir sind kurz davor.«

Anna stieg wieder hinunter, Ritter im Schlepptau. Der Kollege redete weiter: »Du solltest deinem Daddy vorschlagen, dass er auch im Schafzimmer Parkett legen lässt.«

Ihre Hand spielte mit dem Ring, an dem drei Schlüssel hingen. Haustür, Wohnung, Bretterverschlag im Keller. Schlecht war die Wohnung wirklich nicht. Und das Viertel, in dem sie lag, gefiel ihr.

Zuletzt präsentierte Ritter die Küche. Einbauten und Geräte waren vom Feinsten.

»Kochst du gern?«, fragte er.

»Heutzutage tun das die Männer«, antwortete sie.

Ritter lachte und öffnete den Kühlschrank. Er zog eine Sektflasche hervor und nestelte am Verschluss. Anna hatte so etwas befürchtet.

»Trinken wir auf deinen Daddy«, sagte er.

Sie entwendete ihm die Flasche. »Spar dir das für deine nächste Kundin.«

Auf deinen Daddy. Fragt sich nur, auf welchen, dachte Anna. Ihr wurde flau im Magen, als sie die Zufahrt zum Gelände der Uniklinik erreichte.

Sie winkte dem Pförtner zu, die Schranke klappte hoch.

Anna gab Gas und steuerte die Baracke am Ende des löchrigen Asphaltwegs an. Wie alle Kollegen des KK 11 und der Kriminalwache besaß sie einen Schlüssel.

Sie schloss das Tor auf. Im Vorraum flackerte das Neonlicht. Anna zog die Tür zur Kühlkammer auf und schob sich durch den Plastikvorhang.

Als hinter ihr die Tür zufiel, musste sie an den Abend des *Silverhammer*-Konzerts denken, als sie sich eingeschlossen hatte. Obwohl sie wusste, dass die Kammer hier mühelos von innen geöffnet werden konnte, musste sie den Griff drücken und es ausprobieren. Sie schalt sich eine Neurotikerin. Ihre Beklemmung wich nicht.

Der Raum war voller Leichen, die nackt auf Rollbahren lagen oder auf Tragen, die in eine Art Regal geschoben waren. Etwa die Hälfte davon sah der Obduktion entgegen, die anderen hatten es hinter sich und warteten auf die Freigabe durch den Staatsanwalt.

Anna entdeckte den grau behaarten Körper des Videokünstlers Peter Uhlig. Die Leichen daneben wiesen ebenfalls schwere Verletzungen auf – die sieben Schwarzarbeiter aus der Ukraine.

Auf der gegenüberliegenden Seite lag Michael Lohse. Ohne Kleidung hatte sie ihn nie zuvor gesehen. Auf dem Schenkel eine Nummer mit rotem Filzstift – mit Kärtchen am großen Zeh arbeitete die Düsseldorfer Rechtsmedizin nicht.

Anna fragte sich, ob er den Kunstprofessor tatsächlich aus persönlichem Hass erschlagen hatte oder ob er von Uwe Strom dazu angestiftet worden war. Noch immer fiel es ihr schwer, in Lohse einen mehrfachen Mörder zu sehen. Lag es daran, dass er ihr leiblicher Vater war?

Michael war bleich und massig, das Gesicht wächsern und ohne jedes Anzeichen von Gewalteinwirkung, denn die Einschusswunde lag verborgen in der Mundhöhle. Rumpf und Schädel hatten die Werkzeuge des obduzierenden Arztes ganz offensichtlich noch nicht zu spüren bekommen.

So leblos kam der Mann ihr völlig fremd vor.

Du also bist mein Vater. *Mein Papa.*

Der halb geöffnete Mund ließ den Mann etwas debil wirken. Anna drückte den Unterkiefer hoch, doch er klappte wieder auf. Sie spürte, wie die Kälte durch ihre Jacke kroch, aber sie widerstand dem Impuls, vor dem Toten davonzulaufen.

Michael Lohse war ein Freund der Familie gewesen. Sein Sohn hatte ihr sehr nahe gestanden. Seine Frau hatte Anna gemocht. Aber ihn?

Karin hatte vieles weggesteckt. Daniel hatte sehr unter ihm gelitten. Wahrscheinlich hatte sein Vater es gut gemeint, aber meist nur das Gegenteil bewirkt. Michael Lohse – ein Spießer mit einem Hang zur Brutalität.

Anna wurde sich bewusst, dass ihr Urteil nicht wie eine Liebeserklärung klang.

Auch Bernd Winkler hatte viele Fehler. Und noch größere Probleme: mit dem Herzen und seinen Provisionsgeschäften. Anna ärgerte sich über den Verdacht, den sie gegen ihn gehegt hatte.

Die Worte ihres Onkels: *Du bist ihm sehr ähnlich.*

Ich habe nur einen Vater, entschied sie. Und dieser Tote hier ist es nicht.

Mit diesem Gedanken nahm sie Abschied von Michael Lohse.

59.

Sie fuhr zum Carlsplatz, um sich auf dem Markt einen Blumenstrauß binden zu lassen. Einen ganzen Arm voll Rosen in verschiedenen Farben als Antwort auf die Bitte ihres Vaters: *Sag mir, dass du auch künftig meine Tochter bleibst.*

Ja, Papa.

Sie würde zu ihm halten.

Auf der Fahrt nach Holzbüttgen geriet sie gleich hinter der Rheinkniebrücke in einen Stau. Der Feierabendverkehr schlich bis kurz vor dem Kaarster Kreuz im Schritttempo, eine Baustelle verengte die A 52 stadtauswärts auf zwei Spuren.

Es klarte auf, als sie endlich das Haus ihrer Eltern erreichte.

Picasso tobte hinter dem Glaseinsatz der Haustür vor Freude, als Anna aufschloss. Sie hatte ein schlechtes Gewissen, weil sie den kleinen Köter in den letzten Tagen vernachlässigt hatte. Er sprang an ihr hoch und verfolgte sie in die Küche.

Während sie die Rosen anschnitt und in eine Vase stellte, apportierte das Tier die Leine.

»Hattest du Langeweile?«, fragte Anna, bückte sich nach ihm und schloss den Karabinerhaken ans Halsband. »Damit ist jetzt Schluss.«

Die Wege durch die Felder im Süden der Ortschaft waren schlammig. Deshalb führte Anna den Hund die Hasselstraße entlang und wählte am Ende den Mühlenweg, eine schmale Asphaltstraße, die zu einer Reihe von Bauernhöfen führte.

Weil ab und zu ein Auto vorbeifuhr, ließ sie Picasso angeleint. Immer wieder musste sie stehen bleiben – heute durfte der kleine Schnauzer das Tempo bestimmen. Wieder jagten Wolken über den Himmel, doch es blieb trocken. Die Chance, dass man in der Nacht das Schauspiel der Mondfinsternis beobachten konnte, hatten die Radionachrichten fifty-fifty eingestuft.

Auf der Höhe des Mühlenhofs empfing sie Güllegestank. Anna machte kehrt. Picasso kläffte ein herannahendes Moped an und versuchte, dem Fahrzeug in die Reifen zu beißen.

»Du musst mir nicht zeigen, dass du doch kein Weichei bist«, ermahnte ihn Anna, die Leine kurz nehmend. »Das Ding ist einfach 'ne Nummer zu groß für dich.«

Der Klingelton ihres Handys lenkte Annas Gedanken auf Wegmann und ihre gemeinsamen Ermittlungen.

Sie hatte richtig getippt. Den Hintergrundgeräuschen nach zu urteilen, saß der Kollege im Auto, vermutlich auf der Heimfahrt vom Präsidium. Anna fragte: »Habt ihr mit dem Kerl aus der Staatskanzlei gesprochen?«

»Fehlanzeige«, sagte Bruno. »Die Chefin hat angeordnet, dass ich die Finger von sämtlichen Ermittlungen lassen soll. Aber trotzdem haben wir etwas herausbekommen. Du glaubst nicht, was man alles im Internet findet.«

»Und?«

»Zumindest als Beißer kommt Rüdiger Fricke nicht infrage. Am 14. Oktober 2004 war er mit Uwe Strom und sechs Landesministern sowie über hundert weiteren Gästen aus Nordrhein-Westfalen auf einem so genannten Wirtschaftsforum in Moskau.«

»War das der Tag, als in Straubing …«

»Genau. Der junge Mann, der in der Einliegerwohnung im Souterrain seines Elternhauses erschlagen wurde. Seine Mutter hat ihn am Morgen des 15. Oktober entdeckt. Für Straubing scheidet Fricke also aus und damit auch für Reutlingen, denn laut DNA-Analyse ist der Täter in den beiden Fällen identisch. Schmiedinger fährt morgen früh zurück. Die aktuellen Umstände in unserer Behörde geben ihm wenig Hoffnung auf Fortschritte und ich fürchte, er hat Recht.«

»Was machst du ab morgen?«

»Es geht mal wieder ein Raumbedarfsplan durch die Dienststellen. Du weißt schon, der Neubau, der irgendwann kommen soll. Bach hat mir das aufs Auge gedrückt. Ich werde Thilo Becker die Besenkammer zuteilen und uns beiden die schönsten Büros des neuen Präsidiums. Das versprech ich dir.«

»Also sieht es so aus, als kämen wir an Fricke nicht ran und an den Ministerpräsidenten erst recht nicht.«

»Im Vertrauen: Hattest du etwas anderes erwartet? Aber was wir wissen, kann uns keiner nehmen, und sobald wir intern aus dem Schneider sind, greifen wir an.«

»Ich werde dich an deine Worte erinnern. Grüß Schmiedinger von mir.« Anna beendete das Gespräch.

Nur wenige Sekunden später klingelte es erneut. Wieder war es Wegmann. »Hab ich ganz vergessen: Ich treff mich gleich nochmal mit Schmiedinger. Ein kleiner Altstadtbummel zum Abschied. Er sagt, er würde sich freuen, wenn du den Abend mit uns …«

Anna bemühte sich, den beiden Kollegen auf höfliche Weise einen Korb zu geben, und steckte das Handy weg.

Picasso zerrte an der Leine. Als es zum dritten Mal klingelte, begann der kleine Hund zu kläffen. Anna drückte auf den grünen Knopf und sagte: »Nein, ich habe wirklich keine Lust.«

Eine Stimme, die ganz anders klang als Wegmanns, antwortete: »Das ist aber schade.«

Anna fragte: »Jonas, bist du's?«

»Ja. Frisch zurück aus Stuttgart. Der Prozess hat sich verzögert, ich musste den Rückflug umbuchen. Aber jetzt bin ich endlich wieder in Düsseldorf und dachte, wir könnten ...«

»Tut mir leid«, sagte Anna.

»Keine Lust, ich weiß.«

»Ich bin schon verabredet.«

»Sag dem Glücklichen, dass Jonas Freyer ihn beneidet.«

Eigentlich hatte Anna ihren Vater zu Hause vermutet, als sie mit Picasso in die Hasselstraße zurückkehrte, doch ihr Begrüßungsruf blieb ohne Antwort.

Sie platzierte den Rosenstrauß als Blickfang auf die Kommode in der Diele, gleich neben den Alabasterbuddha. Dem Karton mit dem Edelfüller und den Tagebüchern ihrer Mutter entnahm sie einen Bogen Briefpapier aus Amalfi – handgeschöpft und voller rosafarbener Blütenblätter. Sie beschriftete ihn und steckte ihn zwischen die Blumen. Sobald ihr Vater die Tür öffnete, würde er ihre Botschaft entdecken.

Du wirst immer mein Papa bleiben – Anna.

Sie zog eine frische Jeans an und eine Bluse, die nicht allzu verknittert war, trug etwas Parfüm auf und begutachtete im Spiegel des Badezimmers ihre Frisur, um festzustellen, dass da nicht viel zu machen war.

Mit etwas Verspätung fuhr sie zu ihrer Verabredung.

60.

Die Vulkanstraße im Düsseldorfer Bahnhofsviertel. Anna fand das Haus auf Anhieb wieder. Die Eingangstür war unverschlossen. Alte Holzstufen knarrten unter Annas Sohlen. Im zweiten Stock ein Klingelschild: *Arnold.*

Sie schellte. Ein schriller, altmodischer Ton drang durch die weiß lackierte Tür in den Hausflur. Sven öffnete. Eine Schürze vor seiner Brust.

Bevor sie ihn begrüßen konnte, machte er schon wieder kehrt und lief in die Küche. »Muss nur rasch etwas vom Herd nehmen!«

Anna trug ihm die Weinflasche hinterher, die sie mitgebracht hatte. Ein Grand Cru aus Vaters Beständen. »Es riecht gut«, stellte sie fest.

Sie betrat eine geräumige Wohnküche mit hoher Decke und Wänden in hellem Grün. In einem Topf brodelte Sauce, der Dampf füllte den Raum und schlug sich am Fenster nieder. Sven rührte um und schob den Topf von der Platte, dann kippte er das Fenster, um den Dunst abziehen zu lassen. Mit der Schürze wischte er über die Scheibe.

Anna blickte sich um. Die Einrichtung schien aus dem schwedischen Möbelhaus an der Autobahnabfahrt von Holzbüttgen zu stammen. Sven hauste wie ein Student, es hatte den Charme der Improvisation. Nur der Tisch war perfekt gedeckt wie in einem Gourmettempel: mehrere Teller und jede Menge Besteck. Eine Kerze brannte. Aus einem Reagenzglas reckte sich eine Margerite.

Sven hauchte Anna einen Kuss auf die Wange. »Schön, dass du da bist.«

Sie überreichte ihm die Flasche und dachte: Wir werden es langsam angehen.

Er studierte das Etikett und runzelte die Stirn. »Muss sicher erst einmal Luft bekommen.« Mit einem Korkenzieher machte er sich ans Werk.

»Weißt du, ob mein Vater heute im Präsidium war?«, fragte Anna.

»Keine Ahnung. Ich hatte den Nachmittag frei. Was sollte er dort?«

»Es gibt da einen Kriminaloberkommissar, der sich als harter Hund profilieren will. Und ich wette, dass letztlich die Staatskanzlei dahintersteckt.«

»Geht es um den Mord an Daniel Lohse?«

»Mein durchgeknallter Kollege will meinem Vater sogar die Explosion in der Schützenstraße anhängen.«

»Das darf doch nicht wahr sein!«

»Bin gespannt, welche Tricks mein Onkel noch auf Lager hat.«

Den ersten Gang bildete ein Salat aus verschiedenen Blättern, halbierten Weintrauben und gerösteten Pinienkernen. Das Dressing schmeckte würzig. Dazu knabberten sie Baguette aus dunklem Teig mit Walnüssen.

Sven fragte: »Was machen die Ermittlungen?«

»Ich glaub, ich weiß, wer Daniel umgebracht hat.«

»Tatsächlich?«

»Eine Spur deutet auf jemanden in der Staatskanzlei. Politik torpediert jetzt die Ermittlungen, aber ich lasse nicht locker. Früher oder später krieg ich den Kerl.«

Mit vollem Mund sagte Sven: »Ich hab Daniel übrigens kurz vor seinem Tod im *Armageddon* gesehen. Am Abend bevor unsere Tournee begann.«

Anna wurde hellhörig. »Ist dir dabei etwas aufgefallen? War er in Begleitung, hat er sich mit jemandem gestritten?«

»Hm.« Sven spülte mit Wein nach, dann fragte er: »Kennst du das *Armageddon?*«

»Ja, du meinst die Kneipe am Rand der Altstadt, die mal *Notorious* hieß. Früher ein Jazzlokal, dann ein japanisches Restaurant.«

Sven nickte.

Anna sagte: »Ich war lang nicht mehr dort.«

»Jetzt gibt's da Cocktails und gute Rockmusik vom Band. An dem Abend hab ich einen Mann gesehen, der Daniel ständig angeglotzt hat. Dann hat Daniel ihn angesprochen und mir fiel auf, dass der Unbekannte nervös wurde. Ich dachte mir noch, dass es unverantwortlich von Daniel ist, jemanden so in Verlegenheit zu bringen. Ich meine, einen Kerl einfach so anzusprechen, den man gar nicht kennt.«

»Erinnerst du dich an das genaue Datum?«

»Da müsste ich nachsehen. Wie gesagt, am nächsten Tag fuhren wir mit unserem Bandbus nach Braunschweig, wo wir den ersten Gig hatten. Und drei oder vier Tage später wurde Daniel ermordet.«

»Kannst du diesen Unbekannten beschreiben?«

»Mein Gedächtnis ist nicht toll und ich fürchte, ich hab damals vielleicht einen Cocktail zu viel getrunken. Der Typ war groß, dunkle Haare, mittellang. Etwas schlampig angezogen. Irgendwie passte er nicht in das Lokal.«

»Alter?«

»Vielleicht so um die dreißig Jahre.«

Bis auf das Alter klang es nicht nach Rüdiger Fricke, dachte Anna. Aber vielleicht lohnte es sich dennoch, diese Spur zu verfolgen. Sie fragte: »Haben die beiden das *Armageddon* zusammen verlassen?«

»Kann sein. Daran kann ich mich nicht mehr erinnern.«

»Entschuldigst du mal kurz?«

Anna holte ihr Handy hervor und wählte Wegmanns Nummer. Der Kollege hockte jetzt vermutlich mit Schmiedinger in einem Brauhaus. Der Ermittler aus Straubing besaß Kopien der Akte. Womöglich waren die beiden bereit, Svens Angaben zu überprüfen.

Wegmann ging nicht ran. Wahrscheinlich war ihm das Altbier wichtiger. Eine höfliche Computerstimme bat darum, eine Nachricht auf der Mailbox zu hinterlassen.

»Mist«, entfuhr es Anna. Nach dem Signalton sprach sie: »Ich bin hier gerade bei einem Zeugen, der Daniel Lohse wenige Tage vor der Tat mit einem Unbekannten im *Armageddon* gesehen hat. Daniel hat diesen Unbekannten angesprochen, nachdem der ihn eine Weile angestarrt hatte. Zwei Bettgefährten, die sich suchten und fanden, würde ich sagen, wobei der Unbekannte auffällig nervös reagiert hat, weil Daniel ihn irgendwie in Verlegenheit gebracht hat. Vielleicht bringt uns das an diesen Fricke ran.«

Sie sah zu Sven hinüber, der seine letzten Salatblätter mampfte und etwas missmutig wirkte. Anna überlegte, dass es unhöflich von ihr war, während des Rendezvous dienstlich zu werden. Trotzdem fuhr sie fort: »Ich geb dir mal die Beschreibung des Unbekannten durch: groß, etwa dreißig Jahre alt, mittellanges dunkles Haar, relativ nachlässig gekleidet. Sven, war er schlank?«

Ihr Gegenüber nickte.

»Schlank«, meldete sie und fragte: »Bart?«

Sven schüttelte den Kopf.

»Kein Bart. Wenn uns noch etwas einfällt, ruf ich an. Unser bayerischer Kollege hat sicher die Aktenkopie auf seinem Zimmer. Könnt ihr bitte mal nachsehen, ob ein solcher Typ erwähnt wird? Ihr erreicht mich bis etwa Mitternacht auf dem Handy. Danke!«

Sie verstaute das Telefon und entschuldigte sich erneut bei Sven, der bereits wieder am Herd stand.

»Keine Ursache«, gab er zur Antwort, ohne sich umzuwenden.

Der zweite Gang bestand aus selbst fabrizierten Nudeln und einer Sauce aus Kaninchenfleisch, Tomaten und Parmesan. Dazu tranken sie Weißwein, einen australischen Chardonnay, der für Annas Geschmack übertrieben kräftig nach Holzfass schmeckte. Der Rote, den sie mitgebracht hatte, wäre ihr lieber gewesen. Sie redeten nicht viel und Anna hatte das Gefühl, Sven mit dem dienstlichen Telefonat verärgert zu haben.

Während er die benutzten Teller abräumte, waren ihre Gedanken wieder bei Wegmann und Schmiedinger. Vielleicht würden die Kollegen es ablehnen, sich den Feierabend durch das Aktenstudium vermiesen zu lassen. Am liebsten hätte sie noch einmal versucht, Bruno zu erreichen.

Frische Teller und noch mehr Besteck ließen darauf schließen, dass es einen weiteren Gang geben würde. »Eigentlich bin ich schon satt«, bekannte Anna.

»Es gibt noch Fisch. Seeteufel und Scampi mit Hummersauce.«

»Klingt hervorragend, aber lass uns vorher ein kleines Päuschen machen.«

»Klar.«

Um Sven versöhnlich zu stimmen, forderte sie ihn auf, ihr die restliche Wohnung zu zeigen.

Der Flur führte am Bad vorbei in einen L-förmigen Raum, an dessen Ende das Bett stand. Zugleich war er Wohnzimmer und Probenraum. Eine Gitarre lehnte an einem Verstärker. Ein Regal aus Ziegelsteinen und Glasplatten, darin die Stereoanlage und CDs bis unter die Decke. Daneben ein riesiger Sitzsack im Camouflage-Dekor. Von der Decke baumelte eine orangefarbene Hängematte.

Eine Glastür führte auf einen Balkon. Draußen stand der Vollmond über den Dächern. Sven trat neben Anna und sagte: »Heute Nacht soll es eine Finsternis geben.«

»Ja, zwischen Mitternacht und vier Uhr morgens, stand in der Zeitung.« Anna war gespannt, wo sie dann schlafen würde. Sie fand, dass sie der hübsche Kerl jetzt eigentlich küssen könnte.

Als er es nicht tat, deutete sie auf die Gitarre. »Veranstalten die Nachbarn keinen Aufstand, wenn du hier spielst?«

»Kopfhörer.«

Anna nickte. Der Tisch vor ihr war voller CD-Hüllen. Ein Computermonitor flimmerte, als Sven die Maus bewegte. Eine Homepage mit Schnörkelschrift: *Silverhammer.* Darunter sprangen fünf Musiker zugleich in die Höhe. Der Große in der Mitte war Sven.

»Unser neuer Internetauftritt«, erklärte er.

»Bist du ständig online?«

»Flatrate. Es lohnt sich, wenn man häufig Musik herunterlädt. Wie gefällt dir die Seite?«

Sieht aus, wie eine selbst gebastelte Homepage eben aussieht, fand Anna. »Hast du sie programmiert?«

»Unser Drummer.«

Sven klickte auf die Menüleiste und rief Unterseiten auf: die Biografien der Musiker, die Geschichte der Band. Er führte ihr eine Hörprobe vor – das Stück erinnerte Anna an das Konzert, das sie im Januar vor zwei Jahren miterlebt hatte. Keine zwei Wochen vor dem Mord an Daniel.

Sie sagte: »Ihr seid viel zu gut, um aufzuhören.«

Sven wandte sich ihr zu und lächelte.

Jetzt nimmt er mich in den Arm, dachte Anna.

Doch er fragte nur: »Ready for the fish?«

In diesem Moment schrillte das Telefon und der Abend nahm die schrecklichste aller Wendungen, die Anna sich nur denken konnte.

61.

Bruno Wegmann hatte rasch geahnt, worauf der Kollege neugierig war. Sie lehnten an einem der Stehtische im *Blue Velvet* an der Mintropstraße und nippten vom Bier, das hier fünf Euro kostete. Es war noch früh am Abend, aber in diesem Schuppen war immer etwas los.

Auf der Bühne stieß ein Mädel sein Becken gegen die Chromstange. *Golden Eye* dröhnte aus den Lautsprechern. Bruno musste Schmiedinger fast ins Ohr brüllen, um sich mit ihm unterhalten zu können.

Er erklärte: »Wir hatten mal den Fall einer Staatsanwältin, die heimlich mit dem Geschäftsführer dieses Etablissements liiert war und ihn jedes Mal warnte, wenn das KK 12 eine Razzia plante. Sogar ein Sittenkollege steckte mit drin. Du kannst dir denken, mit welchen Gefälligkeiten er belohnt wurde.«

Das Mädel öffnete eine Schleife ihres Tangas. Der kleine Stofffetzen fiel herab. Mit dem Absatz kickte die Tänzerin ihn beiseite. Schmiedinger gaffte mit offenem Mund, als gäbe es so etwas in Straubing nicht. Die junge Frau ließ die langen Haare im Kreis wirbeln.

Sie war schlank, kleine Brüste, die Haut schimmerte. Sie wandte sich um, bückte sich tief und nahm ihre Hand von der Scham. Bruno ärgerte sich über seinen schlechten Platz. Die Chromstange verwehrte den Blick aufs Paradies.

Vom Band kreischte Tina Turner den Refrain. Die Kleine auf der Bühne schraubte sich um die Stange. Zum Schlussakkord spreizte sie die Beine. Miese Beleuchtung, fand Bruno.

In den Applaus der Gäste tönten Klingeltöne aus seinem Sakko.

»Dein Handy«, bemerkte Schmiedinger.

Bruno winkte ab.

Keine Minute später trat die Tänzerin an ihren Tisch. Sie hatte eine Art Kimono übergestreift und sagte: »Für dreißig Euro bekommen wir das Separee.«

Bruno dachte daran, dass seine Frau davon nicht begeistert wäre. Der Kollege aus Straubing kommentierte: »Kommt nicht so gut im Fall einer Razzia.«

Wegmann lachte und trank sein Bier aus. Die junge Frau ging weiter. Auch Schmiedinger leerte sein Glas.

Sie traten auf die Straße, vorbei an einer Gruppe junger Türken, die wie eine Mahnwache der Türstehergewerkschaft wirkten: finstere Blicke auf alles werfend, was sich bewegte. Noch grimmigere auf jeden, der stehen blieb.

Ein klappriger roter Vectra hielt und Bruno erkannte darin zwei Kollegen des Einsatztrupps der Polizeiinspektion Mitte. Spätschicht, Bekämpfung der Straßenkriminalität zwischen Altstadt und Hauptbahnhof. Der eine kurbelte das Fenster herunter: »Na, wo treibst du dich heute rum?«

Bruno stellte Olaf Schmiedinger vor. »Ein Kollege aus Bayern. Kleine Stadtbesichtigung.«

»Bleibt sauber, Leute!« Die Kollegen lachten und fuhren weiter.

Bruno erinnerte sich an den Anruf. Falls es seine Frau gewesen war, würde sie argwöhnisch werden, wenn er nicht bald antwortete. Er wählte die Mailbox an.

Anna Winkler. Die suspendierte Kollegin hatte schier endlos gequatscht.

»Dienstlich?«, fragte sein Begleiter. Offenbar lernte man in Straubing das Gedankenlesen.

»Ein angeblicher Hinweis auf eine eventuelle Spur im Fall Lohse. Der kleine Homo wurde gesehen, wie er ein paar Tage vor dem Mord in einem Altstadtlokal einen großen Dunkelhaarigen abgeschleppt hat.«

»Wir sollten dem nachgehen.«

»Meinst du wirklich?«

»Seit einem Jahr bestimmt der Beißer meine Tage und meine Nächte. Ich könnte es mir nie verzeihen, aus Düsseldorf abzureisen, ohne jedem Hinweis nachgegangen zu sein.«

Schmiedingers Zimmer lag im zweiten Stock zur Straße hin. Ein billiges Hotel am Worringer Platz, der bevorzugten Flaniermeile für Junkies und Kleindealer. In puncto Wohnungseinbruch führten die Straßen der Umgebung seit Jahren die Statistik an.

Der Autolärm drang durch die Fenster, als bestünden sie nur aus Papier. Die Lampe auf dem Tisch war eine matte Funzel. Bruno breitete die Aktenkopien aus. Der Arbeitsplatz war schmal wie die Babyversion eines normalen Schreibtisches.

Eigentlich hätte er dem Gast aus Straubing zu dieser Stunde lieber das *Uerige* oder das *Füchschen* gezeigt. Bruno hatte erlebt, was übertriebener Arbeitseifer einbrachte: Man schnappte den Falschen, zog den Spott der Medien auf sich und kassierte obendrein eine Abmahnung oder Suspendierung vom Dienst.

Daniel Lohses letzte Tage waren fast lückenlos dokumentiert. Nur für den Abend des 25. Januar vor zwei Jahren hatten sich keine Zeugen gefunden. Der schwule Maler war zu Hause geblieben oder allein ausgegangen – vielleicht ins *Armageddon,* möglicherweise schloss sich jetzt auch diese Lücke.

Olaf Schmiedinger saß auf der Bettkante und stürzte die Kripo Straubing in die Finanzkrise, indem er per Zimmertelefon mit einem Kollegen in München konferierte.

Noch so ein Workaholic, dachte Bruno.

Er las weiter und stellte fest, dass Annas Zeuge das spätere Mordopfer tatsächlich nur am 25. Januar gesehen haben konnte – wenn die Angaben stimmten, die Anna durchgegeben hatte.

»Gib mir mal dein Handy«, bat Schmiedinger, immer noch München am Ohr.

Bruno tat ihm den Gefallen. Der Kollege hörte seinerseits die Mailbox ab und wiederholte den Wortlaut in den Hörer des Hotelapparats. Vermutlich hatte Schmiedinger den Profiler des bayerischen Landeskriminalamts in der Leitung, den er schon des Öfteren erwähnt hatte.

Fallanalyse – die kriminalistische Spielart der Sterndeuterei.

Sich zum hundertsten Mal durch die Akte wühlend, war sich Bruno sicher, dass ein Mann, auf den die Beschreibung zutraf, nirgendwo zu finden war. Ihm fiel Costa Tönissen ein, der junge Buchhändler. Daniels bester Freund aus alten Schulzeiten – er hatte angegeben, in den Tagen vor dem Mord mit Daniel telefoniert zu haben.

Zwei Bettgefährten, die sich suchten und fanden, würde ich sagen. Womöglich hatte der Künstler seinem Freund von der jüngsten Eroberung berichtet.

Schmiedinger legte auf.

»Was sagt der Kollege von der Psychofront?«, fragte Bruno.

»Nicht viel. Ich hab ihn im Restaurant gestört. Seine Frau hat heute Geburtstag.«

Dafür habt ihr euch aber lange unterhalten, dachte Bruno und sagte: »Wer uns vielleicht weiterhelfen könnte, ist Costa Tönissen.«

»Tönissen? Ist das der Buchhändler in Düsseldorf, wohnhaft in Kaarst, der das Opfer seit der fünften Klasse des Albert-Einstein-Gymnasiums kennt?«

»Ich bewundere dein Elefantengedächtnis.«

»Du hast dir den Abend anders vorgestellt, vermute ich.«

»Kannst du mir erklären, was dieser Unbekannte aus dem *Armageddon* mit der Staatskanzlei zu tun haben soll?«

»Wir kriegen es raus. Falls Anna überhaupt mit ihrer Theorie richtig liegt.« Schmiedinger zog ein Kärtchen aus der Hemdtasche und griff nach dem Telefon.

»Was hast du vor?«, fragte Bruno.

»Vielleicht will Kollegin Winkler mitfahren.«

Bruno sah zu, wie der Bayer die Nummer in den Hotelapparat hackte und sich den Hörer ans Ohr drückte.

62.

Anna lief in die Küche, schnappte sich ihr Handy vom Tisch, und nahm das Gespräch an. Eine Stimme meldete sich, die ihr bekannt vorkam. Es war mittlerweile nach zweiundzwanzig Uhr.

»Du bist stets im Dienst, oder?«, bemerkte Sven, der ihr gefolgt war und nach dem Fisch sah, der im Herd schmurgelte.

»Gut, dass ich Sie erreiche«, sagte die Stimme und Anna fiel der zugehörige Name ein. Es war die Sekretärin ihres Vaters.

»Frau Cremers?«

»Ja. Ich habe gerade Nachricht bekommen von Ihrem Vater.«

Annas Herz schlug heftiger. Sie ballte die Faust. »Was ist los?«

»Offenbar ein Schlaganfall. Er liegt im Evangelischen Krankenhaus in der Kirchfeldstraße.«

»Und wie geht's ihm?«

»Keine Ahnung.«

Anna bedankte sich und ließ das Mobiltelefon auf die Tischplatte sinken.

»Was ist?«, fragte Sven.

»Tut mir leid, aber ich muss los.«

»Bernd?«

Anna nickte.

»Schon wieder das Herz?«

»Nein, Schlaganfall.«

»Wenn es dir recht ist, komme ich mit.«

Anna nickte wieder und spürte, wie für einen Moment ihr Blutdruck absackte. Sven hielt sie fest.

Er steuerte den Golf und Anna war ihm dankbar dafür.

»Wieso Schlaganfall?«, murmelte Sven. »Das versteh ich nicht.«

Sie bogen in die Ellerstraße, unterquerten die Bahnlinie, ließen das Rotlichtviertel rechts liegen und rasten auf die Friedrichstadt zu. Es regnete wieder, der Mond war einer Wolkendecke gewichen, die im Widerschein der Stadt milchig wirkte.

»Heute Vormittag ging es ihm noch so gut«, bemerkte Sven.

Das war, bevor Thilo Becker ihn angerufen hat, dachte Anna. Zum Stress wegen der Buchprüfung bei der Deutschen Bergbau AG und zur Tretmühle des langen Wahlkampfs war nun auch noch der unsinnige Mordverdacht gekommen.

Sie hatte eine Heidenangst um ihn.

Ihr fiel ein, dass sie ihn selbst noch gestern Abend des Mordes an Michael Lohses Sohn beschuldigt hatte. Und heute Mittag hatte sie ihm wegen Jos Tagebüchern zugesetzt – sie selbst hatte zum Druck beigetragen.

Das Evangelische Krankenhaus war ein Betonklotz aus den Siebzigerjahren, der das gesamte Viertel überragte. Vor den Wohnhäusern an der Kirchfeldstraße war um diese Zeit kein Stellplatz frei. Sven lenkte den Golf kurzerhand auf die Zufahrt der Klinik.

Anna rannte hinein. Hinter der Empfangstheke plärrte ein tragbarer Fernseher. Ein Kerl stierte darauf, der so dick war, dass die Wülste seines Körpers bei der geringsten Bewegung sein Hemd zu sprengen drohten.

Sie klopfte gegen die Glasscheibe. »Wo finde ich Bernd Winkler? Er wurde heute eingeliefert.«

Der Blick des Fetten löste sich mühsam von der Zeitlupenwiederholung eines Fouls. Er schlug in einem großen Buch nach, das vor ihm lag, und sagte: »Intensivstation, dritter Stock. Aber ich muss erst mal anrufen.« Dann bemerkte er Sven und das Auto vor der Tür. »Sie können da nicht parken. Sie behindern die Ambulanz.«

»Haben Sie einen besseren Vorschlag?«, fragte Sven.

Anna lief zu den Aufzügen und drückte den Knopf.

»Warten Sie!«, rief ihr der Dicke hinterher.

Der Beschilderung folgend, gelangte sie in eine Art Warteraum. Die Aufschrift an der gegenüberliegenden Tür besagte, dass man klingeln musste und die Station ohne Schutzkleidung nicht betreten durfte. Anna öffnete einen Schrank und entdeckte Kittel, Mundschutz und Überzieher für die Schuhe. Sie legte das Plastikzeug an, bis sie aussah wie eine Ermittlerin am Tatort.

Die Klingel ignorierend drückte Anna die Stationstür auf.

Ein heller Flur, weiße Vorhänge zur Rechten. Anna lugte in Einzelzellen voller piepsender Apparate. Ein Opa schnarchte, eine Frau röchelte, ein Kind wimmerte leise vor sich hin. In der vierten Kabine stand ein leeres Bett. Anna lief weiter. Der Gang mündete in ein weiteres Zimmer.

Bernd Winkler lag auf dem Rücken, die Augen geschlossen. Ein dünnes Laken bedeckte den Körper. Der Atem ging stoßweise, aber regelmäßig. Schläuche und Kabel verbanden ihn mit Geräten und einer Infusionsflasche. Hinter ihm ein Regal mit Monitoren. Blinklichter und gezackte Kurven, denen Anna zu entnehmen glaubte, dass die Herzfrequenz normal war.

»Papa?«, sprach sie ihn leise an.

Bernd Winkler reagierte nicht.

Sie zog einen Stuhl heran, setzte sich ans Bett und ergriff seine Hand. Sie fühlte sich warm und trocken an.

Durch eine Lücke im Vorhang auf der anderen Seite sah Anna zwei Schwestern im Parallelgang vorbeihuschen.

»Ruh dich aus, Papa«, flüsterte Anna und streichelte die Hand. »Hauptsache, du wirst wieder gesund. Sobald es dir besser geht, fahren wir beide in die Berge. Du hast mir so viel von der Schweiz erzählt. Du musst mir unbedingt das Matterhorn zeigen, verstehst du?«

Eine der Schwestern zog den Vorhang zur Seite und trat herein. Sie war jünger als Anna, vielleicht zwanzig, ein rundliches Gesicht unter einem blonden Pony.

Anna fragte: »Wie geht es ihm?«

»Er war ohne Bewusstsein, als er eingeliefert wurde, und ist bislang nicht aufgewacht.«

»Kriegt er es mit, wenn ich zu ihm spreche?«

»Das weiß man nie. Vielleicht spürt er, dass jemand da ist.«

Die Klingel tönte am Ende des Gangs, die Schwester ging nachsehen.

Anna fuhr fort, die Hand ihres Vaters zu streicheln. »Ich bin bei dir«, sagte sie und hatte das Gefühl, er antworte mit einem kaum merklichen Zucken.

Die Krankenschwester kehrte zurück, hinter ihr tauchte Sven im grünen Kittel auf.

»Sind Sie seine Kinder?«, fragte die Blonde.

»Ich bin seine Tochter«, antwortete Anna und drückte die Hand. Sie wünschte sich, Bernd Winkler hätte es vernommen.

Anna redete fast pausenlos auf ihren Vater ein. Sie erzählte von Picasso, dem putzigen Köter. Von Kindheitserinnerungen, zumindest den besseren. Was für ein guter Polizist er gewesen war. Ein noch besserer Politiker. Der beste Vater von allen.

Sven saß gegenüber und hielt seine andere Hand. Als Annas Beschwörungen in haltloses Flennen übergingen, trat er hinter sie und massierte behutsam ihren Nacken. Er streichelte ihre Wangen, ihr Haar. Sie konnte es nicht sehen, aber sie hatte den Eindruck, er weine mit ihr.

Schließlich beruhigte sich Anna wieder. Sie besorgte sich einen Lappen, den sie in der Spüle des angrenzenden Personalraums befeuchtete, um die Stirn ihres Vaters zu benetzen, die ihr fiebrig heiß erschien. Sie tupfte Creme auf die rissigen Lippen.

Nach mehr als einer Stunde tauchte endlich ein Arzt auf. Ein schmächtiger Typ in Weiß, dessen herablassende Miene ihr auf Anhieb unsympathisch erschien.

»Was schätzen Sie, wann er wach wird?«, fragte Anna.

»Das lässt sich schlecht sagen.«

Der Kerl wich ihrem Blick aus und hantierte mit einer Spritze, deren Inhalt er in den Infusionsbeutel drückte.

Anna deutete auf die Kurven am Monitor. Perfekte Regelmäßigkeit: keine Aussetzer, keine Verzögerung. Sie fragte: »Ist das nicht ein gutes Zeichen?«

»Zumindest ein Zeichen dafür, dass die Maschinen funktionieren.«

Die Kaltschnäuzigkeit des Weißkittels schockierte Anna. »Er wird doch wieder gesund, oder?«

»Hängt davon ab, wie viel von der Hirnmasse abgestorben ist.«

»Ich will jetzt endlich eine vernünftige Prognose von Ihnen hören.«

Sven mischte sich ein: »Er wird doch aufwachen, oder?«

»Sind Sie der Schwiegersohn?«, fragte der Arzt.

»Ein Freund«, antwortete Anna.

»Aha. Jedenfalls brauchen Sie beide Ihren Schlaf genauso wie der Patient. Gehen Sie nach Hause.« Er blickte Anna ins Gesicht. »Wir werden Sie umgehend verständigen, sobald eine Veränderung eintritt.«

Weil Anna dem Arzt nicht vertraute, hinterließ sie bei der blonden Krankenschwester das Kärtchen mit ihrer Durchwahl im Präsidium, die sie um ihre rasch hingekritzelte Handynummer ergänzte. Auch Sven gab sein Visitenkärtchen ab.

Die Glotze im Pförtnerkabuff war ausgeschaltet, der Dicke brütete über einem Kreuzworträtsel und schaute nicht einmal hoch.

»Soll ich fahren?«, fragte Sven, als sie ins Freie traten.

»Ja, bitte.«

Anna stieg auf der Beifahrerseite ein und fragte: »Darf ich bei dir übernachten?«

»Klar.«

Auf der Fahrt zurück ins Bahnhofsviertel lauschte Anna dem monotonen Schaben der Wischblätter auf der Windschutzscheibe. Das Geräusch erinnerte sie an die Apparate, an denen ihr Vater hing.

Ihre Angst war einer bodenlosen Leere gewichen. Sie klammerte sich an die haltlose Vorstellung, dass alles nur ein böser Traum sei, der schon morgen der Vergessenheit angehörte.

63.

»Mist, sie geht nicht ran«, sagte Schmiedinger und legte auf.

»Wir schaffen das auch zu zweit«, antwortete Bruno auf dem Weg nach unten.

»Ich hab ein komisches Gefühl.«

»Wegen Costa Tönissen?«

Die Frau an der Rezeption erklärte ihnen, dass der Hoteleingang ab Mitternacht abgeschlossen sei. Der Zimmerschlüssel passe auch für die Eingangstür. Schmiedinger bedankte sich und folgte Bruno zum Auto.

Während Bruno über die Karlstraße die Rheinkniebrücke ansteuerte, wühlte der Straubinger Kripomann in den Unterlagen nach Tönissens Nummer und rief den Jungen an. Er war zu Hause. Eigentlich auf dem Sprung ins Nachtleben, aber er versprach zu warten.

Kaarst – eine Kleinstadt am gleichnamigen Autobahnkreuz, die stolz auf ihr neues Rathaus war und auf ihre Schützenvereine, von denen jeder Ortsteil einen eigenen besaß. Fast jeder, der berufstätig war, pendelte in die Landeshauptstadt. Jetzt, am Abend, war die Autobahn frei.

Nach nur zwanzig Minuten las Bruno das Hinweisschild *Kaarst-Nord* und verließ die Autobahn. Schmiedinger hantierte mit dem Straßenatlas für den Großraum Düsseldorf und wies ihm den Weg. Bruno fragte sich, wo hier das Nachtleben war, in das sich einer wie Tönissen stürzen wollte.

Der junge Buchhändler wohnte noch bei seinen Eltern. Ein kleines, gepflegtes Haus am Ende einer Sackgasse. Schmiedinger drückte die Klingel. Tönissen öffnete und strahlte, als er Bruno erkannte.

Sein gegeltes Haar stand in alle Richtungen ab. Er trug einen eng anliegenden knallgelben Rollkragenpulli zur Jeans, Cowboystiefel und einen breiten Gürtel mit riesiger Silberschnalle. Sie folgten ihm ins Wohnzimmer. Von seinen Eltern war nichts zu hören oder zu sehen.

Bruno gab den Wortlaut der Nachricht wieder, die Anna auf der Mailbox seines Handys hinterlassen hatte, und fragte, ob Costa von dem Typen wisse, den Daniel Lohse wenige Tage vor dem Mord im *Armageddon* kennen gelernt hatte.

»Klar. Hab ich Ihnen das nicht schon erzählt?«, fragte Costa zurück. »Daniel berichtete von einem großen, gut aussehenden Kerl. Mister Big sozusagen.«

»Hat er einen Namen genannt?«

»Natürlich nicht. Er wusste, dass er mich mit seinen Erzählungen scharf auf seine Lover machte, und er wollte verhindern, dass ich sie ihm ausspannte.«

»Was hat er sonst über Mister Big berichtet?«

»Daniel tat so, als hätte er den Typen bereits an der Angel. Dabei hatte sich gar nichts abgespielt. Aber Daniel war sich sicher, dass Mister Big ihn noch anrufen würde. Obwohl die Sache natürlich einen Haken hatte.«

»Welchen?«

»Wenn Sie mich fragen, hat der Typ sich nie bei Daniel gemeldet. Garantiert war das ein Hetero. Daniel meinte, dass sein Mister Big bloß noch nicht wisse, dass er in Wirklichkeit gay sei. So redete er gern. Das war seine Lieblingsfantasie.«

»Der Entjungferungs-Tick«, stellte Bruno fest.

Das Lächeln des Buchhändlers wurde breiter. »Hey, Sie sprechen genau meine Sprache!«

Schmiedinger kicherte.

»Was erzählte Daniel noch?«, fragte Bruno und gab sich Mühe, seine Gereiztheit zu verbergen.

»Er hatte dem Typen sein Kärtchen gegeben und ihn gebeten, ihm Modell zu sitzen. Daniel fand ihn so süß, weil er ihn mit seinem dämlichen Lieblingsspruch in Verlegenheit gebracht hatte.«

»Welcher Spruch?«

Im nächsten Moment bereute Bruno die Frage.

Tönissen blickte Bruno in die Augen. »Der ging so: Es ist nur ein kleiner Schritt für einen Menschen, aber ein Riesending in meinem Schritt.« Dabei rollte der junge Buchhändler das R, als imitiere er Zarah Leander.

Schmiedinger gluckste.

Bruno spürte, dass ihm das Blut ins Gesicht schoss.

Tönissen fügte hinzu: »Daniel liebte die direkte Art und ich muss zugeben, dass er damit einen gewissen Erfolg hatte.«

Bruno sagte: »Ich werde den Spruch mal bei meiner Frau ausprobieren.«

Die Schwuchtel lachte auf. »Das wusste ich, dass Sie jetzt erwähnen würden, verheiratet zu sein.«

Schmiedinger mischte sich ein: »Jetzt reicht's. War das alles?«

Bockig antwortete Tönissen: »Wenn ich einen Namen wüsste, hätte ich ihn schon vor zwei Jahren genannt.«

Bruno erhob sich aus dem Sessel. Schmiedinger bedankte sich.

Costa fragte: »Tut ihr zwei Süßen mir einen Gefallen und nehmt mich mit nach Düsseldorf?«

Der Szenebuchhändler saß auf der Rückbank und laberte Bruno den Nacken voll. Es ging um Diskoschuppen, die gerade angesagt seien, um die Mode, die man dort trage, und um die Marke der Turnschuhe, die angeblich alles über ihren Träger verriet. Bruno war froh, als Schmiedingers Mobiltelefon schrillte und den Redeschwall des Jungen unterbrach.

Der Kollege aus Straubing nahm das Gespräch an und verfiel sofort in tiefbayerischen Slang – er hatte einmal mehr den Profiler aus München am Ohr. Offenbar war der Kollege vom Geburtstagsdinner nach Hause gekommen und hatte nun den Kopf frei für den Fall.

»Gib mir nochmal dein Handy«, bat Schmiedinger. »Er braucht den genauen Wortlaut.«

Mit der Rechten angelte Bruno es aus seiner Jackentasche.

Der Kollege legte sein Telefon in den Schoß und rief mit dem anderen die Mailbox an. Er lauschte kurz, dann presste er die Geräte so aneinander, dass das Mikro des einen am Lautsprecher des anderen lag. Nach einer Weile sprach Schmiedinger wieder in sein Handy. »Na, hast du's verstanden?«

Bruno ging vom Gas. Die Autobahn gabelte sich. Ein kurzes Tunnelstück, dann die Brücke. Das Lichterpanorama der Innenstadt und des Medienhafens tat sich vor ihnen auf.

Schmiedinger wiederholte die Prozedur mit den Mobiltelefonen. Bis auf leises Handyquäken war es still im Wagen, wenige Minuten später beendete der Straubinger Kollege das Gespräch.

»Und?«, fragte Bruno.

»Ich wusste doch, dass an der Geschichte etwas nicht stimmt.«

»Was denn?«

Statt einer Antwort wandte sich der Kollege dem Jungen auf dem Rücksitz zu.

»Sag, Costa, hat dein Freund wirklich keinen Namen erwähnt?«

»Nein, null, nada.«

»Ist vielleicht einmal der Name Sven gefallen?«

»Nee, wirklich. Ich hätt's erwähnt.«

»Sven?«, fragte Bruno alarmiert. Ihm klang Annas Stimme im Ohr, wie sie die Beschreibung von Mister Big auf der Mailbox hinterlassen hatte.

Groß, etwa dreißig Jahre alt, mittellanges, dunkles Haar, relativ nachlässig gekleidet. Sven, war er schlank?

Noch einmal versuchte Schmiedinger, Anna zu erreichen.

Wieder erfolglos.

Schließlich tippte er eine SMS-Nachricht.

64.

»Ich habe das Gefühl, dass ich es allein nicht aushalten würde«, erklärte Anna. »Schon gar nicht in seinem Haus in Holzbüttgen.«

»Das kann ich gut verstehen.« Sven zerrte eine zweite Decke aus dem Bettkasten. Dann ging er in die Küche und kam mit zwei Gläsern zurück und dem Grand Cru, den Anna mitgebracht hatte. Er schenkte ein und murmelte: »Uwe Strom ist ein arrogantes Schwein.«

Anna nahm einen Schluck. »Hätte ich nicht so viele Fehler gemacht, wäre mein Vater niemals ins Visier meiner Kollegen geraten.«

»Bernd wird es überleben und bald wieder der Alte sein.«

»Eigentlich müsste ich jetzt bei ihm sein und ihn unterstützen.«

»Was willst du in der Klinik? Du würdest dich nur selbst fertig machen. Hab nicht ständig ein schlechtes Gewissen. Du bist nicht für alles verantwortlich.«

»Das hat Lutz auch immer gesagt.«

»Dein Vater wird es schaffen. In ihm steckt so viel Kraft.«

Dankbar drückte Anna Svens Hand. Sie sagte: »Ich bin dermaßen sauer auf Thilo Becker.«

»Wer ist das?«

»Ein Kollege, der offenbar für seine Karriere über Leichen geht. Wegen ihm wurde ich vom Dienst suspendiert und er war es, der meinen Vater zur Vernehmung vorgeladen hat. Womöglich hat das den Schlaganfall ausgelöst.«

Sie leerten die Flasche und redeten über dies und das. Annas Gedanken waren bei Bernd Winkler. Er durfte nicht sterben.

Schließlich kroch sie ins Bett. Sven löschte das Licht und legte sich neben sie. Es war tiefe Nacht, Regen prasselte auf die Sträucher im Hinterhof. Anna war froh, dass Sven keinen Annäherungsversuch unternahm. Sie wäre nicht mehr in der Stimmung dafür gewesen.

Als sie erwachte, hatte sie keine Ahnung, wie spät es war. Draußen ratterte ein Zug vorbei. Ein seltsam fahler Lichtschein drang ins Zimmer. Zu schwach, um das Zifferblatt der Armbanduhr erkennen zu können. Anna wälzte sich herum, um eine Stellung zu finden, in der sie wieder einschlafen konnte.

Neben ihr ging Svens gleichmäßiger Atem. Am liebsten hätte sie seinen Arm um sich geschlungen und sich eingerollt wie ein kleines Kind. Sie sehnte sich nach ihrem Vater.

Irgendwo brummte ein einsames Auto. Das ungewöhnliche Leuchten vor dem Fenster irritierte sie. Anna begann, ihr Schlafmittel zu vermissen. Der Wein, den sie sich mit Sven geteilt hatte, genügte nicht zur Betäubung. Es war ein Fehler gewesen, das gesamte *Noctumed* ins Klo zu spülen.

Sie dachte an ihre letzte Begegnung mit Bernd Winkler. *Wir waren immer Vater und Tochter, egal, wie der Test ausgefallen ist. Sag mir bitte, dass das so bleibt*. Warum hatte sie gezögert, die einzig richtige Antwort zu geben? Allein deshalb durfte er nicht sterben: Damit sie es nachholen konnte, seine Bitte zu erfüllen.

Anna wechselte in die Rückenlage, schließlich sah sie ein, dass es keinen Zweck hatte und sie allenfalls den Kerl an ihrer Seite wecken würde. Vorsichtig löste sie sich aus der Bettdecke und stand auf. Eine Diele knarrte, als sie zum Fenster schlich. Ein kurzes Rascheln, Sven bewegte sich, dann war es wieder still bis auf das Atmen des Schlafenden.

Anna erschrak, als sie den Mond sah. Er war voll und rot. Wolkenfetzen zogen über ihn hinweg, zwischendurch glühte er als blutige Scheibe am Himmel. Anna erinnerte sich an die Medienberichte. Die Mondfinsternis: Der Trabant musste den Kernschatten erreicht haben, in dem ihn nur noch der langwellige Anteil des Sonnenlichts traf, das die Erdatmosphäre ablenkte.

Eine Weile beobachtete Anna das Schauspiel. Der Mond wurde dunkler, dann hellte ein ziegelrotes Licht den östlichen Rand auf. Annas Füße wurden kalt auf dem blanken Holzboden. Sie setzte sich an den Tisch und rieb die Zehen warm, die Augen nicht vom Himmel wendend.

Sie musste mit dem Ellbogen die Maus oder die Computertastatur berührt haben, denn plötzlich knisterte es und die Startseite der *Silverhammer*-Homepage erschien auf dem Bildschirm. Zugleich schob sich eine neue Regenwolke vor den Mond.

Anna wartete, doch der Blutmond blieb vorerst verschwunden. Sie ahnte, welche Ängste eine Finsternis ausgelöst haben musste, als sich die Leute den Lauf der Himmelskörper noch anhand von Mythen erklärten. Tiere wurden geopfert, damit der Drache den Mond wieder ausspuckte. Menschen wurden hingerichtet, um einen wütenden Gott milde zu stimmen und den Weltuntergang abzuwenden.

Weil sie sich immer noch nicht müde genug fühlte, um ins Bett zurückzukehren, surfte sie durch die Website der Band. Sie las Kritiken diverser Lokalblätter, die ins Netz gestellt worden waren, um mögliche Konzertveranstalter aufmerksam zu machen. Ein Provinzjournalist lobte einen *Silverhammer*-Auftritt in höchsten Tönen und löste in Anna die Erinnerung an das Konzert vor mehr als zwei Jahren aus.

Sven wurde namentlich erwähnt und als ›Maestro an der E-Gitarre‹ bezeichnet. Anna war stolz auf ihn. Er hätte tatsächlich mehr verdient als den Job des Fahrers und Büroboten bei ihrem Vater.

Sie las die Unterzeile des Artikels und erstarrte. *Straubinger Tagblatt.*

Sich durch das Menü klickend fand sie unter *Archiv* einen Link, der zur Liste der Tourneedaten führte, und scrollte nach unten, bis sie den Tag fand, den Bruno ihr am Telefon genannt hatte.

Tatsächlich: *14. Oktober 2004 – Straubing, Alter Schlachthof, Heerstr. 35, 20 Uhr.*

Brunos Worte: *Der junge Mann, der in der Einliegerwohnung im Souterrain seines Elternhauses erschlagen wurde. Seine Mutter hat ihn am Morgen des 15. Oktobers entdeckt.*

Sie erinnerte sich an die Tatortbilder: ein nackter Körper vor einem Heizkörper, die Füße hochgebunden. Fesseln aus Paketband. Blutunterlaufene Augen in einem gemarterten Gesicht.

Anna klickte in der Kopfzeile auf *Bearbeiten*, wählte *Auf dieser Seite suchen* und tippte *Reutlingen* in die Tastatur.

Wieder wurde sie fündig: *7. November 2004 – Reutlingen, Café Nepomuk, Unter den Linden 23, 21 Uhr.*

Ihr Herz pochte bis in den Hals.

Sie wandte sich um. Sven schlief tief und fest.

Anna überlegte und rief sich zur Ruhe. Das Reutlinger Datum passte nicht zu den Taten des Beißers. Sie hatte Sven Arnold voreilig verdächtigt.

Brunos Bemerkung: *Der Fall ist ein knappes Jahr alt und die Kollegen wollten ihn schon als unerledigt in die Aktenhaltung geben.*

Ein knappes Jahr, also Mai bis Juli letzten Jahres. So weit reichte die Terminliste nicht zurück.

Anna klickte auf den letzten Punkt der Menüleiste: *Gästebuch.*

Wieder wählte sie die Suchfunktion, gab *Reutlingen* ein und drückte auf *Enter.*

Weiße Schrift auf schwarzem Grund. Der Name der Stadt war blau markiert. Anna las die Eintragung einer Inga.

Hi, echt geiles konzert gestern in reutlingen. der gitarrist hat die hammer ausstrahlung auf der bühne. drei zugaben waren voll fett. ihr müsst bald wieder kommen!

Anna hielt die Luft an, als ihr Blick auf das Datum des Gästebucheintrags fiel.

Es war der 20. Mai 2004. Die Band hatte den Ort nicht nur im Herbst besucht, sondern auch schon im Frühjahr.

Der Fall ist ein knappes Jahr alt. Eine Leiche in einem Waldstück, die kopfüber von einem Ast baumelte. Und wieder ein junger Schwuler.

Anna vernahm ein Pfeifen und erkannte, dass es ihr eigener Atem war, den sie stoßweise durch die Kehle presste.

Zitternd gab sie *Düsseldorf* in die Suchmaske ein. Nichts.

Sie versuchte es mit *Düsseld.* Ebenfalls kein Erfolg.

Dritter Anlauf: *Ddorf.*

Der Text raste vorbei und stoppte. Die kleinen, weißen Buchstaben flackerten vor Annas Augen. *Timo aus Ddorf,* so lautete der Absender eines weiteren Gästebucheintrags. Er stammte von Mitte Januar 2003.

Anna las:

Voll der Hammer euer Gig am letzten Freitag! Kann jedem Aficionado geiler Musik nur den nächsten Silverhammer-*Auftritt am 30. Januar in Ratingen empfehlen.*

In der Nacht zum 31. Januar war Daniel ermordet worden. Ratingen war die Nachbarstadt – ihr Zentrum lag keine fünfzehn Kilometer vom Tatort entfernt.

Dreimal hatte die Band in der Nähe eines Mordes an einem jungen Homosexuellen gastiert. Das konnte kein Zufall sein.

Ihr fielen Svens Worte ein, mit denen er den ominösen Unbekannten in der Altstadtkneipe beschrieben hatte: *Ich dachte mir noch, dass es unverantwortlich von Daniel ist, jemanden so in Verlegenheit zu bringen.*

Er hatte sich selbst damit gemeint.

Anna fuhr herum, als hinter ihr eine Diele knarrte.

»Kannst du nicht schlafen?«, fragte Sven und trat ans Fenster. »Die Mondfinsternis. Schon gesehen?«

»Ja, gespenstisch.« Verstohlen bewegte Anna die Maus und schloss das Gästebuch.

»Früher hätten wir an den Mond geglaubt. Dass er uns beeinflusst oder so. Wäre schön, wenn er Bernd wieder gesund machen könnte.« Sven blickte hinaus in die Nacht.

Fieberhaft kehrte Anna zur Startseite zurück – der Schriftzug und das Foto.

Der große Schatten am Fenster sagte: »Hast du dir schon mal überlegt, dass verschiedene Welten parallel existieren? Was wir vom Mond sehen, ist etwa eine Sekunde alt. Manche Sterne sehen wir, wie sie vor Millionen von Jahren leuchteten. Aber alles zur gleichen Zeit. Wenn wir in den Himmel schauen, blickt uns die Vergangenheit in ihren verschiedensten Formen entgegen. Parallele Welten, verstehst du, was ich meine?«

Anna entgegnete: »Mir geht nicht aus dem Kopf, was du über Daniel Lohse gesagt hast, Sven. Dass du ihn mit einem Mann gesehen hast, der vielleicht sein Mörder war.«

»Ja. Wahrscheinlich war das einer, der mit dem Leben unzufrieden ist. Er will hoch hinaus und den Leuten gefallen, aber sie stoßen ihn ab, weil er im Heim aufgewachsen ist und sich im normalen Leben nicht so gut bewegen kann. Und dann trifft er diesen jungen Maler, dem alles nachgeworfen wird. Der spielend alles erreicht, was der andere nicht zu Stande kriegt.«

Er redet tatsächlich über sich, dachte Anna.

In der Küche gab ihr Handy Laut.

Sven lief los. »Ich bring's dir.«

Anna zwang sich zur Ruhe. Er wusste nicht, dass sie es wusste. Sie würde so bald wie möglich die Kollegen verständigen. Spätestens am Morgen, wenn sie die Wohnung verlassen hatte. Bis dahin musste sie irgendwie die Nacht überstehen.

Sven trat in die Tür. »Hat aufgehört zu klingeln, als ich es fand. Aber du hast auch eine SMS bekommen.« Er hielt ihr Mobiltelefon in der Hand und drückte auf die Tasten. »Schickes Teil«, bemerkte er.

»Hey«, protestierte Anna. »Das ist indiskret!«

Sie sprang auf, um ihm den Apparat zu entreißen. Der lange Kerl wehrte sie ab und studierte die Nachricht auf dem Display.

»Was schreibt der Typ da?«, murmelte er. »Was zum Teufel hast du ihm gesagt?«

»Wovon redest du?«

»Spionierst du mich aus, oder was?«

»Ich doch nicht!«

Anna wollte zu einer Erklärung ansetzen über Kollegen, die alles und jeden ohne echten Grund verdächtigten. Über Mordermittler, die sich von der Staatskanzlei einspannen ließen. Über Kommissare, denen man kein Wort glauben durfte.

»Verdammte Lügnerin!«, stieß Sven hervor und versetzte ihr einen Schlag, der sie gegen das Regal aus Glas und Ziegelsteinen krachen ließ.

Während CD-Hüllen auf sie herabregneten, verlor Anna das Bewusstsein.

65.

Bruno stoppte an einer Straßenbahnhaltestelle, um Costa Tönissen aussteigen zu lassen. Er blickte dem schwulen Jungen aus Kaarst hinterher, der sich in den letzten Minuten sehr still verhalten hatte. Diese Leute gingen mit ihrem ungezügelten Lebenswandel ein beträchtliches Risiko ein, fand Bruno: Enttäuschungen, Krankheiten, Gewalt. Aber ein wenig beneidete er den Burschen auch um die Freiheit, die er sich herausnahm.

Er wandte sich an den Kollegen. »Annas Zeuge, dieser Sven. Wie kommt dein Münchner LKA-Kollege ausgerechnet auf ihn?«

»Anna sagte, sie sei gerade bei ihm. Kann es sein, dass sie sich privat kennen?«

»Keine Ahnung.«

»Erinnerst du dich daran, was Anna genau gesagt hat?«

»Ich hab es mir oft genug angehört.«

»Daniel habe einen Unbekannten angesprochen, nachdem der ihn eine Weile angestarrt hat. Daraufhin habe der Unbekannte auffällig nervös reagiert, weil Daniel ihn in Verlegenheit gebracht habe.«

»Ja, und?«

»Dieser Sven sieht zu, wie ein Unbekannter an einem der Nachbartische das spätere Mordopfer anglotzt, bis Daniel den Typen anspricht? Und Sven will aus der Distanz erkannt haben, dass Daniel den unbekannten Dritten in Verlegenheit gebracht hat? Nein, mein Lieber.«

»Du meinst ...«

»Sven war dieser Unbekannte selbst. Unser Münchner Fachmann nennt das einen typischen Fall von Projektion. Der Täter spaltet seine Gefühle ab, weil er sie selbst für verwerflich hält. Er distanziert sich davon und projiziert das eigene Täterverhalten und die eigene Motivation auf einen Dritten, den er erfindet. Das kann so weit gehen, dass er fest an die Existenz dieses Unbekannten glaubt.«

»Ein Schizo?«

»Wer könnte etwas über diesen Sven wissen oder uns sagen, wo Anna steckt?«

Bruno überlegte: Die Kollegin war ein Jahr weg gewesen. Sie hatte derzeit keinen festen Freund. Ihre Mutter lebte normalerweise in Köln und hielt sich momentan in irgendeiner Klinik auf. Der Vater war die einzige erreichbare Bezugsperson, von der er wusste.

Sie fuhren ins Präsidium, sprinteten die Treppe hoch und enterten Brunos Zimmer am Ende des Flurs, wo sie den Computer starteten. Einwohnermeldeamt und Straßenverkehrsamt der Stadt verzeichneten keinen Bernd Winkler.

Bruno fiel ein, dass Anna erwähnt hatte, dass sie vorübergehend in Holzbüttgen untergekommen war, einem Ortsteil der Nachbarstadt Kaarst, zu deren Dateien sie keinen Zugriff besaßen. Er hätte sich an die Kreispolizeibehörde Neuss wenden können, doch das erschien ihm zu umständlich.

Schmiedinger versuchte erneut, Anna auf ihrem Handy zu erreichen. Dann gab er auf und schimpfte: »Ich kann die verdammte Mailboxansage nicht mehr hören!«

Im Internet fand Bruno die Privatadresse des Abgeordneten und mehrere Nummern, die zu Büros im Landtag, der Parteizentrale und einem Wahlkreisbüro im Ruhrgebiet gehörten. Bruno diktierte sie Schmiedinger, der jedoch unter keiner Nummer einen Ansprechpartner erreichte. Kein Wunder, um diese Uhrzeit.

»Lass uns nach Holzbüttgen fahren«, schlug der Kollege aus Straubing vor.

Bruno winkte ab. Er hatte eine Webseite des Landesparlaments von Nordrhein-Westfalen entdeckt, auf der unter Winklers Namen auch der seiner Sekretärin verzeichnet war.

Julietta Cremers.

In der Hoffnung, dass die Frau in der Stadt wohnte, durchwühlte Bruno das Telefonbuch und wurde tatsächlich fündig. Er schnappte sich den Hörer und tippte die Nummer in den Apparat auf seinem Tisch.

Das Freizeichen.

Er wollte bereits auflegen, als sich eine besorgt klingende Frauenstimme am anderen Ende meldete. »Ja? Anna, bist du's? Wie geht es ihm?«

Bruno nannte seinen Namen. »Ich bin ein Kollege von Anna und muss wissen, wo sie sich gerade aufhalten könnte.«

»Jetzt, mitten in der Nacht?«

»Es ist dringend.«

»Entweder ist sie nach Holzbüttgen gefahren oder sie ist bei ihrem Vater im Krankenhaus.«

»Kennen Sie einen Sven?«

»Natürlich. Sven Arnold arbeitet seit einiger Zeit wieder als Fahrer für Herrn Winkler. Was ist mit ihm?«

»Wissen Sie, wo er wohnt?«

»Irgendwo in Bahnhofsnähe.«

Bruno war noch immer beim Einwohnermeldeamt eingeloggt. Er gab den Namen in die Suchmaske.

Kein Eintrag.

»Sind Sie sicher, dass sein Name Sven Arnold lautet?«

»Ja, natürlich.«

Der Kollege aus Niederbayern zog das Telefonbuch heran, blätterte und schüttelte den Kopf. Auch dort war der Name nicht eingetragen.

Bruno fragte in den Hörer: »Haben Sie seine Adresse vielleicht im Landtagsbüro?«

»Nein, Herr Winkler macht die Gehaltsabrechnung mit Sven selbst.«

»Sie sagten, er liegt im Krankenhaus?«

»Schlaganfall.«

»Wo ist das?«

»Das Evangelische Krankenhaus in der Kirchfeldstraße. Wenn Sie Anna sehen, richten Sie ihr bitte aus, sie soll mich anrufen. Ich tu kein Auge zu, solange ich nicht weiß, wie es ihrem Vater geht.«

Bruno legte auf. »Komm, Schmiedi. Krankenbesuch.«

Die Klinik lag nur etwa einen Kilometer östlich des Präsidiums. Der Fettsack am Empfang murmelte etwas von Intensivstation, als sie ihre Dienstausweise vorzeigten und ihn nach dem Abgeordneten fragten. Im dritten Stock gelangten sie in einen Warteraum mit Spinden an der Wand und einem Schild, das ihnen vorschrieb, Schutzkleidung anzulegen.

Eine Schwester trat gerade aus der gegenüberliegenden Tür. »Was wollen Sie hier?«

Bruno wies sich erneut aus. »Ich suche meine Kollegin Anna Winkler.«

»Die Tochter des Patienten, der heute Abend eingeliefert worden ist? Die war hier, bis vor ungefähr zwei oder drei Stunden.« Sie kramte in ihrer Kitteltasche und förderte ein Kärtchen mit dem Polizeiwappen des Bundeslandes hervor. Annas Name stand darauf.

Schmiedinger fragte: »Kennen Sie einen Sven Arnold?«

»Meinen Sie ihren Freund?« Die kleine Blonde zog ein weiteres Kärtchen aus der Tasche.

Bruno entriss es ihr.

Silverhammer. Eine Telefonnummer und eine Adresse.

Der bayerische Kollege fragte: »Wie sah der Mann aus?«

»Um die dreißig, schlank und groß, braune Haare, die in die Stirn und über die Ohren fallen. Zerbeulte Jeans und so 'ne Thermojacke wie von Tchibo.«

»Tatsächlich«, sagte Schmiedinger staunend. »Er hat sich selbst beschrieben.«

Bruno bedankte sich bei der Schwester und fragte: »Wie geht es eigentlich Herrn Winkler?«

Die Frau im Kittel verschränkte die Arme. »Sind Sie mit ihm verwandt oder was?«

Als sie im Dienstwagen saßen, las Bruno vor: »Vulkanstraße 17.« Der Kollege sah im Stadtplan nach. Bruno fragte: »Meinst du, wir sollten ein Spezialeinsatzkommando anfordern?«

Schmiedinger zuckte mit den Schultern.

Bruno griff zum Funkgerät.

66.

Anna wurde wach und rappelte sich hoch. Ihr Hinterkopf pochte. Sie fasste an die Stelle und fühlte verklebtes Haar. Der Holzfußboden vor dem CD-Regal war besudelt, sie musste jede Menge Blut verloren haben. Nur eine Platzwunde, sagte sie sich. Dann knickten ihre Beine weg und die Erschütterung, als sie auf die Knie ging, ließ ihren Schädel dröhnen.

Beim zweiten Versuch nahm sie sich Zeit.

Der Mond vor dem Fenster hatte einen weißen Rand – offenbar trat er gerade aus dem Kernschatten. Lange konnte sie also nicht bewusstlos gewesen sein.

Sie war allein im Zimmer. Ein Zug rumpelte vorbei, dann war es still. Vielleicht hielt sich Sven in der Küche auf.

Ihr Handy lag auf den Dielen. Es schien noch zu funktionieren. Anna las die Wortnachricht.

Hüte dich vor Sven. Weg von ihm, wenn du unbewaffnet bist. Melde dich bei Bruno oder mir, Olaf.

Anna beschloss, sich zu bewaffnen. Aus Mangel an Alternativen packte sie die Gitarre am Hals und schwang sie zur Probe. Das Kabel verfing sich am Gitarrenständer, der polternd umkippte. Anna hielte inne. Keine Reaktion, nichts war zu hören.

Sie suchte die kleine Wohnung ab und stellte fest, dass Sven geflohen war.

Zurück im großen Zimmer fiel Annas Blick auf den Computermonitor. Statt der Homepage von *Silverhammer* war eine Seite mit Adressen und Telefonnummern angewählt. Düsseldorfer Anschlüsse.

Ganz oben stand *Becker, Th.* – der Kollege hielt anscheinend weder Nummer noch Adresse geheim.

Anna rief ihn unverzüglich an. Verschlafen meldete er sich.

»Thilo, bist du allein?«, fragte sie.

»Was fällt dir ein?«, brummte Becker. »Wie spät ist es überhaupt?«

»Der Name des Mörders lautet Sven Arnold. Es gibt Anhaltspunkte, dass er es vielleicht auf dich abgesehen hat.«

»Auf mich? Spinnst du? Ist das deine Art, dich wegen der Vorermittlungen zu rächen?«

Anna las Thilos Adresse auf dem Bildschirm: *Benrather Straße*. Südliche Altstadt, nette Gegend – quer durch das Stadtzentrum würde sie mit dem Auto höchstens fünfzehn Minuten benötigen. »Ich bin gleich bei dir«, antwortete sie.

»Untersteh dich!«, zeterte der Kollege. »Was auch immer du beabsichtigst, es hat Zeit bis morgen!«

Sie beendete das Gespräch und wählte Brunos Handynummer.

Während sie verbunden wurde und dem Freizeichen lauschte, zerriss plötzlich ein ohrenbetäubender Krach die Stille in der Wohnung.

Ein zweiter Schlag donnerte in die Eingangstür am Ende des Flurs, drückte sie aus den Angeln, ein schwarz Vermummter stürmte herein, verschanzte sich hinter seinem Schild und brüllte: »POLIZEI, KEINE BEWEGUNG!«

Weitere behelmte Kerle trampelten mit schweren Stiefeln herein und schrien durcheinander. »HÄNDE ÜBER DEN KOPF!«

Anna blickte in die Läufe mehrerer Maschinenpistolen.

Aus ihrem Mobiltelefon klang Brunos Stimme an ihr Ohr: »Anna, bist du da drin?«

»Ja«, antwortete sie.

Dann nahm sie die Hände langsam in die Höhe, um die Kollegen nicht nervös zu machen, die auf sie zielten.

67.

Plötzlich war er sich unsicher. Im Adressverzeichnis hatte kein kompletter Vorname gestanden. Vielleicht war *Th. Becker* in der Benrather Straße gar nicht Annas Kollege. Er brauchte Zeit zum Nachdenken.

Sven änderte seinen Plan und ließ sich vom Taxi am Ende der Poststraße im Süden der Altstadt absetzen. Noch immer war er wütend, weil Anna ihm die Morde anhängen wollte. Das hatte er nicht erwartet. Von jeder anderen Tussi vielleicht, aber nicht von Anna.

Der Taxifahrer, ein ungeduldiger Türke, nahm das Trinkgeld ohne Dank entgegen und rauschte ab. Sven schulterte ratlos seinen Rucksack. Rechts ging es in die Benrather Straße. Er wählte die andere Richtung, passierte die Maxkirche und den Brunnen, vor dem ein Penner kampierte, und steuerte das *Armageddon* an, das um diese Zeit noch aufhatte.

Sven betrat die Kneipe, inhalierte Rauch und Küchendunst und suchte sich einen Platz am Fenster, von dem aus er die übrigen Gäste im Blick hatte. Mädels und Macker, die Letzteren in der Überzahl.

Aus den Lautsprechern tönte ein Rocksong, der ihn an die Ballade erinnerte, die er schreiben wollte. Über einen Jungen, der seinen Vater nie richtig kennen gelernt hatte, und über den Vollmond, von dem er sich leiten ließ.

Als sich die Bedienung vor ihm aufbaute, warf er einen raschen Blick auf die Wandtafel und bestellte einen *Abu Ghureib.* Die Zutaten versprachen eine gute Dröhnung.

Vielleicht würde der Alkohol seine Unruhe dämpfen. Die Angst, die ihm so zusetzte.

Was würde er tun, wenn Bernd sterben sollte? Die Band brach auseinander. Etwas anderes außer Gitarrespielen hatte er nicht gelernt. Er könnte den Taxischein machen und durch die Nacht brausen wie der grimmige Türke von eben. Was würde er verdienen? Drei oder vier Euro die Stunde, die er noch versteuern müsste.

Die Bedienung brachte den Cocktail. Sie trug rote Klamotten. Eine Kette um den Hals, an der ein Medaillon hing. Er fragte: »Hey, bist du eine Sannyasi?«

Sie beachtete ihn nicht. Am liebsten hätte er ihr den Anhänger abgenommen, um zu sehen, ob es eine Mala mit dem Bild von Bhagwan war. Seine Mutter hatte immer eins in einer Silberfassung an ihrer Kette gehabt. Sie war in Poona an irgendeiner Krankheit gestorben. Mit sechs Jahren war er deshalb bei ihren Eltern in Recklinghausen gelandet, Spießer, die schlecht über ihre Tochter redeten und ihn wie eine Missgeburt behandelten, bis sie ihn ins Heim abschoben.

Bernds Worte: *Ich war mehrmals drauf und dran, nach Poona zu fliegen.*

Sven bemerkte, dass er weinte. Er wischte sich die Tränen von der Wange und sog lange am Strohhalm.

Ein Kerl musterte ihn. Er war jung und gelb wie ein Kanarienvogel. Der enge Pulli brachte die Muskeln zur Geltung. Rasch wandte Sven den Blick ab. Wieder so ein Typ, der es darauf anlegte, ihn verlegen zu machen.

Sven überlegte, dass er Anna verletzt hatte und sich bei ihr entschuldigen musste. Dann kam er zu dem Schluss, dass sie besser in Bosnien geblieben wäre. Kaum war die Frau zurück, schrieben die Zeitungen wieder über den schwulen Maler. Und schließlich hatte die Polizei Bernd Winkler in die Enge getrieben. Einen Schlaganfall bekommt man nicht einfach so, dachte Sven.

Er trank sein Glas aus. Als er es absetzte, bemerkte er, dass der Kanarienvogel auf ihn zukam und sich zu ihm setzte.

»Hallo Großer, mein Name ist Costa. Ist es nicht ein wundervolles Omen, wenn das Wochenende mit einem solchen Naturschauspiel beginnt?«

Costa lächelte, als meinte er sich selbst und nicht die Mondfinsternis. Sven stellte sich den Jungen ohne seinen Pulli vor. Ganz ohne Klamotten. Er musste wieder an Daniel denken, den Maler, der ihm vor gut zwei Jahren in diesem Lokal seine Visitenkarte gegeben hatte. *Meine Tür steht dir offen, wann immer du kommen möchtest.*

Er wusste nicht, wie er reagieren sollte.

Costa sagte: »In der Zeitung stand, dass der Mond die Körpersäfte in Wallung bringt. Ehrlich gesagt, dazu brauche ich ihn gar nicht.«

»Ich auch nicht«, antwortete Sven und registrierte, dass er das Lächeln erwiderte. Es war ihm, als beobachte er sich selbst dabei, wie er auf die Annäherungsversuche des jungen Kerls einging. Parallele Welten – in der einen handelte er instinktiv, in der anderen fällte er darüber ein Urteil, das nicht gut ausfiel. Und alles zur gleichen Zeit. Eigentlich hatte er darüber mit Anna reden wollen.

»Wie heißt du?«, fragte der Kanarienvogel.

»Sven.«

»Öfter hier?«

»Zum ersten Mal seit langem. Ich bin Musiker und war zwei Jahre mit meiner Band unterwegs.«

»Geil. Was spielt ihr denn so?«

»Alternative mit einer Prise Hardrock. Ich schreibe die Songs und spiele Gitarre.«

»Würd ich gern mal was von hören.«

Der Typ rieb mit dem Knie an seinem Bein. Sven stellte fest, dass sein Lächeln breiter wurde. Das war nicht in Ordnung. Er würde die Kontrolle verlieren. Irgendetwas brachte ihn ganz durcheinander. Vermutlich die Angst um Bernd, der auf der Intensivstation lag und nicht aufwachen wollte.

»Ich wohne außerhalb«, erzählte Costa. »Wir können aber auch zu dir gehen. Vielleicht stehst du nicht auf kleinere Typen, aber ich sag immer: Es ist nur ein kleiner Schritt für einen Menschen, aber …«

»Ja, ja. Ein Riesending in deinem Schritt«, stieß Sven hervor und schubste Costa von sich weg. Der Tisch wackelte, das Glas kippte und klirrte zu Boden. »Hau ab und lass mich in Ruhe!«

Der Junge wich zurück. »Bist du *der* Sven? Mister Big?«

Costa ignorierend legte Sven einen Geldschein auf den Tisch, griff nach dem Rucksack und verließ den Laden. Mit eiligen Schritten lief er davon. Woher die Schwuchtel ihn zu kennen glaubte, war ihm ein Rätsel.

Schließlich blieb Sven stehen, um sich zu orientieren. Vom Rhein wehte eine kühle Brise herüber, die nach Meer roch. In seinem Kopf kehrte Klarheit ein. Er schaute hoch zum Mond und den Sternen. Parallele Welten.

Er war noch einmal davongekommen und sauber geblieben.

Dann erinnerte er sich, warum er eigentlich in diese Gegend gefahren war.

68.

Anna-Luna, dachte Thilo Becker, als es klingelte. Sie macht ihre beschissene Ankündigung wahr. Die Leuchtziffern seines Radioweckers zeigten 4:15. Die Tante war verrückt.

Sein erster Impuls war, sich umzudrehen und weiterzuschlafen. Dann schlüpfte er aus dem Bettzeug, zog den Bademantel über, ging zur Wohnungstür und drückte den Knopf der Sprechanlage. Unten tönte der Summer.

Thilo öffnete die Tür einen Spalt und ging in die Küche, um Wasser für eine Kanne Tee aufzusetzen. Er malte sich aus, dass die Kollegin unter dem Mantel lediglich Reizwäsche trug und gekommen war, um ihn zu verführen – ein verzweifelter Versuch der Bestechung.

Eine solche Nacht hatte er lange nicht erlebt. Erst hatte ihn der Vollmond wach gehalten, dann das Prasseln des Regens, schließlich Annas Anruf, der ihn über den Fall nachdenken ließ, in den sie verstrickt war.

Anna-Luna: erpresst einen Zeugen, damit er seinen Mitbewohner belastet. Erzählt, dass Michael Lohse, Kollege im KK 13, einen Mord gestanden habe – was niemand mehr nachprüfen kann. Wer einmal lügt, dem glaubt man nicht. Thilo war gespannt, mit welchem Märchen sie als Nächstes aufwarten würde.

Der Name des Mörders lautet Sven Arnold. Es gibt Anhaltspunkte, dass er es vielleicht auf dich abgesehen hat.

Welch ein Aufwand an Fantasie, um vom geliebten Vater abzulenken.

Das Wasser brodelte. Thilo löffelte grünen Tee ins Sieb und überbrühte ihn.

Die Tür krachte ins Schloss. Schritte im Flur.

»Hallo, Luna«, grüßte Thilo.

Dann nahm er wahr, dass es ein Kerl war, der in die Küche trat. Einen halben Kopf größer als er, jünger, ziemlich kräftig. Vielleicht lag es an der Nacht, aber Thilo fielen Zombie-Filme ein, als er plötzlich diesen Blick sah.

»Sie sind es, nicht wahr?«, fragte der Unbekannte.

»Was?«

»Sie wollen Bernd Winkler einen Mord anhängen, den er gar nicht begangen hat.«

»Wer sind Sie?«

»Sven Arnold. Sein Fahrer.«

Ein Irrer, dachte Thilo. Du musst jetzt Ruhe bewahren.

Der Eindringling erklärte: »Ich will, dass Sie sich unverzüglich ansehen, was Sie angerichtet haben. Ziehen Sie sich an und kommen Sie mit!«

Jetzt ärgerte sich Thilo, dass er zu denen gehörte, die ihre Waffe im Büro aufbewahrten. Warum hatte er diesem Verrückten nur die Tür aufgemacht? Andere Kollegen vermieden es, in der Stadt zu wohnen, in der sie arbeiteten. Der Zoowärter wohnte ja auch nicht im Zoo – all das schoss Thilo durch den Kopf.

»Los, Sie müssen Bernd sagen, dass Sie ihn nicht mehr verdächtigen!«

»Setzen Sie sich erst einmal, Herr Arnold. Möchten Sie einen Tee?«

Der Kerl nahm seinen Rucksack von der Schulter, zog ein Messer heraus und raunte: »Reden Sie keinen Scheiß. Sie haben meinen Vater auf dem Gewissen!«

Thilo fiel Annas Warnung ein: *Es gibt Anhaltspunkte, dass es der Mörder auf dich abgesehen hat.*

Er versuchte zu beschwichtigen: »Ich mache, was Sie wollen, Herr Arnold, aber lassen Sie mich bitte erst einen Schluck trinken. Ohne Tee komme ich nicht auf die Beine. Herrn Winkler ist es vermutlich auch nicht Recht, wenn wir mitten in der Nacht bei ihm aufkreuzen.«

Er stellte zwei Tassen auf den Tisch, schenkte ein und wunderte sich selbst über seine Ruhe.

Arnold fuchtelte mit dem Messer und heulte. »Warum haben Sie das getan? Sie sind schuld an seinem Schlaganfall!«

Thilo packte die Kanne fester. Im Treppenhaus trappelten Schritte. Hatte der Irre Komplizen?

Als die Wohnungstür unter Getöse zerbarst, stürzte Arnold auf ihn zu. Thilo versuchte, den Stich abzuwehren, und verbrühte den Angreifer mit heißem Tee.

Arnold schrie und hieb weiter auf ihn ein. Der Schmerz in Thilos Arm war fürchterlich, die Kanne entglitt ihm und zerschellte auf den Fliesen. Dann drang das Messer in seinen Brustkorb und er brach zusammen.

Er vernahm noch die Schüsse, die Arnold niederstreckten, und spürte die Last des Kerls, der auf seine Beine fiel. Er sah SEK-Kollegen, die ihre Helme abnahmen und hektisch nach dem Sanitäter riefen. Auch Anna-Luna erkannte er, als sie sich über ihn beugte – wirres Haar, blutverschmiertes Gesicht.

Noch eine Irre, dachte Thilo und sank frierend ins Dunkle.

69.

Lichter blinkten. Kurven zuckten auf den Monitoren. Eine Flasche mit Nährlösung leerte sich tropfenweise. Ab und zu lief eine Schwester vorbei. Es war eine andere als gestern Abend. Die Kleine mit dem blonden Pony hatte tagsüber keinen Dienst.

Der Zustand von Bernd Winkler hatte sich verschlechtert. Ab und zu stolperte der Pulsschlag. Der Schlaganfallpatient litt an Fieber. Nur ein dünnes Laken bedeckte seinen Körper. Anna tupfte Schweiß von der Stirn und benetzte seine Lippen.

Sie hielt seine Hand und erzählte ihm von früher. Was für ein großartiger Vater er für sie gewesen war, ihre einzige Stütze, nachdem Jo die Familie verlassen hatte. Immer wieder beschwor sie, dass nun alles gut sei und die Polizei nicht mehr gegen ihn ermittle.

Dass Sven Arnold, sein Angestellter, tot war und dass er Daniel sowie zwei weitere junge Männer ermordet hatte, verschwieg sie, um ihn nicht zu beunruhigen.

Der Arzt, den sie nicht leiden konnte, trat ins Zimmer und zeigte Anna große Folien – Schichtaufnahmen eines menschlichen Gehirns. Schwarze Flecken nahmen den größten Teil der rechten Hälfte ein.

Anna ärgerte sich, dass der Mediziner im Beisein des Patienten nicht leiser sprach. Er benutzte hässliche, ungeschminkte Worte, die ihren Vater verletzen mussten.

Kraftlos fuhr sie am Abend nach Holzbüttgen.

In der Nacht rief die blonde Schwester an. Bernd Winkler liege im Sterben. Anna raste sofort in die Stadt.

Stundenlang hielt sie seine Hand und heulte. Er röchelte und hustete, als bekäme er keine Luft. Immer wieder piepste der durchdringende Alarm der Beatmungsmaschine. Die grünen Zacken auf den kleinen Bildschirmen schlugen unregelmäßig aus, der Puls ging verlangsamt. Auch der überhöhte Blutdruck löste schrille Töne aus.

In dieser Nacht wurde Anna klar, dass ihr Vater vermutlich nicht mehr aufwachen würde. Sein Gehirn war fast zur Hälfte abgestorben. Der Hirndruck war gefährlich gestiegen und störte die vegetativen Zentren. Gewebe hatte sich entzündet.

Als Ursache des Schlaganfalls galt ein Blutgerinnsel, das sich am Stent gebildet hatte, der ihm nach dem Infarkt ins Herz gepflanzt worden war. Das Gerinnsel hatte sich losgerissen, war in den Kopf gelangt und hatte dort eine wichtige Ader verstopft.

Doch gegen Morgen atmete ihr Vater wieder ruhiger. Wenn sie mit ihm sprach, bildete sie sich ein, dass seine Finger zuckten. Wie ein Zeichen, dass er zuhörte.

»Dass er die Nacht überstanden hat, ist allein Ihr Werk«, erklärte die Krankenschwester.

Anna heulte während der gesamten Fahrt zurück ins Elternhaus.

68.

Es war die Schlagzeile des *Blitz*, die Anna mit Anbruch der neuen Woche rehabilitierte: DIE SCHÖNE KOMMISSARIN – MORD AN JUNGEM KÜNSTLER AUFGEKLÄRT.

In seinem Artikel stilisierte Alex Vogel sie zur Heldin der Stadt. Am Telefon bedrängte er sie, mit ihm essen zu gehen. Noch immer war der Pressefritze auf Skandalstoff über den Ministerpräsidenten scharf. Vielleicht auch auf sie.

Thilo Becker würde überleben, hieß es am Montag im Präsidium. Das Messer hatte sein Herz verfehlt. Die Sepsis bekamen die Ärzte in den Griff. Ihn zu besuchen brachte Anna vorerst nicht übers Herz.

Im Namen des Behördenleiters zog Kriminalrat Engel die Suspendierung zurück. Dafür nahm Anna Urlaub, um ihren

Umzug zu organisieren und Zeit für ihren Vater zu haben. Sie besuchte ihn zweimal am Tag, redete mit dem Klinikpersonal und gewann ein weiteres Stück an Gewissheit, dass es nur noch die Geräte waren, die Bernd Winkler vor dem Tod bewahrten.

Der Arzt deutete an, dass er ihr die Entscheidung überließ, wie lange das so gehen sollte – ein unerträglicher Gedanke für Anna.

Nachts schlief sie kaum. Aus Albträumen schreckte sie hoch und wähnte sich für Momente in Bosnien oder in Svens Gewalt. Sie zitterte und brauchte beide Hände, um ein Wasserglas oder die Kaffeetasse zu halten.

Dr. Hashemie meinte, das seien die üblichen Symptome des Sedativa-Entzugs, die sich bald legen würden.

Dann zog Anna in die neue Wohnung in der Stadt.

Der Mittwoch strahlte blau und klar, die Sonne wärmte Düsseldorf auf fast sommerliche Temperaturen und ließ die Blütenpracht in Parks und Gärten explodieren.

Anna fuhr noch einmal hinaus nach Holzbüttgen, um Abschied zu nehmen.

Das Haus lag still. Picasso hatte sie bei den Töchtern der Putzfrau untergebracht. Es war Anna schwer gefallen, aber eine Stadtwohnung war nicht das Richtige für den lebhaften Köter.

Sie schnupperte den Rest des Zigarrengeruchs im Arbeitszimmer und betrachtete die Fotos. Aus einer Laune heraus nahm sie am Schreibtisch Platz und startete den Computer.

Die Dokumente auf der Festplatte verlangten ein Passwort, das Anna nicht kannte. Aber das Startcenter von T-Online ließ sich öffnen – Internetzugang und E-Mail-Verkehr.

Anna stellte fest, dass Bernd Winkler in den letzten Tagen vor dem Schlaganfall unzählige Nachrichten verschickt und empfangen hatte. Korrespondenz mit Banken und verschiedenen Anwälten.

Auch Sven Arnold hatte Post geschickt. Anna öffnete einige der Mitteilungen. Meist hatte Sven im Telegrammstil Aufträge bestätigt, die sein Arbeitgeber ihm erteilt hatte.

Anna entdeckte eine Mail, die ihr Vater erhalten hatte, als er nach dem Herzinfarkt aus der Reha-Klinik heimgekehrt war.

Lieber Bernd,
Dienstag, acht Uhr, geht in Ordnung.
Aber du solltest dich noch etwas schonen.
In Sorge,
dein Sven

Eine Nachricht wie die anderen, nur weit vertraulicher im Ton. Ein weiterer Text hing unten dran. Es war die Anweisung, auf die Arnold reagiert hatte. Bernd Winkler hatte sie vermutlich noch aus der Klinik verschickt. Mit seinem Laptop, schätzte Anna.

>*Sven,*
>*denk bitte dran, mich morgen pünktlich um acht abzuho-*
>*len. Ich werde in Essen*
>*erwartet. Die Dt. Bergbau AG brennt.*
>*Bernd*
>*PS: Unterschätz Anna nicht*

Der letzte Satz elektrisierte sie. Der Text ging noch weiter.

>>*Lieber Bernd,*
>>*habe den Tisch mit Dankesschreiben dekoriert, wie du es*
>>*wolltest.*
>>*Glaubst du wirklich, dass all die Beweise deiner ›guten*
>>*Taten‹ nötig sind,*
>> *um Anna auf dich einzustimmen?*
>>*Deine Furcht ist übertrieben, finde ich.*
>>*Sven*
>>*PS: Habe im Bunker eine alte Kinderzeichnung deiner*
>>*›Tochter‹ gefunden*
>> *und dazugelegt. Sie wird ihre sentimentale Wirkung*
>>*sicher nicht verfehlen.*

>>*Aber meinst du wirklich, du hast das nötig? Sie hat dich*
>>*doch immer vergöttert und weiß von nichts.*
>>*PPS: Seit meiner Rückkehr geht es mir viel besser.*
>>*Dank dir, Vater. Endlich sind wir wieder zusammen.*
>>*Möchtegern-Popstar und Herumtreiber, schwer erziehba-*
>>*rer Heimzögling und Sannyasi-Knirps Swami Anand –*
>>*das alles ist Vergangenheit, die uns nicht mehr kümmert.*

Es dauerte Minuten, bis Anna ihre Gedanken sortiert hatte und sich vom Anblick des Computerbildschirms lösen konnte.

Sie suchte den Keller auf. Der Bunker – ein Betonwürfel, den ihre Eltern einst im Garten versenkt hatten. Jo hatte nicht lockergelassen, bis ihr Mann endlich der Anschaffung eines Schutzkellers zugestimmt hatte. Angeblich konnte eine dreiköpfige Familie darin die ersten zehn Tage nach einem Atomschlag überleben. Unter den Nachbarn im Nobelviertel war der Bunkerbau daraufhin zur Mode geworden.

Anna überlegte, wo der Zugang war. Zwanzig Jahre lang hatte sie nicht mehr an den Bombenkeller gedacht. Hinter einem alten Schrank wurde sie fündig. Sie stemmte das ächzende Möbelstück zur Seite.

Eine Stahltür im Gemäuer. Ein Rad löste die Verriegelung. Als Anna daran zog, flammte jenseits der Tür ein Licht auf. Mit hässlichem Schnarren sprang die Belüftung an – vermutlich war sie nie gewartet worden.

Der Raum maß schätzungsweise zehn Quadratmeter. Der Boden war zerschrammt und staubbedeckt, drei muffige Pritschen lehnten an der Wand. Es schauderte Anna bei dem Gedanken, in diesem Kabuff eingeschlossen zu sein.

Sie erinnerte sich einmal mehr an den Abend nach dem Konzert von *Silverhammer*, als sie für ein paar Minuten im Kühlraum der Kneipe festgesessen hatte. Sicherheitshalber schob Anna einen alten Farbeimer vor die Tür, damit sie nicht zufiel.

Statt einer Notration an Lebensmitteln standen Kartons und Aktenordner in den Regalen. Ganz unten ragte eine nachlässig dazwischengestopfte Mappe heraus. Staubflocken wirbelten, als

Anna sie hervorzog. Zwischen den Pappdeckeln lagen Briefe und vergilbte Zeichnungen. Ungelenke Kritzeleien.

Eine Kinderzeichnung wird ihre sentimentale Wirkung sicher nicht verfehlen.

Sven hatte das Wort *Tochter* in Anführungszeichen gesetzt. Er hatte es die ganze Zeit gewusst.

Verärgert riss sie die alten Blätter mittendurch.

Sie inspizierte einige Aktenordner und stieß auf Protokolle, Gesetzestexte und Korrespondenzen – in Bürokratensätze geronnene Parlamentsarbeit.

Das Archiv.

Dann fand Anna Kontoauszüge ausländischer Banken, Belege mit Nummerncodes, Durchschläge von Überweisungen aus fast drei Jahrzehnten. Abrechnungen und Dankesschreiben, die nicht von gemeinnützigen Einrichtungen stammten, sondern von Firmen, denen Bernd Winkler ganz eigennützig, gegen hohe Geldbeträge und vermutlich zum Schaden der Allgemeinheit, einen Gefallen erwiesen hatte.

Anna ahnte, dass irgendwo zwischen Liechtenstein und der Karibik ein Vermögen lagerte, auf das Winkler Zugriff besaß. Zugleich wusste sie, dass sie sich niemals um dieses Geld bemühen würde.

Sie hatte genug gesehen. Der Staub kratzte in ihren Atemwegen. Sie hatte die Nase voll von der Enge und dem sägenden Lärm der Lüftung.

Ein Klappern ertönte im Farbeimer, als sie ihn zurück neben das Regal schob. Offenbar enthielt er etwas anderes als Reste von Wandfarbe. Anna zog den Deckel ab und erschrak.

Getrocknetes Blut auf weißem Kunststoff.

Mit spitzen Fingern holte Anna einen Plastikoverall hervor, wie die Polizei ihn bei der Tatortarbeit benutzte, um nicht selbst Spuren zu hinterlassen.

Ein zweiter Schutzanzug. Kopfhauben und benutzte Latexhandschuhe. Überzieher für die Schuhe. Die komplette Gespensterverkleidung in doppelter Ausführung. Und alles mit dunkelbraunen Flecken übersät, die Anna an den getrockneten

Schmand erinnerten, mit dem die Haut des toten Daniel bedeckt gewesen war. Ganz unten lag ein Messer. Daneben eine Tüte. Anna lugte hinein.

Scherben und der Stiel eines Sektglases sowie ein breiter, blutverkrusteter Pinsel.

Völlig außer Atem rief Anna die Intensivstation des Evangelischen Krankenhauses an. Während sie wartete, grübelte sie, was Bernd Winkler veranlasst haben mochte, einem Mörder beim Beseitigen der Spuren in Daniels Fabriketage beizustehen.

Dank dir, Vater – Anna konnte es nicht fassen.

Sie hatte sich längst noch nicht beruhigt, als sie endlich den Arzt an die Strippe bekam.

»Wie sieht es aus?«, fragte sie.

»Ich weiß nicht, am Telefon …«

»Reden Sie!«

»Das abgestorbene Gewebe hat sich weiter entzündet. Wir versuchen, den Hirndruck medikamentös zu senken. Das Fieber kriegen wir jedoch nicht herunter. Es tut mir schrecklich leid und ich sage so etwas normalerweise nicht am Telefon, aber nur aufgrund der Beatmungsmaschine …«

»Abschalten«, stieß Anna hervor. Ihr war klar, dass der Arzt nicht verpflichtet war, auf sie zu hören. Trotzdem wiederholte sie leise: »Schalten Sie endlich das verdammte Ding ab.«

Sie legte auf. Widersprüchliche Gefühle schwirrten durch ihren Kopf. Bernd Winkler, Expolizist und Abgeordneter.

Ich bin seine Tochter.

Ich bin nicht seine Tochter.

69.

Über die Dörfer raste sie nach Westen, bis sie hinter Korschenbroich ein Waldstück erreichte. Das Verbotsschild missachtend bog sie in einen holprigen Forstweg, dem sie folgte, bis sie von der Landstraße aus nicht mehr zu erspähen war.

Sie hievte den Farbeimer aus dem Kofferraum, warf ihn in den Graben und zog den Deckel ab. Aus einem Kanister schüttete sie Benzin auf den Inhalt. Die ersten drei Streichhölzer erloschen auf ihrem Flug in den Eimer. Das vierte ließ eine hohe Stichflamme auflodern.

Anna studierte das Werk der Flammen. Plastik wellte sich, warf Blasen und wurde schwarz. Stinkender Qualm stieg auf. Preiselbeerkräuter fingen Feuer und brannten nieder, doch darüber hinaus breitete sich die Glut nicht weiter aus.

Beinahe hätte Anna die Tagebücher vergessen. Sie holte die drei Hefte, die auf dem Beifahrersitz lagen, und schleuderte sie in die Flammen, die noch einmal aufloderten. Anna dachte daran, dass man dem Feuer eine reinigende Kraft nachsagte.

Ein paar Reste würden übrig bleiben: die Scherben des Sektglases und die Klinge des Tatwerkzeugs. Aber niemand würde mehr auf Bernd Winkler schließen können.

Nach kurzer Zeit lagen nur noch schwarze Klumpen auf einer verkohlten Fläche. Anna schichtete Blätter und dürre Zweige darüber. Wie viele Überraschungen würde das Leben noch für sie bereithalten? Der Expolizist und sein Faktotum hatten sich vermutlich näher gestanden als Winkler und der Rest der Familie – und das schon seit Jahren.

Der Rückweg führte durch ein Wohngebiet, dessen Bewohner ihre Mülltonnen an die Straße gestellt hatten. Anna stoppte und entsorgte den Deckel des Farbeimers.

Gegen Abend fasste sie sich ein Herz und suchte ein zweites Mal den engen Schutzkeller auf. Immer lauter ratterte die Lüftung, als schlage der Ventilator gegen das Gehäuse.

Eine gute Stunde verbrachte Anna damit, das Archiv des Abgeordneten nach Unterlagen zu durchforsten, in denen der Name Uwe Strom stand. Als der Papierstapel zwei Finger dick war, stopfte sie ihn in einen Umschlag, den sie an den Chefredakteur des *Blitz* adressierte und in den nächsten Briefkasten warf.

Wie ist Uwe Strom eigentlich so als Mensch?

Als sie in ihre neue Wohnung zurückkehrte, klingelte das Telefon.

Bernd Winkler war tot.

Sie hatte endgültig keinen Vater mehr.

70.

Annas Wahllokal war ein Zimmer im Erdgeschoss der alten Schule am Leo-Statz-Platz, in deren Nähe sie vor dem Bosnieneinsatz gewohnt hatte. Nach der Stimmabgabe besuchte sie Lutz und seine Frau. Die beiden tischten Käsekuchen auf und meinten, Anna mit gut gemeinten Sprüchen trösten zu müssen – gestern hatte sie Winkler beerdigt.

Auf dem Heimweg hielt Anna an einem Videoladen, der jeden Tag geöffnet hatte. Sie wählte *Magnolia* aus, einen Film mit Tom Cruise und Julianne Moore, den sie verpasst hatte, als er vor vier oder fünf Jahren im Kino gezeigt worden war.

Als sie die Tür zu ihrer Wohnung aufschloss, freute sie sich auf einen gemütlichen Abend. Der Sekt stand bereits kalt. Sie wollte nicht länger über Vergangenes brüten.

Sie schnitt die Rosen an, die sie gestern gekauft hatte, und gab ihnen frisches Wasser. Eine Blüte legte sie in den Schoß des Alabasterbuddhas, den sie wie die Kommode und den alten Wandspiegel aus dem Elternhaus mitgebracht hatte.

Im Vorbeigehen knipste sie den Fernseher an.

Die Wahllokale schlossen gerade. Es gab noch keine Hochrechnungen, aber einen ersten Trend: Die bisherige Opposition im Landtag lag vorn.

Die gestern publik gewordene Schwarzgeldaffäre des Ministerpräsidenten galt bereits jetzt als entscheidender Faktor für den Einbruch der Partei Uwe Stroms, die das Land jahrzehntelang regiert hatte.

Anna deckte den Tisch. Vor dem Film sollte es ein leckeres Essen geben. Eine Einweihungsparty, exklusiv für sie.

Sie nahm den Lammrücken aus dem Kühlschrank und spülte

ihn ab. Er war groß genug für zwei Portionen. In den nächsten Tagen würde sie noch einmal schlemmen. Dazu plante sie Ratatouille – so perfekt wie Bernd Winkler würde sie es vermutlich nicht hinbekommen.

Während sie das Gemüse schnitt, verlas der Typ in der ARD die erste Hochrechnung. Die bisherige Regierung schien tatsächlich vor der Ablösung zu stehen. Die Gewinne der Grünen machten die Verluste der SPD nicht wett. Anna tränten die Augen. Zwiebelwasser war ihr ins Gesicht gespritzt.

Das Telefon klingelte.

Im Fernsehen ließ sich der Spitzenkandidat der CDU derweil bereits von seinen Anhängern feiern. Ein stocksteifer Typ mit grell gemusterter Krawatte, der nun ihren Onkel ablösen würde – ein gewöhnungsbedürftiger Gedanke. Seine Partei habe die Weichen für den Sieg bei der Bundestagswahl im nächsten Jahr gestellt, prahlte er und Anna fand, dass seine Visage an den Krankenhausarzt erinnerte, der ihr den Befund der Computertomografie mitgeteilt hatte.

Das Telefon gab keine Ruhe. Sie ging ran.

»Winkler.«

»Hallo, schöne Kommissarin! Ich wollte fragen, ob Sie nicht endlich mit mir ausgehen wollen.«

Es war Alex Vogel, der Chef des *Blitz.* Im Hintergrund hörte Anna Gläser klingen und Leute johlen. Partystimmung in Redaktionsräumen. Der Scoop war gelungen. Die Zeitungsmacher bildeten sich wahrscheinlich ein, sie hätten Geschichte geschrieben.

Anna fragte: »Haben Sie erreicht, was Sie wollten?«

»Das war erst der Anfang. Wir strecken das Material auf mindestens eine Woche. So lange wird es dauern, bis die Staatsanwaltschaft auf unserem Kenntnisstand ist und auch andere Medien Zugang zu den brisanten Informationen erhalten. Bis dahin gibt der *Blitz* den Takt im politischen Leben unserer Republik vor.«

»Die CDU lacht sich ins Fäustchen.«

»Tut es Ihnen leid, dass Ihr Onkel sein Amt verliert?«

»Nein.«

Anna fragte sich, wie ihre Mutter die Affäre aufnehmen würde. Jo war aus Anlass der Beerdigung nach Düsseldorf gekommen und hatte bei ihr übernachtet. Sie hatten es fertig gebracht, nicht zu streiten. Allerdings hatten sie das Thema Uwe vermieden.

»Sie haben vollkommen richtig gehandelt, Frau Winkler. Wir müssen den Politikern ständig auf die Finger klopfen. Nur darauf kommt es an. Welche Nase regiert, ist egal, solange sie tut, was die Leute wollen.«

»Sie meinen, was der *Blitz* den Menschen einflüstert.«

»Warum so bitter, schöne Kommissarin? Sie haben jetzt etwas gut bei mir und meiner Zeitung. Wann immer ich Ihnen helfen kann, lassen Sie es mich wissen.«

Anna musste lachen. Ein Deal – so hatte sie wirklich nicht kalkuliert.

Bernd Winkler hätte das vermutlich getan. Uwe Strom ebenfalls. Darin hatte ihr Job bestanden: Eine schmutzige Hand wäscht die andere.

Politik – da steigst du nicht durch.

Anna zappte zum ZDF. Der Ministerpräsident hatte einen Sprecher vorgeschickt, der die Meldungen über die Parteispendenaffäre als Propagandalügen der Opposition und ihr nahe stehender Medien bezeichnete. Im Dritten Programm verlas ein Sprecher das vorläufige amtliche Endergebnis des Wahlkreises Bielefeld zwei. Anna schaltete die Glotze ab.

Wieder klingelte das Handy.

Es war Jonas Freyer.

»Ich möchte dir mein Beileid ausdrücken.«

»Danke.«

»Meine Mutter ist vor drei Jahren gestorben. Ich kann nachvollziehen, wie es dir geht.«

Anna zog die Pfanne von der Platte. Das Fleisch wäre beinahe angebrannt.

Jonas sagte: »Wenn du möchtest, komme ich vorbei und leiste dir ein wenig Gesellschaft.«

»Ein andermal, Jonas. Ich brauche noch etwas Zeit.«

»Wie du meinst.«

»Trotzdem lieb von dir, dass du dich meldest.«

»Und du rufst mich wirklich zurück, sobald dir danach ist?«

»Das werde ich tun. Versprochen.«

Anna legte auf, zupfte die schmalen Blätter vom Rosmarinzweig und gab sie gemeinsam mit den Knoblauchscheiben zum Fleisch, das nun bei niedriger Temperatur weiterschmorte. Der Duft erfüllte die Küche. Sie schnitt das Baguette, das sie aufgebacken hatte.

Lichtblicke: Sie hatte Jo und es gab Jonas.

Gleich würde sie Kerzen anzünden und eine nette CD auflegen.

Und morgen würde sie wieder ihre Arbeit im KK 11 aufnehmen. Neue Tötungsdelikte und Gewaltverbrechen. Fast freute sie sich auf den nächsten Fall.

Yesterday's gone.

Sie wollte nur noch an die Zukunft denken.

Danksagung

Ganz im Alleingang wäre dieser Roman nicht möglich gewesen.

Ich bedanke mich bei Guido Schweers, Phönix Consult, für seine großzügige Hilfestellung in sämtlichen Fragen der Brand- und Explosionsermittlung, bei Hermann Gläser, Klaus Dönecke und Glenn Rehbock für ihre Unterstützung bei der Schilderung der Polizeiarbeit, bei Bettina Balter und Jürgen Pistor für ihre Auskünfte über den EU-Einsatz in Bosnien, bei Peter Schmidt und Christoph Müller für ihre Ratschläge in Fragen der Medizin und Psychiatrie sowie bei Michael Serrer für seinen Tipp bezüglich Gilbert K. Chesterton.

Und wie immer waren mir Klaus Eckert und Kathie Wewer-Eckert ein unschätzbarer Beistand.

Krimis von Horst Eckert

Purpurland
ISBN 3-89425-284-7
»Neid, Korruption, zerbrochene Familien – die Welt in seinen Krimis ist nicht sehr schön. Aber ziemlich realistisch – vor allem in diesem Buch voller aktueller Bezüge … Ein Krimi, der einen in Atem hält und der einem noch lange nachgeht.« Die Rheinpfalz

Ausgezählt
ISBN 3-89425-265-0
»Horst Eckert schreibt die schärfsten Polizeiromane Deutschlands.« Expuls

Die Zwillingsfalle
ISBN 3-89425-238-3
Ausgezeichnet mit dem ›Glauser 2001‹
Ein sechsfacher Mord in der Sauna eines Fitnesscenters bringt nicht nur die umstrittene Sokoleiterin Ela Bach ins Schwitzen.

Finstere Seelen
ISBN 3-89425-218-9
Ist der ›Kannibale‹ nach 11 Jahren wieder aktiv geworden? Gibt es Trittbrettfahrer? Ein Fall voller Emotionen für die Mordermittler vom KK 11.

Aufgeputscht
ISBN 3-89425-078-X
Ausgezeichnet mit dem ›Marlowe 1998‹
Drei Kommissare – ein Wettlauf um Karriere und Geld, drei Fälle, die zu einem einzigen verschmelzen, erzählt auf die harte amerikanische Art.

Bittere Delikatessen
ISBN 3-89425-059-3
Feinkostkönig Fabian wird niedergestochen; die Bluttat ist für die Medien ein gefundenes Fressen. Kommissar Engel gerät unter Druck …

Annas Erbe
ISBN 3-89425-053-4
»… spannende, geheimnisumwitterte Geschichte, … bitterböse Quasi-Enthüllungen über Filz, Korruption und Sittenpolizei, ein bißchen Liebe –und eine gekonnte Schreibe … ein vielversprechendes Debüt.« Überblick

grafit

Internationale Thriller

Ole Bornemann
Es lebe der Präsident!
Aus dem Dänischen von Roland Hoffmann
ISBN 3-89425-526-9
»Bis zum erschreckend konsequenten Ende staunt der Leser nicht schlecht über den Hass auf Korruption und Manipulation der Mächtigen, der aus den provokanten Zeilen des dänischen Autors blitzt.«
Kieler Nachrichten

Jacques Berndorf
Die Raffkes
ISBN 3-89425-283-9
»Im großen Format verleiht Berndorf hier Einblicke in Mittäterschaft, Fragen nach Zeugenschaft und Wahrhaftigkeit ... ein höchst spannender Politthriller, von dem man sich mehr wünscht.« WDR 3

Guillem Frontera
Das Mallorca-Komplott
Aus dem Katalanischen von Petra Zickmann und Manel Perez Espejo
ISBN 3-89425-507-2
»Spannung zeichnet den Krimi aus, der Mallorca ganz anders zeigt, als wir es aus den Reiseprospekten oder vom ›Ballermann‹ her kennen.«
Emsdettener Volkszeitung

Giampiero Rigosi
Nachtbus
Aus dem Italienischen von Christiane von Bechtolsheim
ISBN 3-89425-522-6
»Rigosis Roman entwickelt ein Tempo, das Schnellzüge entgleisen lässt: Action, mit viel Luft für Figuren. ... ein Reißer, der nach Verfilmung schreit.« WAZ

Jac. Toes
Verrat
Aus dem Niederländischen von Stefanie Schäfer
ISBN 3-89425-528-5
»Der niederländische Autor schildert in aller Deutlichkeit, wie wenig sich die amerikanische Drogenfahndung um nationale Gesetze kümmert.« Der Standard, Wien

Krimis von Harri Nykänen

Schwärzer als ein schwarzes Schaf

Deutsche Erstausgabe
Aus dem Finnischen von Regine Pirschel
ISBN 3-89425-515-3

Ausgezeichnet mit dem finnischen Krimipreis 2001

Der schwerkranke Nygren und sein Komplize Raid sind in einem alten Mercedes unterwegs durch Finnland und begleichen alte Rechnungen. Grund genug für Kommissar Jansson und seinen Kollegen Huusko, ihren Kuraufenthalt abzubrechen und sich den beiden an die Fersen zu heften.

»Nykänen ist realitätsnah und märchenhaft, melancholisch und komisch, knallhart und sacht auf einmal, und er schreibt schlackenfrei und ökonomisch.« Stuttgarter Zeitung

Raid und der Brandstifter

Deutsche Erstausgabe
Aus dem Finnischen von Regine Pirschel
ISBN 3-89425-523-4

Einer Bagatelle wegen lässt Raid, der sympathische Gangster mit eigener Moral, sich in den Knast einliefern. Kommissar Jansson von der Kripo Helsinki ahnt: Raid will keine Buße tun. Er hat einen Job zu erledigen.

»Spannung bis zum fulminanten Schluss ... Raid könnte ein neuer Star in der literarischen Krimiszene werden. Er hat alles, was eine schillernde Persönlichkeit ausmacht und besitzen muss: Charisma und eine bestechende natürliche Autorität.« Emsdettener Volkszeitung

Raid und der Legionär

Deutsche Erstausgabe
Aus dem Finnischen von Regine Pirschel
ISBN 3-89425-535-8

Drei Tote im Kleinganovenmilieu von Helsinki. Ein Verdächtiger ist schnell gefunden: der berüchtigte Eki, genannt der ›Legionär‹. Doch Kommissar Jansson hat seine Zweifel und mithilfe des Gentleman-Verbrechers Raid macht er sich auf die Suche nach dem wahren Täter.

»Das skandinavische Gegenmodell zu Kommissar Wallander und Annika Bengtzon heißt Raid ... Nykänens Held hat das Zeug zum Star.« Bücher-Magazin

grafit